21世纪
年　度
报告文学选

2022 报 告 文 学

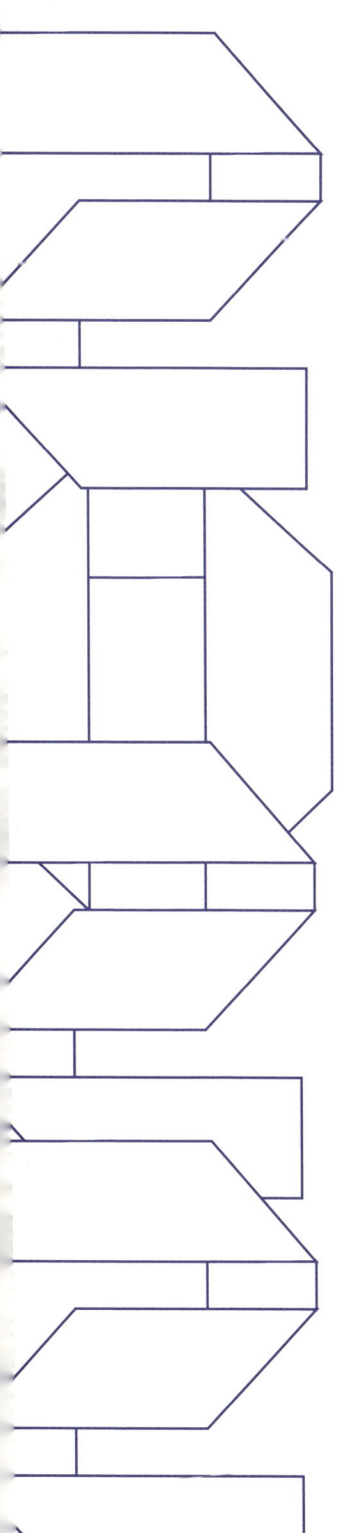

21世纪
年度
报告文学选

2022
报告文学

李炳银 编

人民文学出版社

图书在版编目(CIP)数据

2022报告文学／李炳银编． — 北京：人民文学出版社，2023
(21世纪年度报告文学选)
ISBN 978-7-02-017964-0

Ⅰ.①2… Ⅱ.①李… Ⅲ.①报告文学—作品集—中国—当代 Ⅳ.①I25

中国国家版本馆CIP数据核字(2023)第073973号

责任编辑　李　宇　向心愿
装帧设计　李思安
责任印制　张　娜

出版发行　人民文学出版社
社　　址　北京市朝内大街166号
邮政编码　100705

印　　刷　三河市鑫金马印装有限公司
经　　销　全国新华书店等

字　　数　314千字
开　　本　880毫米×1230毫米　1/32
印　　张　13.125　插页3
版　　次　2023年5月北京第1版
印　　次　2023年5月第1次印刷

书　　号　978-7-02-017964-0
定　　价　59.00元

如有印装质量问题，请与本社图书销售中心调换。电话：010-65233595

出版说明

二十世纪八九十年代，我社曾编辑出版过小说、散文、诗歌、报告文学等各种文学体裁的年选本，其后，这项工作一度中断。进入新的世纪，我社陆续恢复编辑出版短篇小说年选、中篇小说年选、散文年选，对当年我国中短篇小说及散文创作实绩进行梳理、总结，向读者集中推荐，取得了良好效果，也为新世纪的文学积累做出了贡献。

报告文学敏锐及时地把握时代脉搏，反映社会生活。根据文学界人士和读者的建议，同时与小说年选、散文年选形成系列，我社又恢复编辑出版报告文学年选；编选范围原则上为当年全国各报刊上发表的报告文学作品，入选篇目的排列以作品发表时间先后为序。

我们希望年度报告文学选能够反映当年报告文学的创作概况，使读者集中阅读欣赏当年最优秀的报告文学作品。我们的努力是否达到了这样的效果，期望得到文学界和读者的批评和建议。

人民文学出版社编辑部

目 录

·001· 中国冬奥（节选） 孙晶岩

·029· 高铁让地球变小 王 雄

·079· 中国饭碗（节选） 陈启文

·156· 我用一生爱中国：伊莎白·柯鲁克的故事（节选） 谭 楷

·249· 老 兵 李春雷

·264· 东方湿地（节选） 徐向林
　　　——生物多样性的中国样本

·338· 改变世界的"幸福草" 钟兆云

中国冬奥（节选）

孙晶岩

北京赛区有6个竞赛场馆举行比赛，分别为：国家游泳中心的冰壶比赛；国家体育馆的冰球比赛；五棵松体育中心的冰球比赛；首都体育馆的短道速滑和花样滑冰；国家速滑馆的速度滑冰；首钢滑雪大跳台的单板滑雪。其中，前面四个是旧场馆改造再利用；后面两个是新建冬奥场馆。

双奥人的一世匠心

2019年11月21日，我与国际滑联的专家一道走进正在建设中的国家速滑馆，到处都是建筑材料，到处都在叮叮当当地施工，到处都在如火如荼地建设，橘黄色的起重机高扬起手臂伸到顶棚。馆里像个迷宫，我和北京冬奥组委速度滑冰竞赛主任王北星沿着看台走居然走错了路。

2021年3月19日,当我再次走进国家速滑馆采访时,新建的场馆已经今非昔比,旧貌换新颜。精致的顶灯酷似一枚枚钻戒,镶嵌在天幕上;椭圆形的冰面宛如凝固了的牛奶,使人忍不住想上冰滑行;玻璃幕墙外有22条由高低盘旋、似环绕飘舞的"冰丝带",其设计灵感来自冰雪运动与速度的结合,象征着速度滑冰竞技时优美的冰刀轨迹,同时22条"冰丝带"又象征着在2022年举办北京冬奥会。"冰丝带"由晶莹剔透的超白玻璃彩釉印刷,平均每条丝带长约620米,总长度约13640米。

国家速滑馆南北长、东西短,主席台设在东侧,约12000个观众座椅,从洁白的冰面向四周渐变,从乳白、浅蓝,到深蓝,直至和墙体融为一体,仿佛由冰面伸至悠远的星空一样,在冰面的映衬下,场馆显得格外舒适温馨。

国家速滑馆外立面二层以上为高工艺曲面幕墙系统,有玻璃单元3360块,面积约为18462平方米。幕墙玻璃面板采用半钢化双超白双银低辐射双夹胶中空玻璃,由4片8毫米厚超白弯弧半钢化热浸玻璃组成,中空层为12毫米,内填充氩气。

国家速滑馆屋面索网结构采用国产高钒封闭索,索网结构平面投影尺寸约198米×124米,是世界最大的索网体育馆屋面。索网结构索体紧密,表面平整,防腐性能高,承载能力强。屋面索东西向为承重索,南北向为稳定索,均采用双索,承重索直径64毫米,共49对(98根);稳定索直径74毫米,共30对(60根),索体总长度约为18564米,屋面索体总重量约为581吨,在承载力不变的情况下大幅度地降低了屋面结构用钢量。

作为北京2022年冬奥会新建的标志性场馆,国家速滑馆有很多亮点:世界首个采用二氧化碳跨临界直冷制冰技术制作的速度滑冰冬奥场馆；拥有亚洲最大的约12000平方米的多功能全冰面，冰面采用分模块控制单元，可以根据不同项目分区域、分标准制冰；国家速滑馆屋面单层双向正交索网结构的钢索，充分体现出集约化建设的理念，全部使用中国制造的高钒密闭索，填补国产索在大型体育场馆屋面应用的空白；"冰丝带"幕墙完美展示了速滑馆的速度与激情；规划选址采用2008年北京奥运会曲棍球、射箭临时场馆用地，规划建设时充分保护场内原有生态系统，充分利用既有资源功能空间……

景山万春亭眺望落日的男人

每年最后一天的下午，北京景山万春亭上常常会有一个男人站在那里向远方眺望，开始是自己"独上春亭，望断紫禁城"；而后，是带着一个男孩子站在那里眺望，唯有这一天的下午他才百分之百有空休息，他要盘点这一年自己究竟干了什么，他要好好地看一下北京中轴线。

这个眺望落日的男人叫作武晓南，身旁的男孩子是他的儿子。武晓南是北京市国资公司副总裁，国家速滑馆公司党委书记、董事长，国家速滑馆团队运行主任，曾任国资公司奥运办公室副主任，北京奥运会曲棍球场、射箭场项目部总经理，国家体育场总经理。他有幸赶上了这个时代，作为北京两届奥运会的亲历者，他在奥运建筑、奥运场馆管理上投入了全部精力。参与奥运会上瘾，关键是你得热爱它。他曾经在曲棍球场、射箭场项目上倾注数年心血，曾经参与组织"鸟巢""水立方"开工仪式，曾经与国家体育场、国家游泳中心团队一起破解大型场馆赛后运营的世界难题。

国家速滑馆是北京冬奥会地标性建筑，他像熟悉自己手心手背那样熟悉国家速滑馆的一砖一瓦，一草一木，他在不停地探索奥运场馆的综合利用和反复利用。奥运会是超大型活动，只要有一个目标，尽管实现的过程会很曲折，有很多艰辛，你仍然会体会到快乐，虽然全过程如切如磋，如琢如磨，但是收获的是满满的快乐幸福的回忆，成就感是其他项目很难给予的。

六度空间理论是一个数学领域的猜想，你和任何一个陌生人之间所间隔的人不会超过六个，也就是说，最多通过六个中间人，你就能够认识任何一个陌生人。

世界真小，作为同在北京市海淀区长大的孩子，我和武晓南有一些相熟的人和地点。他的父亲在兵器研究院做管理工作，母亲在农科院工作，他从小在车道沟大院长大，北京理工大学附中毕业，上大学就到了一墙之隔的中国人民大学。我恰好在兵器研究院工作过，也曾经在中国人民大学听过课、讲过学，认识人大毕业的一些精英，我对武晓南说，看在我和你的师兄是朋友的面子上，我得好好挖挖你。你是一个学文科的人，为什么对奥运建筑、奥运场馆管理如此精通？

探索武晓南的精神世界，不能强调学文学理，管理从哲学上讲是相通的，他是中国人民大学国民经济计划系毕业，计划汇各方之力，组织各方资源。他好比是一个信息中心、协调中心，让大家在一起愉快地工作。

从中国人民大学毕业后，他被分配到北京市政府办公厅工作，每天骑着自行车从车道沟往正义路赶，在自行车的海洋里，他感受到老百姓的喜怒哀乐，见证了首都面貌的日新月异。北京申奥成功的那天晚上，他正在北京市委办公厅加班，午夜两点走出位于正义路的办公室来到长安街，满大街都是举着小红旗的人，人们高呼着："人民万岁""中国万岁"。

干冬奥建筑寄托了他10多年前的记忆和情怀。北京奥运会期间，他担任国资公司奥运办公室副主任，参与奥运会场馆建设。2006年，在建设鸟巢、水立方的基础上，他又接到要建设网球、曲棍球、射箭场馆的任务。奥林匹克公园西北角，几乎涵盖了北京奥运会的全过程，网球、射箭、曲棍球、残奥会脑瘫足球和盲人足球在这里举行，北京残奥会最晚结束的一个项目也是在奥林匹克公园的这个场馆群落下帷幕。这里既有设计师的建筑智慧，也有运动员的拼搏佳绩。

当时，武晓南作为业主，需要高效、节俭、廉洁地建设好奥运场馆，保障好奥运会。建设时需要考虑怎么保障奥运会的需求，这是庞大的工作体系。他经历过奥运会情绪上的高低起伏，亢奋，累并快乐着。

当沸腾的钢水喷发之后

当沸腾的钢水喷发之后，当蓬勃的激情燃烧之后，一切都要从踏踏实实的建设开始起步。武晓南是一个智慧型的带头人，他负责建设的曲棍球场和射箭场在奥林匹克公园的西北角，建设好场馆后，他提出了让专业射箭运动员试一试场地的建议。他举着一个蓝色的夹子，身后跟着40多位射箭运动员，带着他们熟悉场馆线路，听取他们的意见和建议。走到主场时，他停住脚步，对大家说："现在我们走到主场了，未来的决赛场，会有6个人站在这里参加比赛，期待这块场地能创造出奥运佳绩。"

场馆是有灵性的，只有熟悉场馆才能热爱场馆，只有热爱场馆才能发挥潜能。中国女排的福地是福建漳州排球训练基地，国家跳水队的福地是山东济南游泳跳水馆，国家队滑冰运动员大多都曾在哈尔滨黑龙江省冰上运动中心滑冰馆和长春冬季运动管理中心滑冰馆训练过，在这些场馆训练都有心理暗示作用。武晓南的导引貌似漫不经心，其实绝非可有可无，他的充满人情味儿的京片子在运动员心中起到了定海神针的作用。

2008年8月14日，中国运动员张娟娟在女子射箭个人半决赛、决赛中以110环的成绩夺得女子个人射箭冠军，夺取中国射箭项目上的首枚金牌，冲破了韩国队在射箭项目上的垄断。

天空飘洒着雨点，那是老天流出的喜悦的泪花，张娟娟射箭夺冠时，别人在热烈欢呼，武晓南却热泪盈眶地在场外踱步，这里洒下了他多少汗水，只有太阳知道；这里倾注了他多少心血，只有月亮晓得。与他朝夕相处的场馆给张娟娟带来了好运，接下来女子曲棍球还要在这里比赛，他期盼中国女曲姑娘也能在这里为国争光。

中国女曲是中韩合作的教练班子，主教练是韩国的金昶伯，他对队员要求非常严厉，故有"魔鬼教练"之称。2007年，"好运北京"国际曲棍球邀请赛在北京奥林匹克森林公园曲棍球场举行。当发现曲棍球场地有一块草发黑时，武晓南在比赛结束后追到了上海女子曲棍球队员驻地，问金教练为什么曲棍球场地有一块草发黑，金教练说那是菌的原因。

听了金教练的话，武晓南茅塞顿开：铺塑料草时铺快了，下雨沤了草地就会发霉变黑。回到北京，他带领团队及时对发霉的草坪进行了重新处理，草地顿时变得绿油油的。经过精心维护，北京奥林匹克公园的曲棍球场馆得到了国际组织专家认证。

2008年8月22日晚，还是在这个场馆，中国女曲与世界排名第一的荷兰女曲进行了北京奥运会冠亚军争夺战，虽然中国队以0比2不敌对手，最终获得银牌，但这是中国曲棍球奥运历史上的第一枚奖牌。武晓南的心里乐开了花，曲棍球场馆是露天的，场馆草地的平整性、透水性、保水性的数据都达标，他和建设者为参加比赛的运动员提供了优质场地,得到曲棍球队队员的褒奖,他为自己参与建设了好的奥运场馆而自豪。

北京残奥会开始了,也是在这个场馆,盲人足球踢出了风采,获得北京残奥会亚军,足球1∶1平巴西队盲人足球;3∶1战胜韩国队盲人足球;他们自信地说:"恐韩症是明眼人的事情,我们盲人运动员不怕韩国队。"

场馆球类比赛从早到晚都在举行,曲棍球场在北京2008残奥会时转换为脑瘫七人足球和盲人五人足球的赛场,武晓南深深地为盲人的拼搏精神所感动,那天晚上是他的不眠之夜。当北京奥组委团队慰问盲人足球运动员时,运动员发自内心的激情和感动,令武晓南记忆犹新。

一晃7年过去了,2015年,北京冬奥会申办成功的那天晚上,武晓南参与了北京奥林匹克公园广场庆典活动的筹办。凡事预则立,不预则废,他做了几个预案:1. 申办冬奥会成功;2. 申办冬奥会失败;3. 下雨怎么办;4. 不下雨怎么办?他想好了,成功了就热烈庆祝,失败了就悄悄收场;下雨了就将队伍撤到水立方,不下雨就在奥林匹克公园广场举行庆祝活动,组织游行庆典。他的心紧紧地揪了起来,期盼着决定命运的时刻。

2015年7月31日晚上,国际奥委会第128次全会在马来西亚吉隆坡举行,将投票决定2022年冬奥会的举办城市。他目不转睛地盯着电视机屏幕,激动人心的时刻终于到来。2022年冬奥会举办城市在马来西亚吉隆坡揭晓,中国北京和张家口获得举办权!北京成为奥运历史上第一个既举办过夏季奥运会,又将举办冬奥会的城市。听到国际奥委会主席巴赫先生说出"北京"时,他的心仿佛要跳出胸膛,那份紧张、激动、荣耀与自豪,情感交织,眼眶湿润。他在北京海淀区长大,太热爱北京这座生他养他的城市了，得知北京成功申办冬奥会，北京人将与冰雪来一场激情的约会，他怎么可能不热泪盈眶呢？

2016年年底，有关方面面向全球组织了国家速滑馆建筑概念设计方案征集，武晓南担任国家速滑馆初评运营组组长，各路精英呈现的十几个方案，他反复对比掂量，着重看设计理念是什么。突然，冰丝带的设计理念让他眼前一亮，22条丝带环绕椭圆形的滑冰馆，象征着速滑运动员在椭圆形的冰面上滑行，冰刀产生的轨迹，丝带在飞舞环绕。

在中外12个设计团队提供的12个设计方案里，澳大利亚博普勒斯公司提交的方案无疑是最抢眼的，冰丝带方案中选亮相时，吸引了众多的目光。国际奥委会主席巴赫说："国家速滑馆这个设计我特别欣赏，每当看到她就想到速度滑冰，感到速度与激情。"

北京建筑设计院的设计团队承担了后续的施工图设计工作。武晓南觉得未来的场馆应该是一个以体育运动为中心的城市综合体，冰丝带应以冰雪运动为中心，是一个老百姓对冬季运动美好向往的集中地。北京奥运会最好的场馆形象记忆就是鸟巢和水立方，冬奥会后，再回忆就应该是冰丝带。未来的国家速滑馆内，你可以看到冰雪为特色的体育竞赛、展览展示、群众健身、文化休闲等不同经营业态，他不希望冰丝带仅仅靠卖票来参观，靠视觉感知来吸引人，最好是深度参与体验，传播营销，冰丝带为老百姓提供深度参与的服务，结合网络营销平台，各种资源汇聚上线，对大家是更好的服务。各种业态汇聚上线，这么多富有创意的好玩的项目，老百姓一定会记住冰丝带，武晓南非常期待冰丝带场馆再出现张娟娟夺冠时的欢呼声。

他把这座场馆归纳为6个词：精耕细作、拔地而起、编织天幕、丝带飞舞、最快的冰、智慧的馆。

作为北京冬奥会的标志性建筑，国家速滑馆用不到半年的时间完成地下结构，在此之前是一个规划设计和基础建设"精耕细作"的阶段。2018年9月完成主体结构，国家速滑馆真正"拔地而起"。随着钢结构环桁架滑移就位，2019年3月屋面索网结构编织张拉完成，实现了"编织天幕"。2019年，国家速滑馆封顶封围，"冰丝带"外形整体亮相，"丝带飞舞"。2021年1月首次制冰调试成功，同年4月"相约北京"系列测试活动，国家速滑馆的大道冰面得到各方一致好评，向"最快的冰"迈进一大步。与科技部、北京市科委、北京理工大学等单位强强联合，努力打造"智慧的馆"迎接北京2022年冬奥会的检验。

筹办冬奥会，武晓南的神经格外兴奋，每天的太阳都是不同的，每届奥运会也是不同的。夏奥会是重要的人生经历，冬奥会有更多的挑战，解决好困难就是最大的快乐。天降大任于斯人也，他的使命是建好冬奥会场馆，保证奥运顺利举行，还有后期运营，鸟巢和水立方的赛后运营为办好冬奥会积累了丰富的经验。迎来冬奥需要解决很多问题，他很享受解决困难的过程。作为业主，他在北京筹办冬奥会的过程中不断克服困难，不断与各方沟通，奥运会不是一个人能完成的，需要团队合作，集各方之力，汇各方人才，讲究沟通，出发点是为了共同的目标，万事理字当先，举办赛事的场馆一定要出彩儿。

历史把武晓南放在了奥运场馆建设的重要岗位，计划拆掉北京奥运会曲棍球、射箭两座临时场馆前，他来到现场，看到自己用汗水和心血修建的场馆就要化为乌有，心怀不舍。再想到未来这里将矗立一座北京冬奥会标志性场馆，又忍不住心潮澎湃。

国家速滑馆的建设是业主牵头，总包、监理、设计共建，大家集思广益，互相沟通，各团队密切配合，不断磨合。场馆建设完成后，参与筹办冬奥的运行团队进驻，同事们初来乍到场馆不熟悉环境，业主最熟悉场馆，只要大家互相理解，多走一步，善于表达，就能凝聚人心。

武晓南平时待人接物总是笑呵呵的，说话风趣幽默，似乎很随和。但是到了工作中就显出庐山真面目，格外较真儿。他是个直肠子，不会拐弯抹角，看到某些人工作不达标，就急赤白脸地跟人家喊，有时候也会拍桌子，但他再急躁也是为了工作，对事不对人。大家体谅他的初衷是好的，理解他唱黑脸为了啥。他多花时间与大家沟通，团队的凝聚力会化解矛盾。举办一届精彩非凡卓越的冬奥会谈何容易？需要一步一个脚印去实现目标。当年曲棍球场地和射箭场地建设时，他请了运动员来沟通交流，而今举办冬奥会，办赛要出彩，参赛也要出彩，运动员依然是最重要的客户群之一，他邀请速度滑冰冠军王北星来场馆坐镇出谋划策，冰丝带的第一块冰刚刚铺好，就请王北星上去试滑，耐心倾听她的意见。以运动员为中心是本届冬奥会提出的口号之一，武晓南把服务好运动员作为自己的首要目标。

2021年4月13日，我和外国使节一起去国家速滑馆参观，武晓南深情介绍冰丝带。看到我和武晓南在聊天，北京建筑设计研究院的设计师说："冰丝带场馆的业主在这儿呢！"武晓南幽默地说："我对你们设计的屋顶有意见，以后一定要按照业主的身量去设计，像我这么胖的体形上不去，是因为你们把屋顶的出口设计得太小了，这是最大的失败。"

在国家速滑馆的引领下，北京冬奥会场馆一共有7处冰场选择了使用二氧化碳制冰。为了达到最好的制冰系统调试和最佳的制冰效果，邀请了国外制冰师马克和他的团队来到中国，还从哈尔滨和长春请来两个制冰师团队帮助冰丝带制冰。马克和他的团队往返于加拿大和中国，严格遵守两国的防疫规定。在北京隔离期间马克度过了他60岁的生日。那天，中方团队为他举行了一场"隔空派对"，当他看到武晓南帮他订的生日蛋糕时开玩笑说："我真不知道你们中国人这么重视60大寿。这么说来，我能在中国庆祝60岁生日也许是最好的。"

国家速滑馆制冰团队里还有一群年轻的身影，他们是来自"双冰场馆制冰人才订单班"的学生。2019年，在国资公司统一部署下，国家速滑馆、国家游泳中心与北京电子科技职业学院联手开设了"双冰场馆制冰人才订单班"，学生进入冬奥场馆实习被写入培养计划。武晓南说："保障冬奥会要组建过硬的冰务团队，赛后运营更离不开人才支撑。但当时，国内专业制冰人才很少，在北京更加稀缺。利用建设顶级场馆的机遇带动职业人才培养，不仅符合国家职业教育发展方向，也能为国家留下宝贵的冬奥人才'遗产'，企业和学校一拍即合。"

作为双奥人，这些奥运场馆倾注了武晓南的一片丹心。

二氧化碳直冷制冰

奥运场馆要按照世界高标准建造，电力消费需求综合实现100％可再生能源，新建室内场馆达到绿色建筑三星级标准。清洁能源将助力北京冬奥会在奥运历史上首次实现全部场馆绿色电力全覆盖，张家口的风就起到了风力发电的作用。

当前，温室效应日趋严重，雾霾、沙尘仍然会袭击北京和张家口，2021年3月15日，蒙古国来的沙尘暴再袭北京，上午9点钟，北京城六区PM10浓度高达每立方米8108微克。生态环境部副部长赵英民表示：本次沙尘暴是突发性的，沙尘随大风直奔北京，浓度也远超预测，这说明人类对自然的认识有限，我国生态脆弱问题依然严重，生态环保任重道远。

举办冬奥会就要聚集人，一届冬奥会从五湖四海来的运动员、裁判、记者、观众要有几万人，凡是有人群的地方必然排放二氧化碳。为了应对冬奥对气候变化的影响，就要开展低碳管理，促进低碳能源利用，推进低碳场馆建设，构建低碳交通系统，实行低碳办公措施，探索碳排放补偿机制。张家口地区靠近内蒙古，风沙大，对于这个风口我们要进行大气污染防治，开展风沙治理，水源保护和治理。加强区域生态环境联防联治，切实改善京张地区生态环境质量。

二氧化碳制冷有很多优点，无毒无味、节能、稳定性好、制冷均匀，等等。北京大学工学院能源与资源工程系教授张信荣表示：目前市场主流制冷剂都有强烈的温室气体效应以及对臭氧层的破坏作用，而二氧化碳是一种天然、绿色、环保的制冷剂。液态的二氧化碳蒸发吸热完成制冷和制冰的过程。在这个排热过程中，我们可以把这个热量全部回收利用。

张教授的建议得到了专家的首肯，在冰板构造、制冰、冰面的研发过程中开了很多专家会。武晓南做了很多认真的前期调研。国家速滑馆冰面巨大，二氧化碳既可以当制冷剂，也可以当载冷剂，冰面下的传导是均匀的，低于0.5摄氏度的误差，二氧化碳制冷的选择就是挑战，要做最快的冰。

国家速滑馆以"冰"和"速度"为设计象征，从设计理念、技术工艺、材料选取、施工技法等多个方面实现了创新和突破。而在国家速滑馆建设之初，二氧化碳直冷制冰只是一个设想。

一湖一场一赛道

武晓南是北京奥运会北区场馆群服务副主任，职责是为观众服务。他像熟悉自己手心手背那样熟悉冰丝带这个场馆的地域：张娟娟的奥运会射箭冠军是在这里取得；盲人足球的残奥会亚军是在这个场地获得；如今，速度滑冰的健儿又要在这里展翅飞翔，他对这块吉祥之地充满了感情。

国家速滑馆已经竣工，但是周边还需要搞绿化和配套建设，他想在冰丝带周边建造一湖一场一赛道，一湖就是在现在简易办公楼的位置挖一个湖注入水，冬天冻成天然冰，和场馆里的冰面相映成趣。

北京奥运会时他和这个场馆的所有运动员朝夕相处，对盲人足球运动员留下深刻印象。盲人踢足球需要戴眼罩和头箍，守门员是明眼人，比赛时裁判用木棍敲球门框，足球里有铃铛，盲人听风辨器踢球。北京奥运会最后一场盲人足球赛，巴西盲人队员往中国队球门射门，明眼人守门员没有守住，中国队获得亚军，守门员当场痛哭流涕，这个场面令武晓南记忆犹新。

正因为北京奥运会盲人足球曾经在这块场地进行，而国家速滑馆没有冬残奥会的项目，他想在场馆周围建设一个盲人足球场，建足球场倾注了他对盲人足球运动员的感情。健全人平时可以来踢足球，届时会给每人发一个眼罩，五分钟之内免费体验盲人足球运动，让你体验盲人足球的精神内涵。然后扫二维码，请您关注一下盲人足球，摘掉眼罩后正常踢球。

《西西弗的神话》是法国作家阿尔贝·加缪一部哲学随笔集。里面有一句话给他印象深刻："意识因关注事物而照亮事物。"他想用足球场表达对盲人足球运动员的敬意。

一赛道就是以冰雪运动为中心，聘请为冬奥会设计赛道的专家围着冰丝带场馆设计一条越野滑雪赛道和冬季两项赛道，夏天可以滑草，冬天可以搞越野滑雪和冬季两项运动。

场馆里面速度滑冰，外面越野滑雪、冬季两项，相映成趣，相得益彰；冰丝带里面分区控制，有速度滑冰、花样滑冰、短道速滑、冰球、冰壶……冰球和滑冰区域周围设有挡墙。

他想在观众区做一个酒吧，男人们坐在高脚椅上一边喝着威士忌聊天，一边看着自己的孩子挥着冰球杆向自己这边的挡墙冲来，是不是有种村上春树小说里的感觉呢？孩子们在滑冰，带孩子来的妈妈们为孩子们选择冰刀鞋和打冰球的护具，一幅多么美丽的画面啊。

作为场馆管理者，武晓南竭尽全力组织资源，求助各方，怎么测冰温，怎么往冰下埋管线监测运动员滑冰速度和蹬冰力量，都需要不断学习。

北京男孩儿大多都喜欢历史，喜欢体育，我是在武晓南的提醒下才注意到在国家速滑馆红线内西南方向，有一座乌雅·兆惠墓。

乌雅·兆惠是正黄旗满族人，曾任山东巡抚、户部尚书、协办大学士。卒于乾隆二十九年（1764）。墓丘早已夷为庄稼地，但墓地前面的华表和墓碑还在。一对汉白玉的华表高高耸立，华表的顶部刻有蹲兽冲天吼，冲天吼下面的望柱上横插着云板，上面刻有祥云。按常规华表前面应有石狮，当地庄户老张头说，早先是有一对石狮子，五十年代连同三块石碑一块拉到八宝山去了。墓碑十分高大，有"加赠太保、原任协办大学士、户部尚书、一等武毅谋勇公兆惠"的字样，立碑日期为乾隆二十九年十二月二十五日。

武晓南有时候会站在乌雅·兆惠的墓碑旁浮想联翩。这块地皮原来属于洼里乡，乌雅·兆惠是乾隆年间著名的武将，平定了北疆准噶尔之乱，荡平了南疆的大小和卓之乱，因此成为中国历史上收复疆土最多的将领。这位将军跨越天山南北作战，死后埋葬在洼里乡，天山是一座有积雪的山，乌雅·兆惠选择冰丝带旁的一角作为长眠之地，冥冥中预示了冰丝带与冰雪之间的渊源。

武晓南干一行爱一行，倡导大家熟悉冰上运动，并熟悉与冰上运动相关的各个系统之间的关系。对于冰面温度和冰底温度是多少，二氧化碳排放多少，出水口的温度多少，他都烂熟于心。国家速滑馆以运动员为中心，智慧场馆要能拍摄、抓取运动员动作，搞好力量、速度等运动数据分析。作为双奥人，武晓南在手机上制作了冰上15个项目运动的微信表情包——大道速滑从这里出发。奥运会承载了他的梦想，寄托了他的期盼。

两个奥运，一世传奇

郑方行

在东岳泰山脚下，有一个泰安市；在泰安市的怀抱里，有一个不起眼的县城——宁阳县。宁阳县历史悠久，西汉时汉高祖于宁山（今伏山村南）之南置县，因山南为阳，故名宁阳。县里最好的中学是一中。1988年，宁阳第一中学爆出了冷门：当年山东省的高考理科状元在这所名不见经传的中学出现。宁阳的著名景点有文庙、神童山森林公园、禹王庙和灵山寺，小县城出了一个神童郑方，瞧这名字起的，上数学课时同学们会拿他开玩笑：郑方，老师今天讲"郑方行"（正方形）。

他的父亲是县里的公务员，母亲从农村到县土产公司做职员，普普通通的家庭养育了三个子女。母亲受到的教育不多，但是傍晚的时候，会在乡下的家里，坐在昏黄的灯光下，一边手工给玉米脱粒，一边给孩子们讲状元郎进京赶考、高中皇榜的传说。宁阳一中有一批热爱教育的好老师，非常敬业，语文老师毛树贤是省作协会员，文采飞扬，精心研究孙犁的作品。他鼓励郑方学好语文、训练写作。郑方因此语文成绩很好。他学业轻松，不死读书，门门功课优异，看起金庸的小说通宵达旦。

他参加过山东省高中数学、物理、作文大赛，文理兼修，德智体全面发展。山东是高考大省，考生极多，能够在山东省考出状元谈何容易！而这个貌不出众语不惊人的小伙子硬是摘取了桂冠。那时候高考是先报志愿，究竟报考哪所大学好呢？父亲的一个朋友从事建筑行业，热情地对他说："建筑行业不错，你报建筑专业吧，同济大学的建筑系最好。"

他听从叔叔的建议填写高考志愿，第一志愿就是上海同济大学建筑系。高考631分，被同济大学录取，读了五年本科。上大学以后才开始从头学习画画、学习德语，全凭自己的悟性跟同济的老师们学习建筑学专业。

郑方在同济大学读书时，钱锋老师博士毕业到同济任教，开设体育建筑设计课。钱老师可谓是他在体育建筑领域的启蒙老师，为他开启了专业领域的大门。他在同济大学不仅倾心专业训练，而且热爱体育运动。参加校运会1000米比赛，能排前十名。对体育的热爱长久不变，中年以后开始尝试马拉松比赛，42公里全程。到目前已经参加过北京、京都、纽约等10个马拉松比赛，比赛完，奖牌送给女儿做礼物，存在她的小柜子里，光彩照人。他现在仍然每周坚持跑步，每年跑上千公里。建筑设计需要综合运用数理、几何、逻辑、绘画、写作的本领，文理艺术兼修使得他如鱼得水，体育又能锻炼坚强的意志。

1993年临近本科毕业，因为清华大学研究生外语考试没有德语科目，他用一个月的时间强化英语，以优异成绩考取清华大学建筑学院，跟从俞靖芝老师读硕士。清华大学建筑学院是大师云集的地方。知行合一，先生们的学识和作品引领了中国设计理论和实践的发展，是建筑学的殿堂。清华地处首都北京，精研传统，人才济济，学术氛围浓厚。从到清华大学读书开始，到2022年冬奥会，他从事建筑刚好满30年。1996年，他硕士毕业到清华大学设计院工作；1999年，他跟随清华大学建筑学院庄惟敏老师，参加设计的第一个体育建筑就是清华大学综合体育中心。

2003年8月，郑方正式加入中建国家游泳中心设计联合体，负责水立方的设计工作，自此写下两个奥运7个场馆设计的传奇。设计联合体由中建总公司牵头，成员包括澳大利亚PTW、ARUP和中建国际（深圳）设计公司（后更名"CCDI悉地国际"）三家，赵晓钧担任中方总负责人。从方案深化开始，郑方担任设计联合体执行总负责人，主持水立方奥运会赛前的设计工作。同时，他组建设计联合体，在奥林匹克公园网球中心（后更名"国家网球中心"）、曲棍球场、射箭场设计竞赛中获胜；独立设计在沙滩排球赛场的设计竞赛中获胜。由此，他为2008年北京奥运会主持设计了5个竞赛场馆。

2008年8月，游泳运动员在水立方24次刷新21项世界纪录，菲尔普斯一个人得到8块金牌；中国跳水梦之队在周继红领队带领下，获得跳水的7块金牌，书写了奥运史上的传奇。奥运会赛后，郑方作为设计总负责人，陆续主持完成水立方2009年赛后改造、2014年APEC改造、2022年冬奥会冰壶赛场改造的设计工作。

这些场馆的设计，都实现了建筑形式、结构性能和节能策略的完美统一，使北京奥运场馆融合了世界范围内可持续设计的顶尖技术，深刻地影响了当今大型公共建筑的设计。这些场馆也锻造了他独特的建筑设计观念，包括三个核心要素：象征性的体积、超级结构和渐变立面。

2009年秋天，他回到清华大学，跟庄惟敏教授读博士，学习技术哲学、人类学课程，潜心研究技术的意义和方法。理论结合实践，成就了他的博士论文研究。2014年6月，郑方在自己亲身参加设计的清华大学综合体育中心里面，接受陈吉宁校长拨穗，从他手里庄重地接过了博士证书。

奥运是不可重复的历史，郑方大学毕业时对建筑专业充满好奇和探索的愿望，塑造了自己的人生。北京奥运会期间，他主持设计国家游泳中心、国家网球中心等5个赛场，这是时代赋予他的机遇。

郑方的博学、真诚和谦和获得同行、同事们认可。北京冬奥会申办成功，国家游泳中心董事长杨奇勇就拉着他一起商量如何为冬奥尽力。这两个建筑专家在北京奥运会时还是两个小年轻，是同一条战壕的战友，彼此非常默契。水立方里面的画应该怎么挂，展览应该怎么布置，杨奇勇时常认真听取建筑师的意见。杨奇勇忧心忡忡地对他说："到了冬奥会，水立方的游泳池要浇上砼，改成冰场。我觉得不成啊，这是全世界最快的游泳池，真要浇上砼，我就当场辞职。"

郑方安慰杨奇勇说："放心，咱国建筑工业化体系发展这么久，还有那么多科学家，预制装配场地一定能达到现浇砼场地一样的性能。"

2016年4月，两人一起到瑞士巴塞尔观看男子冰壶世锦赛，研究可以拆装的制冰系统。当时拜见了世界冰壶联合会的主席凯特·凯斯尼斯，她非常喜欢水立方。虽然技术官员们对冰壶场地的复杂性忧心忡忡，她仍然支持水立方进行水冰转换实验和测试。条件是：如果实验不成功，立即采取浇筑砼的方案。

游泳池改成冰场这件事，以往只在日本东京的一个小体育馆做过，夏天做游泳池，冬天铺上冰场做社区活动，都是小打小闹。但是冬奥会的冰场，需要的是世界上标准最高、技术要求最严格的冰。中国是基建王国，有建筑工业化体系，从数字设计到智慧建造，中国的建筑在全世界理应处于领先的位置。要面对水冰转换这样前所未有的挑战，必须得到最新科技的支持。于是，他俩从瑞士归来，直奔北京市科委。

国家游泳中心以水为灵魂，创造了无数奇迹，绝不能失去世界上最快的游泳池，还要做成世界上最有智慧的冰场。他们到北京市科委恳请课题帮助。市科委社会发展处的邢永杰处长和祁丽荣工程师大力支持，为水立方水冰转换立项：研发世界上最高标准、最有智慧的人工冰场。然而水是液态，冰是固态；冰场的基础需要像浇筑砼一样坚固；游泳池又湿又热，冰场又燥又冷；水立方的自然光线照射对冰也有影响。怎么解决这些难题呢？

两个挚友在一起商量，杨奇勇说自己哈工大的师兄张文元教授能够解决怎么让冰场坚固稳定，研究力学和结构性能；郑方了解清华大学建筑学院的江亿院士是中国顶级的空调制冷和环境专家。于是，郑方和杨奇勇到清华大学建筑学院拜访，恳请江亿院士加入，指导科研队伍研究室内环境和气流组织。后来，水立方冬夏场景转换的研究获得科技部"科技冬奥"专项支持，研发可持续技术体系和智慧场景，为世界范围内奥运场馆的运营树立典范。

科研团队成功组建，郑方、杨奇勇和科学家们一起设计试验、测试方案，在水立方搭建了两条、五种不同体系的试验赛道。来自清华大学、同济大学、哈尔滨工业大学、北京交通大学等四所大学和中建一局、商汤科技等科研团队齐心协力，攻坚克难，成功研发冬夏场景的智能转换体系，包括可转换场地、可调节环境、智慧场景控制和增强观赛体验等关键技术，在"相约北京"测试活动全面应用。郑方的博士导师庄惟敏院士主持科研项目实施方案论证，和专家们一起提出了宝贵的指导意见，保证了技术的圆满实现。有感于郑方等设计师的科学攻关，欣然赋诗：

七律·咏水立方变冰立方

丹枫诱惑思霞梦，桂月寒兰笑意融。
驱动火云迎赛事，协调冰水似神工。
清风泳道开心境，素蕴瑶壶耀眼瞳。
璀璨方晶花绽放，扬鞭跃马鼓声隆。

冰上划痕成丝带

2016年6月，北京市规划委员会组织国家速滑馆的国际设计竞赛，杨奇勇鼓励郑方参加设计竞标。郑方当时所在的公司规模小，无法通过资格预审参赛。

但是射箭场、曲棍球场都是他主持设计的奥运场馆，那里曾经洒下他的汗水，他实在太爱这个地方，太想再为冬奥出力。于是，他在全世界寻找合作的设计公司。5月30日，郑方推荐博普勒斯公司在中国的负责人到上海同济大学讲座，约定合作参加国家速滑馆的设计竞赛。当时一共有英国、德国、日本、法国、澳大利亚等7家外国设计公司、5家中国设计公司参与竞赛。英国的福斯特公司设计了香港汇丰银行、首都机场T3航站楼等著名建筑，在建筑界大名鼎鼎；国内的中国建筑设计研究院、清华大学、华南理工、哈工大、北京建筑设计研究院也是最强的国内大院，12家实力雄厚的设计公司开始竞标。

2016年7月22日，国家速滑馆的国际设计竞赛开始，到2017年4月25日《北京日报》报道"冰丝带"方案获胜，设计竞赛历时9个月。

从"冰丝带"竞赛获胜之后，技术设计和建造历时4年，郑方百感交集。他想起法国著名昆虫学家、文学家、博物学家法布尔的话："四年黑暗中的苦工，一个月阳光下的享乐，这就是蝉的生活。"奥运会的特点是，4年尘土飞扬的建造，16天比赛举世瞩目的辉煌。

他说，如果我们短暂的一生有一些必须做的事情，那么到体育场看比赛，一定是自己全力推荐的：去亲眼见证赛场上精妙绝伦的技巧，体验风驰电掣的速度，感受石破天惊的力量。而奥运会，就是这样的顶级赛事，没有之一。

作为一个建筑师，他有幸参与了两届奥运会场馆建设，主持2008年奥运会5个场馆、2022年冬奥会两个场馆，总计7个竞赛场馆的设计任务，与奥运结下了一生的缘分。他时常觉得作为一个建筑师，能赶上两次奥运会，经历这样一个波澜壮阔的时代是何等幸运。建筑的历史，就是我们生活中一切事物的历史。

2018年9月，国际奥委会副主席、北京冬奥会协调委员会主席小萨马兰奇现场考察水立方和冬奥会场馆，郑方负责水立方和冰丝带的陪同和讲解，小萨马兰奇称赞："北京正在筹办一届充满智慧的冬奥会。"

不同时代的建筑书写城市的历史

北京奥林匹克公园中间的仰山，是北京2008年奥运会之前修建的，位于北京城市中轴线的最北端。仰山的名字取其高山仰止的意思，和紫禁城北的景山合称，表达"景仰"的意思。仰山虽然只有49米高，但是象征意义无比重要。郑方思忖着：国家速滑馆肯定不能比仰山更高，而且应该是一个环保节能的建筑，还是北京冬奥会的文化符号。

郑方对国家速滑馆的场地心里门儿清，从一开始就分析2008年北京奥运会的前后院关系和赛时运营流线，形成了强化中轴线、扩展奥林匹克森林公园、控制建筑高度三个设计准则。一旦开始，设计概念的产生和发展如同行云流水，一气呵成。

2016年8月，博普勒斯公司找了伦敦的一个叫作CRAB的工作室作为合作方。郑方独自乘坐CA937航班，去伦敦和他们一起工作两周。他一边通过网络，指导北京的同事们尝试设计概念，一边在伦敦和CRAB工作室沟通各自的方案进展。CRAB主要是AA建筑学院的实习生，习惯于由擅长的软件制作复杂特异的形体，郑方明确地知道这些行不通，于是详细地向他们说明自己带领北京小组做的完整椭圆、透明立面的设计概念，沟通为什么作为中国的国家符号，速滑馆应该像鸟巢和水立方那样，单纯、完整、有力。

郑方很喜欢伦敦。伦敦的房子跨越时代，有新有旧，新房子的现代故事和老房子的历史故事同样精彩。这里的每一个角落都有某个时代的建筑在诉说过去，这里的大街小巷都流露出历尽风霜的痕迹。一刹那间，你可以从建筑跨越数百年的历史。伦敦鲜活而完整，无论你是学自然科学、人文科学还是学艺术，徜徉于伦敦丰富的杰作中，都能找到站在巨人肩膀上去发现、创造的感觉。伦敦的建筑代表着每一个时代建筑的最高峰，有很大的包容度，符合建筑的本源。郑方住在伦敦的利物浦街站，周末跑步，经过金融城、圣保罗大教堂，自舰队街一直到圣詹姆斯公园和白金汉宫、绿色公园，从威斯敏斯特桥过泰晤士河，经过南岸，再从千禧桥返回。从近代以来的建筑到当今最高技术的建筑，鳞次栉比。伦敦和北京的城市有特别的相像之处，具有跨越时代的包容性。北京既有皇城和古老的四合院，也有鸟巢、水立方和冰丝带这样最新锐的设计，冬奥场馆应该记录时代的最新技术。

北京冬奥会新地标

大道至简，国家符号应该是一个完整形态，而不是碎片。

郑方和同事们完成预想的设计策略：中间凹陷的双曲面屋顶、倾斜透明的立面，以及屋顶起伏一致的立面线条。然后他们研究发展立面圆管的数量和分布。最早在立面上使用了18根圆管，用犀牛插件使这些圆管形成内外不规则的错位，连接错位的圆管定位玻璃幕墙，分隔室内和室外空间。这样立面就包括4叠弯曲的玻璃幕墙，以及这4个褶皱上渐变分布的玻璃管。当时的想法很简单：要想立面的线条有进退关系，最有效的方法是做成带有弯曲面的玻璃。在曲面玻璃凸出的部位，玻璃管非常密集；而凹进的部位，玻璃管更疏松。10月初，郑方的团队把完成的数字模型提交给实体模型公司、效果图和动画公司，按计划开始后期制作。在深圳3D打印弯曲透明的立面小样，测试实体模型的视觉效果。

看到建筑效果图和动画的小样，郑方把国家速滑馆和鸟巢、水立方的立面局部组合在一起观察，觉得它们的立面都带有渐变、时尚的质感，应该有一个相称的名字。叫什么好呢？"冰糖葫芦"？"冰陀螺"？都不好。直到看见效果图上像轻纱一样的曲面玻璃，灵机一动，就叫作"冰丝带"吧。这个名字刚柔并济，朗朗上口，通俗易懂，它将传遍全世界。不远的将来，《北京日报》会在头版公布"冰丝带方案赢得国家速滑馆国际设计竞赛"！

2016年10月20日，冰丝带方案由博普勒斯公司交付。从10月底到12月，经过技术组初评和院士、专家评委会评审，从12家竞赛单位选送的设计方案选中了前三名，其中就有郑方设计的"冰丝带"，方案编号B04。前三名都要根据主办方的意见，限时修改方案。

设计方案是郑方做的，他当时工作的公司平台小，必须找一个业绩足够的大公司才有机会参加竞赛。他有着强烈的奥运情怀，只想着给北京设计一个好场馆，为时代留下一个好作品，将自己的心血毫无保留地拜托博普勒斯公司递交。竞赛进入前三名之后，博普勒斯公司委派伦敦的工作室修改方案，距离初始的设计概念越来越远，冰丝带方案面临失败。郑方的心像利刀绞割般疼痛，这段时间是他职业生涯中最黑暗的时期。幸亏北京市规划委员会否决了博普勒斯公司的多次修改。

四个月已经过去了，博普勒斯公司请郑方修改设计，方案重新回到郑方手里。

2017年4月，郑方接手修改设计方案，纵使刀光剑影，我自岿然不动。当时国家领导人看过最初的方案，提出冬奥场馆要有冰雪特色。他把原先建筑的内核改成蓝色以增强冰雪特色；立面丝带由54条改成22条，寓意2022年北京冬奥会。4月14日，递交设计完成稿。

2017年4月25日，郑方一早到长安兴融中心停好车，在大堂咖啡厅等候一个项目工作会。点好早餐茶，在微信朋友圈看到北京日报首席记者耿诺写的新闻：

《与鸟巢水立方为邻！冬奥新建馆芳名"冰丝带"》

他一时百感交集，眼泪几乎夺眶而出。转发新闻的时候，他用了"两个奥运，一世传奇"的标题。建筑师生逢盛世，该当用设计创造历史，书写传奇。

设计是有灵性的

作为北京市建筑设计研究院冰丝带项目负责人，郑方带领工作室的十几位建筑师，以及北京建院的工程师、专业顾问工程师一起，重新开始方案深化设计。在竞赛方案提交的时候，曲面玻璃幕墙的结构还没有确定，只在最终的修改方案中有钢索支撑S形龙骨的示意。所以，最初的阶段用于解决曲面幕墙的结构体系和建筑效果问题。建筑师建模，结构工程师计算、优化，他们一起研究了很多方案，中间颇多争议。

郑方和项目组的同事们一起，分步骤解决了几何逻辑构建、超大跨度索网找形、曲面幕墙工艺、单元式屋面系统、预制看台、消防性能化、机电综合、冬奥运行和流线等关键技术问题。从2016年10月概念设计的第一版三维建模，到BIM模型交付施工现场，完整的速滑馆数字模型有近20个。2017年11月20日完成初步设计；2018年6月完成施工图设计。建造过程总体进展顺利，建筑效果逐步显现，像胶片显影一样，慢慢接近效果图和动画预想的场景。

冰丝带是代表现今时代集大成的一个冬奥建筑。然而从概念到实施，把设计蓝图变成一个现实的场馆，还需要艰苦的付出。尤其是屋顶和曲面玻璃幕墙两大难关。在科技部"科技冬奥"专项支持下，郑方和同事们完成了很多世界首创的研究：

速滑馆是世界上跨度最大的单层正交索网结构体育馆，为它找到空间最紧凑、结构性能最高、室内效果最动感的屋顶双曲面。

研发世界上第一个金属单元柔性屋面系统，适应钢索结构的变形。

大规模的曲面玻璃幕墙前所未有。他们用数字化模型去测试，使生产工艺标准化。

一直到冰丝带竣工，郑方与团队一直并肩战斗，使传统的建造过程变成全部数字化的过程。不像工地，更像现代化大工厂。在我采访时，设计师仍然在现场督促收尾工作。

冰丝带是一个有智慧、有生命的建筑。最初设想的绿色节能、高效结构、建筑效果总体都实现了。郑方心潮起伏，回想2008年8月，和成千上万的观众一起，在自己负责设计的场馆里看激情燃烧的比赛；那种场景仿佛就在昨天。2022年冬奥会转瞬将至，他期待再次看到奥运圣火照亮每一个人。

建筑师一定要博采众长，见多才能识广。他曾经在2008年北京奥运会、2012年伦敦奥运会和2018年平昌冬奥会现场观看比赛；也曾经访问悉尼（2000）、雅典（2004）和东京（1964、2020）的奥运场馆。每个城市的设计各有特点；但在他看来，北京的场馆从设计、建造、运营角度，都能代表当今时代奥运场馆的最高水准。建筑不只是美好生活的场所，它还是一个凝聚当今技术力量的复杂系统。

也许，我们应该感谢山东宁阳县那个劝郑方报考建筑学院的叔叔，正是他的点拨，少年的郑方才走上了建筑之路；我们也应该感谢同济大学和清华大学，正是这两所大学培养了一个优秀的建筑师；我们更应该感谢这个时代，正因为国运昌盛，中国北京才可能两次申奥成功，郑方才有幸设计这些奥运场馆，为我们所有人生活、热爱的城市描绘壮丽的画面，成为名副其实的双奥设计师。

主持设计7个奥运场馆，是他一生的荣耀。水立方、冰丝带项目获得各种奖项，他实至名归：中国建筑学会第7届青年建筑师奖、第11届中国青年科技奖、北京市委市政府表彰奥运工程建设功臣、中共中央国务院表彰先进个人等。在场馆设计过程中，他和很多学识渊博、充满智慧、勤恳敬业的人共事；他从内心深处尊敬和感谢他们，也赢得了他们的敬重。

同济大学建筑学院的郑时龄院士创立了建筑批评学，郑方对建筑的认识很多来自他的著作。2019年，郑时龄老师当选全国最美教师，郑方和三位同济校友陪同他参加中央电视台的颁奖典礼，当场背诵了老师的教诲："建筑作品用于表达建筑师和社会对建筑本体的认识，蕴含了对未来方向的思考，表现出历史参照性和导向性。"

"绿色节能可持续"是北京赛区冰上场馆新建和改造的核心主题。郑方告诉我在轻型结构和智慧建造方面，"冰丝带"采用面向未来的单层双向正交马鞍形索网结构，大大减少屋顶用钢量；在打造可持续赛后利用场景方面，"水立方"通过"水冰转换"可拆卸结构，已实现冬季、夏季两个使用场景的转换。此外，在北京赛区冰上场馆新建和改造过程中，建筑师为场馆建立节能体系，包括控制新建场馆容积、增强自然通风和采光利用，提升场馆能源运行水平等，降低了冰上场馆对环境的整体影响，提高了场馆运行效率。

郑方像一块海绵，总在吸纳新知；他像一只勤劳的蜜蜂，不停地在花丛中忙碌。最近，他参加雄安设计讲坛，听袁烽老师讲后人文数字建造未来；他奔赴石家庄城市馆、图书馆，领略设计的魅力；他还在清华大学经管学院做"西体东看台"城市体育创新发展讲座，协助同行一起，破解体育场馆规划建设与运营管理难题。

每当郑方面临艰巨的挑战时，首先想到的就是向母校求助。冰立方和冰丝带科技冬奥专项攻关，他邀请同济大学的老师，还有清华大学自己的博士生导师庄惟敏来指导。

日本作家村上春树写过很多文学作品，难能可贵的是他还是一个马拉松爱好者。郑方也是马拉松爱好者，酷爱跑步，无数次在奥林匹克公园经过水立方、冰丝带、莲花球场，看到这些从自己设计的蓝图变成现实的建筑，内心都充满自豪。回想起与同事们日夜奋战的岁月，觉得所有的辛苦与付出都值了。不久的将来会有千千万万人来到冰丝带，见证激动人心的历史时刻，那是他最期盼的美好瞬间。

最近，郑方给我打电话兴奋地告诉我，国家速滑馆金属单元柔性屋面获评2021年度"建筑防水行业科学技术奖——技术进步奖"一等奖。

连续访问了十几个冰场，现场观看了2020—2021赛季全国速度滑冰冠军赛，我深感速度滑冰的魅力，这是速度与激情的展现。激动人心的比赛即将开始，屋顶上的3圈LED体育照明灯开启，曲线飞扬，星汉璀璨，犹如银河高悬空中。我觉得她的穹顶仿佛一枚巨大的钻戒，她的冰面酷似凝固的牛奶溢出乳香。前年我亲眼见过冰丝带建设中的模样，而今再睹芳容分外高兴，欣然赋诗。

七律·咏国家速滑馆

环绕飘飞俊秀梁，晶莹剔透润心房。
玲珑穹顶钻光亮，洁白冰肤雪乳香。
方叹高钒织索网，又疑仙桂映帘墙。
雄鹰展翅任腾跃，速度豪情尽骏翔。

2021年金秋，"相约北京"速度滑冰中国公开赛在国家速滑馆"冰丝带"闪亮登场，这是北京冬奥会首场国际测试赛。国家速滑馆的冰面经过国际测试赛检验，被国际滑冰联盟副主席创·埃斯普利形容为"无与伦比"。两年前与国际滑联专家一起参观"冰丝带"的场景历历在目，如今听到这样的赞许，我的心情格外激动。当年的大工地，今天的好赛场，唯有亲历，才能感悟。在3天比赛中，共有4名运动员5次滑出个人最好成绩。

奥运比赛是唯一一个让全世界聚会一处和平竞争的大会。奥运是多元世界上最强有力的团结象征。在我们脆弱的世界上，尽管存在各种分歧，体育的力量使世界汇聚一堂，让我们对迎来一个更美好的未来有了希望。

（节选自《中国冬奥》，人民文学出版社2022年1月出版）

高铁让地球变小

王 雄

延伸,再延伸,中国高铁在不断延伸。

高铁让地球变小,高铁让人与人之间、城市与城市之间的距离越来越小。

在中国广袤的大地上,正在编织一张快捷、通畅、高效的高铁网,让中国成为一个连接更加紧密乃至亲密无间的整体。高铁集安全性、舒适性、高速度以及格林尼治时间般准点等诸多优势,以前所未有的磅礴力量,刷新了人们的观念、视野与审美,改变了国人对速度、距离、效率的认识,改变了中国社会的时空格局,改变了人们的出行方式和生活方式……

这么多年,我一直拖着拉杆箱上路。诚然,作为一名铁路宣传干部,坐火车是我工作的重要内容,许多时间都是在火车上。或出差到沿线,或跟车添乘,或陪同记者采访。

不知不觉间,高铁来到了,遥远的路程突然变短了。原来十几个小时的绿皮车路程，高铁一下子就缩短至两三个小时。高铁拉近了两地间的时空距离，旅途时间大大地被压缩了。人们在惊叹中，愉悦地享受着社会的进步和高科技成果带来的便利。

随着民众收入、生活质量的不断提高，相对于飞机票价高、大巴的磨蹭、劳累而言，高铁已经越来越被人们所接受。如今乘坐高铁出行，已经成为中国百姓出行方式的首选。

八千里路云和月，出行的路不再遥远。

人们谈论出行，有一个常用的概念叫作"出行半径"，这是衡量人们生活变化的一项重要指标。从"一辈子没有走出过小山村"，到跨越省份求学、工作，再到今天日益普遍的跨国旅行。中国人的出行，已经发生了质的变化，不再是单纯的A点到B点的距离迁移，而是心情的行走、状态的行走、随心所欲地行走。

世界银行的研究报告显示，高铁乘客中新生成客流的占比超过50%。高铁出现，扩展了中国人的出行半径。人们的出行体验更加丰盛，出行内涵更加丰富，出差、访友、旅行、探险……出行半径越拉越长，美好生活的范围不断延伸。

古人"千里江陵一日还"的美好愿望，今日成为现实。在遥远的过去，出门都是以年计算，如今舒适、便捷的高铁，几个小时就能跨越多个城市，那可是古人一年的路程啊。如今8小时高铁生活圈，涵盖了国内绝大多数省会城市和50万人口以上城市，覆盖全国90%以上人口。

目前，中国每三位乘坐火车的旅客中，就有两位选择高铁出行。以高铁等为代表的现代中国人的出行方式，不仅成为小康生活、品质生活的代名词，也在舒适、高效、便捷等维度上，打造起新时代的出行样板。

人民群众称赞中国高铁发展："是高铁，让我们出行，更快捷，更有尊严!"

第一节　列车颜色与速度

蒸汽机车一问世,黑黝黝的火车很快就成为人们最喜爱的出行工具。

大约200年前,第一台火车头出现在英国时,最高时速只有3.6公里,比人步行的速度还要慢。然而,随着科技的进步,火车不断地改写着人们的出行速度。黑色的车身,大红的轮子,构筑起蒸汽机车时代的辉煌。

从蒸汽机车、内燃机车,到电力机车,火车的速度不断提升,也不断地变换着外装颜色。颜色与速度,形成了一种完美的搭配。外观的颜色,不断刷新人们的感官,本质的磅礴力量,不断提升人们的出行体验,推动社会加速前进。

铁路电力的火花,相比蒸汽机车、内燃机车,无疑是更高一级的火车头动力,也是高速列车的前奏曲。联想到今日中国高铁,一种划时代的变革,与当年电力对于蒸汽的取代有异曲同工之效。经过一段漫长黑夜的摸索之后,中国人终于赢得了高速列车电力火花的灿烂。

绿皮车的记忆

就在20多年前,绿皮车在中国大地上随处可见。

自从铁路进入中国,在旧中国的破旧铁轨上,奔跑的全是外国火车头。一直到1949年新中国成立时,旧中国遗留下来的火车头机型多达198种,出自9个国家的30多家工厂,有"万国机车博物馆"之称。这些火车头基本上都是蒸汽机车,只在几条矿山专用线上有几台内燃机车，但也都是"洋货"。

1952年7月1日，新中国第一条铁路——成渝铁路建成通车。因为首列剪彩的旅客列车车厢涂成了绿颜色，从此开启了中国"绿皮车"的先河。绿皮车几十年不变，直至改革开放以后。

许多人都对老电影当中的绿皮车印象深刻。在那个年代出远门，绿皮车似乎是唯一的选择。二十世纪八十年代的中国，铁路运营里程仅5万公里，线路上跑的基本上都是蒸汽机车。

这些绿皮车，速度很慢很慢，人们乘坐它出行，远一点的往往需要好几天才能到达目的地。车厢里拥挤嘈杂，空气浑浊，夏天闷热，冬天寒冷，座位是硬板的，还有那些关不严实的车窗玻璃，风呼呼地往里灌。与其说是窗口，不如说是旅客爬进车厢的另一个通道。

绿皮车走走停停，一路上要途经很多车站。有些车站就藏在大山里，很小很小，就一间小房子。每天只有一趟慢车经过，停车三分钟。当绿皮列车慢悠悠地从远方开来时，等候在站台上的旅客早已是憋着一股子劲。火车停在了站台边，喘着粗气，冒着黑烟。旅客如黄河决堤一般，汹涌地涌向车门。背在肩上、挽在手上的那些沉重的大包小包，立即就把车门堵得严严实实。人流只能转向一个个窗口，双手扒着窗口，抬腿飞身，好一身武艺，很是轻巧。穿制服的列车员很无奈地、声嘶力竭地呼喊着："不要拥挤！不要翻窗！"但也无济于事。

即便如此，春运时能买到一张火车票，仍然像中了彩票一样高兴。

置身于绿皮车厢里，简直就是一个人头攒动的世界。狭小拥挤的空间，过道里、车厢连接处，都挤满了人。尤其是逢年过节，车厢里更是水泄不通，地板上、座位下，堆满了大包小包，连下脚的地方都没有。夏日里，赤裸着上身的男子和露着乳房奶孩子的女人，都是那样的肆无忌惮，也是那样的心地坦然。没座位的人，或睡行李架上，或躺在座位底下，或挤塞在厕所里……种种窘状，惨不忍睹，可谓司空见惯。

诚然，坐绿皮车也有着很多有趣的事儿。趴在漏风的窗口，看着一闪而过的山村，似乎能闻到村头袅袅炊烟的味道。谈天说地、打牌、睡觉、上厕所，各得其乐。动物、器物、背包和人，鲜活的生活气息扑面而来。坐上了火车就能回家，那就是最大的满足和安慰。

记得有一年，我的一位当列车乘警的哥们受伤了，我去医院看他。值乘时，他的一只手臂被人咬伤了。瞧那伤口，两道弧形的牙印，深深的伤痕，十分显眼。我问他："被犯罪分子咬的？"他苦笑着，向我讲述了事情的原委。他在车厢查票时，发现一对农村人装束的年轻夫妻。两人只有一个座位，男的坐在座位上打瞌睡，女的抱着孩子站在一旁。乘警哥们年轻气盛，一把将这个男子从座位上拎了起来，让抱孩子的女子坐下。男子不干，与乘警争吵起来。那女子乘其不备，一口咬住了乘警的胳膊，痛得他嗷嗷大叫。

乘警哥们的遭遇，令人啼笑皆非。一个普通的列车座位，既是夫妻恩爱的象征，也残留着根深蒂固的夫权尊严啊。

到了1978年，中国改革开放前夕，这时世界上已经有了两条高速铁路，都在日本的国土上。一条是东海道新干线，另外一条是山阳新干线。运行在东海道新干线上的"光－81号"高速列车，时速达到了210公里。

此时中国铁路的现状是，可统计的铁路里程为5.2万公里，其中4万公里运行的是蒸汽机车，1万余公里运行的是内燃机车，只有1030公里是由电力机车牵引。全国拥有各类机车大约1万台，其中近8000台是蒸汽机车，电力机车不到200台，剩下的都是烧柴油的内燃机车。旅客列车平均时速刚过40公里，与1910年相比，火车时速仅仅提高了5公里。

直到1993年初，全国旅客列车的平均时速只有48.1公里。小茶炉、电风扇、人造革座椅是绿皮车的标准配置，闷热、吵闹、低速是绿皮车的常态。火车轮击打钢轨发出的"咣当咣当"声响，陪伴着无数游子，度过了无数个孤寂之夜。

"绿皮车，晃悠悠，木板椅，小方桌……"老人倪淑兰还记得，1978年她从北京回河北老家，200多公里路程，她坐了一夜的火车。

2010年6月27日深夜，一列从北京开往上海的绿皮车途经廊坊站，消失在了茫茫黑夜里。自此，京沪铁路线上最后一趟绿皮车正式退出历史舞台。一个守候在廊坊站的火车迷，拍下了这张具有历史意义的照片，被铁道博物馆作为珍贵的"历史记忆"收藏。

诚然，眼下有些铁路线上还奔跑着绿皮车的身影，但是这些绿皮车档次却高了许多，乘车环境也好了许多。眼下绿皮车上的旅客大多是老年人，他们不急于到达目的地，坐慢火车，寻找往日的记忆，很开心地细细品味着。这是一种慢生活的节奏，一种悠闲自得的享受。还有山沟里的扶贫列车，依旧是绿色的气质，几十年不变的票价，方便着出进大山里的村民，彰显着社会主义制度的优越性。秋天里，车窗外依然可见燃烧的秸秆，空气中飘着的依然是绿皮车上盒饭、方便面或火腿肠的味道。

纪录片《在大凉山下的慢火车》中，作家齐栋坐着绿皮车去大凉山，在车上遇到了58只羊和60多条狗。养羊的老人把羊一只一只地抱上车，他要把这些含辛茹苦养大的羊，送到集市上去卖，换取家用。乘客们围成一团，帮助老人把羊群赶上火车。羊与人同坐一列车，车票只有7元5角，羊不用买票，免费坐车。

人与羊群和狗拥挤在一个车厢里，窗外是移动着的绿水青山。车厢内外，日月时空，全都刻画着一个主题：人与大自然的融合。老人、羊群与狗，高山、峡谷与水，同框在绿皮车的车窗里，构成了现实版的历史印象。

浓浓的乡情，质朴的人情，融合在自然风光的画卷里，沿着延伸的钢轨徐徐展开……

红皮车与蓝皮车

红色鲜亮，蓝色厚重，都是中国人最喜爱的色彩。

中国红与火车头一直相随相伴，大红轮子见证着蒸汽机车的辉煌，点缀着大自然的风景。改革开放后，中国机车车辆工业有了突飞猛进的发展。二十世纪八九十年代，内燃机车和电力机车逐渐取代了蒸汽机车。

这时的旅客列车车厢也逐步升级换代，空调、电暖器、布艺海绵座椅的"红皮车"，代替了绿皮车的主力位置。外表红色的25G型客车，一时走红全国。其运行时速可达120公里，主要供特快列车使用。红皮车厢宽敞、大气、温馨，乘坐红皮车的旅客，大都洋溢着可掬的笑容。他们能够从乘务员的手推车里，购买到啤酒、香烟和零食，过着很甜蜜的旅行生活。红皮车的世界仍然很拥挤，但是人们的心劲十足，越来越多的人，期盼着坐着红皮车赶上大都市的黎明，融入新时代的大潮。

时隔不久，又有一种外表蓝色的25K型客车问世了。车厢外表采用蓝色为底色，配以白色衬色和一道红线，人们称之为"蓝皮车"。蓝皮车是继红皮车后，又一款在全国大规模运用的旅客列车车体，这是在1997年全国铁路第一次大提速的背景下研发的。相比于红皮车120公里的时速，蓝皮车的设计时速为160公里，速度快，而且很平稳。

广深铁路原为广九铁路，有铁路改革"窗口"和高铁"试验田"之说，创造了多项"第一"，在中国铁路发展史上占有十分重要的位置。广九铁路最初开通时间为1911年，后两度中断，1979年恢复，被誉为连通香港和内地的"亲情线""黄金线"。恢复运行的广九直通快速列车，就是由当时全国唯一的空调"蓝皮车"担当的。

"当年广九直通车的乘务员上岗，必须化淡妆、穿西服、系领带、穿半高跟鞋，开辟了内地服务业'抹口红'的先河。"曾经的广九车队队长毕江回忆说。

当时，快速旅客列车分有两种，一种是K开头的旅客列车，简称"快速"，字母K是"快"字汉语拼音的简写。车底由红皮车担当，只经停地级行政中心或重要的县级行政中心。2004年4月18日铁路第五次大提速之前，K系列车包括跨局运营和管内运营的快速列车。大提速后，由于K系列车次的增加，将跨局快速列车和管内快速列车分开，K系列车全都是跨局运营的列车。

另一种是T开头的旅客列车，简称"特快"，车底由蓝皮车担当，只停靠省会城市、副省级市和少量主要地级市的车站，2014年12月10日调图之前，T字头为特快列车。调图后，蓝皮车特快列车全部升级为直达特快列车。

2006年11月，在中国铁路第六次大提速新闻发布会上，铁道部领导介绍道："我们有多年开行时速160公里快速列车的经验。"这里所说的快速列车，就是指的T字头蓝皮车，是当时直达特快列车的最高速度。

红皮车与蓝皮车，不仅给人以新的视角感观，也象征着更高的速度和最美好的乘车体验。直到现在仍然有许多火车迷认为，红皮车、蓝皮车不仅仅是颜色的变化，它折射出改革开放时期中国铁路敢为人先的开拓精神，打破了中国旅客列车几十年不变的"绿色脸孔"，给人一种明快的感觉，是普速列车中最美的颜值担当。

2014年10月，伴随着高铁时代的到来，中国铁路总公司逐步开展了普速客车的统型工作，包括统一旅客列车的外表颜色。当时，铁路部门使用的普速客车外表有绿色、红色、蓝色、白色、橙色五种颜色。考虑到绿色具有简洁、庄重、环保的视觉效果，确定将墨绿色作为普速客车外表的统一色调。

自此，中国铁路旅客列车的车体颜色分为两种，一种是普速客车的墨绿色，另一种是高速动车组的白色。而广大旅客所熟悉的红皮车、蓝皮车都将成为历史。一夜间，亮丽的红皮车、蓝皮车消失了，直至今日已经难见踪影。

梳理我国旅客列车的速度变化，车体的颜色变化是一个时代见证。二十世纪九十年代之前，是一个漫长的绿皮车时代；从1997年到2007年，我国铁路10年间先后进行了6次大提速，机车技术、列车配置也有了新的突破，以红皮车、蓝皮车为代表，旅客列车平均旅行时速从1993年的48.1公里，提高到了2007年的70.18公里。与此同时，在开行快速列车基础上，随着既有线的提速改造和国外动车组技术的引进，白色国产"和谐号"高速动车组创造了250公里的新时速。

白色的动车组

从普铁到高铁，是二十一世纪中国交通变革的一个巨大飞跃。

2008年8月1日，我国第一条时速350公里的高速铁路——京津城际铁路投入运营。正线全长120公里，白色的"和谐号"动车只用半个小时就跑完了全程，开创了我国旅客列车的最高运行速度。当时很多人都没想到，这条高铁的投产仅仅是一个序幕，更加波澜壮阔、让人心怀激荡的高铁时代正在朝我们走来。

经过十多年的发展,如今高铁已成为中国民众日常出行的重要交通工具。

高铁被认为是专门客运的、高速度的复线电气化铁路,是现代化铁路发展的重要阶段和重大成就。旅客列车的运营时速从几十公里、100多公里,提速到250公里以上,乃至350公里、400公里。铁路发展的世界化、高速化、便捷化、服务化,很大一部分要借助于高铁技术优势。没有高铁的发展,就不会有真正意义上的铁路现代化。

人们出行有汽车、火车、飞机……高铁的出现,又多了一种出行方式。高铁比汽车、普速列车快,费用和汽车差不多,比普速列车贵一点,比飞机便宜;高铁准时,受天气的影响很小,安全性能大大高于汽车和飞机;高铁运行平稳,噪声低,不受外界的干扰,舒适度远远高于汽车;高铁时速都在250公里以上,大大压缩了旅途时间,远远优势于绿皮火车。

71岁的陈汝益大爷天天在期盼高铁。早在阜阳西站站房及站前广场建设时,家住附近小区的陈大爷,就曾多次到建筑工地附近溜达,向工人们询问:"高铁长什么模样?它和火车有啥区别?"

陈大爷太明白交通的重要性了。二十世纪六十年代,他作为厂办采购员,曾到芜湖、上海、北京等城市进货,绿皮火车"咣当"一路,成为他最深刻的旅途记忆。

转眼到了二十一世纪,随着生活条件的改善,陈大爷和老伙伴们开始远行。2010年,陈大爷去了趟北京,10多个小时的卧铺,还是有点累。"老年人出行,坐慢火车太颠簸,坐飞机太折腾,平稳、快速的高铁最合适。如今从阜阳坐高铁,5个小时就能到北京。"陈大爷高兴地说。

采访中，贵州凯里的潘先生告诉我，沪昆高铁开通后，出游特方便。2011年，他打算去南昌旅游。当时从凯里直达南昌的火车很少，即使是K字头的快车，耗时也要16个小时左右。沪昆高铁开通后，从凯里到南昌也就4个半小时，可以当日往返。

2015年春运，担当了36年春运主角的广州火车站，将"春运名片"让给了20多公里外的高铁广州南站，丢掉那段不堪回首的"春运记忆"。广州南站作为高铁动车组停靠第一大站，承担起春运重担，白色动车组成为春运主力。

2017年9月21日起，我国具有完全自主知识产权、达到世界先进水平的"复兴号"动车组，开始在京沪高铁以350公里时速运营，使我国成为世界上高速铁路商业运营速度最快的国家。北京南站至上海虹桥站最快实现了4个半小时到达。

2018年9月23日，广深港高铁香港段开通运营，从北京坐高铁到香港最快8个多小时。

几十年来，我以火车司机的经历和长期宣传工作的实践，有幸见证了中国铁路的发展，亲身感受着中国铁路的变化，从绿皮车、红皮车、蓝皮车，到白色的高速动车组，从开窗通风，到空调列车，从时速40公里、120公里，到高速动车组的250公里、350公里，速度越来越快，乘车环境越来越舒适。20年前，绿皮车耗时一天的旅程，如今高铁仅需要两三个小时。几十年，弹指一挥间，中国成功建设和运营了世界最发达的高速铁路网，开创了中国人行走的新时代。

鲁迅说："节约时间，使一个人有限的生命更加有效，就等于延长了人的寿命。"一条条高铁，被人民群众比喻为时间的生产线。提高了速度，节省了时间，也就延长了生命。这是高铁哲学，是时代的辩证法。

第二节　乡愁是一张火车票

台湾诗人余光中,以一首《乡愁》,令世人传颂和尊重。

繁忙的春运,一票难求,怎一个愁字了得?于是,有人将《乡愁》进行了改写,用以形容春运时期的乡愁和火车票的珍贵。新编的诗句这样写道:春运时,乡愁是一张薄薄的火车票。我在这头,故乡在那头。

多少年来,一张小小的火车票,承载着无尽的乡愁。曾让多少深夜排队的异乡人,在火车站拥挤的广场上愁肠百结。

改革开放后,在中国经济发展的大场景中,人员流动大大地加快。游子回家,农民工出行,商贸旅行,都给以铁路为代表的春运交通带来了巨大的压力。有钱没钱,回家过年。每年春运时节,都会准时上映人流迁徙的大片。

著名作家冯骥才在《春运是一种文化现象》中写道:"每每望着春运期间人满为患的机场、车站和排成长龙的购票队伍,我都会为年文化在中国人身上这种刻骨铭心而感动。还有哪一种文化能够一年一度调动起如此动情的千军万马?能够凸显故乡和家庭如此强大的亲和力?"

春运被誉为人类历史上规模最大的、周期性的人类大迁徙。

"春运"一词最早出现于1980年的《人民日报》。改革开放以来,随着对人员流动限制的放宽,越来越多的人选择离乡外出务工、求学。依照传统的习俗,诸多人群都会集中在春节期间返乡团聚,节前返乡,节后外出,由此形成了堪称"全球罕见人口大流动"的中国春运现象。

近40年来,春运大军从最初的1亿人次,增长到2019年的29.8

亿人次。每年春运，相当于让非洲、欧洲、美洲、大洋洲的总人口搬一次家。中国春运入选世界纪录协会世界上最大的周期性运输高峰，创造了多项世界之最。

岁月更替，华章日新。春运是铁路运输的重中之重。从"囧途漫漫"到"说走就走"；从"通宵长队"到"扫码刷脸"；从"硬板纸质"到"电子客票"；从"和谐号"首秀，到"复兴号"奔驰……每年春运的如约而至，每年春运都在进步，讲述着速度与温情的故事。

遥远的回家路

回家过大年，是在外漂泊游子心中的强烈期盼。然而，多年来，这都是一条无比艰难的回家路。

每入腊月，春运有如飓风来临，很快就势头变猛，愈演愈烈；距腊月底的那几天，春运人流可谓排山倒海，不可阻遏。

每每此时，作为铁路员工的一员，我和我的同事们都会忙碌在拥挤的车站广场上，或车站站台上，维护购票秩序，引导旅客上车。目睹人头涌动的场景，我就会想到，世界上哪个国家有这种一年一度、上亿人风风火火赶着回家过年的景况？

中国人回家过年的习俗和理念，构成了春运蔚为壮观的人口大迁徙。每年这个时候，人们谈论最多、指责最多的非铁路莫属了。火车票作为乘客乘车的唯一凭证，在繁忙的春运成了紧俏货，买不到火车票，就意味着回不了家。

记得二十世纪九十年代以前，旅客列车都是清一色的绿皮车。烧煤的茶炉、头顶的摇头扇，再加上"脚收一收"的吆喝声，浓缩着那个年代的旅途生活。

冯骥才先生回忆道："大约是腊月二十九吧，一个又矮又瘦的中年男子赶火车回家。火车马上要开，车门已经关上。这男子急了，大概他怕大年之夜赶不回去，就爬车窗。按常规，月台上的值勤人员怕他出事，一定要拉他下来，车上的人一准也要把他往外推。但此刻忽然反过来，车上的人一起往窗里拉他，月台上值勤人员则用力把他推进车窗。那一刻，车上车下的人连同那中年男子都开心地笑，列车就载着这些笑脸轰隆隆开走了。为什么？因为人们有着共同的情怀——回家过年。"

"以前每到春运，成都北站广场上都是人，很多旅客彻夜排队买票，队伍最长可以排到二环路以外。每个人都想抢到珍贵的火车票，以便尽快踏上返乡旅程，但更多人只能失落而归。"成都北站车间副主任游佳回忆道。

一票难求，成为中国人春节回家的最大的痛。

就算买到票，这趟回家之路也不会轻松。进站、检票、上车都得排队，人潮之中稍不注意就是人仰马翻，坐火车的体验感特别差。一路上，许多火车都是不快不慢地走着，站站停靠，一点也不着急。

1996年的冬季，一个名叫封寿炎的来自广西农村孩子，在天津大学读书，第一个寒假到了，他要回广西老家过年。当时的交通条件很差，路上整整花了五天时间。第一天，他花了大半天的时间从天津来到北京，在北京西客站登上了从北京开往越南河内的国际联运列车，属于当时国内速度最快的"T"字头特快列车。尽管如此，从北京到南宁花了40多个小时，第三天中午才到达南宁。在南宁住一个晚上，第四天早上七点钟左右，乘南宁开往县城的长途汽车。由于路况、车况都不好，300多公里的路程走了整整一天，到达县城时已经是傍晚时分。他只得在县城又住了一晚上，第五天一大早，坐上了县城开往乡镇的早班汽车，中午拖着一身的疲惫，好不容易才到了家。

这就是当年一位大学生的春运回家路。

春运难题争论

一票难求，春运期间多少人为之痛、为之愁？

每到春运，中国人就跟打仗一样，十几亿人要回家，就是买不到火车票。火车站广场上人山人海，很多旅客是彻夜排队买票，队伍望不到尾。许多人往往是失落而归。

过去的几十年中，铁路一直都在竭尽全力拿出家底，力求缓解"一票难求"的局面，但由于铁路建设大大滞后于国民经济的发展，铁路运力一度严重不足。尤其是春运，数以千万计的外来工、回家人，短时间内集中出行，给铁路部门造成难以承受的压力。

老铁路人都知道，一年一度的春运，受铁路运输"瓶颈"的制约，旅客抢票，铁路人过"关"。

改革开放以来，从1978年到2007年，我国GDP由3645亿元增加到了24.95万亿元，增长了67.5倍。人均实际增长9.8%。在这个期间，全国城镇居民人均可支配收入从1978年的343元，增加到了2007年的13786元，实际增长了6.5倍。

在此期间，公路里程增长了3倍，民用航空线的里程增长了14.7倍，沿海主要港口货物吞吐量增加了18.6倍，而全国铁路里程仅从51700公里增加到78000公里，仅仅增长了0.5倍，铁路营运里程年均增长1.4%。而这个时期，随着改革开放的深入，学生潮、打工潮、探亲潮汹涌澎湃，大规模的人员流动，成为新时期的一道独特风景，这必然造成了客流与运能的尖锐矛盾，造成了春运"买票难"的铁定事实。

作为铁路人最大的愧疚,就是每逢节假日特殊时期,由于铁路运输能力的整体不足,无法满足百姓最基本的出行需求。这种愧疚感,让铁路人抬不起头来,也激励铁路人付出百倍千倍的努力,去尽力缓解需求矛盾。

春运期间,一些客流重点地区,几乎停开了所有的货运列车,加开了大量的临时客车,在售票、候车、进站等环节也采取了尽可能方便旅客的措施,但"一票难求"的现象仍然十分突出。这主要是这些地区的路网运输能力难以适应春运高度集中客流的运输需求,扩充路网运输规模,提高铁路运输能力,成为时代的呼唤。

然而,许多专家担忧,能够按照春运的客流量修铁路吗?一是不可能有那么多的钱拿去修铁路,二是铁路修多了,春运缓解了,平时就会闲置,必然会造成浪费。何况春运的许多客流都是单向客流,以广东客流为例,节前是在广东打工的农民工返乡过年,铁路部门从各地调来空车运送。节后是各地民工来广东上班,来时车厢满满载的,返乘却是一色的空车。而地处中原的河南郑州则相反,中原地区外出务工和到发达城市就业、上学的人员较多,春运节前是属于返程流,到达的客流较大,客流明显倒挂。

汹涌的单向客流、反方向的"空车",演绎出一幕幕春运"冰火两重天"的悲喜剧。

2008年的节前春运,中原大地接连下了几场大雪,银装素裹,冰天雪地。郑州车站广场上挤满了排队购票的人群,绕着广场转了一圈又一圈。队伍里有位穿着铁路制服的老大爷,抱了一个三岁左右的小女孩。孩子说:"姥爷,我都好久好久没有见到妈妈了,我好想好想妈妈的。"姥爷说:"丽丽是个乖孩子,我们马上就会见到妈妈了。"

两个小时过去了,爷孙俩跟着队伍在广场一圈圈地转着。他们终于来到了窗口前。丽丽抬头一看，窗口里正是妈妈。她高兴地大喊道："妈妈，你怎么还不下班啊。"妈妈从窗口伸出手来，亲热地抚摸着女儿的脸，眼睛红了。

这位售票员名叫李华，当年29岁。

每年春运开始，郑州火车站的售票员就会集中住进站上的休班室，工作连轴转。春运开始后，李华就没有回过家。她想女儿，女儿想她。于是老父亲想了一个法子，抱着孙女排队，就是为了让她们母子俩见一面。

我当时任职郑州铁路局党委宣传部部长，得知这个故事后，我特地带了一些记者去郑州火车站售票室采访。李华告诉我，望着窗外看不到尾的购票人流，姐妹们口干舌燥不敢多喝一口水，因为怕上厕所耽误时间，引起旅客的埋怨。

"那时候的旅客们性子特火爆，好不容易排到了窗口，或者没票了，或者售票员要上厕所，说不定就会破口大骂。"曾经的郑州车站党办主任郑秀梅回忆起当年的窗口，仍然心有余悸。

郑秀梅说，许多旅客买不到票，他们不会认为是铁路能力不足，而误认为铁路开后门把票弄走了。他们就会感觉社会不公平，于是把怨气撒向了无辜的售票员。譬如说，黄牛党手中的票从何而来？绝大多数旅客都认为，黄牛党的票是从铁路内部流出去的，可铁路人则感到比窦娥还冤。铁路规定售票员有几不准，上班不许带手机，上班不许离开窗口等，柜内的车票是插翅难逃啊。

于是，"售票实名制"这个命题被提出来了。专家分析认为，尽管"一票难求"，但如果做到了公平、公正、公开销售，旅客即使买不上票，他也会心甘情愿地接受这个事实。如何做到公平？就是将有限的车票公开放在一个开放的平台上，实名购买，让黄牛党无法钻营。

当时铁路部门无法接受这个观点，因为春运一票难求的关键所在是运力不足，而售票实名制不仅不能多一个座位，反而还要增加大量的人力、物力的投入，配置实名制售票的设备、安排相关的人力，这无疑让困境中的铁路春运雪上加霜。

当时，铁路售票技术条件受限，没有互联网，实名制只能是由售票窗口提供纸和笔，购票人写清楚乘客姓名、性别、身份证号码，购票时交给售票员。售票员将这三项内容输入电脑，然后再实名售票。有人算了一笔账，以郑州火车站为例，每天到发旅客列车278趟，每5分钟就有一列车发出。高峰期日发送旅客12万人，平均30秒钟出售一张车票。如果凭身份证实名购票，每次核对、输入一个旅客姓名和身份证号最少需要60秒钟，每张票的售票时间就要翻番。即使24小时不间断售票，也要开设120个以上的窗口。另外，还有实名检票上车的时间。基于生活经验可以假定，如果一趟旅客列车的检票时间需20分钟，实行实名制后至少需要一个半小时，列车停车时间延长，运输效率必将大大降低。另外，车站的停车股道起码要扩容4倍以上。

诚然，现在回过头来看当年的争论，认识上显然有着很大的局限性。随着互联网的普及和科技的进步，全国各地火车站及代售窗口完全实现自动售票和自动检票，网络售票、扫码、刷脸进站，方便快捷，极大地方便了人们的出行。

于是得出一个结论：文化知识限制了人们的想象力。当然，还有一个历史局限性问题。譬如说，互联网＋电子信息技术的进步和普及。

春运追梦飞翔

高铁的快节奏、快速度，赋予了春运"快时代"的丰富内涵。

随着城镇化进程的加快，人口流动的加剧，春运客流量持续上升。

一条条高铁的相继投入运营，大幅压缩时空距离，为沿线百姓出行带来了便利，也极大地缓解了春运的运输压力。如今，动车组已成为春运的主力军，高铁虽说不到铁路总里程的四分之一，却承担着全国一半以上的铁路客流。

因为有了高铁，旅行时间更短了，家的距离更近了，也让人们的追梦之路更加顺畅。旅客对铁路春运的需求，已经不再停留在"走得了"层面，呈现出多样化和个性化趋势，旅客体验更美好，出行更舒适、更优雅、更有尊严。如今流行的一首《追梦飞翔》，唱出了许多人对新生活的梦想："当我揣着向往，踏在追梦的路上，高铁就像风儿一样，带我飞向期盼的地方……"

山，依然是那些个山。水，也依然是那些水。但是，因为高铁的到来，所有的一切都变得不一样了。长长的高铁银线穿过大山，让崇山峻岭变成了坦途，呼啸而至的高速列车从大桥穿过，让无法逾越的天堑变通道。即使在过去通有铁路、公路的地区，往日几十个小时的车程，如今缩短至几个小时；以前几个小时的车程，现在缩短至几十分钟。

目前，中国春运每年运送旅客30亿人次，单日最高可达1亿人次，相当于一天搬空两个韩国。因为有全世界最大、最完善的高铁网络参与，运力供给更给力，运输组织更高效，中国春运进入了平安、有序、温馨的崭新时代。

这是一个延续11年的故事。2010年1月30日，全国进入春运的第一天。一大早，新华社记者周科背着相机来到南昌火车站采访。他打算抓拍旅客返家的各类表情，从另一个角度来看春运。没过多久，一位年轻的母亲出现在广场上，她双肩背着一个超大行囊，行囊压弯了她的身躯，她的左手拎着一个破旧的双肩包，眼看就要拖到地上，右手抱着襁褓中的孩子，一双大眼睛坚定有力……

那一刻，周科被这一形象深深震撼了，毫不犹豫地拿起相机，迅速蹲下身来，在距离她十几米远的时候把镜头推了上去，不失时机地连按了几下快门。

就在这一天，这张名为《孩子，妈妈带你回家》的照片被新华社摄影部的编辑含泪编发，在当晚海量春运照片中直击人心，被数百家网站和报纸选用。2011年，该照片获得年度中国新闻摄影金奖和第21届中国新闻奖。

11年来，这张照片不断在网络和社交平台流传，不断被各大媒体引用、转发，成为"春运表情"和"春运母亲"的象征。每到春运，人们总会想到这位中国母亲；每逢母亲节，网友便会发布这张照片来颂扬母爱。

11年来，记者周科一直后悔当年"没有留下那位母亲的联系方式"。通过众多网民和关注者不断发来的相关信息，周科开始了一场漫长的寻找。

时光到了2021年春节前夕，在四川省凉山彝族自治州越西县瓦岩乡桃园村，周科终于找到了那位自己镜头里的年轻母亲。她叫巴木玉布木，现年32岁，彝族人。

巴木玉布木说，那年她结束在南昌5个月的打工生活，着急返回大凉山老家。她记得很清楚，那天一早，自己扛着大包小包，带着女儿从住处赶到南昌火车站，乘坐了两天一夜的火车抵达成都。在成都，她花了15元钱在一家小旅馆休息了一晚，又搭乘14个小时的火车抵达越西县，从县城回到大凉山的家里，已是深夜。当年的这趟行程，巴木玉布木花了三天两夜。

如今，从南昌坐高铁到成都，最快只需要8个多小时，而从成都乘火车到越西，6个多小时就能抵达。十余年过去了，中国发展的长足进步，不仅仅是春运行走速度的加快，从旅客行李背囊的变化也是十分醒目的。如今在车站、码头，已经很难拍到像巴木玉布木背满大包小包这样的"经典镜头"了。

2018年的春运，当中国铁路每天将近千万人次旅客送往四面八方时，以"复兴号"为代表的中国高铁也凭借超乎想象的速度，在一次又一次突破中，展现新时代大国崛起的成熟、担当与自信。春运期间，铁路每天满图开行旅客列车359对，动车组达到84.7%。

牛年春节将至，又是一年一度的春运。我来到北京西站采访，眼下的春运与往年有着天壤之别，客流平和，井然有序，人们的脸上洋溢着从容的微笑。这一切都得益于高速铁路网的完善，让中国人的春运回家路立刻变得平坦、通畅起来，变得轻松、舒心。

高铁路上，不仅"瘦"了行李，更"短"了旅途。飞驰的高铁，承担起绝大多数旅客运输任务，让千里之外的家不再遥远，让折腾的"囧途"，变成舒适的"坦途"。

如今，只要通达高铁的地方，"一票难求"的情况明显缓解，旅客选择高铁出行已成为趋势。人们可以提前十几天订票，可以从容不迫地上车旅行，除去春运、黄金周这样的客流高峰，旅客们基本上都可以享受到座位，再也不用等几个小时买票，挤十几个小时火车了。平常时期，北京、上海、杭州、武汉、广州许多重点地区的旅客，基本上实现了随到随走。

"现在成都人去西安，基本上都是坐动车。"2017年，成都东站建成后，站务员游佳从普速车站调到了高铁站工作。她经常听到旅客由衷地感叹道："现在的高铁站环境真好啊，感觉比机场还漂亮。"她感到很自豪。

安徽阜阳，这个曾经的铁路春运重镇。人口超千万，是闻名全国的劳务工输出集散地之一，每年有300多万人外出江苏、浙江、上海、北京、广东等地务工。每年春节过后，民工潮是"一浪高过一浪"，大批外出劳务工乘坐火车集中奔向长江三角洲、珠江三角洲和京津地区等地，形成了百万劳务工集中外出的壮观景象。

二十世纪八九十年代，阜阳站一天万人以上的客流量，站外广场、候车室到处是人头攒动，摩肩接踵。阜阳春运一直被铁路部门高看一眼，每逢春运高峰时节，铁道部部长都会亲临阜阳坐镇指挥。

2019年12月1日，京港高铁商丘至合肥段、郑州至阜阳高铁开通，阜阳、亳州市进入高铁时代。阜阳市民明显地感觉到，城市与城市之间的距离，突然变得很近了。从阜阳乘高铁出发，1小时到合肥，2小时到郑州，3小时到杭州、南京，5小时到北京……

目前高铁阜阳西站发送旅客年均281万人次，日均开行动车81对。春运高峰时段，阜阳平均每4分钟就有一趟列车去往全国各地。

春运期间，各铁路局集团有限公司对管内普速、高速列车实行"一日一图"，随行就市，科学调度铁路运力、合理优化旅客运输组织，通过增开车次，调整编组，增加车厢等方式，实现了运输效率的最大化。

春运期间，我曾多次来到人流涌动的北京、广州、武汉、上海等地的高铁站采访，伫立于站台上，看着高铁一趟接着一趟送到抵达的旅客，又一趟接着一趟地把旅客送走。它默默无闻，它悄无声息，我不由感慨万分：这高铁真是太可爱了，太神奇了。

眼下，尽管春运高峰期还不能满足所有人的购票需求，但高铁网的日益延伸已经改变了春运格局。更为重要的是，高铁正在重构中国人的人居版图，促进了高密度城市人口向外疏解。凡是开行高铁的城市，春运压力大大缓解，旅客出行更加从容，旅途时间不断缩短，乘坐体验舒适舒心，越来越多的中国人选择高铁出行。

第三节　高铁出行圈的形成

高速铁路始于二十世纪后半叶，作为铁路复兴的重要标志，很快得到了一些先进国家的认可，并得以快速发展。进入二十一世纪以来，为适应经济全球化、贸易自由化的深入发展，应对能源短缺、气候变化的严峻挑战，高铁以其高速度、大能力、舒适安全、节能环保等比较优势，越来越引起世界各国的重视。

高铁速度快捷，稳定性极强，将幅员辽阔的中国网格化为一个又一个的经济区域的同时，又紧密地联系成一个整体，极大地提高了境内各类资源人员的运行效率。城市和农村的差距在缩小，城市间的空间距离在缩短，高铁给当地带来了看得见的实惠，而这个实惠也会随着更多高铁的开通而辐射更广。

依据有关数据计算，正常状态下，同一条高铁线路上，每3分钟就可以发出一列高速列车；按照每列载客量1000人计算，那么光单方向的高铁每小时就能运送2万个旅客，这对于飞机来说，简直是不可想象的天文数字。

中国人口分布不均匀，经济发展较快的沿海地区往往人口聚集密集，且大多为外来务工人员。随着产业的不断发展，产业链牵动着更多人员的流动，人口在各个城市之间的往来也越来越频繁，简单的汽车运输和高昂的机票价格，阻拦了太多人的脚步。

便捷、快速、通畅的高铁网，很自然地形成了一个又一个高铁出行圈。

高铁出行的优势

高铁以其快速高效、安全可靠、舒适便捷、正点率高、节能环保等诸多优势，已经受到世界各国的重视和欢迎，成为老百姓首选高铁出行的重要原因。

专家认为，没有经济、节能、清洁、有序的强大运力为骨干交通手段，就不可能构建新时代的运输大通道，而没有快捷通畅的城市间运输大通道，就不可能推动经济的快速增长。而这个大运力、大通道，自然应该由高铁来承担。

自1964年10月，世界第一条高铁——日本新干线建成通车以来，高铁以其一系列技术上、经济上的优势，赢得社会大众的喜爱，引领了世界铁路发展的第二次繁荣。特别是高铁的低碳排放，使其成为交通发展新技术的赢家。

高铁适合中国国情，其技术经济优势有条件、有可能得到最充分地发挥。中国人均资源紧缺，人均耕地面积仅为世界平均值的三分之一，能源资源仅为二分之一。东西南北跨度大，生态环境问题突出，交通安全形势严峻，最大的问题是人口众多，客运能力严重不足，唯为高铁发展以及其诸多优势可以破解这一系列的困局。

——快速高效。速度是高铁技术水平的最主要标志，各国都在不断提高列车的运行速度。法国、日本、德国、西班牙和意大利的高速列车运营时速分别达到了300公里、280公里、270公里和250公里。中国"复兴号"高速列车运营时速达到了350公里。如果做进一步改善，运营时速完全可以达到380到400公里。以时速300公里计算，速度超过小汽车1倍以上，为亚音速飞机的三分之一，短途飞机的二分之一，从节约总旅行时间看，在距离100至1000公里的范围内优于高速公路和航空。

　　高铁运量大，京沪高铁年旅客运输量达2.15亿人次。有资料表明，高铁运能是航空的10倍、高速公路的5倍，但运输成本只是航空的四分之三、高速公路的五分之二。客货分线后，既有线以货运为主，可兼收提高货运能力和货物送达速度的双重效果。

　　——舒适便捷。高铁具有公交化效应，旅客可以做到即到即走，不需要候车。高速列车实现了运行规律化、站台停靠车次固定化等，这是其他交通工具无法比拟的。高速列车布置讲究，工作、生活设施齐全，座席宽敞舒适，走行性能好，运行非常平稳。减震、隔音，车内很安静。乘坐高速列车旅行几乎无不便之感，无异于愉快的享受。

　　——安全可靠。高铁秉承"故障导向安全"的理念，全封闭环境中自动化运行，又有一系列完善的安全保障系统，其安全程度明显地高于其他交通工具。高速铁路比普速铁路和其他交通工具事故率低得多，日本东海道新干线29年输送旅客34亿人，无一伤亡事故。

　　——正点率高。高铁全部采用自动化控制，受气候变化影响小，可以全天候运营，除非发生地震。我国装设挡风墙的兰新高铁，即使在大风情况下，高速列车也只需减速行驶。如风速达到10级大风时，列车限速在160公里每小时；风速达到11、12级大风时，列车限速在60公里每小时，而无须停运。机场和高速公路，在浓雾、暴雨和冰雪等恶劣天气情况下，则必须关闭停运。高铁则一枝独秀，凭借强大的优势和极致的动力，成为更多人在城市间极速穿梭的选择。

　　——节能环保。"复兴号"高速动车组具有低能耗、轻量化优势，全部由电力牵引作业，具有独特的"以电代油"功能。时速300公里运行时，人均百公里能耗仅为3.64度电，相当于客运飞机的1/12，小轿车的1/8、中型客车的1/3。京沪高铁一次旅行人均能耗约为48度电。一条双向四车道高速公路占地面积，是复线高铁的1.6倍；一个大型飞机场占地面积，相当于建1000公里复线高铁。高铁大多是"以桥代路"，节约土地的效果明显。据测算，高铁"以桥代路"每公里可少占地55亩。

高铁开行速度高、开车密度大，一条等长的高铁线路，列车开行量相当于普通铁路的数倍，大大提高了电能在整个铁路能源使用中的比重，优化了铁路的能耗结构。

"八纵八横"高铁网

2004年，中国铁路迎来了大发展的春天。

新年伊始，国务院常务会议讨论通过了《中长期铁路网规划》，其最大的亮点是，首次提出了"中国高铁网构想"，把中国高铁梦的灿烂远景展示在世人面前。

《中长期铁路网规划》显示，到2020年，铁路将建成超过1.2万公里时速200公里及以上的客运专线和约1.6万公里的其他新线，全国铁路营业里程达到10万公里，主要繁忙干线实现客货分线运输，复线率和电气化率达到50%，运输能力满足国民经济和社会发展需要。

规划中的客运专线网，即高速铁路网，其布局可以形象地称为"四纵四横"，可覆盖450万平方公里的国土，让8亿人口的区域受益。

南北方向称为纵向，"四纵"为：北京—沈阳—哈尔滨（大连）高铁，连接东北和关内地区。北京—上海高铁，贯通环渤海和长三角东部沿海经济发达地区；上海—杭州—宁波—福州—深圳高铁；北京—武汉—广州—深圳（香港）高铁。每条均在1300公里以上，京港高铁长达2350公里。

东西方向为横向，"四横"为：青岛—石家庄—太原高铁，连接华北和华东地区；徐州—郑州—兰州高铁，连接西北和华东地区；上海—南京—武汉—重庆—成都高铁，连接西南和华东地区；上海—杭州—南昌—长沙—昆明高铁，连接华中、华东和西南地区。沪昆大通道最长，全长2264公里。

同时，以环渤海地区、长三角地区、珠三角地区，以及辽中南、山东半岛、中原地区、江汉平原、湘东地区、关中地区、成渝地区、海峡西岸等经济发达和人口稠密地区为重点，建设城际高铁，覆盖区域内主要城镇。

2008年10月31日，国务院正式颁布了《中长期铁路网规划》调整方案。新调整的方案，将2020年全国铁路营业里程规划目标由10万公里调整为12万公里以上，客运专线由1.2万公里调整为1.6万公里，其中时速250公里的线路有5000公里，时速350公里的线路有8000公里，并与既有线提速改造工程相衔接。铁路电气化率由50%调整为60%。总里程达到5万公里以上的快速客运网，将形成连接所有省会及50万人口以上的城市，覆盖全国90%以上的人口。

2017年12月28日，以石（家庄）济（南）高铁开通运营为标志，"四纵四横"高铁网的最后一横正式收官。至此，我国铁路营业里程达12.7万公里，其中高铁2.5万公里，占世界高铁总量的66.3%，铁路电气化率和复线率分别居世界第一和第二位。"四纵四横"高铁网提前建成运营。

"四纵四横"高铁网的形成，在极大提升客运量的同时，也使中国繁忙铁路通道客货争能的问题得到明显缓解，优化了全社会运输结构调整，降低了社会物流成本。2020年，国家铁路货物发送量完成35.8亿吨，较2016年增加9.2亿吨、增长35.1%；铁路货运量的全社会占比由2016年的7.6%提高到2020年的9.6%。

早在2016年7月，国家发展改革委、交通运输部、中国铁路总公司联合发布了《中长期铁路网规划》，首次明确提出要建设"八纵八横"高铁网，它是建立在"四纵四横"高铁网基础上的中国高速铁路网的宏大蓝图。

"八纵八横"高速铁路网，即以沿海、京沪等"八纵"通道和陆桥、沿江等"八横"通道为主干，城际铁路为补充的高速铁路网。"八纵八横"可实现相邻大中城市间1—4小时交通圈、城市群内0.5—2小时交通圈。

"八纵"通道，包括沿海通道、京沪通道、京港（台）通道、京哈—京港澳通道、呼南通道、京昆通道、包（银）海通道、兰（西）广通道；"八横"通道包括绥满通道、京兰通道、青银通道、陆桥通道、沿江通道、沪昆通道、厦渝通道、广昆通道。

"八纵八横"的意义在于，一是打造以沿海、京沪等"八纵"通道和陆桥、沿江等"八横"通道为主干，城际铁路为补充的高速铁路网，实现相邻大中城市间1—4小时交通圈、城市群内0.5—2小时交通圈。二是完善普速铁路网，扩大中西部路网覆盖，优化东部网络布局，形成区际快捷大能力通道，加快建设脱贫攻坚和国土开发铁路。三是按照"零距离"换乘要求，同站规划建设以铁路客站为中心、衔接其他交通方式的综合交通体，形成配套便捷、站城融合的现代化交通枢纽。

截至2020年底，中国高铁通达除西藏外的30个省区市，为全面建成小康社会提供先行保障。回首过去，"四纵四横"高铁网络完美收官，形成郑州、西安、武汉等多个"米"字形高铁枢纽。展望未来，"八纵八横"将再次在九州之上大展宏图，中国城市发展格局也将迎来巨变。

打造高铁出行圈

高铁网的形成，带来的最直接的红利就是缩短沿线城市间的时空距离，强化了大城市与周边城市的同城效应，催生出更多的半小时、一小时、两小时、三小时出行圈。

通达半径500公里的城市群，形成1—2小时交通圈，实现公交化出行；1000公里跨区域大城市间4小时左右到达，实现当日往返；2000公里跨区域大城市间8小时左右到达，实现朝发夕至，对于促进经济持续健康发展、加快构建新发展格局意义重大。

中国社会科学院发布《2020年社会蓝皮书》指出：我国乡村振兴规划落地见效，城镇化水平跨过60%的门槛。按国际标准，一个国家的人口城镇化率达到60%，就意味着已经基本实现城镇化，目前我国已初步完成从乡村社会到城市社会的转型，进入城市社会时代。

美好城市，交通先行。随着经济的发展，人口向城镇流动，广义的农村与城镇的边界逐渐模糊，而城镇化必然带来大量的人口，对城市的基础建设、医疗、环境卫生等方面带来巨大的冲击，首当其冲的便是交通设施受到的冲击与压力。

"减"了时间，提了速度，快旅慢游，让旅客出行更美好。构筑快捷通畅的出行圈，是中国城市化进程的必然要求。

2020年8月，中国国家铁路集团有限公司（以下简称国铁集团）出台《新时代交通强国铁路先行规划纲要》（以下简称《规划纲要》），提出了中国铁路2035年、2050年发展目标和主要任务，描绘了新时代中国铁路发展美好蓝图，到本世纪中叶全面建成更高水平的现代化铁路强国。由此，中国铁路人迈开了新征程的铿锵脚步。

《规划纲要》提出，紧密对接京津冀协同发展、长江三角洲区域一体化发展、粤港澳大湾区建设、成渝双城经济圈建设等国家重大战略，依托内外互联互通、区际多路畅通、省会高效连通、地市快速通达、县域基本覆盖、枢纽衔接顺畅的现代化铁路网，进一步提高客运服务供给品质，形成全国1、2、3小时通达的高铁出行圈，充分发挥铁路对经济社会发展的服务保障作用。

届时，全国铁路网达到20万公里左右，其中高铁7万公里左右。20万人口以上城市实现铁路全覆盖，50万人口以上城市通达高铁。到2035年，全国1、2、3小时高铁出行圈全面形成。

1小时高铁出行圈：主要城区市域（郊）1小时通达：如京津冀区域北京到天津、雄安间，长三角区域上海到苏锡常间，粤港澳大湾区广深、广珠间，成渝双城经济圈成都到重庆间形成市域和通勤客流圈。

2小时高铁出行圈：城市群内主要城市间2小时通达：如京津冀区域北京到石家庄间，长三角区域上海到南京、杭州间，粤港澳大湾区广深港澳与珠三角周边城市间，成渝双城经济圈成渝与周边城市间形成城市群快速通道。

3小时高铁出行圈：相邻城市群及省会城市间3小时通达：在各城市群中心城市与其他省会城市间，打造城市群综合交通网主骨干，强化繁忙高铁主通道能力。

此外，铁路部门将根据不同群体出行需求，提供多种类型车票产品，依托人工智能、物联网、云计算等技术，实现线上线下服务全面协同，旅客体验感知全面提升，铁路出行更加顺畅便利。

目前，包括北京、上海、郑州、武汉等在内的全国及区域中心城市，都已建成以"八纵八横"主通道为骨架，以不同速度等级的区域连接线衔接和城际铁路补充的高速铁路网，实现相邻大中城市间1—3小时交通圈，城市群内0.5—2小时交通圈。以武汉为例，已建成连通沪汉蓉高铁、京广高铁、西武高铁、武九高铁、武杭高铁、武咸城际、武石城际等高铁网络，从武汉到周边城市基本1—3小时即可抵达。

第四节 "高铁+出行"的便利

坐高铁看中国，感受日益增强的美好出行体验。

乘坐高铁采访，我穿梭于各城市之间，感受着"异地生活、异地工作、异地恋爱、异地买房、异地消费"的新景观。城市边界模糊了，行政区概念淡化了，路途的距离越来越小。

如今人们出行，对距离的理解将不再是空间距离，而是用时间长短作为衡量标准，其中高铁将是重要的一把标尺。譬如说，武汉至北京高铁开通后，人们谈到武汉到北京有多远时，很可能不再讲有1148公里，而是用4小时20分钟取代。高铁逐渐成为我们日常生活中的重要标尺，一个不可忽视的时间计量单位。

京津冀、长三角城市群，4小时通达；京津冀、株三角城市群，8小时到达……便捷的高铁，让说走就走的旅行成为常态。与此同时，电子客票、微信订票、刷脸进站、扫码点餐等科技发展红利，也正在尽情释放，切实优化着人们的出行体验。

我们完全有理由认为，高铁的飞速发展，变革了国人的出行方式，以及对时空观的感知，高铁的便利，提升了人们出行的幸福指数。

高铁"公交化"

高铁"公交化"，极大地方便了人们的出行，也是一种时尚的生活方式表达。

京津城际铁路不仅是我国的首条高铁，同时也开启了高铁"公交化"先河。密集发车，准时准点，进出站方便，与传统的普速列车形成了鲜明的反差。

"四纵四横"高铁网的形成，高铁"公交化"已经完美地融入我们的日常生活中。京沪高铁发车密度可以达到3分钟一列，广深高铁平均6分钟一列，郑武高铁平均15分钟一列，这些高铁发车比公交车还要频繁，说走就走，城市相距如此之近。

北京地铁线路最小行车间隔为两分半钟，北京公交车发车间隔大约为10分钟，从这点来看，中国高铁已经达到了公交化的运行标准。同时，高铁发车模式采取交错发车的方式，沿线车站交叉停车，以确保每趟列车能够高速运行。

身处北京、上海、广州这些大城市的年轻人都会有这样的体会，为买一套自己付得起首付的房，只能把位置尽量离市中心远，而这一远，就是上下班要花费一两个小时的路程。当你还在地铁里低头刷着手机，忍受着拥挤的时候，也许享受"半小时至3小时"高铁生活圈的伙伴们，已经到家吃过晚饭，舒适地窝在沙发里"煲剧"呢。

家住福建省霞浦县县城的林女士，以前的生活半径仅有10分钟路程，逛街在离家半里地的城关镇龙首路，购物在城关的胜利商场，买菜在城关农贸市场，她想不出还能去哪里逛街购物。如今"公交化"的福厦高铁让她出行很方便，去省城福州购物，坐动车只要49分钟；买衣服可以去浙江温州，坐动车只要43分钟。"以前坐大巴去福州至少要两个小时，下了车已经感觉累了，逛街都没劲儿，而且还要考虑住宿问题。如今，我感觉咱们县城与温州、福州就像同一座城市。"林女士说。

近年来，长三角铁路发展迅速，形成全国最为密集完善的高铁网，动车组公交化开行，沪苏浙皖"一体化"不断推进。合肥南、上海虹桥、杭州东等大型高铁站，平均不到3分钟就有一趟高铁到发……

2019年7月1日，涂装三角梅、椰子树、白鹈鹕等多种海南元素的高铁市郊列车亮相海口，全国第一列"高铁公交化"市域列车在南国宝岛开通。

这是一条利用环岛高铁东段开行的城际列车，也是海南省首条投入运营的快速城市轨道交通线路。市域列车运营线路全长约38公里，共设置6个站点。最高时速160公里，每日开行60对，行车间隔高峰时段10分钟，全日平均15分钟，起步价2元，全线最高票价10元。其车辆兼具高速动车组和城轨地铁技术优势，速度快、载客量大，能实现快起快停。满员状态下，半数乘客29秒内就能完成上下换乘。

海口城际列车的开通，对海口广大市民来说，意味着出行又多了一种选择。实现了海口"半小时"轨道公交圈，有效解决了海口、长流、秀英、城西、海口东、美兰等区域的交通瓶颈，极大推动海口城区的互联互通，无形中激活了海口旅游市场。

2020年1月10日，春运第一天，湖南城际铁路有限公司会同广铁集团启用新的城际运行图，连接长株潭城际铁路与石长铁路、黔张常铁路的石长联络线也正式开通，新运行图的启用正式开启长株潭城际"公交化"时代。

长株潭区间各方向开行动车组125对，日常开行114对，相比之前增长62.8%。按每天16个小时计算，这意味着各站平均不到12分钟就有一对动车组经过，旅客随时可走，实现了动车组列车"公交化"运行。

2020年的最后一个月，高铁"公交化"成为成渝两地市民朋友圈中的一大热词。12月24日，成渝高铁开行"复兴号"动车组，实现了成渝城市间1小时通达，标志着西部两座特大城市重庆和成都实现高铁公交化运营。成渝高铁安排每日开行动车87.5对，运营服务实现了产品公交化、购票公交化、乘车公交化、服务公交化。

这天，铁路部门首次在京沪高铁、成渝高铁推出了计次票和定期票。这种类似公交车月票的高铁定期票，依托铁路电子客票，按照"预约+直刷"的模式乘车，有效期内可随时出行，开车前可预约席位，未启用可随时退款。主要面向每个工作日均有通勤需求、通勤区间与时间相对固定的旅客群体，购买该产品的用户可以在30天有效期内，最多乘坐60次在成渝高铁线路开行的、购买产品时指定发到站和指定席别的列车，最低可享受6折票价优惠。

2021年4月10日，全国铁路新运行图正式实施，厦深高铁在达速提质的同时，首次尝试"公交化"运营模式，高铁票种再添"新成员"。广铁集团充分借鉴京沪、成渝高铁试点成功经验，进一步在厦深高铁发售原有单次车票的基础上，推出"20次计次票"和"30日定期票"两款新型票制产品。持有者可在规定的有效期内，乘坐有限次数、指定到发站及席别的列车，最多可乘坐60次指定到发站和席别的厦深高铁动车组，乘车人可根据自己的出行习惯选购。方便旅客出行，满足不同旅客个性化、差异化需求。

东部、中部高铁"公交化"发展迅猛，西部也不甘落后。

2020年12月26日，银川至西安的高铁开通。很快车流密度不断加大，从开通初期的16对迅速增至34对。最短间隔7分钟就开行1趟列车，基本上实现了公交化运行，极大地方便了陕甘宁三省区旅客出行。

2021年4月30日，南广高铁推出20次计次票业务，旅客可在90天内乘坐20次指定席别（一等座或二等座），往返于南广高铁沿线的南宁、贵港、佛山西、广州南15个客运高铁站。

高铁"通勤族"

有种幸福，叫打"高的"通勤。

据《北京日报》报道，京津城际高铁开通后，直接催生了一批高铁"通勤族"。这些通勤族表示，坐高铁穿行两座城市之间，比"打的"还方便。

有研究表明，北京人上下班的拥堵成本每个月是375元，上海人可以忍受的拥堵时间为48分钟……而现在人们仅花几十元钱、30分钟，即可从北京抵天津，这无疑大大节约了出行成本。

家住天津的刘慧文旅客，在北京一家IT企业工作，每周都要在两地间奔波一两个来回。她算了一笔账，从北京到天津，自驾车需两小时，普通列车1小时56分，动车组1小时10分，而现在的京津城际高铁只需要30分钟，时间又缩短了一半。"从此我就绑定高铁啦，忠实的高铁'通勤族'。"刘慧文的激动之情，溢于言表。

从苏州到上海，每天有200多班高铁开出，早高峰时段每5分钟就有班车，"坐高铁上班"正成为一种日常生活。

"从昆山南乘京沪高铁到上海虹桥最快只需16分钟，再换乘地铁去静安寺，到公司不到1小时，这几乎与居住在上海嘉定区、闵行区的同事上班时间差不多。准时、准点、不堵车，犹如城市间的轨道交通车。"家住昆山的张先生每天打"高的"上下班已经两年，他笑哈哈地扳着指头盘算着自己的高铁生活。

家在汉中的刘洁玉清楚记得，第一次坐火车来西安的情形。那是2000年的暑假，25岁的她只身带着女儿，从汉中坐火车来西安探亲。车上挤满了人，过道上、车座下面都躺着人。半夜里上车，没有座位，她就抱着孩子站在车厢的连接处。天亮时到西安，人都瘦了一圈。见到丈夫，她就大声嚷着："西安有什么好的？赶紧跟我回家吧！"

汉中与西安相距虽不算很远，却因隔着巴山秦岭，通行格外艰难。丈夫是公家的人，不是说回家就回家的。由于路途太远，他们只能过着分居生活。

西成高铁开通后，250公里的时速，将汉中与西安两地的距离压缩到1小时内。从此，刘洁玉与丈夫轮换着跑通勤，每个周末都可以团聚，当起了愉快的高铁"通勤族"。

2017年2月18日，《工人日报》刊发了一篇题为"姜京子跨省上班记"的报道，引起网民热议。家住河北省沧州市的姜京子为了能和家人团聚，每天往返北京与河北之间上下班，总距离超400公里。"这在以前没有高铁，想都不敢想的。"姜京子说。

几乎每个工作日，姜京子都是早晨6时10分起床，洗漱、吃饭，6时50分下楼乘坐出租车前往沧州西高铁站，不堵车的情况下打车费是14元，赶在7时23分从沧州始发的G9004高铁出发前几分钟上车，58分钟后到达北京南站，高铁费用为94.5元。之后，跟着北京上班的人流挤上地铁，花费4元后，于9时15分左右到达位于北京西南二环附近的上班地点。下午下班后，她会倒着重复早晨的路线，在晚上8时40分左右回到沧州的家。

就这样，日复一日，月复一月，她乐此不疲。许多网民说，打"高的"上下班，不仅方便快捷，而且有着一种很浪漫的感觉。

众所周知，香港有"两高"，即收入高、房价高。住在大陆，拿香港的薪水，无疑是一种美好的愿望。2018年9月23日，广深港高速铁路开通运营，让这种愿望变成了现实。在香港旅游业议会理事李毅立的眼中，高铁将大陆与香港连通，价值非常高。"高铁开通后，体验当天往返的旅客很多很多。"据媒体报道，由于高铁的开通，香港与深圳、惠州、东莞等地形成了半小时生活圈，这些中小城市的房价迅速升温。住在大陆，乘坐高铁去香港上班，成为许多打工族的首选。

李毅立说，此前港人当天往返深圳或广州的比较多，而高铁把网络扩大了，两个多小时到汕头，约3个小时就可到达湖南，"作为乘客，尤其是以休闲为目的的客人，将会是一种很好的体验"。

据了解，相比其他的陆地交通方式，高铁大大缩短了港人出行时间。从香港至广州的行车时间由100分钟缩短至48分钟；从香港到汕头，以前坐火车需要8—10个小时，现在截然不同，早上可以从香港坐高铁去汕头跟亲戚朋友吃午餐，喝完下午茶，晚上可以回来，呈现出一种全新的生活方式。

采访得知，京沪、沪宁高铁通车后，苏州、昆山、上海等地，立刻成为高铁"通勤族"的福地。据《上海市"十四五"时期人口结构优化专题调研报告》显示，白天在上海静安上班，晚上坐高铁回昆山、苏州，这样的跨省高铁通勤族越来越多，其中上海跨省通勤人群中来自苏州的占88%。随着高铁越来越便捷，来自南通、湖州、嘉兴跨省通勤人口也加入进来。

自2020年12月4日起，通勤高铁"西施号"开始往返于杭州与诸暨之间，立即成为两地上班族的出行首选。"居住在杭州、工作在诸暨"和"居住在诸暨、工作在杭州"的通勤族，梦想成真。

这趟通勤列车全程25分钟，八个车厢一组，可乘坐旅客500人。乘坐"西施号"的大部分是年轻人，且都是"背包客"，很少有人带大件行李。

我走进"西施号"车厢时，车厢内很安静，很多人都闭着眼睛补觉，也有的刷着手机。我的同座是诸暨姑娘小孟，一位在杭州上班的90后。

小孟告诉我,每周她都会乘坐"西施号"来回。她小声说道:"我坐这趟车去单位上班,要比住在杭州的同事还早,7点半就能到杭州东站了,再转地铁,7点50就能到单位了,上班时间是8点半,我到办公室补个觉都来得及。"

小孟在杭州租房子,她算过一笔经济账,如果每天乘坐"西施号"来回,一个月要花将近2000元,相比起来比租房子划算。何况每天都与父母在一起,多美啊。她准备适应一段时间后,就退掉杭州的租房,做一个纯粹的"通勤族"。

"零换乘"的组合

2010年7月1日,集"轨、路、空"三位一体的上海虹桥综合交通枢纽总体建成。其恢宏的气势、现代的设计、简约的风格、创新的功能集聚,成为大上海一道亮丽的景观。

作为世界级超大型现代化综合交通枢纽,虹桥高铁站综合了航空、高铁、轨交、长途客运等8种交通方式。往东可以到达虹桥机场T2航站楼和东交通中心,向西则通往长途汽车站、地下车库和西交通中心。通过到达层的换乘大厅,实现民航、高铁、磁浮、地铁、公交、长途客运、出租车等多种交通方式的"零换乘"。日客流集散量达110万—140万人次。

老上海人还记得,早年坐飞机只知道虹桥机场就行,如今坐飞机则要先搞清楚是在浦东机场的T1或T2,还是在虹桥机场的T1或T2。随着虹桥综合交通枢纽内的新虹桥机场的启用,上海成为中国大陆第一个拥有2座国际机场、4个航站楼、5条跑道的城市,不仅助推上海起飞,还将服务长三角的触角延伸到了更远。

铁路上海虹桥站的启用,让上海城区有了3个大型火车站,虹桥站更是全国大型高铁站之一，从这里出发或到达的列车，清一色的高速动车组，尤其是京沪、沪宁、沪杭3条高铁"巨龙"在此会合，大大地压缩了上海与长三角地区城市以及与山东、河北、天津、北京等地的时空距离。

对于当下的国人来说，都有着"海陆空"出行的丰富体验。如果你选择坐飞机，那么去往各大城市、景区的飞机"应有尽有"。由于很多地方相距遥远，人们更看重乘坐飞机节约的时间成本。而中短途出行，则是高铁的"天下"。而"零换乘"的延伸意义还包括，飞机+高铁、高铁+轮船等一站式购票方式，也会让旅客省去了中途换乘购票的时间。

东方航空公司与上海铁路局合作推出"空铁通"，一次购票能同时搞定飞机票和火车票，目前已实现杭州、苏州、无锡、常州和宁波等5个城市与上海虹桥、浦东两大机场东航航班空铁双向联运。

2020年国庆期间，不少人出游的首选交通工具是高铁。坐落在天津海河畔的天津站，站内高铁线路四通八达，而且出了站就是游船码头，高铁与游船组合的"水陆观光"大受欢迎。来自各地的旅客到达天津站，从天津站出站后，可直接到达位于前广场的码头，乘坐轮船游览美丽的天津市。海河游轮观光集中了天津游的精华，一路上既可感受时代的变迁，也可欣赏中西合璧的建筑，以及海河上各具特色的桥梁。最吸引人眼球的，当数天津市地标建筑"天津之眼"，它是世界上唯一一座横跨于桥面之上的摩天轮，游客乘坐游船与"天津之眼"合影，是一种绝妙的拍摄角度。

2020年12月12日，郑州新郑机场至郑州南站城际铁路正式开通运营，郑渝、郑阜高铁，以及郑登洛城际铁路、机南城际铁路与新郑机场站无缝衔接，可满足沿线市县旅客"空铁零换乘"出行需求。修建一段11公里城际高铁,让几条高铁与机场实现"零换乘",可谓是小投入换来大回报的典范。

现代社会是一个发展的社会,是一个前进的社会,高铁的迅速发展正是顺应时代发展,空铁联运让回家的旅客脚步不再匆匆,让大多数旅客省去了换乘难的困扰,到达目的地的时间也大大缩短。让苦涩的旅途不那么难熬,真正实现舒服的"迅速转移"。

城际高铁便捷地将两地居民连接于一体,互联互通,仿佛生活在一个城市。各种交通工具的日渐发展,丰富了人们的出行选择,那么高铁和其他交通方式之间的接续换乘的必要性也逐步显现。

在澳门工作的朱先生,老家在湖南长沙,每年只能利用公休假回长沙看望年老的父母。武广高铁开通后,他周末也可以回家了。乘坐广珠城轨,用大约1个小时就可以从珠海拱北口岸到达广州南站,不用出站,就可以转乘武广高铁,一个多小时后就到了长沙。

高铁、地铁、航空多种交通方式融合,让旅客享受"零换乘"的便捷与快乐。

"平时出远门,到火车站或者机场必然要乘坐一段公交或地铁,而公交或地铁停靠点总是距火车站或机场有几百米甚至一两公里的距离,这尴尬的距离多是步行完成,不仅拖着大箱小包劳累,还要耽误十几二十分钟的时间。"

成渝高铁开通后,实现了多种交通方式融合,公交车、地铁直接抵达火车站或者机场的售票厅、候车室门口,只需要几十米就可以买票进站上车,还有详细的指路牌,实现不用走冤枉路就可以"一站式"完成换乘。

特别是让国人感到便捷和自豪的是,越来越多的人出行选择"高铁+共享单车"。2017年的网络流行词中,"新四大发明"之说十分火爆,"高速铁路、共享单车"就是其中的两大发明。

家住北京广安门外湾子某小区的郝先生,是位生意人,经常坐飞机、乘高铁,日走四方。他告诉我,每次出行,他是几种交通工具全上。如果坐飞机,他先骑两公里的共享单车,到湾子地铁站,然后乘地铁到北京西客站,再坐半小时的高铁到大兴机场。这种综合交通方式,比打的士到大兴机场,省时一个小时,少花一百多块钱。

飞机+高铁、公交+地铁+共享单车,手机预约打的出行……从天上到地上,去哪儿不再是问题,几种主流交通工具的花样排列组合,真正打通了人们出行的最后一公里,构成了当今中国人新的出行方式。

当下,我国综合交通基础设施网络日趋完善,更多的综合客运枢纽相继建成,越来越多的高铁站接入地铁、长途汽车、公交等枢纽,形成四通八达的交通格局。综合交通的融合性、便利性更好,人们的出行体验更佳。

第五节 智能出行更美好

智能化是当今社会进步所追求的主旋律。当然,也包括高铁智能出行。

在互联网普及的时代,智能、快捷、高效成为多数服务行业的服务标签。互联网逐渐深入各个行业领域,促进了线上线下交流联系,对开拓商业范畴起到了积极促进作用。人们的"吃喝玩乐住行",也刻不容缓地被智能化元素所涵盖。

高铁智能出行,是指在高铁领域中充分运用物联网、云计算、人工智能、自动控制、移动互联网等现代电子信息技术,为旅客提供智慧出行的信息、设备需求和应用解决方案。

在人们一致赞叹的高铁出行背后，是高科技、智能化的设备和技术的投入使用。电子客票系统、站内导航等多种智能设施，促进了车站运营、管理的智能化，打造起现代化智慧高铁客站。对于普通人来说，智能化带来的直观感受就是出行更便捷、更舒适。

智能化正越来越多地体现在高铁出行的方方面面。购票上，全面实行网络售票，简化售票流程，推行无纸电子票；进站上，推广应用自助实名制核验闸机，验证验票通过能力和效率大大提升。候车上，智能导航系统为旅客提供自助查询。旅途上，全程开展"行程通知"信息服务，为旅客及时分享信息资讯。

当旅客来到车站，智能机器人会主动过来打招呼问好，全程提供进站引导服务；到了站台，智能机器人会站在车门口迎接；在车厢内，智能机器人还会重点照顾老幼病残孕等旅客，调整车厢内温度等，让乘车体验更加舒适、温馨。

在智能化的浪潮下，人们首先在高铁场景内体验到了科技带来的便捷和顺畅。

智能化出行，正不断美化着我们的生活，提升着我们的出行品质。

神奇的12306客服网

2018年春运的一天，家住江西抚州的福州大学学生小徐，去福州火车站查看回家的列车情况。他路过"海峡情·王威服务台"时，顺便拿起手机扫了一下二维码，进入"铁路12306"微信公众号。当查询到当日的D296次列车信息时，屏幕上立刻提示："最近雨雪多，怕晚点。"很快，相关信息不停地滚动出来。小伙子感慨道："扫一扫二维码，什么情况都明白了。"

铁路12306，最初只是一个售票网站，如今发展到集各类出行信息、列车动态、旅客申诉、行李搬运、应急改签、自助咨询服务等多功能智能平台，成为旅客出行离不开的综合性铁路客服网。

2011年6月12日，12306客服网售出第一张纸质火车票——北京南站至天津站，标志着中国高铁网上售票业务开通运行。大约半个月后，在京沪高铁开通运营前夕，12306网站开始对外发售京沪高铁车票。到当年9月底，全国高铁及动车组列车全部实现了互联网售票。紧接着，又实现了全国所有列车网上售票。

现代化的网络电子票，以其"方便、快捷与公平"的姿态，与风驰电掣的高速列车一道，组成了又一道"和谐"的风景线。人们开始告别购票的艰辛，再也不用披星戴月、忍冻挨饿排队买票。

实名制购票为网络售票提供了可能。早在2011年春运期间，铁道部决定对现有的18个铁路局（公司）的12306网进行扩容改造，借助互联网这一现代化手段，依托无边无际的网络空间，搭建起了网上售票平台，实现公开、公平、公正地出售车票。

2012年春运，12306网首次经受访问量骤增的考验。经过半年的发展，该网站相继推出了网络订票、扩大电话订票范围、实行车票实名制等新的服务功能。这年春运，12306网站购票数量激增，高峰期持续时间长。自1月5日起，12306网连续5天点击量超过10亿次，访问量环比上月激增10余倍，其中1月9日点击量超过14亿次，成为全球最繁忙的网站之一。

为此，受铁道部邀请，阿里巴巴集团派出17名技术精英组成项目组，指导和协助12306网进行优化和改进。同时，不断拓展带宽，由600兆上调至1000兆，很快又上调至1500兆。系统的每日售票量由65万张提高到100万张以上。

2012年1月20日，12306网创造了119.2万张的日售票最好成绩。

一年后，即2013年1月15日，当天发售客票695.1万张，网络购票265.2万张，能力提升了1倍多。全天超过1700万人次登录系统买票，点击次数高达15.1亿次。

2013年3月，中国铁路总公司成立后，加大了对12306网的投入改造，扩充了网络带宽，提升了系统交易处理能力，优化了网站购票操作流程，升级了手机客户端新版，极大地畅通了旅客对网站的访问。

这年12月8日，春运大战前夕，12306网顺势推出列车信息查询等服务，同时，还增加支付宝购票、退票，退票实时到账等服务。猛然间，12306客户网络人气急剧攀升。到当天15点，共有15.2万人下载并使用铁路12306手机客户端，售出16183张火车票。

12306网很快成熟起来，成为旅客购票的首选。2014年9月18日，铁路单日售票量首次突破千万大关，达到1039.9万张，其中互联网售票比例高达61.2%。

12306网不失时机推出"变更到站"服务，优化退改签规则，开办列车联网补票业务，更加方便了旅客购票。同时，实施手机号码双向验证、设置图形验证码、调整常用联系人数量等新举措，有效遏制了冒用他人身份信息进行网上囤票倒票等不法行为，净化了互联网售票环境。

紧接着，12306网手机APP客户端新增了列车正晚点查询服务。旅客可在手机APP上选择"我的12306"中的"正晚点查询"服务，输入需查询的车站名和列车车次，即可查询该列车在指定车站3小时内的正晚点信息。

与此同时，12306网站还开辟了一项"候补购票"服务方式。若旅客遇到车票售完的情况，在登记购票信息支付预购票资金后，如有退票、余票，12306系统将自动为其购票，购票速度和成功率都将领先于抢票软件。

2020年春运期间，12306客服网累计兑现候补订单582.6万笔，车票723.7万张，兑现率超70%。截至兑现时间缩短至开车前6小时，旅客再也不用不停刷票了。这年春运首日车票开售，全国共售出车票1256.1万张，其中12306客服网售出1062万张，网络售票占比达到了85%。

目前，中国已建成了世界上规模最大的12306铁路互联网售票系统，单日网络售票达2000万张以上，单日最高占比可达90%以上。

"刷脸"进站

自从旅客列车进入中国，过去的一百余年中，人工检票一直是我国火车站检票的主要方式。显然，人工检票存在随意性大、检票失误率较高、容易漏检以及检票效率偏低等弱点。

如今越来越多的民众选择高铁出行，或乘坐城际铁路上下班、上下学。在快节奏的生活圈里，分秒时间都弥足珍贵，如何缩短每日出行时间，顺畅进站、出站，成为大家的共同期盼。

于是，"刷脸"进站作为一种智能化手段，高调登场。

2017年1月13日，北京西站率先开通人脸识别验票系统，即"刷脸"进站模式，由此开启了铁路检票服务新时代。只要乘客在闸机终端上轻轻地刷一下身份证，然后对着摄像头刷脸，即可快速进站。

刷脸进站使用人脸识别技术，它是对人的脸部特征信息进行身份识别的一种生物识别技术。车站自动检票闸机上装有摄像头，当旅客走近机器时，就会迅速抓取旅客脸部信息，与身份证芯片里的照片进行比对，票证信息相符、人脸与证件照比对通过，闸机自动放行。

科学实验表明，任何一幅人脸图像在减去平均人脸后都可投影到子空间，得到一组权值向量，而后计算机就可以直接对比这组向量，确认两边图像中是不是同一个人了。这种方法实际上是计算了此向量和训练集中每个人的权值向量之间的欧式距离，取最小距离所对应的人脸图像的身份作为测试人脸图像的身份。

专家告诉我，人脸识别技术重在"拼脸"，它以一个基础脸形为底，将合适的眼睛、眉毛等五官放上去，最终组成一个所要识别的人脸图。"刷脸机器"所做的事情也大致如此，只是它的"眼睛""眉毛"等五官更加抽象，对比的过程也是通过纯数字化的形式进行。

作为最新投入使用的"黑科技"之一，"刷脸"进站速度很快，比起传统的靠车站工作人员识别放行，其最大的优势在于节省时间，而且方便快捷。一般情况下，传统人工验证平均每个人需要5秒左右，而"刷脸"大约只需要3秒。"刷脸"系统解放了人力，也方便了旅客。

目前，北京、上海、广州、郑州、太原、武汉、南昌、西安、长沙等省市所在地的高铁站全部实现了"刷脸"进站。

2018年11月22日，中国第一张电子客票在海南环岛高铁站问世。电子车票让刷脸进站更加精准、更加自觉。旅客可以凭借购票信息，一扫进站，或刷脸进站。彻底告别纸质车票，实现出行效率与环保的双赢。电子客票表面看是减少一张纸质车票，却见证了科技改变出行方式的历史进步。

所谓电子火车票，就是在手机上或者其他智能设备上存在的电子版火车票。它的形态是一个二维码或者是一个条形码，旅客在购买完火车票之后会自动生成车票码，然后进站上车只需要扫描二维码或刷脸就可以了。

电子客票优势多多。它快捷方便，不易丢失。相比于传统的铁路纸质车票，电子客票省下了旅客到售票窗口取票的流程，也不用担心票丢失。对于一些大型枢纽站、省会车站来说，每逢节假日取票机前必然排起长龙。以电子数据作为铁路承运合同，乘车凭证和报销凭证实现无纸化，消失了排长队取票的现象。通过窗口购票的旅客，还可在网上自助办理行程变更等业务。

电子客票的优势还体现在节能环保上，中国人口基数庞大，出行人数众多，铁路客流量巨大，生产发行纸质车票不仅耗费能源和成本，还消耗了很多造纸资源。实行电子客票后，纸质车票将彻底取消，人们的出行越来越环保了，这是铁路改革与科技创新为社会带来的好处，也是当下大数据生活的一个缩影。

"e卡通"与"掌上高铁"

开启e时代，无疑是一场划时代的革命。

驶入高铁智能化的快车道，给老百姓带来了不一样的服务体验，感受新科技的奥妙、方便。铁路部门一切从方便旅客出发，让"智能化"出行变得触手可及，从而也大大提升了路网运用的整体效率。

自2020年7月28日起，旅客在选择沪宁城际、宁安城际、宁启铁路出行时，无须购票，可通过"铁路e卡通"，直接自助扫码进站，随到随走，乘车体验更加方便、快捷。

"铁路e卡通"也是一种电子乘车凭证。是在铁路全面应用电子客票的背景下，将便捷的扫码支付和快捷的高铁出行有机结合的产物。它以"一键开卡、一键充值、一键生码、扫码乘车"为设计理念，简化了进站乘车流程，由中国银行联合中国铁路科学研究院、中铁银通支付有限公司推出的实名制电子卡片产品，不配发实体卡片。

旅客通过12306官方APP，自助完成"铁路e卡通"注册、充值，每位旅客仅可开通1个账户，通过闸机直接扫描乘车二维码，完成进出站、扣除票款。开通服务的列车,预留了专属座席,旅客乘这类列车时可以像坐公交车一样方便,而且可以在多条线路使用。扫码乘车之日起31天内,旅客可在车站自助售取票机自助打印报销凭证。

采访中,我特地进行了一番体验。在北京西客站进站闸机前,打开手机,开启"铁路e卡通"一键式出行,刷手机二维码,5秒顺利刷脸进站。这个通道十分顺畅,旅客不用取票,也没有验票手续,进站速度快。

目前,我国许多城际高铁都开通了"铁路e卡通"业务,乘坐高铁就像乘坐地铁、公交汽车一样方便。旅客可以节约买票排队、烦琐检票的时间,让急着出门的你可以多化一下妆、多睡几分钟懒觉。虽然说刷二维码在日常生活中已经不是一件新鲜事,但对铁路部门来说,这无疑是一个大胆创新,让出行变得越来越简单、越来越轻松。

诚然,这样的出行也越来越安全,给漏乘车、乘错车者带来了保障。你不仅无须担心取票后丢失,或者没有赶上车票改签等问题,有了"铁路e卡通",让你畅通无阻,不用被这些事情烦恼。没有赶上车,换乘下一趟即可。不用取票,也就不担心车票遗失了,只要玩转指尖,一切成为现实。

"掌上高铁"铁路出行服务APP,为旅客提供线上线下协同的出行全过程服务,包括电子客票、订餐到座等车上旅行服务,以及极速打车特色联程出行服务。涵盖了旅客在出行过程中的"吃、住、行、游、购、娱"等各个方面,让旅客出行更加安心、愉悦、方便。

2020年春节,济南的周先生一家四口乘坐高铁去北京旅游。列车快进站时,周先生的手机响了。铁路12306网站告知他,北京南站有"高铁快巴"接送,让周先生喜出望外。他夫妇俩带着两个孩子,一个五岁,一个三岁,正担心到北京南站后不好打车呢。上车前,他下载了中国铁路"掌上高铁"APP，铁路12306根据他乘坐车次到达时间，告诉了他乘坐"高铁快巴"的最佳路径。

据介绍，"掌上高铁"具有帮助旅客排忧解难诸多功能。如挑选座位、找不到检票口等乘车信息问题和急速打车、行程管理等生活出行问题。

2020年12月24日起，京沪高铁、成渝高铁部分车次开始试点"静音车厢"服务。旅客可通过铁路12306网站、掌上高铁、自动售票机等渠道购买这两条高铁线的指定车次车票，如需提供"静音车厢"服务，还可以根据系统提示，选择购买"静音车厢"车票，"静音车厢"设在3号车厢（二等座车）。

曾几何时，你是否曾满心欢喜登上高铁，准备开启一段新的旅程时，却被各种各样嘈杂刺耳的声音扰乱心神，想要休息却被吵得心情烦躁。那么现在，"静音车厢"给了您宁静。静音车厢的推出，是对车厢内每位旅客行为上的约束，也是一种社会公德提醒，赢得的是一个更加安静舒适的旅途环境。

动动手指，美食到手。"掌上高铁"推出的"手机点外卖，外卖上高铁"服务，也给旅客出行带来了方便。自2017年7月17日起，全国27个主要高铁客运站，同时推出动车组列车互联网订餐服务，为旅客提供更多品种、口味的餐食服务。旅客不仅可以订高铁盒饭，还可以订购社会品牌餐食。这也意味着，中国铁路首次将餐饮服务大门面向社会开放。

旅客叫外卖后，商家先将餐食送到配送中心，配送员再统一将餐食送到站台交给列车乘务员，乘务员核对无误后，最后送到乘客手中。当你乘坐高铁而不想吃列车餐饮时，就不再只吃泡面了，而是可以任意订购沿线的"美食"。

采访了解到,自高铁网上订餐试点推开后,旅客好评如潮。不到两个月的时间里,广州、北京、上海三个铁路局累计接受完成的网络订单已超过10万单。

车轮飞驰,不觉经年。一次旅途,阅尽行云流水。如今越来越多的人愿意选择高铁出行,这不仅是一种交通的时尚,也是一种有品质的体验。正是这种美好体验,人们在潜移默化中提升了生活质量。

中国国家铁路集团有限公司提供的资料表明,自高铁投入运营以来,日均发送旅客由2008年的35万人次增加至2019年的645.9万人次,年均增长30.3%。2020年,高铁客运周转量在全社会客运量占比为25.2%,较2012年提高20.4个百分点。"坐着高铁看中国"成为广大旅客享受美好旅行生活的真实写照。

路就在脚下,一个充满活力的"流动中国",人们能否便捷出行才是硬道理。让出行的脚步更顺畅,让出行服务更优质、交通工具更智能。随着中国高铁的快速发展,我们相信国人出行的路会更加顺畅舒适,心态也会更加轻松敞亮。

(原载《人民文学》2022年第2期)

中国饭碗（节选）

陈启文

序 章

一

兴许，许多和新中国一起走过来的人，还记得开国大典后不久，美国国务卿艾奇逊曾经放言："人民的吃饭问题是每个中国政府必然碰到的第一个问题，一直到现在没有一个政府使这个问题得到解决。中国共产党能打赢战争，却无法解决几亿中国人的吃饭问题。"不能不说，这位"冷战政策"的制定者，一下就抓到了中国的命根子，吃饭问题，的确是中国历来最大的软肋。

粮食从来就不是单纯的粮食，而是历史演进的规律、民族兴亡以及生命的无穷奥秘所构成的自然与文化的混合体。它是每一个生命最基本的需要，也是历史最直接的载体，它内部包含着巨大信息量，没有任何别的东西可以超越。如果说生存权是最大的人权，粮食就是它最基本的底线。

中国是一个以农为本的国度，自上古的神农、后稷"教民稼穑，树艺五谷"，开创了中华农耕文明之先河，历朝历代，始终把解决天下生民的吃饭问题作为治国安邦的头等大事。然而，追溯中国亘古以来的历史，既是一部以粮食为主的农耕文明史，也是一部天灾与人祸交加的饥荒史。历史上的每一次凶年饥岁，又无不酿成大规模的农民起义，说穿了就是饥民起义。为了填饱饥肠辘辘的肚子，中国农民一次次揭竿而起，当他们被逼到了"人相食"甚至是"易子而食"的残忍绝境，战争已不是最残忍的选择。哪怕最后能吃上一顿饱饭后立马死去，也比沦为一个倒毙于荒野赤地的饿殍更加心甘。

当千古帝制终于被推翻，一个身影站在了历史入口处——中国革命的先行者孙中山。他在《三民主义》"民生主义"第三讲中，讲的就是吃饭问题，他将这最容易又顶重要的吃饭问题上升到国家安全的战略高度："吃饭问题，是关系到国家的生死存亡的。"而他提出的奋斗目标是"要四万万人都有饭吃，并且有很便宜的饭吃"。这并非多么崇高的理想，而是一个最基本的生存目标，却一直没有从根本上得到解决。中山先生认为，首要是解决土地问题，这是最根本的问题。对于中国农民来说，粮食是命根子，土地则是命根子的命根子。为解决土地问题，中山先生指出了一条路，"平均地权，实行耕者有其田，才算是我们对于农民问题真完全解决"。然而，"革命尚未成功"，先生就与世长辞，他的愿景在军阀混战、外寇入侵的烽火连绵的乱世中，变成了一个难以实现的遗愿。战乱中的中国也是一个饥荒之国。据曾任美国驻华大使的司徒雷登估计："1949年以前，中国平均每年有300万至700万人死于饥饿。"按他的推测，在民国存续的38年间，中国死于饥荒的人口至少超过两亿，这远远高于因战争而死亡的人口，而饥荒对人类的灭绝远胜于战争。美国记者埃德加·斯诺目击了战乱和饥荒给中国人带来的如地狱般的情景："你有没有见到过一个人有一个多月没有吃饭了？儿童甚至更加可怜，他们的小骷髅弯曲变形，关节突出，骨瘦如柴，鼓鼓的肚皮下塞满了树皮锯末，像生了肿瘤……饥民的尸体经常在埋葬之前就消失了。在有些村庄，人肉公开售卖……在赤日炎炎下，久旱无雨的黄土高原一片死寂，没有绿色，树木光秃秃的，树叶被摘光了，树皮也被剥净了。路边横着骷髅的死尸，没有肌肉，骨头脆如蛋壳，稍有一点肉的立即被吞噬掉了。饱受着饥饿缺衣无食的少女，半裸着身子被装上运牲口的货车运往上海的妓院……"

谁能拯救一个饥荒的国度和饥饿的民族？在孙中山先生的背后，一个年轻高大的身影逐渐从苍茫时空中浮现出来，毛泽东。1910年春天，毛泽东还是一个17岁的少年，当他从韶山冲背着一个包袱走进省城，就遭遇了长沙城发生的"抢米风潮"。这股风潮的直接原因是湖南多地遭遇水旱灾害而导致粮食歉收，米价飞涨，而土豪劣绅又囤积居奇，将原本就半饥半饱、艰难度日的贫民逼到了无米下锅的绝境，长沙城中以卖水为生的贫民黄贵荪因无钱买米而全家自杀。这是一个导火索，猛地点燃了长沙人民反抗的怒火，为了一口救命的粮食，他们在军警的严厉镇压下冲向一家家米店和粮仓，而长沙抢米风潮很快又波及周边多个城市。对于风雨飘摇的大清帝国，这不啻一场多米诺骨牌局的开端。这让一个忧国忧民的少年强烈地感受到了，饥饿引发的不仅仅是绝望的反抗，也不仅仅是一场血腥的镇压，而是在连锁反应中所引发的社会震荡，他预感到清朝——这个最后的帝国已经在此起彼伏的社会震荡中分崩离析。果不其然，还没过一年，那个在时空中延续了数百年的大清帝国，就在一场看上去并非地动山摇的辛亥革命中被推翻了。在时隔九年之后的五四运动中,毛泽东已是一位"挥斥方遒"的青年才俊,而他最关注的还是吃饭问题。他在《湘江评论》发刊词中大声疾呼:"世界什么问题最大?吃饭问题最大。"

毛泽东从一开始投身革命,就是从解决农民、土地和粮食问题开始的,这对于一个农民的儿子,几乎是一种源于生命的本能。而他后来做出了这样一个论断:"中国农民一穷二白的状态两千年基本未变。"

未变的原因是什么?最根本的,就是两千多年来的土地所有制一直未变。

这也让他为未来中国测出了一条道路——土地革命。他在党内第一个提出中国革命必须依靠农民。1927年,在中国共产党成立后的第六个年头,也是一个生死存亡之秋,中国共产党才终于认识到了毛泽东早就认识到了的这一点。那是一次在危急关头召开的紧急会议,也是一次改变了中国共产党命运的会议——八七会议,会上接受了毛泽东的主张,从此确立了依靠农民实行土地革命的方针。

八一南昌起义,中国共产党不但打响了武装反抗的第一枪,还由此揭开了土地革命的序幕。就在起义的第二天拂晓,便颁布了《土地革命宣传大纲》,提出了实行土地革命、建设乡村政权、"耕者有其田"等一系列口号。起义部队在异常艰苦的南征途中,一路发动群众进行土地革命。许多老区人还记得,一些在战斗中受伤的战士,还裹着浸染着血迹的绷带,就在浓浓的夜色中打着火把,去老百姓家里串门,他们用陌生的口音,一声声地呼唤着老乡,那"打土豪,分田地"的声音,在他们沿途经过的乡村一路传播,让"耕者有其田"、让老百姓吃饱饭,这些简明夺目的基本价值,又构成了革命战争充满正义性的时代张力。

在抗日战争时期,减租减息和开荒种地成了边区经济政策的灵魂。

租低了，田多了，农民的积极性被激发出来了。在边区土地政策中得到了实惠的农民，吃饱了肚子，也成了边区政府和人民军队的最坚强的后盾。可以说，很少有普通农民一开始是靠抽象的主义或理想投奔革命的，他们大都是通过土地走近了共产党。土地上生长的粮食，闪烁着生命之光的粮食，有时候可以让你舍弃一切外在的东西，抛开一切谜团般的幻象而回归生命的本源。而能够吃饱肚子，就是农人们获得的最感性的、直观的真理。在陕北的窑洞里，毛泽东和斯诺有过一次彻夜长谈，他们的谈话一直围绕着农民和吃饭的话题。毛泽东谈到他的一个伟大发现，中国从来没有一部以农民为主角的作品，他希望农民能够成为真正的主角。

对于土地，充满了战略意义的土地，在同国民党的历史性大决战中被中国共产党人发挥到了极致。为满足广大农民对土地的渴望，1947年夏天，中共中央工作委员会在西柏坡召开全国土地会议，通过了《中国土地法大纲》：废除封建性及半封建性剥削的土地制度，实行耕者有其田的土地制度。废除土地改革前劳动人民所欠地主富农高利贷者的高利贷债务。乡村中一切地主的土地及公地，由乡村农会接收，连同乡村中其他一切土地，按乡村全部人口，不分男女老幼，统一平均分配。在土地数量上抽多补少，质量上抽肥补瘦，使全乡村人民均获得同等的土地，并归个人所有。乡村农会接收地主的牲畜、农具、房屋、粮食及其他财产，并征收富农的上述财产的多余部分，分给缺乏这些财产的农民及其他贫民。

正当中国共产党在东北解放区和华北解放区开展"一手拿枪，一手拿算盘"的土改时，1947年5月，在国民党统治区爆发了一场反饥饿、反内战、反迫害的爱国学生运动——"五二〇运动"，其规模之广、历时之长、来势之猛、作用之大，在中国现代史上是少见的。当时,上海《密勒氏评论报》刊登的一篇文章中说:多少年来,国民党把孙中山的"耕者有其田"当作最重要的口号之一,不幸的是他们太忙了,竟至于没有工夫去实行那位卓越的领袖所订的土地改革方案。——这是一份外国人办的报纸,但它说出了中国的真理。

在中国共产党领导新民主主义革命胜利后,毛泽东有个有趣的估计:"论功行赏,如果把完成民主革命的功绩作十分,则市民及军事的功绩只占三分,农民在乡村革命的功绩要占七分。"这样一个既清晰又简单的比例,几乎把历史所有的真相都揭示了。

多少年后,曾在蒋介石麾下担任国防部参谋的黄仁宇,将宏观及放宽视野这一观念导引到中国历史研究里去,从而形成了考察中国历史的大历史观。一次,他在翻阅蒋介石日记时发现,蒋介石终于看出"土地改革为胜败之关键",然而,蒋介石对这个关键的发现实在太迟了。早在1937年,毛泽东就在陕北的窑洞里对美国记者斯诺说出了一个更深刻的预言:"谁赢得了农民,谁就赢得中国!"

二

中华人民共和国成立的那年,是农历牛年,这也许只是巧合,但对于一个有悠久农耕文明的古老国度来说,这是特别吉祥而有象征意义的。牛是从天庭自告奋勇来人间撒种的星宿,在老百姓的心中是勤劳、力量、风调雨顺、五谷丰登的象征。谁都盼望,从此天下年年风调雨顺、五谷丰登。

在新中国成立之后不久,随之而来的便是开国大土改,其根本目的就是让"耕者有其田",一个革命先行者的伟大梦想,终于变成了一个共和国的伟大壮举。

"红旗卷起农奴戟,黑手高悬霸主鞭。"这是毛泽东后来回韶山时写下的那首著名诗篇《七律·到韶山》中的两句,也是在开国大土改中最充满激情的演奏。经历了一场划时代的土改,每个农民都拥有了自己的土地,成了土地的真正主人。从开国大土改到"耕者有其田",从分散的自耕农到逐步走向合作化,从变工组(或换工组)、互助组到初级合作社,这之间,从自发到自觉的转化,如行云流水,水到渠成。今天,我们把新中国成立之初那段岁月称为流金岁月,既与粮食连年丰收有关,还与那种河清海晏的社会与政治生态有关。按国际上公认的一个判断,人均粮食产量表征着国家粮食丰裕的程度。历史数据显示:在新中国成立后的短短七年内,农民和土地的巨大潜力被迅速地催生和放大,人均粮食产量比1949年之前增加了近一半,这是中国历史上绝无仅有的一个时代。如果考虑到这是新政权刚刚建立时期,又是一个自然灾害频仍的时期,还在朝鲜与世界上最强大的国家面对面地打了一仗的时代背景,如果再对比一下十月革命后苏维埃发生的第一次大饥荒,我们不能不对共和国第一代领导人所建树的业绩表达崇高的敬意。我们有足够的理由可以把这个时代看成一段流金岁月,一个黄金时代。

那并非一个风调雨顺的年代,新生的共和国从一开始就遭受自然灾害的严峻考验。1954年夏天,长江遭遇上百年罕见的大洪水,灾后,农民奋力自救,在这个大灾之年,依然夺得了秋粮的大丰收。随后,荆江分洪工程开工,刚刚分到了土地的农民,就像当年参战一样,千军万马上工地,这也是一场战斗,也是为了保卫自己的土地。那一时期,执政党和亿万老百姓心连着心,执政党的构想,就是老百姓的渴望的现实,每一个政策出台,都能对应人民内心的渴望和呼声,他们的利益是高度一致的,而且有某种潜在的心心相印之感,从而建立起了一种息息相关又高度一致的社会链,共同营造出了那样一段流金岁月。一切为了人民，人民的利益高于一切，这也正是那段流金岁月的黄金法则。

那连续几年的农业丰收和粮食增产，让新中国的决策者有了加快步伐的主观愿望。

五千年的历史太沉重，共和国还太年轻。这种重与轻，让中国的前行步伐从此开始处于倾斜的、失重的状态。历史，只有站在某种距离上看，才不会被虚假的视野所遮蔽。中国的历史，尤其是与农民有关的历史，比世界上任何一个国家都复杂而曲折，盘根错节。如何从纷繁复杂的水系中清理出其主流，不是意识形态的命题，而是历史的法则，也是现实和未来的需要。中共中央《关于建国以来党的若干历史问题的决议》，对农业合作化有这样一段耐人寻味的话："在1955年夏季以后，农业合作化以及对于工业和个体商业的改造要求过急，工作过粗，改变过快，形式也过于简单划一，以致在长期间遗留了一些问题。"

由于"大跃进"和人民公社化运动中的严重"左"倾错误，加上从1959年到1961年，中国农田连续几年遭受大面积自然灾害，致使"国民经济正常运转遭到严重破坏，整个国民经济发生严重困难"。1961年1月，中共八届九中全会决定将国民经济转入调整的轨道，并实事求是地提出："吃饭第一，建设第二。"在经历1961年至1965年国民经济调整之后，中国农田又再现勃勃生机，粮食连年增产。然而，在接下来的岁月，中国又经历了十年动乱，使包括粮食生产在内的国民经济再次遭受了严重摧残。直到1977年春天，中央工作会议终于揭开了拨乱反正的序幕。这里，就从这样一个故事说起吧。1977年夏天，在一次科学和教育工作座谈会上，一个意外的事件发生了，有人向刚刚第三次复出的中共中央副主席邓小平当面呈递了一封信。这封信是由时任北京农业大学的三位副校长联名写给邓小平的，信里的每个字都如铅块般沉重，他们历数了北京农大在十年动乱中被迫搬迁并遭受惨重破坏的遭遇，"请求中央批准把学校迁回北京原址——马连洼办学"。邓小平看后，也以沉重的心情立刻作了批示。然而，马连洼早已被国防科委的几个部门占用。谁都知道，国防科委自诞生之日起就是共和国最重要的战略部门之一，北京农大想要搬回原址办学，或许只是一种梦想，想迈出一步都太难了。但当时分管国防科委的聂荣臻元帅却说了这样一番话："农大搬回北京办学的事，早经邓副主席和中央同志批准，并已责成国防科委贯彻和执行。九亿人的吃饭问题是比'上天'更重要更迫切的重要战略问题。"

一位身经百战的开国元帅，站在更高的战略高度，一下揭示了一个比一切战略问题"更重要更迫切"的战略问题——吃饭比上天重要！

1978年，这一年被称为中国改革开放的元年。这年12月，中国共产党十一届三中全会在北京人民大会堂召开，中国改革开放的总设计师邓小平力排重重阻力，启动了中国的一次伟大转型，把党和国家的工作重心转移到社会主义现代化建设上来。而几乎在同一时间，在当时还默默无闻的安徽省凤阳县小岗村，一星摇曳的灯火照亮了那个寒冷的冬夜，18个饥寒交迫的农民在一间破屋子里开了一次小会，他们用冻得发僵的手指，在一张分田到户的"生死契约"上按上了18个血红的指印，悄然揿动了中国农村改革的第一个按钮。

这一来自民间的勇敢的甚至是伟大的壮举，堪称是人民创造历史的一个经典案例，随后便开启了新中国历史上的"第二次土地改革"——家庭联产承包责任制，并确立为中国现阶段农村的一项基本经济制度。这次土地改革使农民在集体经济中由单纯的劳动者变成既是生产者又是经营者，从而大大调动农民的生产积极性。然而，家庭联产承包责任制也有先天不足的局限，随着市场经济在中国的深入发展，家庭联产承包责任制本身的局限性逐步显现出来。用农民的话说，每个人一亩三分地，又被各自的田坎所分割，如此细小分散的农田结构，无论你怎么精耕细作，基本上是沿袭小农经济的模式，每家每户在小块土地上进行分散经营，只能采取传统的农耕方式，生产力低下，抵抗自然灾害的能力弱。如小岗村，"一年越过温饱线，20年未进富裕门"，既体现了这一制度的优势，又体现了这一制度的局限。中国农民若要从温饱走向小康和共同富裕的道路，势必从小农经济走向现代化农业的规模化经营、机械化作业，这是中国农业实现现代化的必由之路。如北大荒农垦集团（黑龙江省农垦总局）就是中国农业先进生产力的代表，实现了粮食安全和现代高效农业相统一，被誉为"中国现代化大农业的旗舰"。若要借鉴北大荒现代化的大农业模式，就必须在现有家庭联产承包责任制的基础上，进一步深化土地改革。

  2004年，国务院颁布了《关于深化改革严格土地管理的决定》，强调"在符合规划的前提下，村庄、集镇、建制镇中的农民集体所有建设用地使用权可以依法流转"。有人将"土地流转"称为新中国成立以来的"第三次土地改革"。从开国大土改到家庭联产承包责任制，再到通过土地流转走向现代规模化农业，中国一直在土地上做文章，出台了一系列与时俱进的政策，尤其是实行所有权、承包权、经营权"三权分置"之后，在进一步解放农村生产力、调动广大农民的生产经营积极性的同时，也激发了土地的潜能，让土地迸发出了强劲的活力。

三

  悠悠万事，吃饭为大。手中有粮，心中不慌。农业是安天下、稳民生的战略产业，保障粮食安全是一个永恒的课题，尤其对于中国这个在土地上先天不足的泱泱大国，任何时候都不能放松。

中国耕地约占世界耕地的7%，人口占世界的近五分之一，而现有粮食产量约占世界的四分之一。追溯新中国粮食发展之路，在农业基础十分薄弱、人民生活极端贫困的基础上起步，尽管经历了一次又一次的严峻考验，但通过70多年的艰苦奋斗和不懈努力，中国依靠自己的力量不仅成功解决了14亿人口的吃饭问题，而且实现了由"吃不饱"到"吃得饱"进而"吃得好"的历史性转变，这是中国人民自己发展取得的伟大成就，也为世界粮食安全做出了重大贡献。然而，居安思危，我国拥有14亿人口，如果粮食一旦出了问题谁也救不了我们，只有把饭碗牢牢端在自己手中，才能保持社会大局稳定。

关注中国粮食问题不仅仅是中国，世界上也一直盯着中国饭碗。

早在1994年9月，美国世界观察研究所所长莱斯特·布朗就向中国也向世界发问：谁来养活中国？有人将其称为"警世的呼唤"。布朗为此撰写了一篇长篇报告，还加上了一个诡异的副标题——来自一个小行星的醒世报告。在苍茫浩瀚的宇宙中，地球就是一个微不足道的小行星。布朗是在中国逐渐融入全球化的背景下发出这一疑问的，而在全球化的背景下，贫困与饥饿跨越了国界，不是哪一个国家关起门来处理的家务事，而是全人类都必须共同面对的问题。这个对世界粮食问题充满了忧患却把矛头指向中国的美国观察家，且不说他是居心不良还是杞人忧天，这里不妨先算算账。人口决定口粮，尽管我国从1970年起就采取了严格的计划生育政策，但人口依然一直保持高速增长，如今已突破了14亿大关。在未来的10多年间，随着全面放开二胎生育，在如此庞大的人口基数上净增两亿人口，还是相当保守的估计。事实上，中国政府一直以16亿人口为最高峰值，来作为应对国家粮食安全的大前提。如果中国粮食的增产赶不上人口的增速，没有足够的粮食去填补这个巨大的缺口，就必须买光全世界的粮食贸易量，才能填补养活中国16亿人口的那个巨大缺口，可世界上的其他粮食进口国吃什么？——这就是布朗预测的一个世界粮食的灾难性后果：中国粮食缺口将导致全世界粮食短缺和粮价暴涨，造成全球性粮食危机。又无论是中国发生粮食危机，还是将危机转向世界，那巨大的粮食缺口都无法从地球这颗小行星上转移，必须用数亿人的生命去填！

不能不说，布朗提出的的确是一系列充满了灾难性而又难以破解的难题，也有人称之为"布朗的魔咒"，一个饥饿的中国仿佛巨大魔影笼罩了整个地球。

粮食不仅与人口直接对应，也是与水土、气候、生态直接对应的。

从耕地上看，"中国以占世界7％的耕地养活着占全球22％的人口"，这一直让中国人充满了自豪感，也的确是中国对世界的巨大贡献，却也是一个大限，中国一直在有限的耕地上超载生产粮食。迄今，中国耕地基本上开垦到了极限，人口有增无减，而土地则有减无增。自二十世纪八十年代后，随着改革开放推动经济和城市化的快速发展，中国耕地以年均300万亩的速度递减，相当于每年减少了500万人口的口粮。除了先天不足的耕地，还有先天不足的水资源，中国人均水资源占有量仅为世界人均的四分之一左右，在农耕时代勉强能够维持，一旦迈进工业化、城市化、现代化的进程，日益严峻的水资源危机以及污染所带来的水质性危机，必将直接加剧中国的农业危机和粮食危机。再加之生态环境的恶化使得各种自然灾害频繁袭击我国的农业生产，水土流失加剧，这各种灾难性的危机叠加在一起，对我国的粮食安全构成极为严峻的威胁。

对布朗"谁来养活中国"这一"警世的呼唤"，中国没有沉默。中国政府和科学家随即做出了一系列的积极回应。时任国家科委主任宋健在第七次恩格尔贝格论坛上,直接针对布朗的发问,做了题为《也论"谁来养活中国人"》的回应:"中国的科学界和政府一致认为,中国能够养活自己,并且在二十一世纪上半叶将能够达到中等发达国家的水平。当然,大家都承认,这是一个巨大的挑战,是整个国家的攻坚战。所有这一切要依靠科学技术的应用和进步。经过当代和后代人的不懈努力,中国将有一个美好的未来,中国不会陷入绝境。仅以此回答全世界许多朋友提出的警告。"

那么,如何才能达到这一目标呢?2019年3月,习近平总书记在参加十三届全国人大二次会议河南代表团的审议时强调:"粮食生产根本在耕地,命脉在水利,出路在科技,动力在政策,这些关键点要一个一个抓落实、抓到位,努力在高基点上实现粮食生产新突破。"总书记所列举的,正是粮食生产和增产的全要素。具体而言,就是"要研究和完善粮食安全政策,把产能建设作为根本,实现藏粮于地、藏粮于技。"这是中央对确保粮食产能的新思路,也是保障国家粮食安全的新战略。这意味着我们将不再一味追求粮食产量的连续递增,而是通过增加粮食产能,保护生态环境,促进粮食生产能力建设与可持续增长。

从"藏粮于地"看,人多地少是我国的基本国情,一方面耕地后备资源严重不足,另一方面由于各方面的基本建设和生态退耕,导致耕地数量还在下降,这决定了我们必须像保护大熊猫一样保护好耕地,首先是实施全国土地利用总体规划,从严管控各项建设占用耕地特别是优质耕地,健全建设用地"增存挂钩"机制,牢牢守住18亿亩耕地红线,下大力气建设国家粮食安全产业带,要求基本农田要姓农,要种粮食,必须坚决遏制耕地"非农化"、防止"非粮化",决不能单纯以经济效益来确定耕地用途，特别是要保障现有14亿亩的三大谷物面积只增不减，确保耕地主要用于生产粮食和多元化食物，始终端稳中国饭碗，筑牢大国粮仓。

从"藏粮于技"看，农业出路在现代化，农业现代化关键在科技进步。土地是有限的，而人口是不断递增的，即便中国严防死守18亿亩耕地的红线，也是底线，那"占世界7%的耕地"也不可能增加，而在这红线中约三分之二为中低产田，其中还有不少是盐碱地。只有依靠科学技术的应用和进步，才能在现有的、十分有限的耕地上竭尽所能地提高粮食单产，为内涵式现代农业发展之路提供良好支撑。

对布朗发出的"警世的呼唤"，袁隆平院士从"藏粮于技"的实践中给予了科学解读。他不觉得这是美国人发出的"中国威胁论"，但他认为"布朗只看到了中国庞大的人口将侵占大量的人类资源，他的最大弱点，是对科技进步提高农作物生产力的巨大潜力估计不足，而恰恰农业科技进步是支持粮食增产的第一生产力。"他坚信"中国人通过科技进步和共同努力，不仅能养活自己，而且可以帮助发展中国家解决粮食短缺问题"，这绝非盲目的自信，而是基于他执着而坚定的科学信仰。

国以农为本，农以种为先。科学种田，第一就是要打造种业"中国芯"，良种既是农业高质量发展的重要抓手，也是提高我国农业国际竞争力的关键。1996年，农业部根据袁隆平院士提出的超级杂交稻的育种设想与目标，正式启动了为期10年的中国超级稻育种计划。第二年，中国超级稻育种计划又由国务院总理基金和国家863高技术计划立项，在袁隆平的统领下，组织全国20多个科研团队协作攻关——这已是袁隆平第三次率领全国科研团队协作攻关。随着中国超级稻育种计划的一步步推进，这一计划实际上已成为保障国家粮食安全的战略决策之一，而无论在战略设想和技术路线上，袁隆平都扮演了一个战略家的角色，有人甚至把他称为这一领域的"战略之魂"。历经20多年攻关，经专家组在位于云南省草坝镇的超级稻种植示范基地里对第二代"超优千号"进行测产，袁隆平团队研发的超级杂交水稻在2020年的亩产又创新高，亩产高达1135公斤，这是中国种子创造的世界奇迹。

袁隆平只是中国农业科学家的一个缩影。"藏粮于技"，还必须全面建立粮食科技创新体系，一是深入推进玉米、大豆、水稻、小麦国家良种重大科研联合攻关，大力培育推广优良品种。目前，中国超级稻、矮败小麦、杂交玉米等高效育种技术体系已基本建立，成功培育出数万个高产优质作物新品种新组合，基本实现主要粮食作物良种全覆盖。与此同时，中国农业科学家还加快优质专用稻米和强筋弱筋小麦以及高淀粉、高蛋白、高油玉米等绿色优质品种选育，推动粮食生产从高产向优质高产并重转变。二是推广应用农业科技，如科学施肥、节水灌溉、绿色防控等技术大面积推广，水稻、小麦、玉米三大粮食作物的病虫草害损失率大幅降低。2004年以来，我国实施粮食丰产科技工程，共建设丰产科技攻关田、核心区、示范区、辐射区1000多个，攻克了一系列粮食储藏保鲜保质、虫霉防治和减损降耗关键技术难题，系统性解决了中国"北粮南运"散粮集装箱运输成套应用技术难题，安全绿色储粮、质量安全、营养健康、加工转化、现代物流、"智慧粮食"等领域科研成果得到广泛应用，这一系列组合拳在更高层次上提升了国家粮食安全保障水平。

2019年10月，为全面介绍中国粮食安全的成就，增进国际社会对中国粮食安全的了解，国务院新闻办公室发布了《中国的粮食安全》白皮书，提出了"确保谷物基本自给、口粮绝对安全"的新粮食安全观,确立了以我为主、立足国内、确保产能、适度进口、科技支撑的国家粮食安全战略。随着我国粮食产业经济稳步发展,更高层次、更高质量、更有效率、更可持续的粮食安全保障体系逐步建立,国家粮食安全保障更加有力,中国特色的粮食安全之路必将越走越稳健、越走越宽广。

人类只有一个地球,各国共处一个世界。粮食安全从来不只是关乎中国,也是世界和平与发展的重要保障,是构建人类命运共同体的重要基础,关系人类永续发展和前途命运。中国作为世界上最大的发展中国家和负责任大国,非但没有对世界粮食安全构成威胁,而且一直在不断探索国际粮食合作新模式,推进粮食领域的南南合作,深化与共建"一带一路"国家粮食经贸合作关系,为实现联合国2030年可持续发展目标中的"消除饥饿,实现粮食安全,改善营养状况和促进可持续农业"做出了巨大贡献。联合国粮农组织总干事若泽·格拉齐亚诺·达席尔瓦高度称赞中国在很短的时间内大幅减少了饥饿人口,并在农业发展与创新上积累的丰富经验与技术,为其他国家提供了宝贵经验。同时,中国还通过双边与多边合作为其他发展中国家提供了无私的帮助——这是与天地同在的、辽阔而博大的爱与拯救……

从北大荒到中华大粮仓

这是一片神奇的土地

第一次走进北大荒,是2009年芒种过后。据《月令七十二候集解》:"五月节,谓有芒之种谷可稼种矣。"我从哈尔滨出发,一路向牡丹江、绥芬河、穆棱、密山、虎林蜿蜒行进,那可真是"浩渺行无极"

啊。眼前是一望无际地绵延开去的波状平原，那黑得泛油的黑土地，还有刚插不久、泛着嫩绿色波光的秧苗，一眼望不到尽头，一直走不到尽头。蓝天高悬，长风浩荡，却让我倍感无边的惆怅。怅寥廓，人类在时空中是如此的卑微和渺小，我从未见过如此湛蓝而高远的天空，如此辽阔的大地和旷野。

在来此之前，对于我，这里只属于遥远，遥远得远离现实，成为另一种时空的存在。

北大荒，漠北大荒。五千年的蛰伏，只与苍天共处。无边的荒原，无边的孤独与旷古的寂寞，统治着苍穹之下的茫茫无人区，被日月轮番照亮的只有原始森林和荒漠上的沼泽，大荒中只有狼的恸哭飘向更深远的荒漠，天边只有鹰隼的身影一掠而过……

北大荒有多大？大得你必须摊开世界地图，以世界为背景，才能看清它的轮廓。

在世界地图上，你可以清楚地看见，在北半球的广袤大陆上，几乎就在同一纬度上，排列着三块深沉而神奇的黑土地：一块在北美洲，美国的密西西比河流域；一块在欧洲北部，乌克兰的第聂伯河畔；还有一块，在亚洲，我们伟大祖国的东北角，这就是我们常说的北大荒。

如果再把目光聚焦在黑龙江省那宛若一只黑天鹅的奇妙版图，你会更清楚地看见，这比两个台湾还要大的黑土地，大体形成了东西两厢的格局，东为三江平原，又称三江低地。三江，是黑龙江、松花江、乌苏里江这三条北方的大河，一泻千里的黑龙江，九曲回肠的松花江，还有像俄罗斯那条静静的顿河一样静静的乌苏里江，这三条跨越时空的长河，在这无边的荒漠上风云际会，漫溽交织，又沿着各自命运的荒凉河谷向东流去，以奔涌的方式流向鄂霍次克海的鞑靼海峡。整个三江平原就是一个巨大的三角洲，这里除了原始森林和湿地沼泽，还有堪称中国最美的大草原；在三江平原西部是松嫩平原，由嫩江和松花江冲积而成。嫩江从伊勒呼里山千里南下，与松花江双水河流，形成一股强大的冲击力，共同创造出了这个大致呈菱形状的波状平原。南以松辽分水岭为界，北与小兴安岭山脉相连，东西两面分别与东部山地和大兴安岭接壤。这是一片横跨黑龙江和吉林两省的大平原，在黑龙江省境内就有十多万平方公里，占全省总面积的五分之一。

在东西两大平原之间，小兴安岭由北向南，一路绵延，以纵贯的方式成为两大平原的天然分水岭。如果说黑龙江省的版图恰如一只展翅的黑天鹅，而北大荒所处的这东西两大平原，则犹如天鹅展翅翱翔的两翼。中国九大商品粮基地，北大荒就占有两个，一左一右，它们就像天鹅翱翔的两只翅膀——三江平原和松嫩平原。

如果说共和国版图像一只东方雄鸡，这里正好是雄鸡的鸡冠和眼睛。

这并非来自我的形象化描写，这就是北大荒最真实的形象。

这是一片神奇的土地，我第一次感受到北大荒的神奇，是缘于小说《林海雪原》里的一句让我几十年也没有忘掉的俗话："棒打狗子瓢舀鱼，野鸡飞到饭锅里。"这句话我记得很清楚，但记不得是谁说出来的，应该是一个老猎人。那时候，真正能够走进北大荒的，也只有那些勇敢的猎人。又是谁说过："百里无人断午烟，荒原一望杳无边。"这些话，这些细节，让我记忆了这么久，让少年的我，充满了憧憬和神往。

然而，北大荒并非我想象的那种亘古荒原。它的历史，可以一直追溯到远古洪荒时代。据《山海经·大荒北经》载："大荒之中，有山曰不咸山，有肃慎氏之国。"现在，已经有专家考证，大荒之中的不咸山就是现在的长白山，在不咸山的北方，就是今天黑龙江的老爷岭和完达山。如今黑龙江农垦总局下辖的牡丹江、红兴隆、建三江等三个管理局就位于古肃慎部族最早活动的中心区域。大约在唐、五代时，这里史称渤海，当时的渤海王国在这一带开创了200多年的繁荣史。其后，剽悍的女真人崛起于阿什河流域，在这里筑起了数百座城池。当历史进入元明两代，这里一度搞过屯田，但只是昙花一现。随着大清帝国将整个中国收入囊中，满族人追随着他们的王者"从龙入关"，反而让他们的这个龙兴之地边境空虚，那时对远东地区觊觎已久的沙俄，便乘虚而入。哥萨克匪徒到处杀人放火，掠夺财物，致使大清帝国的千里边境荒无人迹。到了民国时期，又有官僚、军阀、富绅乘虚而入，在荒原上跑马圈地，垄断霸荒，成为一个个割据一方的土皇帝。

随着1931年的"九一八事变"，东北全境沦陷，在日本关东军耀武扬威的马屁股后面，紧随而来的是天皇的子民组成的一个个开拓团。这是日本帝国殖民中国东北的战略，他们从人口密集的狭窄海岛向中苏边境的辽阔土地大规模武装移民，一手拿刺刀，一手拿镰刀，战马踏过之后，跟来的便是一辆辆"火犁"——农用犁田拖拉机。日本政府炮制了一个20年内向中国东北移民500万人口的庞大计划，并以强行驱逐、武力掠夺的方式，把中国老百姓的村庄和耕地据为己有。到1945年，日本宣布无条件投降的那年，盘踞在东北大地的日本开拓团已达到了上千个，移民30多万人，这些开拓团在武装护卫下开田拓土，而中国农民却沦为他们的劳工，有的在虎林、密山一带给他们修铁路、公路和军事要塞，有的则为日本开拓团搞水利和农田基本建设，仅在开发查哈阳诺敏河输水工程时，他们就征用15万多中国劳工，5万多人被残忍地折磨致死。多少年了，如此深重的奴役，还从来没有被清算过，没有人向日本政府去追讨中国劳工为此而付出的血汗和生命的代价。中华民族是世界上最宽容、最仁慈的民族，但那些随着他们的皇军进入中国的开拓团人员，在日本战败后所表现出的歇斯底里，更让人触目惊心。他们不是军人，不是战俘，在日本宣布无条件投降后完全可以回到他们自己的祖国，自己的家园，但他们却以集体自戕的方式把自己留在了他们不甘心就此离去的中国土地上，而在他们自我毁灭的同时，他们也要毁灭这个世界。他们在像狼一样绝望的哀嚎中烧毁房屋、破坏机器，摧毁中国劳工给他们修建的水利工程。他们不想给中国农民留下任何一点有用的东西。对于这种如此血腥而又如此决绝、没有任何忏悔意识的日本开拓团，又让中国人如何去宽容他们，饶恕他们？或许正因为没有彻底的清算，靖国神社里的那些幽灵过了多少年一直阴魂不散。

说来，日本开拓团也曾想过要向北大荒腹地开发，但大多遭遇惨败，不少开拓团成员都葬身于沼泽之中。直到1946年，北大荒沉睡的历史才开始掀开第一页。随着数以百万计的日本关东军从中国东北大地如潮水般退去，人民军队奉命誓师出关，日夜兼程开赴东北。还没等他们黑土地上站稳脚跟，运筹帷幄的毛泽东便发出了一道指令："除负有重大作战任务的野战兵团外，一切部队和机关，必须在战斗和工作之暇从事生产。1946年决不可空过！"

必须！决不！这是属于毛泽东词典里的词语，也是汉语中最硬朗、最坚定不移的词语，他总有一种大手笔决策的方式。这也意味着，开发北大荒，从一开始，中国共产党就是从战略高度出发的。回望比新中国成立更早的那段历史，如果人类真能穿越时空，第一眼看见的或许不是土地，而是向荒原进军的人类。从1946年到1948年的两年多时间里，一批批军人戎装未换、征尘未洗，就从战场上直接开赴漠北大荒。那时荒原上还没有一条路，北大荒最早的路就是他们走出来的。这些军人中，既有身经百战伤痕累累的荣誉残废军人、老红军和老八路，也有在东北战场上的国民党起义、投诚和被俘人员，他们被改编为农垦部队，由5000多名解放军官兵带领，在荒原上创建了七个解放团农场。而这一支支从各个不同的源头汇聚而来的军人队伍，"要在北满创办一个粮食工厂！"——这是时任东北人民政府副主席李富春的原话。这些拓荒者，不管他们的前身是谁，只要他们走进了北大荒，就只有一个共同的身份，兵团战士。这是用犁铧、锄头和镰刀来战斗的战士。

新中国成立后，尤其是抗美援朝战争胜利后，又有大批的转业官兵奔赴北大荒，在那人迹罕至的大荒原，随处可见拓荒者的身影。

1954年5月，北大荒的原野上还是一派春寒料峭的景象，一位粗犷的军人穿着大衣走进了三江平原西部边缘的汤原县，一看那硬扎扎的胡子，你就知道他是谁了。而这位百战骁将、胡子将军，从南泥湾开始，他的名字就与拓荒深深地联系在一起了，后来被誉为"永远的拓荒者"。此时的王震担任铁道兵司令员，他视察了正在这里施工的铁道兵部队第五师。看着火热的工地，他兴奋地喷出一口粗重的气说，好，好哇！转身，他又看着另一个方向出神了。那是一望无际的尚未开垦的黑土地。他知道，随着抗美援朝战争结束，又将有一大批志愿军将士转业复员，该如何把这些战斗力量转化为新中国的建设力量？而他那凝视着这片土地的眼光，就像这黑土地一样深沉。

当年，王震对率部进军北大荒的一位副师长说："你是打头阵的，是去点火的，得搞个样子，以后要大发展，要母鸡下蛋！"

这位副师长就是余友清，一位老红军战士。他于1905年生于湖南一个贫苦农家，一家人全靠父亲种二亩山田艰难度日。余友清从七八岁时就开始干农活，长大后又给地主当长工，他从小就意识到，贫苦农民之所以世代受穷，不是缺乏劳力，而是缺乏土地。1924年，19岁的余友清参加了本乡农民暴动，后来披一条麻袋，撑一只舴艋小舟，投奔了红军。在长征途中，余友清担任司务长，他想尽办法为部队筹集杂粮、野菜，别人一天走120里，他要走180里，他经常把很少的一点口粮分一半，悄悄地塞进伤病员或体弱同志的挎包。此后，他参加了抗日战争、解放战争、抗美援朝战争，在战场上，他有一股不消灭敌人誓不罢休的倔强劲，曾三次负伤，被授予八一勋章、独立勋章和解放勋章。新中国成立后，他调往铁道兵担任第五师副师长，从朝鲜归国，征尘未洗，就来到黑龙江伊春林区抢修森林铁路。

　　1954年，部队大批官兵复员转业。八五〇部队复转大队在伊春集合待命，王震将军来林区视察施工和动员复转官兵到北大荒去办机械化大农场，并派余友清同志去选点办场，做部队转业大军开发北大荒的带头人。余友清欣然接受了这一艰巨任务，立即带领勘察队出发，披荆斩棘，进入旷古荒原。他们历尽艰险，踏荒千里，决定将农场建在虎林。1955年元旦，八五〇部队复转大队在虎林成立了铁道兵开发荒原的第一个军垦农场——八五〇农场。在开荒之初，他们几乎是赤手空拳，别说机械设备，连锄头、镢头、犁铧等农具也没有，他和战士们冒着生命危险进入虎头日寇遗留的地下工事，起出大批未用过的炮弹，卸去炸药并用弹壳打成建场第一批农具。余友清拖着伤痕累累的身体带头拉犁开荒，先用50个人拉一台双轮单铧犁，后来他巧妙地改装了犁具，只用20人就能拉一台双轮双铧犁。

　　这种人拉犁，是北大荒拓荒初期最悲壮的场景之一，战士们也成了名副其实的拓荒牛。在那荒草连天的旷野上，土黄色的军装，土黄色的背脊，他们排着长队，一边嗨哟嗨哟地喊着号子，一边朝黑土地深深地俯下身去，那扛惯了枪杆子的肩膀，套上了拉着犁铧的缰绳，在翻卷的土浪和犁开的垄沟中，一寸一寸地向前挪动，那嘶吼声震醒了这沉睡的荒原，汗水浸透了、泡软了这板结的土地。就这样，他们在亘古的荒原上开垦出了一片片良田。那开垦出来的土地，就是那种"捏把黑土冒油花，插双筷子也发芽"的黑土地。余友清把双手深深插入土地，捧起一大把泥土对战士们说："看看，多好的土地啊！我们经历了这么多年的战争，说到底不就是为了土地吗？这土地，什么都可以生长出来！"

在开荒的第一年，八五〇农场就用人拉犁的方式开荒达九万多亩，在当年开荒地的垡片上用豆铲点种大豆三万多亩，亩产超过当年虎林县熟地大豆亩产量。就这样，他们白手起家，当年建场，当年开荒，当年播种，当年丰收，打胜了转业官兵进军北大荒的第一仗，在荒原上站稳了脚跟。

像余友清这样的兵团军人实在太多了，如郝光浓，一位从吕梁山走出的抗日英雄，他在战斗中失去一只眼睛和一条胳膊，时任齐齐哈尔市荣军学校政治部主任。1949年4月，这位"独眼硬汉"带着一群和他一样铁骨铮铮的部下——100多名自愿参加垦荒的革命残废军人，开赴嫩江西岸五棵树一带创办了伊拉哈荣军农场。这些伤残的荣军战士，有的缺胳膊断腿，有的双目失明，像这样的人，个个都是功臣。但他们不想让人民把他们养起来，他们不但要养活自己，而且把开垦北大荒看成是另一个战场。他们根据不同的伤残搭配编组，双目失明的战士抬着筐子，那些瘸着腿的战士拖着耙子跟着捡粪。在耕地时没有牛，那些双目失明的战士躬身拉犁，跛脚的战士则在垄沟里深一脚浅一脚地扶着犁走。郝光浓还充满豪情地在日记中写道："茫茫草原，凛冽秋风，扶犁东野，汗珠挂胸。丰衣足食，幸我老农！"

还有迟子祥，他是山东省黄县人，13岁一路乞讨流落到东北，在伪满电业当学徒，1945年参加了人民解放军。在法库战役中，他在零下40℃的风雪中冲锋陷阵，当子弹和弹片呼啸而来，他都不知道自己受伤了，那身体被鲜血染红了，他还在拼命冲锋。由于流血过多，他一头栽倒在雪地上，昏死过去了。当他被救下火线送到医院时，他十个脚趾全都冻掉了，还冻掉了两个手指，又加上身负五处重伤，被评定为三等甲级残废军人，再也不能重返前线了。1949年10月，迟子祥和200余名在抗日战争和解放战争中负伤的革命残废军人，拖着伤残肢体，来到了伊拉哈荣军农场，这是北大荒垦区九三国营农场的前身，他们也是北大荒九三垦区的第一代拓荒者。建场初期，连锄头、铁锹、镰刀这样的简易农具也很缺乏，有些农具也残缺不全，若要从外地采购农具就会耽误农时。这可把那些急于开荒的荣军急坏了，夜里，迟子祥躺在马架子里干瞪着眼，一个劲地吧嗒着旱烟。第二天早上，他就向场领导主动请缨："我在伪满电业当学徒时学过修理工具，我想带几个人一起修理农具。"还有一位叫侯祥宽的残废军人，参军前是个铁匠，也要跟着迟子祥一起干。他在1939年就参加了新四军，在战争中多次负伤，右臂被打断后一直僵直不能拐弯。场领导当时也急得团团转，就把这任务交给他们了。场领导还给他们派来几个人，既是助手又是学徒，组建了九三垦区的第一个农具修理所。迟子祥领着大家垒起一个小土房，搭起一个打铁的小烘炉，找来一把大锤，捡来一块破铁疙瘩当砧子，就开始干起来了。迟子祥缺了两个手指，但不缺胳膊，就负责打锤，侯祥宽胳膊不能拐弯，就负责掌钳。这残缺的手和胳膊，一开始还打不到点子上，但经过几天磨合后，两人配合越来越默契，越打越准，越打劲越大。就这样，他们夜以继日，轮番上阵，而炉火日夜不熄，铁水沸腾不止，从头年冬天到第二年开春，他们在飞溅的火星和绽放的钢花中打出1000多件小农具，修复了大部分农机具，不但赶上了春播的农时，还为农场节省了3000多元资金。当你从他们手里接过一件件闪光的农具,你会发现他们的旧伤上又添了新伤。

迟子祥和他的战友们还创造了一个现在也难以想象的奇迹。一次,迟子祥在荒野里发现一个被遗弃的旧拖车架子和几只旧轮胎,他如获至宝,立马带着几个人抬到了修理所,要把这大拖车修理出来。可这大农具的修理要用有机械动力的钻床钻眼,这小小的修理所哪有什么机械钻床啊,只有一台靠人力转动的土钻床。当大伙儿都站在一边傻眼看着时,迟子祥围着这破拖车左转右转,他猛地抽了一口旱烟说:"咱们靠小米加步枪赶走了日本鬼子,打败了蒋介石,我就不信咱们凭两只手做不出拖车来!"没有机械,他就用伤残的双手拉动皮带,他一带头,大伙儿都把手伸了过来,他们就凭着这一双双手的力量,让钻床转动起来,钻出一个又一个孔,旋出一个又一个零件。有人风趣地说:"老迟发电不用油,全靠人的热量!"随后,老迟又领着大伙儿组装车架子和车大厢,把几只旧轮胎修补好,打足气,制成了一辆载重五吨的八轮大拖车,这是真正的中国制造,北大荒制造!

北大荒在经历了十多年的开垦后,到了1958年,农历戊戌年,这是大跃进和人民公社化运动兴起并迅速掀起高潮的一年,中国历史上必将载入史册的事件太多,而在北大荒,发生的一个必将被人类垦荒史上载入史册的事件,就是十万官兵开赴北大荒!从这年开始,一直到1966年的十年动乱爆发,这八年左右的时间里,北大荒的历史进入了一个高速发展也艰苦卓绝的发展阶段。

对于人民解放军,那是和平年代最大规模的一次全军总动员。当年解放军号称五百万,脱下军服的十万官兵,占到全军现役军人的五十分之一。其中六万多人是各级军官,这些人学有专长,年富力强。假如能让他们继续留在军事岗位上,他们中有很多人是可以成为高端军事技术专家的,比当一个农垦战士对国家、对军队的贡献更大——

但历史从来没有假如。当时国家最急需粮食，粮食和粮食！作为军人，中央军委一声令下，他们就像冲锋号吹响了一样，立即奔赴疆场。

在宏观历史里包含着的是一个个血肉个体的生命体验。

郑加真，一个典型的南方人。在共和国诞生那年，他考入上海复旦大学，成了新中国的第一批大学生。第二年，抗美援朝战争爆发，郑加真和当时复旦、同济、交大等院校的2000多名上海大学生一起，脱下便服，穿上军装，赴朝作战，在中朝人民空军联合司令部服役。回国后，他一直在某空军司令部通信处工作，直到他摘下军衣上的上尉肩章和领花，摘下八一帽徽，随着十万复转官兵开赴北大荒。抵达密山县城时，他们已乘坐了三天三夜的火车，从春暖花开的首都北京来到雪花飘飞、大地封冻的北大荒。

从此，郑加真开始了自己将近50年的北大荒垦荒生涯。

只不过，那时还没有人知道，北大荒终于迎来了自己的一个忠诚的历史书写者。

密山，又一次成为王震将军调兵遣将的枢纽部。那时，火车开到这里便是终点，但对于十万转业官兵，这里却是又一个人生的出发点，他们将从这里奔赴荒原深处，走向他们生命中的又一个目的地。在寒风凛冽的密山车站广场上，许多人还记得，那一生都难以忘怀的万人誓师大会，在临时搭建起来的主席台西侧，悬挂着王震题写的诗句："红军不怕远征难，万水千山只等闲；英雄奔赴北大荒，好汉建设黑龙江。"

"徒步行军，开赴荒原！要把南泥湾搬到北大荒！"王震用他粗犷的湖南口音发出了向荒原进军的命令。将军的声音还那么洪亮，铜钟般，让和平年代的军人许久都没有这样感觉过耳膜的震动，还有回声。

这是属于旷野的声音。风起云涌，号角声声。而在这种属于个体生命的切肤感受中，是以一种时代性号召作为支撑的。郑加真随同各地来的成千上万战友，被分配到松阿察河畔的一个新建拓荒点。天苍苍，野茫茫。在茫茫荒原上，10万名转业官兵，沿着各自的方向上路了。他们打着红旗，挑着行李，背着背包，有的还背着孩子，沿着穆棱河以及她延伸出来的一条条支流、水系，分成上百路人马，穿过山林，越过沼泽，最终消失在无边的混沌之中。他们将以盘古开天辟地的方式，让这无边的混沌逐渐变得清晰起来。

松阿察河是乌苏里江西源的一条支流，也是中国和俄罗斯的一条界河。松阿察，满语意为头盔上的缨带。北大荒有太多与军事有关的地名和河流名。松阿察河是中国很少的不是发源于山岚而是发源于湖泊的河流，其源头是兴凯湖，湖水漫溢着，源源不断地涌向松阿察河，自西南向东北流经密山市和虎林县境，与俄罗斯境内的乌拉河汇合后为乌苏里江，东岸属俄国，西岸属中国。这条河全长200多公里，河宽50多米，流域总面积近3000平方公里，大部分在黑龙江省境内。

郑加真随100多名复转官兵开到这里时，还是4月上旬，此时河流还处在结冰期。北大荒的河流，冰冻期长达半年左右，一般在头年入冬开始结冰，到次年初夏才开始解冻。随着郑加真他们的到来，松阿察河离解冻已经不远了。在他们到来之前，河湾里，是一个仅有六栋草房的荒原小村，这也成了他们的临时安身之处。在100多名转业军官中有空军、炮兵、坦克兵；有参谋长、营长、主任；有搞作战的、有搞情报的，也有搞领航的、气象的，有翻译、有打字员、有器材员，也有医生……

用郑加真的话说，那时，他们在这里简直可以成立一个三军联合司令部。但他们成立的不是司令部，而是一个农业生产队。军事工程科科长当了生产队长，作战科长、营参谋长、训练参谋分别当了正副小队长，搞防原子、防化学的参谋当了播种机的农具手，曾经教人怎样开坦克的军事教员现在成了拖拉机手，军事翻译进了马号喂马，还有几个作战参谋在伙房里做饭烧水。你不能不说，这是一种历史与时代的大错位，但那一代人，根本不是从自身的专业和发展空间来思考问题，也根本很少考虑是否得不偿失，他们只有服从，服从国家的一切需要，而国家当时最需要的是粮食，粮食和粮食！既然国家对粮食生产如此高度重视，那么开拖拉机就比开坦克更有战略意义。他们真的就是这样想的。

在那个粮食紧缺的年代，对粮食的任何强调都不过分。吃饭问题，不仅是填饱肚子的问题，而且是党和国家开发建设北大荒的战略定位。从开发初期支援解放战争前线、建立巩固的东北根据地，到建立粮食战略储备基地、保障国家粮食安全，60多年来，无论遇到怎样的困难与挫折，北大荒人始终把粮食生产放在首位，服从服务于全党全国的大局，这就是北大荒人肩负的神圣使命！

在那些漫长的夜晚，在劳累了整整一天之后，他们点亮油灯，打开地图，用嘴里哈出的热气化开凝冻的笔尖，然后，虔诚地，在祖国东北角的一片片空白上，画上了一颗小小的红五星——这是他们在中国、在世界上的最精确的位置。每一个小五星，就是一个生产连队，而当年十万大军在荒原上建立起来的连队，北至黑龙江，从小兴安岭山麓，到完达山南北，如繁星一般，把自己升向一个心灵的明净之境。或许，你不知道他们在哪里，甚至根本不知道他们的存在，但他们自己知道，那是属于心灵的地理。随着北大荒的每一片空白逐渐被这样的五角星所布满，一批规模宏大的国营农场集群也陆续在北大荒的黑土地上诞生，这也是后来黑龙江农垦总局九大农垦分局的雏形。

从荒原变成黑土地，从北大荒变成北大仓，漫漫黑土地，把多少人的整个生命都融进去了。

对于我，这是一种久违的感觉，一种英雄主义的浪漫。

在北大荒人身上，有一种伟大的牺牲精神。同战争中激烈的殉难相比，这种牺牲是异常缓慢也更漫长的完成。它更能考验人类的意志和信念。对于这样的中国人，或许别的国家、别的民族真是很难理解的。你不知道他们为什么能熬过那些超越生命极限的日子，为什么如此坚韧，如此顽强，如此能承受压力与痛苦。你从这一个个很普通的人身上，都能发现那么多坚毅、执着的性格，你不知道一条腿的老红军战士，走得那么稳，他身上是否还有另一种什么在支撑？到底是一种怎样的信念在支撑着他们……

这是一片神奇的土地，让他们记忆的东西太多，而每一个置身其中的人，也难免有些恍惚，这些事是不是真实地在自己身上发生过？

北大荒也是战场

北大荒实在太大。现在，人们所说的北大荒，早已不是那个自然地理意义上的北大荒，而是指黑龙江农垦总局（北大荒农垦集团）所管辖的全部地盘，它是中央直属的全国规模最大、机械化程度最高的国有农场经济区域，下辖宝泉岭、红兴隆、建三江、九三、牡丹江、北安、齐齐哈尔、绥化、哈尔滨等九个管理局，拥有100多个大中型农牧场。

北大荒的每个农场也很大，大多是跨县域甚至是跨地区的。

第一次走进北大荒，我最多走了四分之一。2020年9月下旬，秋分刚过，我又一次走进了北大荒。这次我选择了另一条路线，从哈尔滨奔向佳木斯、七台河、双鸭山、宝清……一路上依然是蜿蜒行进。秋分过后，原本该是五谷丰登、丰收在望的金秋景象。然而，这是一个非同寻常的年景，北大荒在播种季节正值新冠疫情肆虐，而今年的第8号台风"巴威"、第9号台风"美莎克"、第10号台风"海神"从8月下旬到9月上旬接连北上，在半个月内三个超强台风席卷东北大地，这在历史上还前所未有，给东北地区带来了一轮轮强风雨天气，致使丰收在望的农作物大面积倒伏。看着那些倒伏在田野里的水稻、玉米、大豆，我感到一阵一阵揪心，在这个多灾多难的年头，北大荒的收成不知道怎么样。

此行，我抵达的第一个农场是黑龙江农垦总局红兴隆管理局八五二农场，位于宝清县境东南部，完达山北麓，场名以中国人民解放军铁道兵852部队的代号命名。

追溯这个农场的拓荒史，又要从一位老红军说起。黄振荣，陕西省长安县人，1912年生，1928年参加国民革命军西北军，曾任冯玉祥将军的贴身警卫。1931年12月，黄振荣随江西宁都起义部队加入红军，从此就在王震属下工作和战斗。在1932年赣州战役和1940年关家垴战役中，黄振荣先后两次负伤，后被评为二等乙级残废军人。在解放战争和抗美援朝期间，黄振荣历任铁道兵团第四支队副支队长兼参谋长、铁道兵三师副师长、代师长，被朝鲜民主主义人民共和国授予二级国旗勋章和二级自由独立勋章。

黄振荣回国之际，王震将军正率十万大军抢修鹰（潭）厦（门）铁路，这在当年是为了打破美国对台湾海峡的封锁、巩固东南海防的一条战略铁道线，毛泽东命令："要用抢修的精神，战斗的姿态！"因而，这条铁路不是一般的修建，而是抢修！黄振荣刚刚回国，就率部开赴江西，投入了鹰厦铁路大会战。然而，他却没有想到，还有一个比抢修鹰厦铁路更重要的使命将要落在他的肩上。

据《王震将军和我的老场长》记载，那是1955年10月的一天，王震将军风风火火地走进了江西省南平县的鹰厦铁路前线指挥部，他抹了一把脸上的灰土，随即命人去把黄振荣叫来。没过多久，一位头戴安全帽、一身泥斑的中年军人推门而入，对着王震倏地一个军礼。还没等他开口，王震便一把握住他的手，朗声大笑道："哈，黄振荣，你这家伙是能打硬仗的，我这次来找你，有新任务啊！"黄振荣听了，猛地一愣，然后就愣愣地看着老首长，等待他下达新的命令。王震看了他一眼说："8月，我向中央建议开发北大荒，你跟我一块去吧，我们继续并肩战斗！"

这还真是让黄振荣觉得有些突然，他还以为王震司令员这次是来视察工程进展的，没想到要调他去开发北大荒。其实，开荒种地也是黄振荣的老本行，他曾在王震的率领下开垦南泥湾，只是没想到，王震司令员这次又要他去开荒。这位铁道兵司令员的性格他是知道的，丁是丁，卯是卯，理解的要执行，不理解的也要执行，他没有讨价还价的余地，更没有讨价还价的习惯。而一个军人，无论何时都是以战斗的速度执行命令。黄振荣随即便简短地交代了手头的工作，披上征衣，从江西奔赴北大荒。

黄振荣抵达北大荒后，被任命为铁道兵八五〇农场副场长。1956年3月，王震命令铁道兵第二师、第三师7000多名复员转业官兵开进宝清县南横林子一带开荒建场，黄振荣则是先行的探路者。据《中国东北角·苏醒》一书记载，3月12日，地处完达山北麓挠力河畔的宝清县政府，来了五位身穿军装的"不速之客"，找到了一位年轻的县长，并递上了盖有"中国人民解放军铁道兵司令部"关防的通行证，上面写着："兹有我部黄振荣师长等五位同志，自虎林经密山至宝清，携带步枪一支，手枪四支，希沿途军警验证放行。"县长一看眼前这位威风凛凛而又平易近人的师长，曾是三五九旅老战士，顿时肃然起敬。他紧握着黄振荣的手感激地说:"1946年,我们宝清县城就是三五九旅解放的,还牺牲了63位同志,全县人民永远不会忘记。你们现在又来这里开发完北荒原,建设新时期的南泥湾,我们一定全力支持!"

第二天,宝清县政府给他们找来了一位老猎人当向导,并提供了全县的地图和必要物资,黄振荣一行便带着干粮、踏着早春的深厚积雪赴荒原勘查。他们一天要爬冰卧雪走上50多公里,一直深入完达山北麓人迹罕至的荒原深处,那积雪深得探不到底,一脚踩下去,咕咚一声,积雪就呼啦啦漫过了膝盖。一不小心,掉进了雪坑里,整个人都陷进去了。在那只有熊瞎子、东北虎和饿狼出没的林海雪原里,他们踏遍完达山北麓纵横200余里的荒原,饿了就啃几口干粮,渴了就吃几口冰雪,而寒冷的感觉到了极致,反而不觉得冷了,那冻僵的身体没有感觉了。当黄振荣从荒原里走出来,那脚板冻得比冰块还硬了。他扒下靴子和绑腿一看,袜子粘着一个个趾甲。他的脚趾被活生生地冻掉了九个,竟没有一点疼痛的感觉,却留下了终身的残疾。其他几个勘查队员也都冻伤了,但这些从烽火硝烟中闯过来的军人,谁也没有把冻伤当一回事。这次勘查,他们摸清了完达山北麓有300多万亩可开垦的荒原,而这里还真是一块值得开垦的处女地,境内有蛤蟆通河、大索伦河等,水资源充足,土地肥沃。他们在雪地上铺开地图,根据勘查情况反复比照,初步选定以日本开拓团曾插足的"老三号"作为农场的场址。为了永远抹去殖民者留下的痕迹,黄振荣觉得要给这个地方重新命名。此时正是清晨,他下意识地瞭望着完达山正在冉冉升起的一轮鲜红的太阳,在随身携带的地图上用红铅笔画了一个圆圈,又用冻僵的手指一笔一画地写上三个大字——曙光镇。

王震司令员接到他们的勘查报告,随即便开始在北大荒的这片处女地上排兵布阵了。

这年4月上旬，转业官兵的先头部队开进了完达山北麓，进入荒原。王震命令黄振荣率先头部队于5月10日前打通虎林、宝清直达公路，"尤其抓住穿越完达山重点工程"，以便迎接大部队到来。黄振荣率领十几个连队、2000多名转业官兵在宝清至虎林100多公里的一条长线上，掀起了抢修虎宝线的第一轮会战。此时，大地解冻，冰雪消融，遍布山间荒野的河流、水线奔涌漫溢，把各个驻地分割成一个个孤岛。一看就知道，若要修通这条路，修桥是关键。而此时，指挥部还没有一张设计图。黄振荣就像在战场上一样，旋即把设计人员找来，摊开地图，他掏出随身携带的红蓝铅笔说："想想咱们在朝鲜修的那些桥吧，大的几天，小的一天半，一座桥就修好了，来，咱们照葫芦画瓢！"他们边议边画，边画边改，熬了一个通宵，大大小小的三脚架、枕土垛、立排架、下木笼……桥梁图纸就这样"设计"出来了。黄振荣揉着布满血丝的眼睛又仔细看了一遍，随即下令把设计图分送各个连队，虎宝公路就全线开工了。这一场鏖战，绝不亚于黄振荣在朝鲜战场上指挥修路架桥。将军岭下，80多名战士手持四根大绳，拽着一个大锤，喊着震撼荒野的号子，打下了千古荒原第一桩。黄振荣白天在工地上奔波，在第一线指挥开荒筑路，夜里与战士们一样，住在土坯砌墙、茅草苫顶的马架子里。当战士们进入了梦想，他还在马灯下看着设计图，思索着接下来的工程进度和一个个要攻克的难关。

马架子，是我国东北一种特有的简易民居，这是那些闯关东的穷人搭起来的，在东北有很多自然村落的名字就叫马架子。据老一辈拓荒者回忆，马架子还有两个特点，一是黑。北大荒大风频发，为了遮风，马架子的窗户都开得极小，有的马架子干脆不开窗，从早到晚屋里都黑乎乎的；二是在开春后贴地潮气重，屋里的东西很容易发霉，连被子都长出一层白毛，马架子的木柱上有时还能长出蘑菇来。很多垦荒官兵都得了苔藓状的皮肤病和风湿病，痛苦地折磨了他们一生。而在北大荒农场初创时期没地方洗澡，有的垦荒队员3月开进北大荒，每天累得汗流浃背，却从来没洗过澡，直到5月，他们才在被阳光晒热了的水泡子里洗了一个澡，每个人又搓又揉，那个痛快劲儿啊，让他们兴奋得哎哟哎哟地叫唤，当他们搓掉了一身布满尘垢的老皮，那感觉简直是脱胎换骨了。而北大荒，就是一个让你脱胎换骨的地方。

入夏之后，北大荒的蚊虫和瞎蠓多得邪乎，劈空一抓就是黑乎乎的一把。这些垦荒官兵中也有不少文化人，他们风趣地说，这北大荒嘛，把"荒"字拆开，上边是草，下边是水，这水草之间是一个"亡"字，这蚊子和瞎蠓咬死人啊！这样解字还真是特别生动。当夜幕降临，大伙儿忙活了一天从野外回来，刚刚走进马架子，迎接他们的就是蚊虫和瞎蠓，黑蒙蒙、嗡嗡嗡的一片，轮番向人们发起进攻。尤其是那瞎蠓，比苍蝇还大，一咬一个大红疙瘩，又疼又痒，用手一挠，皮破血流，痛快是痛快，却会留下经久不愈的伤痕。对付这些不要命的小咬，你只能挥舞着帽子大力呼扇，可这边的蚊子赶走了，那边的瞎蠓呼啦啦地又扑了上来。啪啪啪，马架子里里外外都是拍打的响声。这该死的蚊子和瞎蠓，一巴掌能拍死十几个，满手是血……

这马架子虽然艰苦而简陋，却在开发北大荒的过程中立了大功，也是北大荒第一代垦荒者生命深处最难忘的记忆。想想，当年十万转业官兵开进北大荒，若没有这因陋就简的马架子，他们怎能在北风呼啸的荒原上站住脚跟，又靠什么来抵御零下几十摄氏度的严寒和狼啊熊啊等野兽？有人说："这是泥土和茅草搭建的纪念碑，镌刻着北大荒拓荒者艰苦创业和乐观主义的精神。"一位有文化的老兵还模仿《陋室铭》写道："斯是马架，唯吾德馨。四墙霜如银，房顶草如金。谈笑有三军将士，往来皆农垦尖兵。炕上绘宏图，炉边谈远景。无思乡叹息，无畏难之逃兵。延安土窑洞，罗霄茅草棚。革命者曰，展望前途，无限光明。"

说来，黄振荣这次开发北大荒，一开始就"出师不利"，在伐木清林时，他正忙着指挥，一根回头棒突然扫来，将他一下砸倒在地上，脑袋受伤了，额角渗出一片鲜血。但无论你怎么劝阻，他也不肯下火线，对于他，这就是战场。在接下来的施工过程中，他裹着绷带、挂着拐棍，一边指挥修路，一边对着地图安排垦荒布点，沿着逶迤起伏的完达山北麓，在100多公里的漫长战线上来回奔波。

经过一个月的日夜奋战，眼看就到了5月10日，这是王震司令员限令的虎宝公路全线通车的时间。这天清晨，当一轮旭日在云遮雾绕的完达山巅喷薄而出，那些又鏖战了一个通宵的战士，将最后一块护桥板牢牢钉在第四十八座桥梁上，这标志虎宝公路全线准时通车。黄振荣乘着一辆敞篷卡车，在漫天霞光的辉映下缓缓驶向了第四十八座桥梁。此时工地上没有响起热烈的欢呼声，却是一片庄严的静穆。一位大个子连长举起泥泞的胳膊，给师长敬了一个军礼，"请首长验收！"

黄振荣看着一个个像泥人一样的筑路官兵，对着他们敬了一个军礼，用沙哑的嗓门说："这是我们挺进北大荒打的第一仗，这辆车也就是完达山上开天辟地第一车，我立即向兵部首长，向王震司令员报捷！"

随着虎林—宝清直达公路全线通车，那满载着各种物资的车辆开进了完北荒原，7000多名复员转业的铁道兵以急行军的速度，分赴沿完达山北麓展开的100公里的数十个垦荒点，搭起了一座座马架子，又在一片片将要开垦的处女地上插上了一面面红旗。6月1日，王震将军来到了曙光镇，在开荒典礼上宣布八五二农场成立，黄振荣任场长。随后，王震和黄振荣率垦荒官兵在蛤蟆通河畔的荒原上，燃起第一把荒火，而佃户出身的王震将军还搂起袖子、操起犁铧，开出了北大荒完北开发建设史上的第一犁。

　　这天晚上，王震住进了黄振荣的马架子。两个老战友挤在一张羊草通铺上，一盏马灯直到深夜还一闪一闪地亮着，而岁月往事也一幕一幕地在他们眼前闪烁，从红军长征、南泥湾开荒、抗美援朝，他们一直谈到今天的开荒典礼，而接下来将是一场更持久的鏖战。王震将军描绘着八五二农场发展的未来蓝图，兴奋而又满怀期待地说："老黄啊，你就是一头带头拓荒的老黄牛啊！"黄振荣却似乎有什么心思，他憋了很久终于憋不住了，向老首长敞开了心扉："司令员，军委来了三次电报，要调我回去重新安排工作，你看……"

　　王震却把眉头一皱，又猛地一扬，"怎么，你这老黄牛还想回部队？不行。我也要转业，中央让我组建农垦部，当部长。你呀，就跟着我一起干吧，从南泥湾开始，你我注定了垦荒的命。这么好的土地，捏把黑土冒油花，插双筷子也发芽，怎么能让它荒着呢？你就安下心来吧，脱下了军装，你还是战士，北大荒也是战场！"

　　听了将军一席肺腑之言，黄振荣深深地点了点头。

　　一位戎马征战的军人，在和平年代必须扮演另一种角色了。

　　当时，王震将军从备战备荒和节约耕地的角度考虑，他觉得曙光镇这地方作为场部不太合适，决定为场部重新选址。在开荒典礼的第二天，他便带领黄振荣等人，来到虎宝公路枢纽地带的南横林子一带实地踏勘，但找来找去也没有找到一处满意的地方。快到中午时，他们走进了一片白桦林。在明媚的阳光照射下，那白桦树干一根根挺拔玉立，洁白如雪，阳光透过翠绿的树冠散射下来，在地上映出一片斑斓的花纹。这林子大了，什么鸟都有，那此起彼伏的鸟鸣声，忽而独唱，忽而合鸣，让这些身经百战的军人都深深陶醉了。王震将军一双眼睛兴奋得发光,他用手杖指着这片白桦林说:"这地方真美啊,我看,就把新场部定在这里吧!"

黄振荣和大伙儿异口同声说:"好,这地方好!"

从此,八五二农场场部就选定在这里,并在这里建起了完北的一座农垦新城——南横林子镇,而这片白桦林也成了八五二农场的地理标志和精神象征,"白桦"就是它闻名遐迩的别称。

这里还有一段从历史中演绎出来的传说。当场部地址选定后,已到午饭时分。王震便和大伙儿席地而坐,围成一圈,拿出带的干粮、咸菜和水,一边吃,一边谈论着这场部如何建设、农场如何发展,这一顿野餐,他们就为农场的未来勾画出了一个轮廓。用餐后,大伙儿就在林间午休,王震靠着一棵粗壮挺拔的白桦树眯上眼睛,很快进入了梦乡。而鸟儿不知人间大梦,依然在无忧无虑地歌唱。在这天籁声中,一群身穿白裙、头戴花环的美丽少女款款向将军走来,在他面前翩翩起舞。其中一位少女还向将军献上了一束山花……

王震竟在梦中笑出声来,那笑声特别爽朗,把自己也把大伙儿一下惊醒了,一个个都愣愣地看着老首长。王震脸上还带着惊奇的笑容,给大伙儿讲述了梦中的故事。

黄振荣一听就来神了,"好兆头啊,老首长,这是白桦女神给你托梦呢!"

王震也打趣道:"看来,这新场部我们是选对了,接下来,就看你们干得怎么样!"

黄振荣这条老黄牛还真是不负众望,在八五二农场成立的当年,他就率领全场垦荒官兵打了一个漂亮仗,开荒20万亩。第二年,他们又将耕地扩展到了51万亩,八五二成为当时铁道兵农场中规模最大的一个。

在八五二农场，谁也忘不了他们的老场长黄振荣。他在担任场长的十年间，按照王震将军"以场建场"开发300万亩挠力河腹地的指示，以八五二农场为根据地，向东拓展了八五三、红旗岭、饶河农场，向西拓展了五九七农场，在完北荒原上逐渐建起了如今拥有370万亩耕地的现代化大型农场集群。到1968年，八五二农场已成为黑龙江垦区，除国家全力创办的、具有示范意义的友谊农场外的最大农场，全场拥有拖拉机298台、康拜因235台、各种农机具2000台，年产粮食超亿斤，总收入由1956年建场时的3.7万元提高到3206万元，十来年时间翻了1000倍。

走进八五二农场，我眼前就涌现出一片一片的黑土地，我已经找不到更多的辞藻来形容这辽阔、神奇而令人沉醉的土地，这么多的庄稼，玉米、大豆，还有水稻，可以在同一个季节里迎风疯长。最了解这片土地的还是土地的主人。我看见了一位高大壮实的汉子，正在察看庄稼的长势，偶尔还抬起头来瞅一眼天空。此时太阳当顶，在那片被太阳晒得热气腾腾的玉米地里，他的衣服已湿了个半透，豆大的汗珠正顺着额头流向花白的两鬓，而那黝黑的脸上洋溢着一个农人丰收的兴奋和喜悦。

这汉子就是全国五一劳动奖章获得者、科技致富带头人何强。

何强是土生土长的北大荒人，家住八五二农场第三管理区十二站，父亲是一位老农垦。老人家在黑土地上耕耘了一辈子，他对何强说得最多的是这样一句话："北大荒这片黑土地养育了我们，一定不能忘记它的恩情！"

对父亲的叮嘱，何强时时都记在心头，但作为年青一代的农垦人，他也有下意识的反思和追问。父辈那一代农垦人，几乎都是豁出了命来干，这黑土地浸透了他们的汗水，他们也摸索出了一套种地的经验，然而多少年来，效益却一直上不来，这是为什么？何强觉得，主要原因就是"靠天靠地靠经验"，而科技含量和机械化程度一直难以提高。到了1988年，北大荒垦区开始推行家庭农场承包制，一开始，很多人还处于犹疑和观望状态，甚至觉得还是原来的体制好，国家的农场，国家的人，吃喝拉撒，生老病死，这一生一世全都交给农场了，天塌下来，有这样一个大农场顶着呢。但何强却没有这种依靠感，他反而觉得，一个农场无论有多大，都是依靠每一个农工支撑起来的，若是每一个农工都能立足一片土地、撑起一方天空，这个农场才会变得越来越强大。那时何强高中毕业，刚刚参加工作，他就壮着胆子从别人手中转包了一台东方红-75型拖拉机、一台铁牛-55型运输车和800多亩耕地。别人说他是初生牛犊不怕虎，而他其实是认准了一条路。正当他豁出来准备大干一场时，有人在背后议论："别人不干的烂摊子，这小犊子也敢接，不赔蒙他才怪呢！"这些风言风语不但没有让他打退堂鼓，反而更增添了他的信心，那就干出一点名堂让人家瞧瞧！

刚开始，他不懂农机技术，就买来各种书籍，一边看，一边虚心向老师傅请教，边学边练，从驾驶技术到维修技术，他慢慢就练出来了。在种植上，他在向农技员请教后，便尝试大豆"三垄栽培"、玉米精量点播和深施肥技术。而他的每一次尝试，都会遭来一阵风言风语，哪有这样种庄稼的？然而，这个初生牛犊，在两年时间就让那些背后的议论者一个个大眼瞪小眼了。他承包的800多亩耕地在1989年和1990年连续两年在管理区北线的六个连队中，以大豆平均亩产170公斤、玉米平均亩产725公斤夺得了双料冠军，年收入近五万元。这是他在黑土地里挖到的第一桶金。那年头，这可是一笔大收入，不知让多少人眼红发绿。而真正的有心人，盯着的还不是钱，而是这小子大胆闯出的一条路。何强用行动和结果向人们证实了，你原来那种种地的方式确实行不通了，只有依靠科技种田和农业机械化，才能在同样的土地上既增产又增收。从此，在小伙子的背后，再也没有谁说三道四了，既然他闯出了一条路，那就跟着他一起干。一个科技致富带头人的作用，就这样在潜移默化中发生了。

在接下来的岁月中，何强总是比别人先走一步。他原来用来整地的都是小型机械，从速度到质量都跟不上现代化种植的脚步，这让他萌生了购买大型整地机械的想法。当时，一台凯斯－375型橡胶履带拖拉机及配套农机具售价240万，何强又看又摸，做梦都想买上一台，可那价格也实在太高了。而就在这时，国家大力扶持农村大机械的购买和使用，买一台凯斯－375，在优惠100万的情况下还可以先首付40万，其余的根据当年收入还余款就可以。何强怎么能错过这个好机会，他多方筹措资金购进了一台。当他驾驶着凯斯－375威风凛凛地开进自己的家庭农场时，一下引来了老乡们的围观，他们和何强一样，又是看又是摸，一个个啧啧赞叹。更让他们惊奇的是，这台大型整地机械打破了传统的整地模式，效率比以前提高了十倍以上。何强除了给自己整地，还帮着老乡们整地。随着效率的大幅度提高，他承包的耕地也越来越多，最多时，他承包耕地达到了3000余亩，这种大面积种植，又大大节省了种植成本，收入也翻了几番。

经过20多年的科技种植，何强已是八五二农场首屈一指的种粮大户，也是很多人追随的科技致富带头人。他家从最初的老式东方红－75型链轨拖拉机逐步积累建成了现在拥有收获机械及配套农机具三台（套）、固定资产达到400多万元的一个农业机械较为齐全的现代化家庭农场，年产值已达到400余万元，每年纯赢利100多万元。而何强一直牢记着父亲的叮嘱，对北大荒这片黑土地，对这一方水土上父老乡亲，他充满了感恩之情。当我与他交谈时，他掏心窝子对我说："我是依靠国家政策扶持、乡亲们的鞭策才能走到今天,只要国家和乡亲们有难,我就不能袖手旁观!"

2019年8月中旬,八五二农场连续遭遇了几场突发性暴风雨,北线六个作业站的低洼地,积水达半米多深,何强居住的第十二作业站,1000多亩庄稼全部浸泡在洪水中,大豆和水稻整个被洪水淹没,连高高的玉米也仅露出半米左右。而居民区的水深淹过了肩膀,60多户居民只带着随身衣物就匆忙撤离作业站,管理区闲置的学校地势较高,成了临时安置点。由于人多,床位少,有的居民只能投靠亲友,各家的鸡鸭鹅饿得嘎嘎叫。眼看洪水还在不断上涨,许多老乡急得放声痛哭。何强赶紧自掏腰包三万元,购买了六台大水泵,在水泵的日夜运转中,洪水渐渐变浅了,乡亲们终于有救了,这一年的7000多亩玉米也有救了。

在抗洪抢险期间,何强还驾驶着自家的四驱越野车和两台大马力拖拉机,日夜不停地奔跑于居住区与田间,给乡亲拿取衣物、运家禽家畜,拉沙石料堵口子、修堤坝。这20多天,他一身沾满了泥水的衣服愣是没有脱下过,饿了就蹲在烂泥坑里啃点干吃面,困了就趴在车上眯一会儿,直到抗洪结束,他瘦了30多斤,眼圈都变成了两个深陷的黑窟窿。而在这次洪灾中,他付出得最多,损失也最惨重,为了救助别的农户,他一直顾不上自家的庄稼,1000多亩地几乎颗粒无收。

绝收,对于每一个农户都是最绝望的,然而这个人却从不绝望,今年绝收了,还有明年呢。而洪水过后,第一就是要赶紧把被洪水淹没过的土地整出来。那被洪水浸泡过的黑黏土全都变成了烂泥巴,往里边一走,咕隆一下,稀泥就漫过了膝盖。那整地的机器开进去,就深陷在烂泥里了,连大马力的凯斯-375也趴窝了。农户们一个个急得干瞪眼,这可咋办?今年遭灾减产了,原本想在明年扳回老本,若不能在封冻前把这黑黏土耕地整出来，全部实现"黑色越冬"，今年的灾情还将延续到明年啊。而此时，已是9月中下旬，从西伯利亚扑来的冷空气越来越冷了，离北大荒封冻也就二十几天了，再不想办法就来不及了。何强也急啊，他顶着寒风，趴在地里一遍又一遍地改装农机具，在反复试验后，他采用链轨上加木方防陷、翻地农具前挑、后割加翻的联合作业模式，终于解决了黑黏土整地的难题，那凯斯－375又大显神威，整出的地面平整严密、翻压干净，翻后无立茬和残留的秸秆。全管理区对照何强的样机改装了40余台，使翻地作业的进度由原来的每天500余亩提高到2000多亩，全管理区16万亩耕地在封冻前全部实现"黑色越冬"。农户们看着那如波浪翻涌的黑土地，那一双双眼睛也像这黑土地一样闪烁出又黑又亮的光泽。

谁能想到，2020年又是个多灾多难的年头，新年伊始，一场新冠疫情就波及了北大荒，一时间人心惶惶。何强率先捐出两万元给管理区用于抗击疫情，随后又戴着口罩发动老乡们投入春耕生产。而春耕生产的关键时期正是新冠疫情防控的特殊时期，但农时没有特殊，该春耕时必须春耕，该播种时就必须播种。冰雪还没有化尽，何强就驾驶着凯斯－375驶向田野，在他的背后，老乡们都驾驶着自家的农机纷纷出发了。这春天的田野上，一如既往，又呈现出一片繁忙而有序的景象。从春到夏，一直是要风得风，要雨得雨，要阳光有阳光。眼看着庄稼长势喜人，大伙儿都喜滋滋盼着今年有个好收成。谁知入秋之后，又接连遭遇三次超强台风，幸亏去年何强买来了六台大水泵，迅速地排出了渍涝。何强又带领农户们采取"抢积温、促早熟、抗倒伏、防早霜"等一系列措施，无论玉米、大豆还是水稻，在特殊天气下依然呈现出根系发达、结实率高、抗倒伏性强等优良特性。

这机耕道两边，一边是玉米，一边是大豆。眼下，秋风暖暖地吹拂着田野，太阳把大地映照得一片金黄。在这神奇的土地上，一个北大荒的农人看上去也是那样神奇，浑身闪烁着金黄色的光芒。他摘下一个玉米棒子给我看，那玉米颗粒密实而饱满，这是一种性价比很高的香甜糯玉米。他又摘下了一串豆荚来，那豆荚都已微微裂开了，露出一颗颗金黄脆亮的大豆，散发出成熟的香味。而此时，何强又进入了一年最忙的季节，北大荒拉开又一年丰收的大幕。这些天，他一直忙着对收获机车的行驶速度、割刀转速、割茬高度进行严格检查和反复调试。当他驾驶着联合收割机驶向田野时，我下意识地打量着这位像北大荒一样粗犷而壮实的汉子，兴许，只有这宽阔厚实的土地，方能生长出这宽广厚实的胸怀。

最早迎接太阳的地方

从八五二农场到建三江管理局，一路向东，奔向比东方更远的东方。风吹着我的脊背，仿佛有一种神秘的力量在推着我。

这里地处祖国最东方的三江平原腹地，是北大荒垦区最早迎接太阳的地方，与俄罗斯隔江相望，界江国境线绵亘200多公里，区域内三江汇流，七河贯通，原本是大面积的沼泽地。1957年，王震将军带领十万转业官兵开进了这片还没有地名的亘古荒原，紧接着，大批的支边青年、大学生、知识青年来到了这里，在这片未被开垦的处女地上展开了一场有史以来第一次特殊战役——建设这片由松花江、乌苏里江和黑龙江冲积而成的平原，建三江，这个名字也由此应运而生。

随着越野车不断纵深驰驱，大片的玉米地、大豆地在风声飕飕中渐次隐向背后，那金黄色的稻田，由远而近，又由近而远，一直绵延至天际。在我们的越野车里，一直往复回旋地播放着一首歌——《请到北大荒来》："如果你没有见过大海，请到北大荒来。这里绿浪翻滚，一直向天外。……这里金涛万顷,风吹汹涌澎湃。啊,北大荒,金色的海……"

这首歌,让我一下就找到了走进建三江垦区的感觉。

倘若时光倒淌半个世纪,这里还根本看不到水稻,小麦、玉米、大豆才是这大地上的主宰。北大荒的水稻,乃至整个北方的水稻,像一个人书写在大地上的传记或传奇,传主就是被誉为"北大荒水稻之父"的徐一戎先生。

徐一戎,1924年出生,辽宁北宁人,1943毕业于奉天农业大学农学系,后又在东北大学农学院农艺学系深造,先后在东北人民政府农业部、北大荒莲江口农场、合江试验农场任农业技师、技术室主任、副场长。那时候,北大荒垦区大多是从沼泽湿地开垦出来的低洼易涝低产田,怎样才能将这低洼地变成高产稳产田呢?一个念头在徐一戎的脑袋里一直酝酿着,这低洼地能不能种水稻呢?这在二十世纪五十年代简直是异想天开,像北大荒这样的寒冷地带,一直被视为水稻种植的禁区。但徐一戎很想试一试,若是试验成功,这将改变北大荒乃至整个东北麦豆一统天下的种植业格局,实现种植业结构的战略性调整,为国家重要商品粮基地建设提供有力的保障。为了能找到适合寒地种植的水稻品种,他走遍了内蒙古、新疆、宁夏等北方省份的所有水稻科研院所,对700多份水稻品种材料进行了整理、分类,每年采集分析上万组数据,反复进行稻瘟病、抗倒伏性和耐寒性鉴定试验。在那熬油点灯的岁月,他夜里在简陋的实验室里钻研,白天在试验田里播种耕耘,那眼里的血丝和黑眼圈从未消失过。当试验田的种子刚刚萌芽时,他却被打成了"右派分子",行政职务和技术职务被同时撤掉了。丢官、撤职、戴帽,对于他,都无所谓,最让他辛酸的是,结婚刚刚两年多的妻子撇下他走了,还带走了两个年幼的孩子。从那以后，在长达20多年的岁月里，他没有爱情，没有亲情，没有家，只有无穷的精神磨难。对于一个生命，这样活着，已生不如死。许多人也是因此而含恨自杀的。但他却活着，顽强地活着。他活着，就是为了水稻，水稻就是他的全部生命。当时，一无所有的他，提出的唯一要求，就是让他去一个种水稻的地方。

经过十几年的试验，他终于在北大荒试种出了第一茬水稻——这是中国稻作史上的奇迹，但他的命运却没有出现奇迹，反而被推向了更深的低谷，在1957年被划为"右派"后，他又在1972年被打成了"历史反革命"。天低垂着，他的头也低垂着。白天，他低着头，接受一轮又一轮的批斗，他不是大义凛然的勇士，就算他是勇士，他的脖子也没法在吊着几十斤重的黑牌子下把头挺起来，而且，这样一吊就是一整天，除了黑牌子本身的重量，上面还挂满了他翻译的国外水稻种植手稿。那根故意搓得很细的绳子，在他脖子上勒出的深深的血痕，过了几十年，还清晰可见，只是看不见血了，但伤痕依旧。夜里，革命群众终于斗累了，不是看他累了，是他们自己累了，才放了他。他的头依然低垂着，拎着一盏马灯，低着头，钻进水稻试验地去观察、去记录。深夜，回来了，他还是低着头，又开始翻译那些外文的水稻资料。一个人，就这样为中国知识分子提供了一个最真实的形象，低着头，永远低着头，却从未忘记自己该干什么。

直到1978年的春天，当大地解冻，科学的春天终于降临了。他培育出来的种子开始在北大荒大面积推广。北大荒在低洼易涝的低产田进行改造之后，从低产的旱作物改变为高产、稳产的稻田，粮食增产一路飙升。而今，水稻总产已占全垦区粮食总产量的六成左右。那也是徐一戎大显身手的岁月，无论他走到哪里，不论是出差，还是开会，徐一戎的房间里都满满地散发出泥土的气息，水稻的气息，还有农民身上特有的浓烈的汗腥味，这屋子里，全都是来找他请教的农民。有时，他在路上走着，突然就有人走过来，不用说，他就知道，又是认出了他的农民，只有农民才认得他。对于这些农民提出来的每一个问题，他都会一五一十地解答，不给农民的心里留下任何一个疙瘩。有一次，莲江口镇农民开着小四轮来求援，他二话没说，就爬上了那辆嘎嘎作响、屁股冒烟的小四轮。别说他是个大专家，就他这样的一把年岁，这颠簸的小四轮也够他受的啊。然而，他知道，农民来找他，一定就是碰到解决不了的难题了。徐老在风沙中颠颠簸簸几十里，赶到莲江口，他都成了看不出鼻子眼睛的土人了。但那些农民还是认得他，他来了，他们的水稻就有救了。他也顾不得那么多，灰头土脸的，就在马路上给农民上起了课，有啥不懂的，只管问。从水稻浸种、育苗、插秧一直到灌浆、抽穗、收割，在水稻从春到秋的整个生产过程中，哪里的水稻出了问题，他就出现在哪里；哪里的稻农需要他，他就在哪里。这也是北大荒农民对他的评价，只要说到粮食，说到水稻，就会说到徐老，说着说着，眼里就含满了酸楚的泪水，好人哪！

建三江七星农场有个叫张景会的种粮大户，懂得一些种稻技术，但奇怪，产量就是一直上不去。徐老得知情况后，赶紧去给他诊断，看是哪里出了问题。一看，各个环节都没有遗漏，就是技术操作的细节还没有到位。细节决定成败，种稻也要特别注意细节。徐老就在他那里蹲下了，给张景会开小灶，进行规范化培训。经过徐老多次现场指导，老张的种稻技术水平提高得很快，现在他家种了600多亩水稻，平均亩产1000多斤，而且种的是优质稻，年收入20多万元，从种粮大户变成了"种稻大王"。

眼看着稻农的腰包越来越鼓，徐老为了查看田里的稻子，却经常瘪着肚子，连吃饭也顾不上。搞农业科技，是件苦差事，跟搞地质差不多,野外作业多,生活没有规律,饭也是有一顿没一顿。但为了让更多的人吃饱肚子,他们就只能自己饿肚子,为了让更多人吃上喷香的优质米,有个好胃口,他们却宁可自己得胃病。徐老不苟言笑,成天一脸肃然若有所思,但有时候他也挺幽默地摸摸自己的肚子,说不饿啊,那是假的,但我每去过一块地,只要能指导农户多打一粒粮,我就满足了。

徐老对农民的感情和对水稻的感情是联系在一起的、密不可分的。每当看到农民地里的秧苗长得不好时,他就躬起背,长久地,忧心忡忡地看着,秧苗长势不好,收成就会减少,农民的日子就不好过啊。如果是农技人员没有尽到自己的职责解决问题,这位慈眉善目的老人就会变得不讲一点情面,一次,他到一个农场,看到在一个育秧大棚里,由于没有浸种,秧苗到了季节都没有长出来,这不是浪费了稻种的事,这让农民这一年就种不上水稻了。徐老的脾气是有名的好,但这一次他发火了。他气冲冲地去找农场领导,一连声地质问:"这是农民的活命苗,怎么如此不负责任呢?这是哪个农技员负责的?"对于这种不管农民死活的农技员,他建议农场领导,一定要把这个技术员免职!

对于徐老,最好的休息就是在田间,最好的运动就是走田埂。无论刮风下雨他都在田里转悠。越是酷暑季节,他越是要去田里看看,又怕稻田旱了,又怕水多了烂秧,每个夏天,他都要转上10多个水稻农场。每到一处稻田,一上田埂,他就越走越快,同行的小伙子都跟不上他了,对他说:"徐老师,在稻田地边上看一眼就行了吧,里面都是一样的。"徐一戎却说:"那可不一样。你们看着长相都差不多,但每一块田的播期、土壤条件、施肥量等都会略有不同,水稻产量自然会有所差别。我看着秧苗的长势,就可以判断它的产量。"那一次,徐一戎每天走五六个生产队,一口气走了半个多月,同行人称他这是"水稻质量万里行"。回到家里,徐一戎脸被晒得黑黑的,整个人瘦了一圈。

随着年岁越来越大,徐老右腿膝盖有些毛病,蹲下去,僵久了,就站不起来。他曾经跌在稻田里好多回了。但他仍然坚持到田间去,每次到田间都要蹲下十几次甚至几十次,从不说一声累。他的学生们说:"徐老师不敢说累,怕别人以后不再让他下稻田了。"许多农场领导和稻农也都担心徐一戎年龄大了,常下稻田地身体吃不消,不忍心再去向他求教。这让徐老十分焦急,一次,他跟一个农场的领导说:"我可以跟你们签字画押,如身体在下场时出现了任何意外情况,完全由我自己负责。你们要是真想让我长寿,就多让我到稻田里去几趟吧!"可怜徐老,这几乎是在乞求了,如果不让他下农田,他就会急得在屋子里打转转儿,眼皮跳得凶,总担心稻子会出啥事。好在,人虽下不了地,还有电话和那些稻农沟通,他家里的电话很快就打得发热,打成了热线,每天能接到100多个电话。他嗓子都讲得嘶哑了,但眼皮不跳了,不在屋里打转转儿了,夜里睡觉特别踏实了。

岁月不饶人。北大荒的水稻,那根系一年比一年蓬勃,根扎得越深,收成就越好。徐老也早已成了一个饱经沧桑的老人,半个多世纪以来,他研究推广了"寒地水稻旱育稀植三化栽培技术""寒地水稻生育叶龄诊断栽培技术"等多项在国内乃至世界领先的寒地水稻高产优质栽培技术,他的生命已与北大荒的水稻融为一体。他的神情仿佛永远只有两样,水稻长势好了,他就像看着那些有出息的儿孙,如数家珍般地一粒粒地数着,絮絮叨叨地念着。只要听说哪里的水稻受了灾,长势不好,他脸就阴了,木木地躬着背,整天整天愁眉不展,一根接一根地抽烟。直到那些农技人员给他带来了好消息,他这阴雨天气才能过去。现在,毕竟是老了,不服老不行,但几天不下田,他心里就空落落的。在他的办公室里，没有养花，却养着几盆水稻。

徐一戎的寒地水稻栽培技术引起了学术界的广泛关注，"杂交水稻之父"袁隆平对徐一戎能在北纬45度以北的高寒地区种出千斤稻而给予高度评价，对寒地水稻平均亩产实现超千斤、面积超千万亩赞叹不已。在袁隆平院士的力推下，农业部将寒地水稻列入"超级稻"攻关科研项目计划，并邀请徐一戎参与主持研究这一科研课题。

2014年5月13日，徐一戎先生在哈尔滨逝世，享年91岁。他用毕生心血研究出的一系列寒地水稻栽培技术成果，已在黑龙江、吉林、辽宁、宁夏、河北、内蒙古、新疆等地大面积推广。而今，北大荒垦区改造利用了1000多万亩低洼易涝低产田，打破了半个多世纪以来麦豆一统天下的种植业格局，实现了种植业结构的优化，使垦区的水稻种植面积由20多万亩发展到现在的近1400万亩。种植业结构的优化，助推了北大荒垦区粮食生产能力的大幅度攀升。北大荒垦区用了15年时间才在1962年拿下粮食总产20亿斤的大关；从总产40亿斤到百亿斤大关的跨越只用了10年时间；从1995年到2005年，还是10年，但粮食总产已从百亿斤跨越200亿斤大关，10年翻了一番，实现了历史性跨越，而且依然保持着强大的张力，到2006年，黑龙江垦区粮食总产再登新台阶，达到226.4亿斤，创造了垦区发展史上的奇迹。

而在北大荒的稻田里，到处都是徐一戎先生的传人。

在七星农场的一片稻田里，我见到了一位叫周德华的中年汉子。他1995年从克山农校毕业，在农校里学习的寒地水稻育种和栽培技术，就是徐一戎先生编写的教材，而徐先生就是他心中的楷模。他也跃跃欲试，想找个一展身手的地方种水稻。对于他，家乡那片承包地太小了，又以种玉米为主，他感到"无用武之地"。1997年春天，他与妻子怀抱着刚满月的女儿来到了七星农场第四管理区，看到了一望无际肥得流油的黑土地，还有大片大片的稻田，他便咬牙发誓："我一定要在这里扎根，成为这片肥沃土地上新一代的耕耘者。"而北大荒垦区也特别需要这种有专长、有梦想的农民。而今，周德华历经20多年打拼，最初的梦想已经实现了，他在七星农场承包的水田从开始的100多亩已扩展到现在的300亩。这在我的家乡，差不多是一个村的土地，100多人种下来还挺累。而眼前这汉子，看上去一点也不累，那模样简直不像是一个农民，穿着一身休闲西服，身上也不见一点泥巴，干干净净地站在阳光下。这就是北大荒的农民，从耕耘、播种、施肥、洒药、除草到收获，一条龙式的机械化作业，早已不是赤脚下田、一身泥一身水的农民了。北大荒的机械化程度有多高，接下来我将用一个专节来讲述。眼下，我最关注的是他今年的粮食产量和粮价。他捧起一把金灿灿的稻穗，数着谷粒，还用牙齿咬了咬谷粒，蛮有把握地说："今年虽说遭灾了，但收成应该不会比去年差多少。"

我又问他一斤稻谷能卖多少钱？他咧嘴一笑道："我不卖稻谷，只卖稻米，种得好，还要卖得好！"

听他一讲，我才知道，他不只是一个种粮的好把式，还挺有经济头脑。近年来，随着稻谷价格的下调，种植成本的增加，他就开始琢磨，怎样才能在丰收的基础上获得更好的利润？那就是在自己手里把稻谷变成大米。他种的是优质富硒水稻，全程使用绿色有机肥料和农药，这样才可以磨出好吃的大米。去年，他便带着样品去沈阳、天津、青岛等地寻找营销渠道，很快就把自己加工的大米全部卖出去了，每亩比直接卖稻谷多赚了300元。而他不是想这么一个人赚钱，又和其他种粮户一起组建了种植优质富硒水稻"共享农场"，将优质水稻品种种植面积扩大到了2000余亩，在此基础上成立了粮食贸易公司，还注册了商标。在农场与管理区协助下，他们还组装了一套优质米加工、生产线，形成了"农业+公司+物联网"的完整营销模式，销路越来越广了。

今年，七星农场大力推进北大荒绿色智慧大厨房建设，周德华说："这是最好的机遇，下一步，我们将成立大米协会，统一粳米品牌，带动更多的种植户转变种植方式，调整产业结构，开发创建地方特色稻米品牌，使绿色、健康、有机粳米品牌走向全国市场。"

周德华只是建三江垦区的一个种稻能手和科技致富带头人，也是建三江人的一个缩影。经过60多年的开发建设，今天的建三江辖区总面积达1.24万平方公里，约占整个北大荒垦区面积的五分之一，现有15个大中型国有农场，耕地面积1141万亩，人口22万人，年均粮食产量约占黑龙江全省的十分之一，其中粳稻总产量占全省的五分之一。目前建三江已经具备140亿斤的年粮食生产能力，又以生产绿色有机优质稻为主。建三江已构筑起产、储、加、销一体化粮食产业体系，致力于打造国家级和省级重点农业产业化龙头企业，被誉为"中国绿色米都"。

在建三江垦区，最让人震撼的是七星农场的"万亩大地号"。在雄健而浑厚的天地间，那一万多亩稻田犹如一块金黄色的巨毯。北大荒人采用七种颜色的水稻，栽植出一艘正在"金色的海"中昂首前行的航母。这是从黑土地上直接生长出来的图画——稻田画，也是最形象的写照，北大荒就是中国现代化大农业的航母。他们还用七色水稻，种出了"三江情七星梦"六个生机勃勃的大字，放眼一看，这梦想在大地上是那样逼真地呈现了。这"万亩大地号"的面积1.43万亩，由47个家庭农场组成，户均拥有土地300多亩，采用良种良法配套，农机农艺结合，统一供应芽种、测土配方施肥、智能机械化钵育摆栽、智能化节水灌溉、叶龄诊断等20多项新技术，平均亩产达到650公斤。这是国家现代化大农业核心功能区的展示区，也是农业部水稻高产创建示范区。

在大地号的远处还有一小块湿地，这块湿地是自然形成的，也是建三江垦区的原始面貌，而建三江人将这片湿地特意保护下来的，让它见证北大荒变成中华大粮仓的沧桑巨变。

2018年9月25日，北大荒刚刚度过首个"中国农民丰收节"，习近平总书记抵达黑龙江考察，首站就来到了三江平原腹地的建三江垦区。他走进"万亩大地号"金黄色的稻田中，俯身拿起一把沉甸甸的稻穗，看谷粒，观成色，又在手里掂量着，脸上露出了欣慰的笑意。随后，他又走进了北大荒精准农业农机中心一楼大厅，这里有一溜展台，摆满了建三江垦区出产的米油豆奶等各类农产品。他抓了一把大豆，放在手心里，凝神端详着，又用双手捧起一碗白花花的大米，意味深长地说出这八个字："中国粮食，中国饭碗！"

我来这里探访时，在北大荒精准农业农机中心广场上，竖立着一座中国饭碗的雕塑，基座造型是一座镌刻着稻穗浮雕图案的大米缸，象征共和国粮食之基，托起一只盛满了白米饭的饭碗，那米饭都堆得冒尖了。这也是北大荒农民的艺术，却揭示了一个朴素的真理，中国人的饭碗，在任何时候都要牢牢端在自己手里！

另一种铁马金戈

农业的根本出路在哪里？中华农耕文明最典型的就是精耕细作，在新中国成立后的相当长的一段时间，农业生产主要依靠人力畜力，连畜力也严重不足，更别说全面实现农业机械化。有一些极端的声音甚至认为，我国"人多地少，不用机械化"。对此，毛泽东主席在1959年就提出了一个著名论断，为我国农业发展之路指明了方向："农业的根本出路在于机械化。"

农业机械化是实现农业现代化的重要标志,也是国家现代化必由之路,而北大荒垦区走出了一条独具特色的农业机械化发展道路。习近平总书记在建三江国家农业科技园区考察时,进一步强调,要把发展农业科技放在更加突出的位置,大力推进农业机械化智能化,给农业现代化插上科技的翅膀。

眼下,秋收在即,在北大荒金秋的阳光下,一排排现代化农业大机械,如昂扬挺立、威武雄壮的铁甲战车,在广阔的田野上排成一行行、一列列,正整装待发。若是看到北大荒大型农机运作的航拍图,你会更加震撼,这由大型现代化农机组成的方阵如威武之师,简直可以看出大阅兵的感觉。

追溯北大荒的开垦史,最早也是从人拉犁开始的。如今,在北大荒博物馆第二展厅,还有一只很旧的老犁杖摆在显眼的位置,这就是北大荒拓荒者使用过的"第一犁"。这第一犁的背后,就是北大荒开垦者建立的第一个国营农场——松江省营第一农场。那是1947年6月,黑龙江省当时被划分为五省一市(黑龙江省、嫩江省、牡丹江省、松江省、合江省和哈尔滨市)。当年,根据中共中央东北局"要求建设一批国营农场"的指示,松江省政府主席冯仲云提出了建设一个500公顷(7500亩)机械化农场的设想。这一设想把一个人推上了历史的前台,他就是北大荒第一个国营农场的主要创建者李在人。李在人在大学毕业后奔赴延安投身革命,又从延安被派往松江省建设厅担任主任秘书,这次被省长冯仲云委以重任,让他负责筹建一个机械化国营农场。他的助手刘岑早年就读于北平大学农学院,当时也在松江省建设厅工作,是那个时代特别缺乏的农业专业人才。李在人和刘岑领命之后,便率领第一批开垦者,从哈尔滨奔赴珠河县(今尚志市)一面坡的东太平沟和小山子建点，并于6月13日宣告成立松江省营第一农场，经冯仲云省长签署任命，李在人任场长，刘岑任副场长。

这两位大学生场长走马上任时，松江省政府给他们配备了一名畜牧技师，一名办公室主任，两名通信员和一名木工，另拨给两台烧木炭的汽车。李在人和刘岑又在哈尔滨招收了11名不同工种的工人，从阿城糖厂买了11匹役马、三台胶皮车，在一个白俄开设的小工厂里买了伪满遗留下来的两台四铧沙克犁、两台圆盘耙及割草机、搂草机等十几件农机具，又从外县调来了日本开拓团遗留下来的三台旧火犁：一台"哈拉马苦"，一台"卡大比鲁"，一台"苦麻斯"，这就是北大荒第一个国营农场初创时期的全部家当。

1947年8月12日，松江省营第一农场开犁了，但荒原上坑坑洼洼，到处都是积水，泥土潮湿，又溜又滑，拖拉机一开进去便开始"画龙"——不断地打滑。有的挂上犁后东颠西歪，犁铧进不了土；有的犁口入土太深，负荷过大，一下就憋熄了火；有的勉强翻了一圈，不是立垡，就是回垡。又加之进入8月后，东北雨季来临，山水顺坡流淌下泄，低谷处成了烂糟糟的水塘，高岗地经雨水一泡，土质更加黏重，机车根本无法作业。经过几个月的实践，开垦者发现这一垦荒点土地零散，既难以形成规模，也不利于机械耕作。在万般无奈下，他们只能采用传统的老犁杖来开荒。这不但效率低下，无法进行大规模垦荒，也违背了松江省"试办国营农场，进行机械化试验"的初衷。李在人在向上级请示后，遂于第二年3月开春时，将人马搬迁到与珠河县相邻的延寿县中和镇一带开荒。这里有伪满开拓团的撂荒地，原始荒原一眼望不到边，但像东太平沟和小山子开荒点一样地势低洼，水荡密布，也难以进行机械作业。经省政府同意，他们又于当年8月向牡丹江地区转移，进驻宁安县兰岗、石头一带，这一次他们还真是选对了地方，当年便开荒两万多亩，超过了原计划的三倍。同时，农场还接收了原县大队畜牧场和护路警察队的垦荒点，并入耕地万余亩，牲畜近万头。1952年，该场正式更名为松江省国营宁安农场。如今宁安农场隶属黑龙江农垦总局牡丹江管理局。这个农场经历了"三次开荒，两次迁场，三易场名"，而历史也留下了北大荒"第一犁"这个历经沧桑的见证物，遥想70多年前，北大荒的开垦是多么艰难曲折。

严格说，松江省营第一农场并非北大荒垦区的第一个机械化农场。北大荒的第一个机械化农场应当是比他们稍晚组建的通北机械农场。那是1947年夏季，东北行政委员会决定创办一个国营机械农场，派周光亚负责农场的筹建工作。周光亚是一位东北抗日义勇军的老战士，后奔赴延安，参加过大生产运动。抗战胜利后，他奉命开赴东北，先后担任辽北军区司令部作训科长、肇东县县长、辽宁和牡丹江省建设科科长。筹建农场时，周光亚唯一到手的是上级拨给的150万元伪满绵羊票（约相当于人民币1500元）。这年7月，周光亚先到三河地区，对白俄经营的机械耕作的农场进行了一个多月的考察。11月，他又带领三名通信员到通北县寻找场址。这一带位于通肯河北岸，原为清朝皇家围场地，在被封禁数百年后一片荒芜，直到清朝覆没后才有人进入这一片禁地开垦。周光亚来到这里时，已是北大荒的隆冬季节，他们在荒原上实地踏勘时，呼啸的老北风裹挟着纷飞的大雪，吹得他们摇摇晃晃，每走一步都是在拼命挣扎。而荒原上赖以栖身的唯一的房屋，是日伪开拓团留下的一座训练学校旧址。日军在溃败之际，对校舍设施进行了歇斯底里的破坏，只剩下一堆断壁残垣。周光亚从附近的老乡家里借来几块旧门板，又割几捆草堵上窗户，在地面铺上厚厚的洋草，就算安营扎寨了。这屋子从房顶到四壁到处透风，周光亚戏称为"五风楼"。他们白天在荒原上奔走，晚上就在"五风楼"里摊开地图制订建场规划。夜间睡觉时,他们都是穿棉衣戴棉帽,还是冻得缩成一团,浑身颤抖。为了抵御严寒,周光亚想出了一个绝招,他从废墟上捡些砖头回来,用火烧热后,并排铺在地上,像睡热炕一样。一位小通信员还从老乡那里抱了只小羊羔回来,毛茸茸地搂在怀里睡觉……

这年12月6日,周光亚用在老乡家找到的一块木板,工工整整地写下了"东北政委会通北机械农场"几个字,把场牌挂在"五风楼"破房框的门口。北大荒垦区的第一个机械化农场就这样开张了,可当时什么机械也没有,他们只能在冰天雪地里四处搜寻被日伪开拓团遗留的机械。

第二年开春,有人发现在轱辘河桥下有一台日本开拓团逃跑时丢弃的火犁,周光亚赶紧带领人马,驾着一辆大车去捞火犁。到那里一看,那火犁还像冰疙瘩一样结结实实地冻在泥潭里。周光亚带头,小伙子们一个个脱掉棉衣,抡起铁镐,围着火犁刨起冻土来。春寒料峭,河床土层上化下冻。站在泥水里,刨土使不上劲,又不能碰坏这娇贵的铁疙瘩。他们一个个刨得满头大汗,而腿脚又冻得瑟瑟发抖。而周光亚早有准备,带来了一壶烧酒,他们在桥边燃起了一堆火,每人轮流喝上一口,刨上一气就上来烘烘身子,然后接着刨。直到夜幕降临,他们才把那铁疙瘩刨出来,又用大车拽着铁疙瘩,利用雪道的滑力,又拽又拉地把它拉回了场部。这就是当年通北机械农场的第一台拖拉机。接下来,周光亚又派人四处侦察,在荒地、废墟里一共搜集到四台老火犁,它们的洋名叫福特、法尔毛、小松、卡特比诺,周光亚管它们叫"万国牌",这几台老火犁组成了通北农场的第一支拖拉机队。之后,通北农场又从苏联进口了12台纳齐牌拖拉机。由于没经验,他们在订货时没订配套的农机具,只好组织人力搜集日伪丢弃的农机具和零件，驾起小烘炉，自己铸造出了铧式犁、圆盘犁、旋耕机、圆盘耙、钉齿耙、弹齿耙等。这些粗笨的农机具，在北大荒拓荒之初堪称是最先进的了。这年，通北机械农场迎来了第一个金色的秋天，全场干部、职工加起来只有79个人，却在荒原上实现了当年开荒当年播种当年见效益的奇迹。

从松江省营第一农场到通北机械农场，这一批国营农场的建立，除了生产粮食，更大的意义还是锻炼队伍、摸索经验，为北大荒接下来的大规模开垦铺就了一条路。

1948年，为提高垦荒人员的技术水平，李在人向省里请示创办拖拉机手培训班，他的倡议得到了周光亚的支持，通北机械农场决定派40名学员参加培训，并承担相应的费用。这年11月，北大荒垦区历史上第一个拖拉机手培训班开学了，教师是从哈尔滨聘请来的，其中还有一位经验丰富的俄侨，而教材则是三台旧火犁。拖拉机手培训班连续举办了三期，这三期由北大荒自主培养的学员们，后来成为北大荒大规模开发的排头兵和主力军，涌现出了一大批先进人物和机务骨干。

1954年，原松江省与黑龙江省合并，李在人被调任省国营农场管理局农机处处长，在北大荒的农业机械化进程中，他一直是重要推手。十年后，他主动请缨，从省里调到偏远的七星农场当了场长。那时的七星农场还只是个机械化程度很低的县营农场。这农场在初创之际，实行三级核算制，而管理层级越多效率越低。李在人走马上任后，对该场进行了大刀阔斧的改革，撤销了七个分场，保留了17个生产队和三个作业区，由三级核算改为二级核算，生产效益明显提升，这为推进农业机械化铺平了道路。李在人在七星农场工作了13年，最突出的贡献就是提升了该场的机械化程度，当他调离时，七星农场已成为北大荒垦区机械化程度最高的农场之一，仅联合收割机就有60台。随着全场机械力量大增，七星农场也获得了前所未有的大丰收。

李在人和周光亚都是北大荒垦区农业机械化的开拓者，而在北大荒垦区，还有新中国第一位女拖拉机手——梁军，第三套人民币壹元券上那位一头短发、英姿飒爽的女拖拉机手形象，就是以她为原型创作的。

梁军，原名梁宝珍，1930年春天出生于黑龙江省明水县一个贫苦农家，两岁时父亲在贫病交加中去世，勤劳而坚韧的母亲独自撑起了这个家，含辛茹苦地抚养着四个孩子。1941年，梁军的兄长已长大成人，母亲为给儿子准备彩礼钱，将还未满12岁的梁军许给了表哥家做童养媳。这小姑娘从小就很懂事，她知道母亲这样做是为了这个家，便答应了母亲，但她提出要上学念书，一心想通过读书改变命运。她进乡村学校念书后，既聪颖又刻苦，一直是班上的优秀学生。1945年后，黑龙江成为解放区，梁军迎来命运的转机，随后她便考入了黑龙江省德都萌芽乡村师范学校。一开始，她立志当一名乡村女教师。然而，在这里，一部电影改变了她的人生方向，那是苏联电影《巾帼英雄》，女主人公帕莎·安格林娜是苏联第一位女拖拉机手，驾驶着拖拉机在田间创造了一个又一个奇迹。苏联女性的那种自信，让十六七岁的梁军深受鼓舞，她也梦想成为一名女拖拉机手。

1948年2月，为了推进北大荒的机械化开垦，中央决定从苏联进口一批拖拉机，这需要培养一批拖拉机手。为此，黑龙江省委决定在北安农垦的赵光农场举办拖拉机手培训班，分配给萌芽乡村师范三个名额。学校一开始想要推荐三位男生，而梁军却再三请求要参加拖拉机手培训班，在她的软磨硬泡之下，校长终于点头答应了。而校长这一点头，不但从此改变了一位女生的命运，也创造了一段历史。在拖拉机手培训班的70多名学员中，梁军是唯一的女性。就是在这里，她把一头秀发剪成了齐耳短发。白天,她和男学员一样在拖拉机上训练,晚上还要点着小油灯整理笔记。汗水和心血没有白流,她用双倍的努力,在全班第一个学会了驾驶拖拉机,还学会了简单的修理和保养。那时候拖拉机还很少,谁能成为拖拉机手,还必须经过严格的考试,学员分别被评定为驾驶员、助手和农具手。梁军以名列前茅的成绩考上了拖拉机驾驶员,成为新中国第一位女拖拉机手。随后,她和两位男同学驾驶着三台苏式"纳齐"履带拖拉机,轰轰烈烈地驶进了北大荒,那感觉就像驾驶着坦克冲上了战场。在荒无人烟的草甸子上,她也和男拖拉机手一样住马架子、开夜车。由于草甸子和马架子里都十分潮湿,梁军身上生了疥疮,可她舍不得时间去医院治疗,哪怕疥疮化脓滴血,她也咬紧牙关坚持开荒。在开荒的第一年,梁军所在的机耕队便开荒3000多亩,播种了近2000亩小麦,收获了30000多斤麦子。梁军从小在半饥半饱中长大,还是第一次看见那堆得像山尖一样的麦子,她震惊了。这也是她对农业机械化的震惊,这机械化的力量真大啊!

在梁军的影响下,1950年3月,又有11名来自各校的女生参加了拖拉机手培训班。6月3日,当这一届培训班结业时,通北机械农场举办了一个仪式,宣布中国第一个女子拖拉机队正式成立,并命名为"梁军女子拖拉机队",梁军任队长。从此,梁军便率领女子拖拉机队在北大荒纵横驰骋,在她们前边是无边无际的荒原,在她们身后则是如波浪翻滚的沃土。这年7月,《人民画报》创刊,在创刊号的封面上是毛主席挥手的彩色画像,而8月出刊的第二期封面,就是梁军和助手驾驶拖拉机的彩像。她的形象也构成了二十世纪五十年代农场女工的经典形象。当年,梁军被选为全国劳动模范,受到了毛泽东等国家领导人的亲切接见,《人民日报》也发表了通讯,新中国第一位女拖拉机手的事迹风靡全国。梁军的故事还被编进小学《国语课本》教材中。就这样，梁军迅速成为新时代女性的杰出代表和闻名全国的劳动模范。在她的影响下，很多年轻姑娘都把当一名拖拉机手作为自己崇高而光荣的梦想。

1951年，梁军被保送至北京农业机械专科学校深造，第二年又考入了新成立的北京农业机械化学院（中国农业大学工学院前身），成为该校的第一批学生。经过大学深造，梁军打下了坚实的农机专业理论基础，由一个拖拉机手开始向农机专家的转变。当王震将军率十万大军挺进北大荒，梁军等北京农业机械化学院里全体五七届毕业生，在未毕业时就被指派随王震将军来到密山担任开荒技术指导。

1959年11月，国产首批13台"东方红-54"拖拉机运抵黑龙江，并在郊区农田举行田间作业剪彩仪式。此前，梁军驾驶过苏联、德国、日本、英国、法国造的拖拉机，始终是进口拖拉机，当她第一次看到中国制造的拖拉机时，她兴奋得一下跳上"东方红"，扬眉吐气地兜了一圈。这是历史性的一圈，新中国第一位女拖拉机手，驾驶着新中国的第一批国产拖拉机，这一足以载入史册的画面，被许多在现场采访的摄影记者拍摄到了，日后出现在第三套人民币的壹元纸币上。

梁军不只是新中国的第一位女拖拉机手，也是新中国的第一代农机专家。1988年，梁军被评为教授级工程师，任哈尔滨市农机局总工程师。她借鉴国外先进技术，结合当地实际，制订了哈尔滨市农机工业的技术改造方案。她在改革开放后主持引进的汽车检测维修生产线，业务辐射至黑龙江全省及内蒙古部分地区，为解决当时这些地区该方面的社会急需起了关键作用。

2009年3月，梁军老人在八十寿辰时回首平生，"如果我能回到年轻时代，我还会去选择当一名拖拉机手。"

2020年1月14日,梁军在哈尔滨逝世,享年90岁。而今,她驾驶拖拉机奔驰在黑土地上的故事,依然在北大荒广为流传。

若要追溯北大荒垦区乃至中国农业现代化和机械化,在时空中还有一个坐标——友谊农场。该场现由黑龙江农垦总局红兴隆管理局管理,地处黑龙江省双鸭山市东部,三江平原大片沼泽地边缘。这是1954年苏联政府援助建立的大型机械化谷物农场,为纪念中苏之间的友谊,故命名"国营友谊农场"。

在北大荒垦区,友谊农场一直走在农业机械化的前列,然而它最令人瞩目的岁月,则是在1977年开启的。这年夏天,黑龙江总局领导赵清景到北京参加世界先进国家农机设备博览会,面对各种高性能的农机产品,他大为震撼:"过去总说垦区已经实现了机械化。现在一看,我们的农机设备比人家落后了半个世纪。"从此,搞一个全套进口装备试验点的设想在总局领导的脑海中形成了,经商议地点就设在友谊农场五分场二队。这一设想得到了国家的扶持。1978年,国家特批外汇数百万美元,决心先把五分场二队武装成世界一流的农业生产队。

就在此时,一位美国人来到了友谊农场,这就是笔者在前文提及的韩丁。

韩丁,原名威廉·辛顿(William Hinton),1919年2月出生,美国宾夕法尼亚州雷丁镇人。1936年,17岁的韩丁被哈佛大学录取,1939年,韩丁转入康奈尔大学攻读农业,由此走上了农学家的生涯。1945年,韩丁以美国战争情报处分析员身份被派往中国,那正是国共两党重庆谈判期间,韩丁是美国共产党员,不满于国民党的腐败,这让他主动靠近中国共产党人,并结识了周恩来。1947年,联合国救济善后总署捐赠一批拖拉机给中国,并且招收志愿工人使用这些农机，韩丁应召作为拖拉机技师被派到东北工作，随后又志愿来到中国共产党所领导的河北解放区。在河北冀县的千顷洼，他创办了第一期拖拉机训练班，亲自担任教练员，为河北解放区恢复生产培养出第一代农机人员，这些人后来都成为中国农机战线的领导骨干。韩丁被誉为推进中国农业机械现代化第一人、"中国农业机械化历史上的白求恩"。

为什么中国的农业没有竞争力？在韩丁看来，这必须从自然条件、技术条件和制度条件三个方面来看。从自然条件上，中国有华北平原、东北平原、长江中下游平原、四川盆地、八百里秦川等大平原地带，是可以推广机械化的；从技术条件看，中国农业劳动力占比要远高于美国、加拿大等发达国家，人均耕地面积比较小，但农民的文化程度普遍较低，机械化的程度也很低，而这种人口密集、精耕细作式的小农经济，致使中国粮食作物的单位成本要远高于美国和欧盟。通过成本的结构比较可以看出，中国的人力价格虽说远远不如美国，但是由于机械化程度低，人力成本反而远远高于美国；从制度条件看，在社会主义中国，不可能像美国一样有占有大量土地的农场主，只有走集体化的道路，才能将土地大规模集中，机械化的必要条件是土地集中，没有大规模的土地，机械化的优越性就难以实现。

当韩丁来到北大荒时，他看到这里无论从自然条件、制度条件看，都特别适合推行农业的现代化、机械化。但从技术条件看，北大荒垦区的机械大大落伍于世界发达国家了，很多机械还是西方发达国家二十世纪三十年代的设备。这次，接待他的是红兴隆管理局党委副书记兼副局长马连相，他当年在太行山解放区曾向韩丁学过开拖拉机。

韩丁直爽地对这个学生说："你们不能再用30年代的设备干70年代的活了。"

在韩丁的帮助下，友谊农场确定五分场二队为农业机械化和现代化试点单位，从美国引进60多台（件）整套约翰·迪尔公司的先进农机具，率先在中国打开了农业对外的窗口，该场也成为新中国第一个成套引进具有国际先进水平农业机械的农场，五分场二队从此成为中国农业现代化的起点。当时，这事在全国既引起了广泛的争议也产生了广泛的影响，五分场二队在外界也有了一个别名——"韩丁农场"。这也确实是韩丁在中国开辟的一片试验田。

韩丁在友谊农场待了两年，手把手教他的中国朋友如何使用，直到他们能够熟练使用和维修后，韩丁才离开。在韩丁远去的身影之后，留下的是让无数人震惊的奇迹，先进的机械设备带来了惊人的生产效率，在短短的两年里，二队的耕地面积由原来的14890亩扩大到25000亩，而一线的农业工人由原来的300多人减至20人，全程实现机械化生产。到了收获季节，那些联合收割机更是大显神威，一个农业工人只要按五次电钮，就能完成从田间收割到粮食入库的全过程。友谊农场拥有当时世界最大的粮食处理中心，从清洗、烘干、贮存，吹风降水、装车全部现代化，一小时就能加工粮食50吨。那个金秋十月，第一个生产周期结束了。《人民日报》发表了来自新华社的消息《现代化农业初显神通，友谊农场五分场二队夺得大丰收，20人耕种11000亩土地，平均人产粮20万斤》。《人民日报》还特意加了编者按："请大家都来看这个好消息……这个农业机械化试点的成功，是党中央决定利用外国先进技术来加快农业现代化的步伐的一个试验的初步胜利。它对于我国逐步改变几亿人搞饭吃的落后局面，为我国农业高速度发展带来了可喜的消息。"

1983年8月7日，邓小平同志来到友谊农场五分场二队考察，他兴致勃勃地观看了大型先进农业机械的作业表演，详细询问了科学种田的技术问题，进一步指出，中国农业必须加快改革开放，走现代化的道路。

随着现代科技的突飞猛进，农业技术也实现了质的飞跃。到2002年，友谊农场再次成为我国第一个实施精准农业项目的农场，二队被农业部确定为国家精准农业技术示范区，又购置美国多台具有高度自动化、智能化的大型机械设备。电子、液压和信息化技术在现代农业中的广泛应用，让每台大马力拖拉机就相当于一个移动的科研所。全球卫星定位技术、遥感技术、地理技术、计算机自动控制技术等现代科技成果，经过综合组装配套，使大马力机械实现了自动导航、精密播种、变量施肥、即时测产等精准化、标准化作业。

如今，在友谊农场第五管理区第二作业站（原二队）农机管理中心，还保留一台外观老旧的绿色轮式拖拉机。据它的主人张海介绍，这台拖拉机1978年从美国引进，是当时世界最先进的"约翰·迪尔4040"，他是较早的一批"美机"驾驶员，这些"美机"不仅操作简单，还有空调、收音机，后期还配备了对讲机。当北大荒垦区推行"家庭农场"承包制时，张海作为它的车长获得优先权，花七万元买下了。在运行了十多年后，张海又花十多万元为它安装了GPS定位系统。一直到现在，这个在黑土地上耕耘了40年的"老伙计"还没有退休，但和现在动辄超过500马力的大力士们比起来，这台111马力的拖拉机已退出主力行列。

张海抚摸着他的"老伙计"说："现在，不再用它干重活了，主要是起垄和打打零工。"

进入二十一世纪之后，北大荒又从机械化农业向更具现代化精准农业转变。他们通过引进世界先进的大型智能化农业机械，装备了200个现代农机示范区。这些先进农机集卫星定位、自动导航、精量播种、变量施肥于一体，可以一次完成深松、浅翻、整地、播种等多项作业。"像设计工程一样规划农业，像工厂车间一样流程管理，使农业生产全过程用数字说话，用微机控制。"—— 这是北大荒农业股份八五二分公司在市场农业进程中，运用现代系统信息理论对农业生产进行精准建设的新提升。八五二分公司的载体也就是八五二农场，拥有100多万亩耕地，是北大荒垦区农业标准化水平较高、规模较大的现代农业企业。

凭借着先进的农业机械和作业方式，北大荒垦区不但创下了中国农业人均劳动生产率的新纪录，而且创造出了世界一流的劳动生产率，目前，北大荒的人均劳动生产率超过英法等发达国家。

在八五二农场，我见到了现代化农业高端装备的代表作 —— 亚洲第一犁。

据农机技术人员介绍，该机械是总局2014年国家补贴机具，2014年8月从法国引进的一台价值近百万元的"格里格尔贝松"十三铧液压翻转犁，在亚洲仅此一台，因此被人们称为"亚洲第一犁"。这套机械全部采用高强度钢材制造，有剪切式螺栓保险系统，保护犁铧不受损坏，并拥有高强度自磨式犁铲，悬挂作业配套拖拉机功率是600马力，犁架总长度为18.3米。在作业中结合田间作业环境，工作宽幅可调整在4.55米至7.41米之间，一个昼夜就能翻地1600亩。同时，根据土壤阻力、土质及工作条件，还可调节翻地的入土倾角，使土壤后翻能力加强，确保翻地质量。目前，机械已调试完毕，在今年秋收工作中为服务农业生产发挥出农机应有优势。

从我见到的北大荒垦荒"第一犁"到这台"亚洲第一犁"，给我带来了一种跨越时空的震撼。看到擦得锃光瓦亮的农机履带，我不禁抬起脚来赞叹："这农机的鞋子都能和我穿的皮鞋有一拼了！"

当下，北大荒和全国乡村一样，也面临着两个问题：谁来种田？怎样种田？这也是国人充满忧虑的。走进田野，已很难看到青壮年农民，大多是一些年过半百的老农，而青壮年大多选择去城里或工厂务工。无论从现实还是长远看，这两个问题都只能通过科技来解决，那就是将传统农业向信息化、自动化、数字化、智能化和"无人化"的方向转变。而今，已进入了5G+AI（人工智能）+云（云计算）的时代。2019年9月25日，中国移动垦区首批5G基站在七星农场北大荒精准农业农机中心开通，为率先开展"全程智能化农业"试验示范、打造"无人农场"、推动无人驾驶农机等智能农机装备以及物联网技术的规模化应用提供了优越的条件。接下来，该场将采用5G、物联网、大数据、人工智能、机器人等新科技，通过对设施、装备、机械等远程控制及全程自动控制或机器人自主控制，实现全天候、全过程、全空间的无人化生产作业模式。

2020年，中央"一号文件"提出要加强农业关键核心技术攻关，部署一批重大科技项目，抢占科技制高点。4月26日，一批来自全国各地的无人驾驶搅浆整地机在七星农场正式下田，这些经过智能化升级改造的机车在标准化格田里，按照设定好的线路进行着搅浆整地。当整地告一段落，种植户手持一把遥控器，就能让轨道运输车把水稻秧苗从育秧大棚运到田间地头，随后，一批新型的无人驾驶插秧机在稻田里进行插秧作业。而在水稻生长的过程中，还有无人驾驶植保机和无人直升机在田间高精度地自动喷药、施肥。到了收获季节，一台台无人收割机在晨光中开足马力，驶向远处的稻田。在垄上辛勤劳作后，机身贮仓即将装满，无人接粮机随即跟上，将收割机收获的稻谷转运到粮仓中。

无人化作业的秘诀在于"大脑中枢"。在七星农场的一侧，农业物联网与大数据中心和农机管理云平台悄无声息地运作着。在这里，每台农机设备的作业状态、作业数据、作业轨迹等都会实时显示在屏幕上，农机设备接收的工作指令全部从这里发出。通过各类监测设备，田间土壤、农业气象、温度湿度、作物长势、病虫草害预警等信息一目了然。

近年来，北大荒垦区在不断完善栽培、耕作、良种、施肥、植保、水利等六大农业基本制度基础上，对农业生产从产、供、销全过程超前设计、规划出一套科学、完整的生产程序和目标，把六大作物30多个栽培品种的生产过程按照工厂生产流程模式，对农时控制、植保栽培、机械作业、田间管理、科技服务、产品销售、责任分工等程序实行现代化管理，"像设计工程一样规划农业，像工厂车间一样流程管理，使农业生产全过程用数字说话，用微机控制"。

从北大荒70多年的开垦史看，从最初的省营农场、铁道兵农垦局下属农场、黑龙江生产建设兵团到黑龙江省农垦总局，再到如今的北大荒农垦集团，尽管历经多次改制和改革，但从未动摇一个个国营农场的大框架。大有大的优势，那就是有利于土地的集约化经营，人多力量大，可以聚集起来办大事。北大荒人办成的第一个大事就是实现了农业生产的高度机械化。而北大荒从开垦之初的刀耕火种、人拉肩扛，到大型机械，再到如今的精准数字农业、智慧农业、"无人农场"，生产方式发生了翻天覆地的变化，北大荒农业开发和建设的历史也是一部中国农业机械化发展的历史。这一个个现代化农场既是全国农业现代化发展的排头兵，也带动了全国农业的飞速发展。

在这片充满神奇魅力的土地上，无论你走到哪里，都能感受到另一种金戈铁马的气势和壮观。然而，我也不无遗憾，这些高端的现代化农业装备大多是从国外进口的。据国内专家对全球农业机械的综合实力分析，美国农业机械依然名列前茅，如约翰·迪尔、凯斯纽荷兰、爱科，在世界上独占前三；德国、日本、韩国、荷兰等发达国家的农业机械则为第二档。纵观中国的农业机械，目前还属于第三档，中低端农机产品国产份额较高，而高端产品依然依靠进口，我国收获机械、植保机械、播种机械等相关农业机械，与美国、德国、日本等国际农业机械强国相比，都有不同程度的差距，在整机制造方面，尤其表现在主要零部件，还是依靠进口为主。中国人若要把饭碗牢牢端在自己手里，在农业机械化的道路上，还有太多需要攻克的难关，任重而道远。

刻在北大荒的土地上

从第一次走进北大荒，到这次再上北大荒，感觉一直在路上。

北大荒路漫漫兮，或逆着风，或顺着风，我穿过了无数条河流交织的北方最纷繁复杂的水系，穿梭在北纬40度到50度之间、海拔50米以下的这片浩瀚、深远而厚重的黑土地上，穿梭在岁月、自然、人类和梦境之中。我从一个局外人，仿佛变成了一个亲身经历者。太阳，是每天最早看到的事物，这神奇的、北大荒的太阳，你看见太阳刚刚在一个地方升起。当你奔驰了数百公里之后，你看见太阳又在另一个地方刚刚升起。感觉北大荒好像不止一轮太阳，每一个角落都是太阳升起的地方。

在晴朗的天空下，我遥望着北大荒的地平线，一代，一代，又一代的北大荒人，从黑土地上前赴后继地走过。70多年，可以说是一段长长的过去式，这比共和国历史还漫长的北大荒开垦史，三代人，大致经历了三个发展阶段：第一代北大荒人从1947年到1977年，用30年的时间基本上完成了对北大荒的开垦，又通过架桥、筑路、开渠、兴修水库，建成了防洪、除涝、灌溉和水土保持四大水利工程体系，在一片空白的地图上标上了一个个国有农场的名字。——这也是北大荒垦区的第一次创业，北大荒的大框架已经初具规模，这也为它未来的发展打下了基础、提供了一个宏大的发展空间。

以1978年中国进入改革开放的年代为标志，北大荒人开始了他们的第二次创业。就像当年挺进荒原一样，北大荒人开始向着一个陌生的领地进军，在他们尚不熟悉的市场拓荒。在这个过程中，北大荒人的思想上也经历了一次巨大变革。北大荒第二次创业的核心意图是实现两个转变，由传统农业向现代农业的转变；由计划经济向社会主义市场经济的转变。

进入新世纪之后，尤其是进入新时代后，在时代与命运的共同作用下，北大荒进入了一个飞翔和升华的时代，从机械化农业向更具现代化精准农业转变。他们通过引进世界先进的大型智能化农业机械，装备了200个现代农机示范区。凭借着先进的农业机械和作业方式，北大荒垦区不但创下了中国农业人均劳动生产率的新纪录，而且创造出了世界一流的劳动生产率，目前，北大荒的人均劳动生产率已超过英法等西方发达国家。

那么，这些大量的农业剩余劳动力转移出来了怎么办？还是那句话，大有大的优势，大农业可以通过第一产业积累的原始资本来兴办企业，把农业剩余劳动力转移到集团内部的第二、第三产业。这些企业不但转化了农业剩余劳动力，更有效地延伸了第一产业链，反过来又带动了第一产业的发展。而北大荒的定义，也正在被时代改写，它的内涵已远不是当年的黑土地，而是中国五百强企业中农业企业排名第一位的大型企业——北大荒农垦集团。在它的旗下，拥有9个分公司、100多个农牧场、1000多家企业、18家科研开发机构，集团成员分布黑龙江省12个地市、60多个县市区，现已形成农产品加工、食品、农机、化肥、医药、建材制造和原煤、黄金采选、汽车配件、汽车零部件等工业体系，其中完达山乳业、九三油脂集团、北大荒米业、北大荒麦业、北大荒麦芽、九三制粉等重点产业化龙头企业都已成为国内外知名品牌。我们不能忽视一个数字，北大荒的粮食产量在2005年就已突破200亿斤，而且依然保持强劲增长的态势；我们同样也不能忽视另一个数字，北大荒集团现有资产总额500多亿元，年营收已达268亿元。北大荒已是名副其实的中国第一农业品牌，这一品牌的评估价值就高达100多亿元。

大农业，必须开拓大市场。北大荒人说，当年的带头人带着我们拉犁，现在的带头人把我们拉向市场，拉向国际舞台。这让我又一次想到了唐人那句诗："浩渺行无极，扬帆但信风。"北大荒这艘中国农业领域的航母，在中国加入世贸组织后，扬起了在世界大潮中前行的风帆。从加强龙头企业建设入手，提升产业层次，树立北大荒的新形象已成为北大荒人的共识。现在，北大荒的新经济格局开始显山露水。以北大荒麦业为龙头的面粉加工企业正在加紧整合重组；具有独特优势的北大荒粮油批发市场，正在成为垦区乃至全省的商贸流通龙头企业。到目前，垦区已与30多个国家和地区建立了贸易往来和经济技术合作关系，主要农畜产品出口世界20多个国家和地区，对外合作不断发展。北大荒农业股份成功上市，一次性融资15亿元，近期又发行短期债券14亿元，实现了农场股份制改革和资本市场融资的重大突破。今日北大荒，以市场为导向，以科技为先导，崛起的是一条条农业产业化巨龙，黑龙江垦区正成为全国农业产业化的高地。

国内外产业与资本输出转移时时牵动着北大荒人的视线。北大荒集团享有进出口权的129家企业，主动出击与世界五百强攀亲结缘，搭起一座座通向世界市场的长桥。现在，他们正着手发挥垦区大米生产加工优势，积极开拓俄罗斯、韩国等周边国家和地区的大米出口规模；与此同时，他们还以豆油、豆粕、小麦、大豆、玉米等大宗农副产品出口，打开了一扇又一扇世界之门，还开发出了维生素E、刺五加、异黄酮等高科技、高附加值的生物产品，这将有力地提升北大荒出口产品的档次。在不远的未来，北大荒集团将建设成为一家能够与国际跨国公司一竞高下的大型农业企业集团。

北大荒无论怎么变，但万变不离其宗——粮食！

当年，他们唱着《青年垦荒队之歌》一路走来，"告别母亲背起行装，踏上征程，远离故乡……勇敢地战胜那片荒芜的土地，用我们勤劳的双手建设起美好的家乡，让那丰收的粮食早日流进共和国的谷仓……"在市场经济的时代，粮食，他们依然恪守的一种坚定不移的精神立场。种粮，和种其他经济作物相比，从市场的角度看，实在不划算，可这是国家使命，所以说这是北大荒人的一种精神立场，他们坚持把最大的热爱，献给祖国。

今天的北大荒垦区总面积达5.53万平方公里，是全国耕地规模面积最大、现代化程度最高、综合能力最强的国家重要商品粮基地、国家粮食战略后备基地和"国家现代化大农业示范区"。北大荒从开垦初期年产粮0.048亿斤到1978年产粮50亿斤。改革开放40年，粮食产量一路飙升，从1995年的100亿斤到2005年的200亿斤，2009年300亿斤到2011年突破400亿斤，此后持续八年粮食产量突破400亿斤大关，到2018年登上新的巅峰，收获粮食455亿斤。今天的北大荒已是当之无愧的"中华大粮仓"，占全国各省（区、市）商品粮调出总和的四分之一，"每年调出的粮食可供京、津、沪、渝四大直辖市和解放军等一亿多人一年的口粮"。

　　随着粮食生产能力的不断提高，北大荒作为中国粮食供应调节器的作用日渐突出。只要出现了粮食紧缺，哪怕是人为的惊慌，如在"非典"时期很多城市一度出现了抢购粮食的现象，北大荒就能迅疾地调出数以百亿斤的粮食。这也是普通农村不可比拟的。为提高粮食生产能力，北大荒集团开始由农业经济向多元经济转变，由国家重要商品粮基地向重要食品基地历史性地转变。在市场上，北大荒产品的影响越来越大，这也不是我在有限的篇幅里能一下说清楚的，举一个例子，目前在中国境内生产方便面的专用粉，有三分之一用的是"北大荒"旗下的丰缘面粉，这个数字意味着，在全国范围内，每五袋方便面中就有一袋用的是丰缘面粉。你可以想象，北大荒的粮食在中国食品工业里占有多大的比重——举足轻重！

　　今天的北大荒，不但是全国最大的商品粮基地，也是全国最大的绿色食品生产基地。无论你走到北大荒的哪一个角落里，你都能看到这样一个标志——黑土地上升腾着一轮绿色的太阳。

　　早在二十世纪九十年代初，国家推出绿色食品工程时，北大荒垦区就利用自己大农业的优势，率先开发绿色食品，在农业结构调整和面对加入世贸组织挑战的新形势下，黑龙江垦区以可持续发展为原则，以生态农业为基础，全面实施绿色食品发展战略，把垦区建成全国最大的无公害、绿色、有机食品基地，让绿色有机食品成为北大荒产品的代名词和质量的象征。

　　经过近十多年的发展，黑龙江垦区绿色食品产业已成为新的经济优势，北大荒集团已成为黑龙江省绿色食品产业的主力军。如今，黑龙江垦区已有获认证的绿色食品产品100多个，绿色、有机、无公害农作物面积达到1000多万亩，绿色食品生产企业50多家，绿色食品种植养殖基地遍布60多个农牧场，形成了绿色食品标志管理、质量保证、环境监测、生产标准、科研推广和生产资料保障体系。由绿色食品龙头加工企业、生产基地、专业市场、相关行业和技术支撑体系组成的具有北大荒特色的绿色食品产业已初步形成。

北大荒人创造了绿色农业的奇迹。众所周知，在过去大半个世纪，粮食单产明显提高，对中国人摆脱饥荒居功至伟，化肥和农药是半个世纪来提高单产的重要因素。但数据告诉我们，超过一定限度后，持续加大化肥和农药用量，对提高单产几无意义。从1996年后，化肥和农药每亩用量持续增大，逻辑上有两种可能：其一农民无知，盲目施用；其二长期使用化肥和农药，产生了"药物依赖"，不逐步加量就可能减产。但北大荒人的实践为中国农业的未来走出了一条路，他们在大力推广绿色农业后，粮食并未减产，反而大规模地增产了。

绿色，不仅是一个产品标识，也是对生态和自然环境的保护。

维柯在《新科学》中说，世界上首先是森林，然后是茅屋，接下来是村庄和城市，最后是学院。这正好就是北大荒60多年开垦史的真实写照。

北大荒的过度开垦，一直令人担忧。大规模的垦殖，让北大荒早已变成了北大仓，但今天的北大仓又面临着新的尴尬，北大荒的黑土地已越来越少，黑土区耕地表层有机质含量与开垦初期相比下降了一半左右。当森林被砍伐，湿地被开垦，风沙，便成了大自然对人类的最严厉的惩罚。许多珍贵的动植物因此而消失了踪迹，没有了森林，没有了野狼的嚎叫，也没有了猎人。更没有人再看见过，蹲在老树洞子里打盹的黑瞎子。没有那么大的树。它只属于古老的传说。然而，人类却并没有过上轻松宁静的生活，他们开垦出来的土地一而再，再而三地遭受自然灾害的重创。现在，北大荒人又开始怀念狼了，怀念那些黑瞎子了，这些凶猛的野兽，原来并非人类的敌人，而是我们相濡以沫、患难与共的兄弟。当它们消失，人类或许离自己的消失也不远了。现在，北大荒早已停止了对三江平原的开发，在这里，我见得最多的是两种界碑，一种是严格保护基本农田的"控建界碑"，一种是严格保护湿地的界碑。当然，还有中俄界碑。但我以为，前两种界碑，丝毫不亚于国界碑的庄严。人类，的确应该为自己划定一些禁区，下意识地对大自然保持一些庄严的敬畏感。

随着人类开始向大自然做出必要的让步，许多当年流血流汗甚至献出了生命而辛勤开垦出来的土地，现在又不得不退耕还林、退耕还草了。这也难免有人说，当年从北大荒变成了北大仓，而现在，又要北大仓变回北大荒。这种说法多少有些风凉的味道，但事实上，这并不是一个简单的轮回，以中国的人口之多、粮食紧缺的现实，把北大荒变成北大荒仓完全有必要。而经历了现实创痛后人们已经有了清醒认知，一方面，人类欠大自然的太多了，现在，不用谁来号召，北大荒人已经开始自觉地还债。如果你想在这片土地上继续生存，你只能心甘情愿地还债。另一方面，人类毕竟充满了智慧，他们最终会找到同大自然和谐共处的一种方式，而不是刻意缺席的一种方式。荒无人烟的北大荒，毕竟也少了一种生命，现在，北大荒有了人，尽管再也没有了莽莽苍苍的原始大森林，但人类重新栽上的树也早已在北大荒盘根错节。现在的北大荒，已建成了由六万条林带构成的四万个网格，基本实现了农田林网化，为农田建立了防风固沙的天然屏障，起到了抗旱、防涝和形成小气候的重要保障作用。北大荒，已经是名副其实的绿色北大荒。

我一直在北大荒的绿色中穿越。北大荒的大风，我领教过了。北大荒不能只有巨大的空旷感，树，已经是人类相依为命的东西。只要你走到这片树林的后面，你立刻就感觉到有谁替你把风给挡住了。对，是树。再也没有人会砍掉这些树。再也没有人觉得它们挡住了自己的生活。它们本身就是生活。现在人类明白了，树，并不就是一棵树。这是需要三代人才懂得的。如今，北大荒的河流、公路与田野，都笼罩在绿荫丛中，那近处的绿树，远处的青山，那一片片绿荫如毡的土地，这所有的绿色的生命，都在迎风茂长，又长得风华正茂。它们染绿了北大荒的土地，染绿了北大荒的灵魂。很多的野鸟、野兽也开始在这里安家了。置身于这片土地，你真的感到，空气是绿的，太阳是绿的。有时，我会情不自禁地俯下身，去看那些湿地上的水草，去看它们的根。我嗅着，黑土地里那种生长的气息，湿润的气息，让你不知不觉地就平添了吐故纳新的肺活量。

在树林中，呈现出来的是绿荫深处的140多座明媚的农垦新城。这也是北大荒深深地吸引着我的。这不是通常意义的城市，你可以说它是农垦新城，也可以说是现代化的新农村。每一座这样的农垦城，在设计上的第一定位就是打造成一座生态园林城。它们被置于土地和农业生产的核心位置，其本质特征就是要把工农业生产、商业贸易和交通运输业、机关、学校等各种社会服务的三项主要职能紧密连接在一起的，并以此为凝聚力，集合成一个人口密集、辐射面宽、超越某种行政区划范围而独立发展起来的经济社会载体，成为一个完整的系统。应该说，这样的农垦新城，在提高农垦职工整体生活质量的同时，还有北大荒垦区迈向现代化大农业的一种极具战略性的眼光。它有力地推动了当地二、三产业快速升级，从而派生了100多家工、商、运、建、服企业，具备了向城迈进的经济和社会发展的规模优势、科技优势和体制优势。毫不夸张地说，一个这样的农垦新城，就可以改变三五万人的命运。

没有在这片土地上开垦过，就发现不了这片土地的深层内涵。在北大荒博物馆里，一面二层楼高的红松木墙上镌刻着12000多个英名，他们都是长眠于北大荒的拓荒先驱，这不只是一个个名字，而且是一个个血肉生命，他们把生命深深地刻在北大荒的土地是上。他们还有着一个大写的名字——北大荒人。这些北大荒人在创造巨大物质财富的同时还创造了以"艰苦奋斗、勇于开拓、顾全大局、无私奉献"为内涵的北大荒精神。常有人形容这些老兵团战士是"献了青春献终身，献了终身献子孙"，这话未免悲怆，而更实在地说，倒不如说是前人栽树，后人乘凉。那些开垦者的子孙后代，无疑也传承着上一代人的理想和信念，却不复再有那样的磨难。现在的北大荒，真是没有几个地方可以比的，也是值得他们的子孙继承的，一如诗人郭小川在《刻在北大荒的土地上》中的抒写：

    继承下去吧，我们后代的子孙！
    这是一笔永恒的财产——千秋万古长新；
    耕耘下去吧，未来世界的主人！
    这是一片神奇的土地——人间天上难寻。

在这样的土地上，人会变得格外豁达。如今已是耄耋之年的郑加真老人，一直在续写北大荒农垦史，他也被称为北大荒史志第一人。他早已摸到了北大荒的脾气，也早已参透了自己的命运。大凡这样的老人，都经历了常人没有经历过的苦难，他们轻易不会背叛自己，而受难与痛苦，反而让他们拥有了更辽阔的胸怀。只有经历过，挣扎过，苦难才具有了更深广的意义。而从一开始，他要叙述的就不是为了单纯地展现北大荒的辉煌，而是以史为鉴，居安思危，以历史上的经验和失误，为北大荒赢得更美好的未来。是谁说过，我们解释历史的欲望反映了一种深层的直觉，那就是，通过思考历史，我们可以发现人类命运的秘密和本质。

（节选自《中国饭碗》，黑龙江教育出版社，2022年2月出版）

我用一生爱中国：伊莎白·柯鲁克的故事（节选）

谭 楷

序 章

友谊勋章

北京的金秋，是最美的季节，也是丰收的季节。

2019年9月29日早晨，一辆迎宾车从北京外国语大学缓缓驶出，穿过挂满了五星红旗的条条大街。那遍布十字路口的造型新颖的花坛、花环或花柱，花团锦簇，让人目不暇接。北京城以空前的美丽盛装，准备迎接中华人民共和国成立70周年的大喜日子。

104岁的伊莎白·柯鲁克老奶奶端坐在车上，宁静而安详。她身穿深红色中式对襟上衣，一头银发，丝丝不乱。她将前往人民大会堂，接受由中华人民共和国主席习近平颁发的国家对外最高荣誉勋章——"友谊勋章"。

车窗外闪过熟悉的街景。车子驶过天安门广场时,伊莎白冲着"中华人民共和国万岁""世界人民大团结万岁"的标语,笑了。"人民",一直是这个国家的主题词,这个词她太熟悉、太亲切了。

70年前,中华人民共和国向世界宣告成立时,伊莎白和她的丈夫大卫·柯鲁克应邀登上观礼台。她亲眼看见第一面五星红旗在万众的欢呼声中冉冉升起。她是光荣的国际友人,又是处在哺乳期的母亲。在观礼过程中,她不得不离开一会儿,瞅准游行方队的间隙,快速横穿东长安街,跑到东交民巷的住地,去给刚出生不到两个月的大儿子柯鲁喂奶。离开时,柯鲁克对伊莎白说:"你要牢牢记住,我们在观礼台所站的位置,对着'人民'两个大字——记住'人民','人民'!""人民",一直被伊莎白铭记在心中。

70年来,伊莎白怎么也没有想到过,会在104岁时获得如此殊荣!

在人民大会堂,在热烈喜庆的乐曲声中,伊莎白走到主席台中央,与习近平主席握手,接受了习近平主席亲手给她佩戴的中华人民共和国"友谊勋章"。

先后有八位国际友人获得"友谊勋章"。获勋者,多为外国政要,唯有伊莎白是在中国做着平凡教育工作的教授。

颁奖词指出,伊莎白是"新中国英语教学的拓荒者,为我国培养了大量外语人才,为中国教育事业和对外友好交流,促进中国与加拿大民间友好做出杰出贡献"。

颁奖词之外,溢出的是伊莎白的特殊经历:1915年,她生于中国成都。6岁那年,她跟着父母从加拿大回到中国,那一年是1921年,那一年,中国共产党成立。

之后的近百年,伊莎白亲历了中国的历史巨变。她是见证者,也是参与者。她始终与中国人民在一起,同呼吸,共命运,是中国人民患难与共的忠诚朋友。

领完勋章,回到家中,伊莎白竟默默无语。二儿子柯马凯觉得老妈太疲倦了,婉拒了所有要来采访的记者,让老妈好好休息。

午休过后,与往常一样,伊莎白开始喝下午茶。

柯马凯说:"我替老妈打开了精美的礼盒。手抚着金光闪闪的'友谊勋章',她却感觉十分难过。前些日子,她就说过,她的那些老朋友 —— 献身中国革命和建设的友人,都走了。如果他们还活着,那该多好啊!他们都应该荣获这样一枚勋章。"

原来,高光时刻之后,无边的寂寞包围了这位百岁老人。

且不说丈夫柯鲁克的好友诺尔曼·白求恩早已病逝,就说写下《红星照耀中国》的美国记者埃德加·斯诺,还有美国记者艾格尼丝·史沫特莱和安娜·路易斯·斯特朗 —— 是他们,让全世界知道了红军,知道了长征,知道了中国共产党和中国革命 —— 他们也早早地走了。

柯鲁克夫妇半个世纪的老朋友 —— 中国工合国际委员会的创办人、教育家、作家、新西兰人路易·艾黎和中国原国家卫生部顾问、美国医生马海德两位外国专家也先后于1987年、1988年去世。

还有,1948年在晋冀鲁豫解放区就与柯鲁克夫妇认识的老朋友韩丁,为中国人民养了几十年奶牛的阳早和寒春夫妇,也都去世了。

2010年,89岁的寒春在弥留之际,紧紧握着老朋友伊莎白的手说:"幸好啊,幸好还有你啊!"

从白求恩到寒春,有多少国际友人,面对中国人民深重的苦难和不堪忍受的屈辱、贫穷,与中国共产党人一起,前仆后继,倾尽全力,为建设一个美好的中国而不懈奋斗!

细细数来,这些深爱中国的老朋友,一个一个,都走了……那是值得永久怀念的一代人啊,如今只留下伊莎白。

抬头看着丈夫柯鲁克的画像,伊莎白不禁潸然泪下。

与伊莎白相爱同行几十年的柯鲁克,是一位坚定的国际共产主义战士,是他引导伊莎白走上了最有价值的人生之路。而影响柯鲁克一生的是两个人:作家埃德加·斯诺,好友诺尔曼·白求恩。

那是1940年柯鲁克与伊莎白在成都华西坝初恋时,柯鲁克对伊莎白讲:作为一名英国共产党员,他1937年参加了国际纵队,在西班牙反法西斯战场上负伤,住进了白求恩所在的医院。最初,他对坏脾气的白求恩,印象并不好。

后来,柯鲁克才真正认识了白求恩 —— 白求恩开着救护车,冒着炮火,去前线抢救伤员。他的车就是流动的血库,哪里的伤员在流血,他就让护士给那里的伤员输血。那时,输血还是一门新技术。是他把输血技术带到了西班牙战场,挽救了众多战士的生命。一次,他连续救活了12名身负重伤、急需输血的伤员。战士们围着他高呼:"白求恩万岁!""输血万岁!"

柯鲁克目睹了护士疾呼血液不够时,白求恩把衣袖一挽,斩钉截铁地说:"快,抽我的血!"

柯鲁克说:"白求恩'抽我的血'的那一声大吼,让我震惊。我真正认识了他,看清楚了他。他是一位伟大的战士,是一位充满人道主义精神的优秀共产党人!"从此,柯鲁克与白求恩成为志同道合的朋友。

柯鲁克讲述的白求恩的故事,使伊莎白的心灵受到一次强烈震撼。

白求恩的鲜活形象,一生铭刻于柯鲁克夫妇心中。在中国革命与建设需要的时候,柯鲁克夫妇的所作所为,不正是白求恩那一声惊天动地的大吼的一次次历史回声吗?

这枚金光闪闪的"友谊勋章",在伊莎白心中的分量太重了。

它属于伊莎白,也属于为新中国奋斗的那一代国际友人!

爬上房顶玩耍的女孩

1915年12月15日,伊莎白出生在成都四圣祠北街一个加拿大传教士家庭。她的父母于辛亥革命后的1912年来华,深入中国西部,扎根四川成都,以教育者的身份,分别参与创办了华西协合大学(今四川大学华西医学中心)和弟维小学等。生于成都,长于华西坝的人生经历,在伊莎白心里深深烙下了故乡的印记。

关于加拿大布朗家族

"在很久很久以前……"

有关伊莎白的家族史,用得上一句童话故事里最常用的开篇语:"在很久很久以前……"200多年前的十八世纪中叶,英国人老布朗随着开发新大陆的热潮来到北美。1775年爆发了美国独立战争,打了八年,以美国的独立、英国的失败告终。老布朗显然是支持英国政府的,便于1789年移居魁北克。好不容易开垦了一个农场,他又赶上英美1812年战事,不得不放弃新家园,赶着牛车举家再次踏上征途。流浪数年后,1821年,老布朗的儿子——我们姑且称呼他T. B. 布朗先生,倾其三年打工的积蓄,从一名退役军人那里买了100英亩(约40公顷)土地,地点在安大略湖北边。

T. B. 布朗拥有的这100英亩的土地是什么样的呢?

那是一片森林与荒原,有溪流与湖沼夹杂其间。年年岁岁,有雄鹿在水草丰茂的开阔地上以角相撞,争夺配偶;有棕熊东闻西嗅,不怕叮咬，掏吃蜂蜜；有白头海雕低空盘旋；有河狸在塘边嬉戏；有从深蓝色的安大略湖飞来的海鸥，在这片绿茵茵的大地上观光旅游……这里，真是野生动物的自由世界，更是草木疯长的蛮荒之地。

更令人生畏的是这样的蛮荒之地太过辽阔，一望无际！

第一缕炊烟升起之后，T. B. 布朗才知道，野生动物的世界怎能让人涉足！入夜时，野狼现身，那绿莹莹的眼睛让人心惊肉跳。此外，时不时还有美洲豹、棕熊等肉食动物出没……

怎么造房子？怎么种庄稼？怎么纺织衣物？怎么放牧牛羊？怎么在这蛮荒之地立足？布朗家族开始了长达百余年的创业史。

伊莎白的大儿子柯鲁回忆说："2004年，妈妈带着儿孙回到布朗家族180多年前开拓的农庄，参加曾祖父T. B. 布朗200周年诞辰的纪念活动。布朗家的老房子位于安大略省伦敦市南部一个名叫圣玛丽的小镇的附近。我记得这一天是8月4日，曾祖父的诞辰，也是我的生日。这里除了一座教堂和一所只有一间教室的小学校以及一户农舍，周边便是一望无际的玉米地。很难想象，这里曾经是茂密的森林。"

在那次聚会上，伊莎白得到了T. B. 布朗留下的一部家史，里面追述了布朗家族从英国移民美国，后来转入加拿大的经过，其中也包括开发这个农庄的艰辛过程——

这是1822年，我们决定在尼苏里布朗角定居。

这个乡镇只有几户定居者，他们分散居住在很远的地方。我们北边就没有定居者，西边四英里处是乌伦定居点，后来德尔曼在东边三英里处定居下来，摩尔、戴维斯和鲍尔斯住在南边三英里的地方。离我们最近的磨坊和邮局在英格索尔，最近的锯木厂在普特纳姆维尔。所有的房子都是用原木建成的，房顶上盖着从榆树上剥下来的树皮或者是椴木槽（是用斧头把小椴树劈开挖空而做成的）。

我们起初运送谷物到磨坊的工具，是将砍下的树掏空并插上木桩制成的一种箱状物。由于没有车轮，箱状物下面是滑板，再套上一头牛拉动——有了这些，我们就可以载着物资穿过森林。我们还有一辆牛拉的雪橇，是由带有天然弯钩的树加工而成的。这些就是我们在很长时间里仅有的运输工具。这种状况持续了几年，也使得我们拜访邻居或去磨坊都极为不便。

我们开始种植谷物时，唯一能用来去掉稻谷灰尘的是手摇扇子。牛在夏天可以很好地喂养，还有些野生植物可以充当它们的点心。但是在冬天，由于缺少草料，很难喂养它们。我们经常把树砍倒，让它们吃树枝末端的树叶，用这种方式来喂养它们。因为此地有狼，是不可能养羊的。

T. B. 布朗在家史中还讲了他的父亲老布朗大战棕熊的故事。那一天，老布朗正在玉米地干活，忽然听到邻居家的猪发出了惨叫声。他扛着锄头走去想看个究竟。原来，是一头硕壮的棕熊扑倒了一头猪，正在撕咬。老布朗连忙呼喊。棕熊听见了喊叫声，怒吼着向老布朗扑来。老布朗毫不畏惧，抄起锄头，跟棕熊来了一场恶战。结果，棕熊被打翻在地，再也爬不起来了。这件事在当地很快传播开来，老布朗也被视为英雄。这个故事，伊莎白也给她的儿孙讲过，成为家族的经典故事。

布朗家族非常注重教育，在布朗角定居下来之后，便盖了一所学校。虽然只有为数不多的娃娃读书，但他们一直坚持办学，聘老师来上课。在不时能听到野狼嚎叫的广袤田野，从此有了琅琅读书声。

到了十九世纪下半叶,已入晚年的 T. B. 布朗膝下六个儿子、七个女儿都长大成人。尽管没有积累多少财富,但他的家族在当地颇受尊重。

T. B. 布朗的家史里,只有寥寥数笔提到了乡村生活。宁静的夜晚,一家人围坐在一起,和着一把六弦琴,唱得月出云海,唱得宿鸟噤声,在单调与寂寞中寻找到一些乐趣。

1882年,T. B. 布朗喜得孙子,他给孙子起了一个与古希腊大诗人同样的名字:荷马。荷马·布朗就是伊莎白的父亲。

带着一身的泥土气息,荷马高中毕业后,以优异的成绩考入了多伦多大学,他是布朗家族中第一个大学生。他是拓荒者的后代,血液里融入了坚毅不屈、吃苦耐劳的精神,给予子孙后辈深远的影响。

柯鲁说,妈妈很为布朗家族自豪。布朗家族祖上是农民,是一无所有的移民,是善良诚恳的拓荒者。

1915年,饶素梅出生在成都

从十九世纪末到二十世纪初,世界罕有的一次基督教运动大潮汹涌。"到地球上福音未至的巨大空白之地去!"这话激发了许多爱幻想的北美青年。到中国去,更是许多热血青年的首选。

1867年,《英属北美条约》生效,加拿大成为英国的自治领土。之后,加拿大人将7月1日定为国庆日。此时的加拿大,成为基督教运动的重要地区。当时中国沿海地区已建立了多座基督教教堂,英美会、美以美会、公谊会等五个差会经过协商,决定让晚到的加拿大教会在四川的成都、乐山和自贡的三角区之内布道。

荷马从多伦多大学毕业后,完全沉浸在"中华归主"的口号声中,他毫不犹豫地报名参加了"远征"的队伍。经过四个多月的漫长旅程,他终于来到了成都。

伊莎白的二儿子柯马凯谈及姥爷和姥姥的重大决定时说："当时，拥向中国的大约是两种人。一种人是商人、冒险家、赌棍等，他们在本土混得不好，到了印度等地就摇身一变，成了了不起的人物。说得形象一些，像《呼啸山庄》中的希斯克利夫，他走出山区到殖民地去捞了一大笔钱，成了富翁之后，开始疯狂地报复过去的仇人；或者像《欧也妮·葛朗台》中的那个表哥，在殖民地挣了大钱，内心变得非常冷酷。另一种人是理想主义者，比如我的姥爷和姥姥。他们是热情高涨的志愿者，他们以为传播了福音，中国就会变成基督教之国，这显然是不符合实际情况的幻想。"

由加拿大、美国和英国教会创办的华西协合大学，在1910年至1951年毕业的2694名学生中，信奉基督教的不到20%。受到中国学子和民众普遍欢迎的是他们传播的现代医学和自然科学。

1895年始建的四川彭州白鹿上书院，是一座巴黎圣母院样式的美丽建筑。这是法国天主教会设立在四川的传教士培训学院。1913年，荷马和后来成为他妻子的穆里尔·霍基女士一行共八人，从成都来到彭州白鹿上书院，他们将要在这里学习两年中文。穆里尔毕业于多伦多大学维多利亚学院，她和荷马既是老乡又是校友，自然就有亲切感。后来，荷马取了个中文名叫饶和美，穆里尔取了个中文名叫饶珍芳。

有一张照片记录了饶和美和饶珍芳苦学中文时的情景。他们在陋室里，愁眉紧锁，十分苦恼。首先，他们希望能学到实用的中国话，听得懂，说得出，能交流。但一进入中国话的语境，他们就晕了。因为那时没有推广普通话，而方言非常复杂，甚至彭州话与成都话都有不小差别。老师教得吃力，学生学得困难。几年后，最先到成都的启尔德医生，根据自己20年的积累，编辑出版了一本专供西方人学习四川话的书《英格里希绝配百年四川话》，非常实用。近百年过去了，许多当年的四川方言已经成为语言化石，连学者读起来都挠头。由此可知，饶和美和饶珍芳当时学习中文的困难程度。

苦中也有快乐。呦呦鹿鸣，潺潺溪流，砍柴人踩出的森林小路，把一对年轻人引到诗情画意之中。白鹿镇入秋后的风景，更令人想起安大略省满眼的彩林。寂寞单调的生活，使两颗心靠得越来越近。

相知相爱于白鹿镇的饶和美、饶珍芳走进了婚姻的殿堂。按当时教会的规定，一旦结婚，女方将成为义工而完全失去薪酬。这样，整个家庭的经济得由饶和美独自支撑。为此，伊莎白成年之后，多次为妈妈打抱不平："我妈妈是多么优秀的女性——她是多伦多大学最优秀的学生之一，银质奖章得主，无论是学识还是能力，都非常突出。这样的规定，对我妈妈太不公平了！"

饶和美在华西协合大学教育学院任教务长。饶珍芳热心于教育事业，先后参与创办了弟维小学、第一所蒙特梭利幼儿园（今成都市第十一幼儿园）和盲聋哑学校（今成都市特殊教育学校），并于1919年至1922年在弟维小学当校长。

弟维小学初办时在广益坝，两年之后在箕门街建新校舍，直至今天。

广益坝就是现在的华西坝光明路宿舍区，是华西坝的重要组成部分。追根溯源，华西坝是成都的一块历史文化宝地，相传为蜀汉都城的"中园"旧址，是刘备游幸之地。近代文人林山腴有"中园旧说梅林胜""冶春故事记中园"等诗句。此地又是五代时期蜀王孟昶的后花园。而早在唐代，这里便有一大片梅林，每到冬季，蜡梅一开，白梅、红梅、粉梅、绿梅便次第开放，香气随风远播，吸引了众多达官贵人、文人墨客。更有数株百年老梅，铁枝盘曲，矫若游龙，花盛时如满天繁星，花落时如大雪纷飞。宋代大诗人陆游有"蜀王故苑犁已遍，散落尚有千雪堆"之佳句。直到二十世纪初，华西协合大学建校，在此地修建广益学舍，才将这一片梅花盛开的野地命名为广益坝。到了抗战后期，著名学者陈寅恪一家入住广益坝的小洋楼，陈寅恪在广益学舍授课，学生挤爆了讲堂。不少学生在回忆录中都提及广益坝令人怀念的梅林。

1915年12月15日，广益坝的第一枝蜡梅含苞待放之时，饶珍芳在四圣祠北街的家中顺利生下了一个漂亮的女婴，夫妻俩给她起了个英文名：Isabel（伊莎白）。起个什么中文名字呢？夫妻俩想起广益坝上引领各色梅花次第开放的最素净的蜡梅——对，就叫她素梅吧！

荷马——与古希腊大诗人同名的饶和美先生，给女儿起了个文化内涵极其丰富的中文名。一份延续百年的深厚情缘，就从这品格高尚、矢志不渝的素梅开始了！

爬上房顶玩耍的女孩

4岁时，伊莎白被爸爸妈妈带到加拿大，交给姥姥姥爷抚养。1921年，伊莎白6岁时，爸爸妈妈、姥姥姥爷带着她和两个妹妹从加拿大回到成都。

伊莎白长得很结实，身体特别棒。她不晕船不晕车，能吃能睡，四个多月车船劳顿，却整天乐乐呵呵的。她爱发问，只要是看不懂的，就不停地问，一路上长了不少见识。

到了华西坝家中，伊莎白就应该上小学啦！

在当时，随着华西协合大学的发展，加之大批医学、教育传教士入川，他们的子女上学就成了问题。远涉重洋，送子女回国读书是一种很不现实的选择。1909年3月9日，华西加拿大学校在成都四圣祠北街一座平房开学，当时共有五个学生，其中四个是加拿大人。这五个人中有后来成为著名和平使者的文幼章和他的兄弟。

1915年，一座古朴典雅、中西合璧，完全按加拿大标准创办的全日制学校在华西坝开建，学校全称Canadian School in West China（华西加拿大学校），简称"CS"。学校的学生自称是"CS孩子"。这个可爱的称谓，已经沿用了100多年！

伊莎白一走进"CS"，就发现许多同学的中国话比英语更流利，英语反而成了外语。只不过，每个同学讲的中国话都有差别。这是怎么回事？在《华西有所加拿大学校》一书中，有如下生动的描写：

> 这些加拿大人完全融入了四川普通人的生活，他们在这里安家、学习、工作，在古老的川西平原生儿育女。
>
> 在成都、灌县（今都江堰）、峨眉山，或是重庆、自贡、乐山……随着一声声婴儿的啼哭，一个个"洋娃娃"呱呱坠地。
>
> 这些"洋娃娃"一出生，就注定与中国的语言、文化、风俗习惯及生活方式密不可分。他们的第一语言——中文，来自他们的中国厨师和"中国大娘"（保姆）；他们在箩筐、背篓和木质小摇车里渐渐长大；他们与中国娃娃一起做游戏、玩泥巴、滑滑梯。从嗷嗷待哺到蹒跚学步，与他们朝夕相伴的"中国大娘"是他们另一意义上的"母亲"。"中国母亲"淳朴善良的品质影响了他们一生。

当年的"CS孩子"，而今年近九旬的尼尔和黄玛丽，在"CS"聚会上所唱的儿歌，竟完全不同。

尼尔的"中国大娘"是荣县人，教他的是口音浓重的荣县儿歌：

> 老公鸡，老公鸡，
> 张开翅膀啪、啪、啪；

不怕，不怕，就不怕，
不怕跟它打一架！

黄玛丽的"中国大娘"是仁寿人，教她的是口音浓重的仁寿儿歌：

一个麻雀一张嘴，
两个眼睛黑黝黝，
一双脚板儿朝前走，
一只尾巴儿在后头。

而伊莎白和其他所有"CS 孩子"都会唱成都儿歌：

洋娃娃，睡凉床，
没得铺盖盖衣裳，
打开帐子哭一场！

四川儿歌，几乎是"CS 孩子"牙牙学语时跟着"中国大娘"学唱的人生的第一首歌，哪怕地老天荒，也不会遗忘。

特别值得一说的是，"CS"在华西坝，又叫作"弟弟学校"。热情宽厚的成都人，对"弟弟学校"的娃娃是另眼相看的。年近九旬的陈大卫回忆说，他七八岁时，经常独自溜上街，糖果店老板见到金发碧眼的"洋娃娃"，总是笑脸相迎。陈大卫用纯正的成都话问一句："老板，牛筋糖好多钱一根？"老板乐得哈哈笑，竟然不收钱，硬要送一根给他品尝。有时，遇上了街边摆小桌吃饭的一家人，赞一句："你们家的菜好香啊！"立即有人递过筷子，请他尝一尝刚端上桌的菜肴。不仅是陈大卫，所有的同学都有这样的体会——"成都人，把我们这些'洋娃娃'当成自己家里头的人了。"

大环境如此，华西坝的西方人士，彼此是同事、朋友，还有办好华西协合大学的共同目标，再有历经千山万水的友谊，娃娃们一起长大，情同手足，所以"CS"的气氛非常融洽。

学校将英国哲学家、社会学家赫伯特·斯宾塞的快乐教育思想贯穿始终，学校的学制和课程安排与加拿大本土同步。上午的两门课是英语和数学，下午的课程是手工、劳动、体育、音乐等。学生们生活在华西坝，同时受到了东西方文化的熏陶，充分吸收了多元文化的养料，所以"CS孩子"人才辈出是自然而然的事情了。

"CS"有一位魅力十足的黄素芳老师，1898年出生于成都。她是华西协合大学创办人之一启尔德的大女儿，教西方文学、历史、戏剧等课程。她熟知莎士比亚，热心于组织学生们排练演出舞台剧，还亲自设计服装。她组织排演的《吉卜赛女郎》给"CS孩子"留下了深刻印象，成为几十年后回味无穷的话题。

黄素芳的丈夫黄思礼，在"CS"担任了25年校长。他非常热爱中国文化，对唐代大诗人王维情有独钟，颇有研究，著有《田园诗人王维》，还与人合作翻译并出版了《王维诗集》。他努力将中华文化的精髓引入教学之中，组织学生们学习中国书画、鉴赏诗词、收集春联、参观古迹、走进庙宇、制作风筝、品评川菜等。他还让学生们背珠算口诀——在"CS"，珠算是一门必修课。

在校长的影响下，"CS孩子"不仅对中国文化兴趣很浓，而且个个都变成了"中国胃"。每周周三的午餐和周六的晚餐时间，他们总是早早地来到食堂，等待着每周两次供应的中餐。回锅肉、麻婆豆腐、锅巴肉片等色香味俱全的川菜，自然成为他们一生的至爱！

伊莎白在"CS"这座快乐的学校，快乐地学习与生活。她突出的运动天赋，也得以充分展现。她喜欢游泳、爬山、划船、远足等。运动，既锻炼了意志，又增强了体魄。她的健康长寿，充分证实了"生命在于运动"这句至理名言。

中国的电视观众看到103岁的伊莎白在北戴河海水中很享受地游泳时，都赞叹不已。她是什么时候，在哪里学会游泳的？

"CS"旁边有一个游泳池，那是"CS孩子"乱扑腾、初次下水学游泳的地方。在水网密布的华西后坝，一条河连着磨子桥的桃子堰，接着流向桩桩堰、剪刀堰，在青春岛（其实是"几"字形的河湾中一块三面环水之地）形成宽阔水面。那里水平如镜，芦苇青翠，沙滩松软，水鸟成群，是年轻人最爱的集聚之地，更是"CS孩子"结伴畅游的好去处。再有，伊莎白家后门外就有一条小河，划一条小船可以划到锦江，划到九眼桥、望江楼。可以说，伊莎白是从成都的河堰游向大海的。

在伊莎白的童年，最引起轰动的事件是，她爬上了房顶玩耍。

在此之前，伊莎白曾和妹妹将很粗的毛竹竹竿的两头拴在树上，然后像走平衡木一样在竹竿上来回走。竹竿越拴越高，伊莎白的胆子越练越大，觉得走竹竿不过瘾，于是想跑到房顶上"表演"。

多雨的成都，年年维修房屋都要"捡瓦"，就是请捡瓦师傅上房，把裂缝的、已碎的瓦换掉。一次，伊莎白放学回家，见一座楼房旁搭着一架长长的竹梯，捡瓦师傅也不知到哪里去了，便怀着好奇心，矫捷地从梯子爬上房顶，又一步步走向屋脊。屋脊是平平整整的一根"平衡木"，跟练体操的平衡木差不多。她双臂张开，在"平衡木"上大胆地走来走去。哇！真是太刺激，太开心了！

有人发现伊莎白上了房顶，忙不迭地叫来了饶珍芳。楼下的人越聚越多，都不敢喊叫，只怕一喊会让房顶的"体操运动员"受到惊吓，反而危险。

"观众们"心惊胆战，盯着伊莎白在房顶玩"平衡木"。直到她玩够了，从竹梯上下来，"观众们"才敢报以热烈的掌声，而那个捡瓦师傅早吓得面如土色了。原来他离开时，没将梯子挪开，若出了事故，他承担不起啊！

这一年，伊莎白10岁，还是个小学生。

这以后，她多次爬上房顶玩耍。

饶和美夫妇对伊莎白的冒险行为没有任何责备，心中还在暗喜：女儿平衡感很好，没有一点恐高症，身体素质太好了！

十几年后，伊莎白走向藏羌村寨做田野调查，贴着岷江河谷的峭壁，在"鸟道"上挪动脚步，从容镇定，没有一点闪失，真可以说：胆量是从小练出来的。

在"大课堂"认识中国

早在1911年，美国《国家地理》杂志发表了记者、作家罗林·夏柏林的文章，称赞成都平原是"东方伊甸园"。他在《登临中国西部的阿尔卑斯山》一文中说，成都平原到了4月初，正是油菜开花的季节，"金黄色的油菜花，满坡满地，触目皆是"。他称赞道："这也许是整个大地最美的时刻，是美的巅峰与极致！"

这是最美的春天，最好玩的日子。学校放春假，组织学生们去灌县，观看都江堰放水节——这是延续了两千多年的仪式。伊莎白和她的同学们，在油菜花的海洋中疯跑。

岷江两岸，早已是人山人海，旌旗如云。一阵鼓乐之后，先由主祭率全体祭者向李冰塑像三鞠躬，祈愿一年风调雨顺，五谷丰登。当主祭发令"开水"时，两岸敲锣打鼓，燃放鞭炮，欢声雷动。身强力壮的堰工们挥斧砍断连接杩槎的竹索。紧接着，河滩上的人群使劲拉绳，阻挡江水的杩槎散开倒下，岷江水立刻涌入经岁修后的内江，从宝瓶口倾泻而下，去浇灌富饶的成都平原。此时，年轻人跟着水流奔跑，并不断用石头向水流的最前端打去，称为"打水头"。伊莎白和其他"CS孩子"也跟着水头跑了一程，乐得哈哈大笑。这是放水节激动人心的高潮。

为了让学生们了解中国，黄思礼校长认为，课堂上讲的内容十分有限，应当开放中国社会与自然环境的"大课堂"，让学生们自己去观察、思索、分析、判断，这会更有利于他们成长。

参观了放水节之类的活动之后，每个学生都要写一篇作文。作文选登在学生自办的油印《CS杂志》上。由于时间久远，未能在残缺的《CS杂志》上找到伊莎白的作文，但还是可以从仅存的其他同学的作文中了解到"大课堂"的学习效果。

下面是伊莎白的同学、出生在灌县的"CS孩子"布鲁克曼·布雷斯的描述：

> 灌县类似一个水城，在成都西北约34英里处。灌县闻名在于它是成都平原灌溉区的源头，这里的水利工程由李冰父子率民众于公元前256年设计建造。灌县有个非常热闹的仪式叫作"放水"。在地方官员的监督下，水可以流进不同的河道去灌溉平原大坝。农民一年可以种植几次庄稼，这确实是一片神奇的土地。

另一位同学贝蒂·布里奇曼在参观了武侯祠之后，写道：

有一句中国谚语与我们英国的谚语意思非常相近。英文谚语说:"说到天使,你会听到天使翅膀扇动的声音。"而中文则说:"说曹操,曹操到。"

而牛顿·海耶斯同学在他的《中国龙》一文中,是这样写的:

在中国,到处可以看到线条优美、体态匀称的龙。它被画在丝绸和瓷器上,被雕刻在木头上,被刺绣在绸缎上,被铸造在青铜器上,被雕刻在大理石上。中国民俗充满了数不清的龙的神奇传说,皇上的宝座叫作龙椅,皇上用的毛笔叫龙笔,皇上穿的礼服叫龙袍。许多中国古代杰出人物的传说都与龙的出现有关。

另一篇写竹子的文章,更显出"CS 孩子"观察之细微。文中写道:

四川的竹子有无尽无穷的用途。老妇用竹子的干笋壳做鞋底,美食家用鲜竹笋烹制美味,盐业以它做盐水管道,家具制造商则广泛用竹子制成各种实用的家具。春季博览会(指每年春季青羊宫的花会)上有上百种用竹子做的小器具,非常漂亮。

竹子优雅而美丽,无论是反射在稻田里还是在月光映照下的竹影,都令人难以忘怀。竹林总是围绕着农舍,美丽和实用结合,是那个时代中国的特征。

"竹林总是围绕着农舍,美丽和实用结合"是对川西农村林盘环绕民居的准确描绘。由于了解而更加热爱,伊莎白的同学如此,伊莎白更是如此。

伊莎白在"CS"读了小学和高中,从1921年至1932年的十多年之中,除有三年多回到加拿大上初中外,她的大部分童年与少年时光都是在华西坝度过的。开放的课堂,丰富了她对中国的感性认识。

回忆往日时光,最让她难忘的还有白鹿镇。

白鹿镇,梦开始的地方

白鹿镇,留下了饶和美夫妇相识、相爱的永久记忆。当时,华西坝的很多外教一放暑假便携家带口,南下峨眉山消夏;而饶和美一家,则喜欢去白鹿镇避暑。那里森林茂密,溪流纵横,鸟鸣幽谷,蝉声如潮,野花芳香,凉风习习。从闷热的大城市走进白鹿山里,顿觉空气沁人心脾,一身清爽舒适。

山悠悠,
水悠悠,
白鹿顶上路悠悠……

这首儿歌唱了100多年了。伊莎白,还有她的两个妹妹,从蹒跚学步到健步如飞,在白鹿山留下密密麻麻的足迹。比一比,看谁先登上海拔1700多米的白鹿顶?爬山,是三姐妹经常性的体育项目。

那里的山中有不少溶洞,最大的是五龙洞。五龙洞中,一根根巨大的石笋如东海龙宫的巨柱,一条条下垂的钟乳石如上帝厨房的奶酪。洞中非常凉快。一家人有说有笑,铺上油布,席地而坐,在洞口野餐,真是惬意。

山中还有溪流,踩水戏水,更是凉爽好玩。还可以观察到小螃蟹是如何钻洞的,小鱼虾是如何觅食的。有时还能拾到红红绿绿、花纹独特的小石头呢。

在白鹿镇的每一天,三姐妹都能找到乐子。

镇上有个水缸铺,大小瓦罐瓦缸摆了好大一片。朝大罐里喊叫,瓮声瓮气的回音逗人发笑;而钻进大瓦缸唱儿歌,瓦缸又成了"留声机"。

白鹿镇有网球场,可以打网球,还有一个超大水桶,那是伊莎白姐妹儿时"划船"的练习场。

别看伊莎白蹦蹦跳跳,很不安分,可是,只要是她感兴趣的事,她肯定能静下心来做。比如,她要想亲眼看到一朵蔷薇是怎样盛开的,便从早上坐到中午,直到黄昏,几个小时细心观察,非常认真。

伊莎白还注意到爸爸——在故乡干过多年农活的饶和美,对乡村生活很怀念。他常常停下来看农民赶牛犁田、收割庄稼,还常常对中国农民的吃苦耐劳感叹不已。

伊莎白还注意到姥姥一直在资助家里的厨师,让厨师的小孩能够上学。

一个星期天,因为在上书院争领圣餐,几个脾气火暴的教民扭打起来,伤了人。幸好有华西协合大学附属医院的医生在白鹿镇休假,赶紧为重伤者紧急治疗,才没有造成人员死亡。当天晚上,饶和美夫妇一家围坐在餐桌旁,心情十分沉重。

厨师说:"山里人啊,说实在的,太穷了!有的人,一辈子能吃上苞谷、红苕,能吃饱就算好得很啰。听说上书院有洋白面做的面包,咋个不想吃嘛,喉咙里都伸出手爪爪了。"

厨师还说,几年前,给上书院做饭的厨师把一桶潲水给了邻居,邻居竟然从潲水里捞到没有啃干净的鸡骨头和带毛的肉皮子,一家人吃得欢。没料到一个小男孩急着吞咽,一块骨头卡在了咽喉,一家人慌了手脚,又是猛拍后背,又是拿手指抠,眼睁睁地把一个娃娃"医"死了。死者家人上彭州找官府喊冤,说是害死娃娃的鸡骨头来自上书院。上书院的传教士吓了一大跳,又是赔丧葬费又是送抚恤金,才算平息了一场风波。

这一夜,伊莎白翻来覆去睡不着。

从童年到少年,她看到了中国自然风光的美丽,也看到了老百姓的贫穷和苦难——

她目睹了衣衫褴褛甚至衣不蔽体的纤夫,在三峡的悬崖峭壁上,拉着长长的纤绳与江水抗争,随时都可能有悲剧发生。纤夫们艰辛的付出,得到的是菲薄的血汗钱。还有码头的苦力、茶马古道上的脚夫,他们像牛马一样卖命,却过着猪狗不如的生活。

但是,他们那么穷,还吸鸦片!看到纤夫、苦力们宁可不吃饭,宁可无衣穿,每天都要蜷缩在烟灯前,拼命地吞云吐雾时,她不知道该说什么好。她知道他们当中的许多人,失去了土地,抛弃了家庭,吸鸦片成了唯一的解脱方式……

这个世界啊,太不公平了!

伊莎白多次去妈妈参与创办的盲聋哑学校,帮助妈妈做一些力所能及的事情。学校的每一个学生,都有令人心酸的经历:有的天生双目失明,有的仅仅因"火巴眼"得不到医治而变成盲人,有的被一次高烧害得又聋又哑,有的则因老叫花子为博取同情故意加害而变得残疾……他们有的是从路边捡来的,有的是被穷困的父母送来的,有的是自己摸上校门,只为求一条活路……

妈妈饶珍芳说:"维克多·雨果只写了一部《悲惨世界》,而盲聋哑学校的每一个学生,都有一部他们自己的'悲惨世界'!"

去白鹿镇三天的漫长路途上,看到抬滑竿的脚夫得到赠予的食物后狼吞虎咽的样子,伊莎白觉得很心酸。她家的厨师说:"饶小姐,你能看得到的不是最苦的,还有比他们更苦的人,你根本不晓得!"

充满爱心的伊莎白,经常做一些梦:吸食鸦片的苦力戒了毒,变得朝气蓬勃,容光焕发;盲聋哑学校的学生恢复了视力、听力和语言能力,过上了好日子……她总觉得自己有能力,使这个世界少一点黑暗,多一线光明,少一些冷漠,多一些温暖。

为什么如此怀念白鹿镇?

那上山下山弯弯曲曲的盘山路,预示了她的一生要经历坎坷,要不停地攀登。

后来,无论是做人类学家,还是做新中国英语教学的拓荒者,白鹿镇,都是少女伊莎白梦开始的地方。

就这样,告别了少女时代

1930年5月30日晚,漆黑的夜幕低垂。华西协合大学副校长、化学系主任苏道璞,在赫斐院附近遭到三名歹徒袭击,被抢走一辆"兰令"牌自行车。苏道璞被路过的学生发现时,已经奄奄一息。由于受到多处致命伤,经抢救无效,他于两天后不幸身亡。

那痛苦的日子,华西坝许多人都在为苏道璞祈祷。苏道璞的小女儿和小儿子,在"CS"上小学和幼儿园,是伊莎白天天见面且非常熟悉的小妹妹和小弟弟。一想到他们,伊莎白就难过得痛哭失声。

弥留之际,苏道璞对他的妻子断断续续口述了遗嘱:"代我要求学校转告中国政府,不要因为我受重伤引起中英关系的恶化,不要让英国政府出面干预,这是我的恳求!"

当时的英国报纸反复强调,那一天是"五卅惨案"五周年纪念日,这是中国人对英国人的报复行为。硬对一桩刑事案件做政治解读,这是苏道璞最为担心的！苏道璞从歹徒手握扁担就猜想到，他们是农民，非常穷困、愚昧，根本不知道什么"五卅惨案"和政治报复，更不懂法律。他们是在偷盗自行车时，被苏道璞撞上了，才动了杀机。

苏道璞的遗嘱还说："希望中国政府不要处死凶手，以免他们的妻子成为寡妇！我家死了一个人，全家都会痛苦不堪。我希望政府不要枪毙人，造成更多家庭的痛苦。"

苏道璞的遗嘱震动了华西坝：天底下竟还有这样宽容歹徒的受害者！如此大爱，深深地感动了古老的成都。

成都公谊会和华西协合大学为苏道璞举行了隆重的追悼会。四川省、成都市的官方代表，以及华西协合大学和"CS"的师生，手持鲜花，列队走向灵堂，向苏道璞告别。

灵柩上的花丛，呈现出一个巨大的"V"形，这表明伟大的博爱战胜了死亡。

伊莎白注意到了，所有的人——包括美国人、英国人、加拿大人、中国人，每个人的眼里都饱含着泪水。那些泪水，都饱含着同样的悲痛、同样的缅怀之情。那些泪水，是不用翻译的共通语言。

苏道璞之死，引起"CS孩子"热议。有人认为"饥寒起盗心"，是贫穷——极度的贫穷，给犯罪提供了温床；有人认为苏道璞从不坐滑竿、轿子，对中国底层老百姓相当尊重，反而被杀害，太让人想不通了。而伊莎白认为，苏道璞是个高尚的人，他赢得了所有人——包括中国人、西方人最大的尊敬。苏道璞这样的前辈，是学习的榜样！

伊莎白通过父母、同学和朋友，收集到许多有关苏道璞的故事。

苏道璞与陶维新兄弟是挚友。陶维新的父亲亚当·戴维森是英军下士，曾随英法联军打进圆明园。亚当目睹了"文明国家的军队"纵火、抢掠、破坏，在财宝面前，突然撕破面具，变成贪婪的魔鬼，听到了挤在安佑宫的几百名太监、宫女、工匠葬身火海时的声声惨叫。回国后，亚当加入了公谊会，立誓要帮助中国人民解除痛苦，救赎自己参与战争的罪恶灵魂。因为自己身体有疾，他便将四个儿子先后送到中国，并一再叮嘱儿子们，要一心一意为中国人做好事。他的观念，深深地影响了苏道璞。

1926年9月，英国军舰炮轰万县，制造了"万县惨案"。1927年2月，苏道璞应邀在英国议会发表演讲。他慷慨陈词，用一连串的数据，揭露了英国军舰在中国内河耀武扬威，掀翻中国船只，挑起事端的过程。他坦诚地说道："我们在中国办医院办学校，用矢志不渝的努力，希望能得到一点人心。刚刚取得一些成绩，就被大炮给轰得所剩无几！"最后，他呼吁："我们必须平等地与中国相处，加深了解，相互信任，这才是联合王国应有的立场！"

记者们评议，苏道璞指出了英国应有的立场，而他的立场呢？他是一直站在中国人的立场，为中国说话的。后来，英国出版了一本有关苏道璞的传记，书名就是《他几乎就是一个中国人》。

在热议苏道璞的日子，伊莎白每天都在回忆、思索。痛苦使伊莎白成熟起来。少女时代，在不知不觉中结束了。

1932年，伊莎白远涉重洋，进入了爸爸妈妈曾经就读的多伦多大学。伊莎白回忆在多伦多大学的生活时说："我没能像妈妈那样，成为学习成绩非常优异的尖子生，但我是体育运动爱好者，还是校冰球队的队员。"

多伦多大学的六年时间一晃而过。伊莎白学的是儿童心理学，完成本科学业读硕士研究生时，她选修了最喜欢的社会人类学课程。

每当静下心来，她总会想起生活在多灾多难的中国的底层民众。有一个声音仿佛在她耳边说："还有更苦的地方，你不知道，还有更苦的人，你不认识！"中国正在酝酿着巨变，作为有理想、有抱负的社会人类学者，应该前往"历史正在发生的地方"。

1938年，伴随着抗日战争全面爆发的战火，23岁的伊莎白回到了故乡成都，回到了华西坝。

遥远的赵侯庙

所谓"遥远"，其实不是地理上的距离，而是一种心理距离。

大渡河畔曾有一座祭祀三国时期蜀国顺平侯赵云的庙宇，后来发展为一座彝族村庄，就叫赵侯庙。1939年3月，作为人类学研究者的伊莎白，翻山越岭走了六七天，来到赵侯庙。

伊莎白走向藏彝走廊，有抗日战争这个重要的历史背景。她所受到的挫折，为她此后若干年的人类学田野调查提供了宝贵经验。

葛维汉说藏彝走廊

1938年夏天，伊莎白不顾加拿大亲友的劝阻，毅然回到战火中的中国。那时的成都，已经开始跑警报了。伊莎白仿佛不懂得什么叫惧怕，一切按照心中的想法执行。

"叮当 —— 叮当 ——"校南路7号，饶和美家的门铃响了。

"大卫！"伊莎白开门迎客。是邻居大卫来了，笑声立刻感染了全家。

大卫就是华西协合大学博物馆馆长葛维汉，他瘦高个，如一根打枣竿子。他常引以为豪的是："我是一名链球运动员，还是撑竿跳高冠军。我在大学时创造的撑竿跳高纪录，至今仍未被打破！"

门一打开，一束阳光照射在伊莎白蓬松的秀发上，散发出金子般的光泽。葛维汉眯缝着眼睛,像欣赏一幅油画一样欣赏着高挑、美丽而笑起来又甜蜜无比的伊莎白:"天哪,真是太美了!"

饶和美与葛维汉两家有着一个共同之处,那就是只有女儿没有儿子。

饶和美家有三个公主,葛维汉家有五朵金花,若是算上收养的十个中国女儿,葛维汉就有十五个女儿!欣赏女儿,成了两家父母的习惯。葛维汉在回忆录中写道,刚生下一个女儿,夫人就问:"我的女儿是不是特别可爱?"当然,饶和美谈到自己的女儿,也不无得意地夸耀:"我的女儿,真是特别可爱啊!"

1933年8月下旬,饶和美夫妇沿岷江河谷探险,与葛维汉在茂县叠溪相遇后又分手。8月25日下午,叠溪大地震爆发,场镇在轰天雷鸣中被劈成两半,一半崩裂,几千人坠入岷江,真是惨烈。发生地震时,他们都不在叠溪。震后,葛维汉和饶和美都很担心对方安危,心里一直牵挂着,得知对方无恙后两人才放下心来。两位老朋友从此有了同生死共命运的感觉。

葛维汉从1911年携妻子踏上中国土地到1932年成为华西协合大学博物馆馆长,经历了倒袁护国战争和四川军阀混战,在枪林弹雨中度过了20多年。1934年,由他率队在广汉首次发掘三星堆遗址,取得初步成果。他的丰富经历化作了娓娓道来的故事,如香气浓郁的咖啡,让饶和美一家特别"上瘾"。葛维汉还下功夫收集苗寨和羌寨流传多年的民歌和民间故事,有时还会模仿苗寨歌手唱情歌,让一家人笑得前仰后合。

相对于白雪公主、青蛙王子这一类虚构的童话,华西坝流传的有关葛维汉的故事,在伊莎白的少女时代,就是一个个真实而鲜活的"童话"。

在《华西边疆研究学会杂志》上,葛维汉是发表论文最多的作者之一。伊莎白一想到他写作时,不是用一只手拿笔写,而是用左右两只手的食指敲打字机,就觉得有些滑稽。中国武功之中,有一绝活叫"一指禅",就是凭借一指之力,支撑倒立的身体的全部重量。难道葛维汉是在键盘上玩"一指禅"吗?

葛维汉用"一指禅"在键盘上急行军,是想尽快地把华西边疆研究的最新成果告诉世人。

1922年3月24日,伊莎白还在华西坝的加拿大学校上小学时,华西边疆研究学会就宣告成立。发起人全是华西协合大学的教授,如体质人类学家、解剖学家莫尔思,文学院教授布礼士,理学院教授、首任华西协合大学博物馆馆长戴谦和,医学人类学家胡祖遗等。荣誉会员有扎根于打箭炉(今康定)的地理学、宗教学研究专家叶长青等。伊莎白的父亲饶和美、母亲饶珍芳分别于1923年、1930年入会,成为积极的参与者。

更早一些的1916年,在成都生活的外国人、传教士和外交官中,已经有了学术交流圈。他们在布礼士家中成立了"双周俱乐部",饶和美也是俱乐部的成员。俱乐部举办了各种小型报告会,目的是最大限度地了解本地社会与文化。

"双周俱乐部"为华西边疆研究学会的成立奠定了基础。

首任会长莫尔思坦诚地说,成立学会只是单纯地出于对知识的渴望和对未来的好奇,学者们只是谨慎地希望能为人类共有知识文库增加一点自己的贡献。

莫尔思还特别强调探险精神。他说,探险精神是人类的天性之一,出于"人对人的兴趣"。他还说,要用人类学的方法来研究这里的人民,并从科学的角度来研究他们所在的地区,要在世界上现有人类和地域学的基础上添砖加瓦。

1920年至1922年，莫尔思、叶长青、赫立德等学者曾两次组织到川西高原探险。一次是从灌县沿岷江上溯至杂谷脑河，深入藏羌山寨，直到四土（今马尔康）；一次是从雅安越大渡河，经瓦斯沟进入打箭炉，走进塔公草原。两次探险，让这一批西方人类学家、历史学家、地质学家、生物学家大开眼界，惊叹不已。葛维汉接替戴谦和出任华西协合大学博物馆馆长之后，以更大的热情推进华西边疆研究。学者们将研究重点放在了岷江、大渡河一带的藏彝走廊。

在抗战的炮声中，中国的大学由沿海和北平（今北京）、南京纷纷内迁，华西坝大师云集，华西边疆研究学会顺应形势发展，大量吸纳中国学者参与，得到了空前的发展。还有一个中国学者们心知肚明却未说破的原因，那就是四川成为抗战大后方，战略地位空前提升，大后方的大后方又在哪里？从政府到民间，都急于弄清川康、康藏地区自然与资源状况。除了学界，政府也积极组织各种考察。

葛维汉已经十几次深入藏羌地区，他的"江湖故事"给即将走向人类学研究的伊莎白提供了许多鲜活经验，他敢于冒险、勇于探索的精神深深地影响了伊莎白，也为伊莎白树立了榜样。

在多伦多大学读书的伊莎白，所修的专业是儿童心理学。因为父母都是教育工作者，这仿佛是顺理成章的事。但天生好奇又好动且关注社会底层的伊莎白，兴趣在发生变化。那时，美国《国家地理》已经是精彩纷呈、影响极大的杂志。美国人约瑟夫·洛克撰写的关于"女儿国"与东巴文化的长文，深深吸引了伊莎白。在多伦多大学图书馆，她读到了《华西边疆研究学会杂志》，一翻开，好多熟悉的名字——他们从各个领域展示出中国西部的丰富、神奇与美丽。

不解之谜就是最大的诱惑。读研究生时，伊莎白转变了攻读的方向，选修了社会人类学。学成后回到成都，相关教会批准了她的申请，资助她进行社会人类学的田野考察。

妈妈饶珍芳深知，"蜀道之难，难于上青天"，那挂在悬崖上的路，多么难行；在那与现代文明隔绝的村寨，生活上将会多么困难！但是，女儿决心已下定，出发在即，妈妈只好说："鸡妈妈生了只小鸭子，除了把它引到水边，还能做什么呢？"

在饶和美家，葛维汉喝着喷香的咖啡，热情鼓励着伊莎白："陶然士的夫人伊丽莎白——就是那个夏莲茹，还有60多岁的英国旅行家伊莎贝拉，都走进了杂谷脑河谷，也都没有问题！凭你这个冰球运动员的体魄，爬更高的山，蹚更多的急流，就更不成问题！"

多次走进岷江河谷的葛维汉，感到一股"后浪推前浪"的力量。想想自己，25岁才走到上海港，头脑中有关中国的历史文化知识还是一片空白；而23岁的伊莎白，跨出人类学研究的第一步，就直接触摸几千年历史文化的根脉，这个女孩是多么幸运啊！

滴酒不沾的葛维汉，如同手持盛着葡萄美酒的夜光杯，举着咖啡杯说："伊莎白，你一定会成功！"

翻过泥巴山，遥望贡嘎山

1939年3月，一个风和日丽的日子，伊莎白和熟悉彝族地区的美国传教士艾玛·布罗德贝克，各骑一辆自行车，后架上捆着行李包，从成都出发，一路朝南，直奔雅安南边的彝胞聚居区——汉源县顺河乡赵侯庙。

经金陵大学（今南京大学）的友人介绍，伊莎白决计去找中国学者马长寿，他正在彝族地区做川康民族考察。葛维汉也认为，马先生田野调查经验丰富，伊莎白可以向他取经，做人类学调查的初步尝试。

这是成都平原上最美的季节。阳光下的油菜花，像一片耀眼的金黄色海洋，散发出一阵阵浓烈的香气。十白条河流沟渠，一放纵起来就激情涨满，春水盈岸，乐得成群的鸭儿们"嘎嘎嘎"地大叫。伊莎白凭着身高腿长，把自行车蹬得飞快，胖胖的艾玛在她身后紧追不舍。成群的小蜜蜂飞来飞去，耳边不断响起"嘤嘤嗡嗡"的声音。她们俩像燕子一样，在春风中低飞，再低飞。不时有农家院中飞出的花雨，飘飘洒洒，让她们禁不住回头张望。

双流至新津，有几个乡镇正逢赶场天。狭窄的公路，被鸡公车（独轮车）、架架车、骡马队和背背篓、挑担子的行人挤得满满当当。不时还有卡车开过，性急的司机猛按喇叭，仍难免走走停停。幸亏艾玛熟悉情况，从公路旁的小路绕过，避开了阻塞。

到了新津古渡口，撑摆渡船的老板见是面熟的女传教士，要免收乘船费。艾玛谢过老板，硬将乘船费付了。艾玛说："我们两架自行车一摆，已经占了位置，让你的船少载了人，你已经吃亏不少，咋个能不收费呢？"

骑了两天自行车，终于到了雅安。有时是人骑车，坑洼不断，震得双臂发麻，蹬得两腿酸痛；有时是"车骑人"，泥泞难行，只得把行李背在背上，把自行车扛在肩头，踩着稀泥往前走。

出了雅安尽是山路，只能放弃自行车步行。烟雨朦胧中，崇山峻岭布下无数隘口，将要考验初次出征的伊莎白。

从雅安到荥经、清溪，再到富林，得走四五天。

从雅安翻过麂子岗，到黄泥村时天色尚早，艾玛就对伊莎白说："早点歇息吧，明天要翻泥巴山，那又黏又滑的泥泞路会耗尽你的精力。"

近千年来，凡是有关泥巴山的记载，都有最难走、最危险的描述。

其实，泥巴山主峰海拔仅有3300米，并不算高。但是，它占据着华西雨屏核心位置，暖暖的东南风吹来的浓积云被它"屏"住，导致这里四季雨雪不断，年降水量高达2700毫米。入冬后，山上积雪经人踩踏，结成厚厚的"桐油凌"，稍有不慎，连人带货便滑下山崖，尸骨难存。进入夏季，暴雨夹着山洪，轻而易举地毁路断桥，让人进退两难，苦不堪言。

多次翻越过泥巴山的艾玛，指着山崖下面对伊莎白说："不知道有多少人和骡马葬身在这些深渊里。夏天的晚上，只要天晴，就会有一闪一闪的磷火，中国人说是鬼火，很让人害怕。"

她俩不知摔了多少跤，终于走到了海拔2552米的泥巴山垭口。脚下是一片云海，视野顿时开阔起来。这时，天已放晴，艾玛对伊莎白说："你看，那就是贡嘎山。"

只见那云海之上，一排雪山露出头顶，而贡嘎山却比它们高出半个身子，昂然挺立于云海之上。那气势如擎天巨柱，支撑着碧空。

据葛维汉说，叶长青一直在测量贡嘎山的高度。叶长青总认为，贡嘎山比珠穆朗玛峰更高。而葛维汉却说，青藏高原整体高度在海拔4000米左右，高原之上的珠穆朗玛峰海拔超过了8800米，但相对高度却比不上贡嘎山。因为贡嘎山处于青藏高原东部边缘，这里整体高度在海拔1500至2000米，所以海拔7500多米的贡嘎山看上去就比珠穆朗玛峰高。

贡嘎山的雄伟，令伊莎白赞叹不已。艾玛说："不管怎么说，贡嘎山都是蜀山之王。"

泥巴山所属的大相岭，是中国西部一道气候的分水岭。翻过泥巴山，便是晴空万里，空气中几乎不带一点水汽。走着走着，一身的泥水就风干了，她们在清溪休息了一晚上，第二天到富林。

富林镇与羊司令

　　花木繁茂的富林镇，有一条清澈的小河流过，一直流向野性的大渡河，那里有集散木材的河湾和码头。老街上行人不多。有一个门前石阶宽大、门楼高耸的大院，院门口有荷枪的卫兵站岗。艾玛悄悄对伊莎白说："这是汉源九襄沿大渡河一带最有权力的总舵爷、总司令的府邸。他是汉人，叫羊仁安，也是大毒枭。"

　　艾玛带着伊莎白走过几家店铺，买了蜡烛、蜂蜜和草纸等生活用品。这时，有"嗨咗 —— 嗨咗 ——"的号子声传来，八个壮汉脚步整齐地抬着一口黑油油的大棺材，走过石板路，准备抬上船运走。艾玛说："羊仁安垄断了汉源的鸦片生意和军火生意，还和上海大老板签有合同，垄断了大渡河的阴沉木生意。他光是做棺材生意就赚了好多钱。离这里几十里有一个皇木镇，历朝历代专为皇宫提供最优质的木材。由于有了皇木的名声，羊仁安四处搜寻参天巨树，做贵重的大棺材，生意好得很。"

　　艾玛边走边给伊莎白介绍羊司令，一个军官走过来挡了路。伊莎白正在愣神，那军官双腿一并，向她们敬了一个军礼，说道："羊司令听说贵客光临富林，特别恭请二位到府上小憩。"

　　艾玛耸耸肩膀说："我们本打算在富林转一转就走，不敢打扰羊司令。既然司令这样看重我们，好，我们就去见司令吧。"

　　拾级而上，走进门楼，堂屋前站着身材魁梧、宽皮大脸的羊仁安。他朗声大笑着，拱一拱手说道："贵客来啰，有失远迎！"

　　艾玛和伊莎白分别向羊司令问好，然后被引进饭厅。

　　令艾玛和伊莎白吃惊的是，在座的有富林小学的校长和几位老师。他们齐刷刷地站起来向她俩鞠躬。原来，艾玛和伊莎白到了富林后，就有人向羊司令报告了她们的行踪,羊司令早早地安排了一桌酒席。

丰盛的菜肴,醇香的烈酒,热情的主人,精选的陪客,让伊莎白既感到意外,又觉得羊司令实在用心良苦。

羊司令说,他在成都青石桥南街有一座公馆,从公馆往南走,拐几道弯,过了新南门大桥就是华西坝。羊司令先举杯:"先为鄙人仰慕已久的、来自华西坝的饶素梅小姐干杯!"

有羊司令这一开头,富林小学的校长和老师纷纷向伊莎白敬酒。

几杯下肚,羊司令便大谈他的"教育宏图",谈他架桥铺路,为民生操碎了心。小学校长激动万分,说羊司令如何慷慨解囊,投资办学,开了汉源一代新风,其成果可圈可点,其精神可钦可佩,竟还有外人不理解,屡屡曲解仁安先生造福桑梓之仁心,令人愤慨啊!

羊仁安问伊莎白和艾玛要去哪里,伊莎白回答说她们要去赵侯庙,还要去会一会马长寿先生。羊仁安便说马先生在越嶲(今越西),那边是岭光电的地盘,他打个招呼,沿途安全不成问题。他还说:"马长寿现在是岭光电的座上客,你们一去就热闹了——我那个干儿子,比我还会待客,特别是对你们这样的文人,包你们满意。"

岭光电是甘洛斯补土司后裔。斯补土司曾盛极一时,后家道中落,其产业由年幼的岭光电继承。1926年,因偶然事件引起彝汉纠纷,汉民诉于官府,官府以土司办理不力,派地方军阀刘某南办理。刘某南打着"改土归流"的旗号,搜刮岭家钱财,将岭光电的堂兄扣押。1927年,14岁的岭光电来到富林,投靠了羊仁安,被羊仁安最宠爱的三姨太认作干儿子。后来,羊家出资,让岭光电先后在西昌、成都读书。1933年,岭光电考入南京中央陆军军官学校。他毕业后先在重庆国民政府任职,1937年回到家乡,恢复土司职务,并出资将"私立斯补边民小学"办得有声有色。他还利用土司的身份以及他与刘文辉、羊仁安的特殊关系，调解民族矛盾，协调各方关系，避免了大小战祸，获得了良好声誉。

羊仁安的这一次宴请，让伊莎白初识汉源这块彝汉杂居地区社会的复杂和权贵人物的多样面孔。

从富林到赵侯庙，这一段大渡河宽阔而平缓，伊莎白和艾玛搭乘竹筏顺流而下。经过一道道险滩，浪花飞溅，竹筏轻摇，撑船的老板左一篙右一竿，有惊无险，让伊莎白有了不一样的体验。两岸青山，次第展现，美如画屏。桃花一片粉红，李花一片雪白，一群群水鸟高飞低旋，给大河带来了无尽的诗情画意。几天来的艰难，仿佛被河风吹走，换来了从未有过的愉悦。终于要到达目的地了，伊莎白的心情真是好极了！

猛然间，河畔梯田上的一片片粉色映入眼帘。那绽开的花朵，色彩特别艳丽。伊莎白惊叫起来："罂粟花！"

伊莎白知道，因为气候、土质特殊且海拔适宜，四川最有名的花椒就产自汉源。而罂粟对于生长环境也有与花椒相同的要求：雨水少但土地要湿润，日照长但不干燥，土壤养分充足而酸性弱，海拔在900至1300米为好。眼前的一片片粉色，让伊莎白的心情变得沉重起来。

花椒，可以麻醉舌尖，能给人味觉之美；而鸦片，直接摧毁人的身心，能毒害一个国家、一个民族，让其走向万劫不复的深渊！自1840年鸦片战争以来近百年了，中国还有如此多的烟民，这是多么恐怖的事情啊！

竹筏靠岸之后，伊莎白和艾玛背上行李包，走向赵侯庙。在当天的日记中，伊莎白写道：

赵侯庙或叫作半阳村3号村庄，位于快速流动的大渡河的一个平缓弯道的东岸，依偎在一个山谷的河口。从山上流下来的水经过一条沟壑穿过村庄，流到一个水田三角洲，呈扇形流入河流。当我们走进村庄后，作为头人的客人，住在他家的一个房间里。

李氏家族屹立不倒

"你好，饶素梅小姐！"
李光斗热情而有礼貌地迎上前，跟伊莎白打招呼。
"你好，李光斗先生！"
伊莎白点头微笑，一身风尘，却难掩到达目的地的喜悦。
"你好，李光斗！"艾玛画着十字，"主保佑着你！"
　　包着厚厚的布头巾、身穿长衫的李光斗，一脸黧黑，淳朴大方，看不出是雄霸一方的人物。据艾玛说，李氏兄弟都已受洗，信奉了基督教。他安排伊莎白和艾玛住在他的家中，一个单独的房间，算是最高规格的接待了。
　　艾玛表示："我们路过了富林，到羊团总府上去'拜了码头'。因为伊莎白要做的事是田野调查，走村串户，了解各种情况，可能要先给羊团总打个招呼。"
　　李光斗点头称是，并说："赵侯庙的事，我说了算。你们安心住下。不要走出村子，一是怕有野兽，二是怕遇上土匪。"
　　艾玛补充说道："老虎都跑到皇木镇的教堂里来找吃的了，把老牧师吓了一跳。"
　　在头人家住下之后，伊莎白很快就与其家人熟悉起来。李光斗有个小侄女，3岁多，长得十分可爱，见到伊莎白总躲躲闪闪，藏在大人身后，偷偷观察。伊莎白学过儿童心理学，很快让小女孩变得大方起来,主动投入伊莎白的怀抱,让伊莎白"举高高",乐得咯咯大笑。

后来才知道,小女孩名叫李国淑,是李光斗五弟李明扬的女儿。

来赵侯庙之前,一些对彝胞的负面评价塞进了伊莎白的耳朵。伊莎白坚信:眼见为实! 她仔细观察了当地的青年男女,他们的面部轮廓分明,挺直的鼻梁,又黑又亮的大眼睛,显得精气神十足。由于常年劳作,他们的身体都很健壮。可以说彝族的青年男女个个都英俊、美丽。

在赵侯庙,李光斗是奴隶主、头人,整个宗族聚集在他的周围,几个能干的弟弟担任他的副手,控制了大渡河东岸以赵侯庙为中心的一大片地区。李光斗家族还拥有数十名锅庄娃子(奴隶)。

赵侯庙,不像汉源县南部的许多村庄那么干旱。这里有几片稻田,溪水从山上流下来,进入灌溉渠,这是村里人在二十世纪三十年代修建的。伊莎白在这里逗留期间,拍摄了人们用水牛犁田的照片。有稻田,赵侯庙与农耕文明更贴近了,与其他彝族同胞占据的高山峻岭相比,这里算是较为先进与富庶的地区了。

与李光斗接触了几次,伊莎白便感觉到他并不快乐,仿佛心中有一道抹不去的阴影。

后来,伊莎白和艾玛向南走到越嶲,发现整个地区几乎成了鸦片之乡,一片又一片的罂粟花,开满山野。在越嶲,她们和岭光电相识,并成为朋友。岭光电仪表堂堂,他的妻子也是一位非常漂亮的黑彝公主。当时,他担任土司,管理甘洛、越嶲一带的政务。

伊莎白见到了在岭光电那里做客的马长寿先生。马先生面容清癯,文质彬彬。他感到惊讶,一个年轻的外国女子,居然来到彝族核心区。

马长寿劝伊莎白,若要做人类学田野调查,还是回赵侯庙去做。

然后,他们谈到了李光斗。岭光电直言不讳地告诉伊莎白:"李光斗怎么睡得踏实？他离羊仁安太近了。"

李光斗心头的阴影就是羊仁安。说武力，羊仁安是川边各军总司令、第三混成旅旅长，是"汉源之王"；说经济，凡是汉源能赚大钱的生意都掌控在他手里。他虽说是汉人，却处处表现出深爱彝胞，尊重彝族风俗习惯，为彝胞谋福利的意愿。他修桥铺路，兴办学校，确实做了一些好事。他还经常说："天下美味，我最爱吃的，还是我们彝族的荞麦粑粑、坨坨肉。"许多彝族头人都拜他为干爹，遇上了难以解决之事，总是求他出主意想办法。

但是，不久李光斗就发现了，对于彝族的"打冤家"（械斗），这位羊司令的态度总是模糊不清、变化多端。久而久之，李光斗悟出一点道道：这位羊司令是在熟练地玩着"以彝治彝"的把戏。

而羊仁安之上，是西康省政府主席刘文辉。刘文辉早已对羊仁安称霸一方心怀不满，曾设法将他弄到成都软禁起来。没料到遇上羊母病逝，羊仁安哭天喊地，要回乡去尽孝，使刘文辉不得不放虎归山。从此，刘文辉再难制服羊仁安了。

李光斗对羊仁安，若即若离。因为李光斗深知，羊仁安一直觊觎赵侯庙这片肥美的土地。但是，只要李氏兄弟掌控着赵侯庙，羊仁安便难以下手。

说最现实的，赵侯庙南边和北边都种上了罂粟，唯有李光斗坚持赵侯庙不种罂粟。羊仁安多次劝告说："你那些山角角，都是看不到的地方，省上县上铲烟的官员哪能看得到嘛。"他向李光斗表示，"你那个村上种的鸦片，我包销，保你赚得盆满钵满。"

多次劝说碰了钉子后，传言说羊仁安恼羞成怒，想要杀了李光斗。由于李光斗警惕性很高，杀手们均没能得手。

李光斗还让伊莎白观看了一场射箭表演。一排精壮的男子轻舒猿臂，力挽强弓，"嗖嗖嗖"射出一支支利箭。每一支箭都直中靶心，赢得一阵阵欢呼声。接着，又一排男子上来表演。

艾玛对伊莎白说："李光斗还有一支军队，有十几条步枪，还有土枪。他手下的士兵，个个都是神枪手。"

伊莎白感到，这是一群不畏死神的剽悍的勇士，难怪赵侯庙能独立于大渡河畔，让大小军阀难以征服。

调查"害羞的民族"困难重重

伊莎白又想起岭光电说过，彝族是个"害羞的民族"。

大人批评娃娃时总是说："你这样做，好羞人哟！"

公公对自己的儿媳妇，要保持六尺远的距离，而且不直接对话。比如要讨论今晚上吃什么，公公会对锅庄娃子说："嘎西（当地对锅庄娃子的称呼），我们今天晚上吃荞麦粑粑，要得不？"儿媳会说："嘎西，我们今天晚上就吃荞麦粑粑，要得。"

当代彝族诗人吴琪拉达说："当着人放屁，是一件很羞人的事。如果一个女孩子憋不住，无意在公众场合放了屁，她可能会因为害羞而去自杀。"

当然，随着一步跨千年的伟大进步，曾经困扰和戕害彝族同胞的旧习俗早已随风而去，被遗忘在遥远的历史深处。

一开始做田野调查，伊莎白就感到困难重重。许多人家只是笑笑，婉拒采访。伊莎白献上了村民们认为很贵重的礼物：两盒火柴，几根绣花针，几束色彩斑斓的丝线。主人把她们请进屋之后，便沉默不语，显得十分羞涩。提十个问题，能回答一两个就已经很不错了。

语言上也很难沟通。原来，伊莎白总以为，只要把自己扔到陌生的语言环境中，连说带比画，总会慢慢学会当地语言。可是，要真正弄懂"比画"的意思，颇费周折。采访的时间也因此拖得很长很长。

伊莎白的笔记里，留下了一些田野调查的片段。

这个有水田、栽桑养蚕的彝族村庄，还算不上极度的贫穷。

有比较富裕的姓李的人家（估计与头人李光斗有亲戚关系）：

1. 李才能（音译，他家住在第一组三幢齐整典型的彝族风格的房子里）

李先生邀请我们进去坐在火炉边，给我们提供了茶（没有爆米花）。

他们拥有自己的农田，是从父母那儿继承的。田地在陡峭的山坡上，地里有很多石子。李光斗家的果园就在前面。

侄子的妻子正在为他家干活。把谷子放进一只碓窝（石臼）里，然后手把栏杆，不停地用脚踩杠杆，让沉重的石头砸向碓窝，使谷壳和米分离。这种活儿，在汉族地区是用水碾带动石磨或畜力推磨，省下了一些劳力。

家里喂了3头奶牛、2只小猪、6或7只山羊、几只鸡，还养了蚕。李先生说，他们吃不完、用不完自己生产的东西。

另外，一家姓王的也算富裕：

2. 王家（河畔向西1英里）

房子在道路的北边，第二组三幢房子的最东边。

房屋为木质结构，屋顶是用晒干的土和稻草砌成的，没有窗户。

地是租的，租金是一年4或5石粮食。他们自己建的房子，在这里住了五六代人了。

家里喂了3头奶牛、2头猪、2条凶猛的狗（其中一条必须拴着），还有3只大母鸡、4只小鸡以及由儿子放牧的20只山羊，他们也养蚕。他们吃不完所有农产品。

以下应当是能维持一般生活的两家人：

3. 罗先生家（道路尽头西边）

罗先生一家7口人。包括26岁的第三任妻子，他收养的17岁的儿子（以前的侄子）和儿子的妻子，他和第二任妻子所生的10岁的女儿，等等。

河这边的房子是租来的，每年支付1石5斗粮食。他自己拥有河对岸的两套房子，是从父母那儿继承的。

他在河这边有20只山羊、3头奶牛和3头猪，在河那边有2头猪、1只母鸡、7只小鸡和1条小狗。他也喂养了很多蚕，种了很多桑树，每年能售出价值30到40美元的蚕丝。

4. 王先生家（河畔向西1英里）

房子位于道路的北边。地是租来的，每年支付4或5石粮食。由于他们挣的钱不够养活自己，所以儿子出去到一些农户家打工。

有时他们淘沙金，但每天只能带来10美分多一点的收入，有时候什么也得不到。

他们家养了3头奶牛、2只小猪、2只母鸡和2条小狗，也养蚕，但蚕都死了。

以上两户，房子或土地是租来的，每年用粮食来交纳租金。显然，下面这位李二娘就是非常贫穷的一户：

5. 李二娘（河以西的河边）

一间有茅草屋顶的小泥屋。这还是租来的房子，他们已经在这里住了20年了。

他们在离房子大约半英里的地方有一小块陡峭的红土田地。

她曾经有13个孩子，11个死于不明疾病。

她没有足够的粮食，每天只吃一餐。家里只喂了1只母鸡，没有其他家禽。当鸡不再下蛋时，她就把鸡卖了再去买1只小鸡。

她穿着满是破洞的旧衣服。当她对我大惊小怪时，邻居家的孩子便模仿她。她想送给我们两个鸡蛋作为礼物，但只能找到一个。我们尽可能诚恳地拒绝了。

关于李二娘的描述中，最引人注意的是李二娘生了13个孩子却死了11个。这并不是因为缺医少药，而是无医无药。

彝族传统上信奉万物有灵论，他们尊崇有知识的智者毕摩。毕摩能解读天地万象，记载重大事件。而毕摩之下是苏尼——通常被认为具有特殊能力或能与灵魂沟通的人，能实现"人神对话"。

毕摩认为，人之所以会生病，与妖魔鬼怪附体有关。所以，要请苏尼做法事来驱走妖魔。李二娘有没有请苏尼来拯救她的孩子，不得而知。

在赵侯庙，伊莎白遇到了来自田坝镇的毕摩，她姓刘。伊莎白在笔记中称她是李光斗的"得力助手"。伊莎白在去赵侯庙的路上经过田坝镇，目睹了刘毕摩催眠一个男人。然后，刘毕摩做了一个不可思议的动作，"舔了一把烧得通红的滚烫的铁锹"。刘毕摩解释说，这样一种行为,足以把妖魔吓得逃之夭夭。

刘毕摩和另外两名来自出坝的男子,都披着带流苏的毛毡斗篷,一舞动起来,令人生畏。

失去了11个孩子的李二娘,在痛苦中会怀疑毕摩吗？这里,太需要现代医学的进入了。

伊莎白的笔记中,也有对善良的女人极简的描述:

> 两年前,她嫁给姓罗的鳏夫。她看起来爱发牢骚,劳累过度,脾气暴躁,似乎对丈夫的家庭也不太了解。她虽然精力很差,但又十分好客。当艾玛和我给他们的一个女儿送上小礼品时,他们俩非常感激,立刻给我们俩煮了糖水荷包蛋,看着我们快乐地吃下去。

伊莎白还在笔记中写道:

> 在附近的绝陀村,见证了一个仪式,祝福村里的人们,保佑他们免受自然灾害,如水土流失、干旱和风暴。
> 这个仪式在每年农历三月初三举行。

在伊莎白的记录中,我们还了解到,哥哥去世后,弟弟娶嫂子为妻,并抚养哥哥的孩子,已成为一条约定俗成的规矩。

80多年前记下的只言片语,都具有重要的史料价值。

为什么大哭一场

伊莎白离开成都三个月之后,突然回来了。

她面容憔悴,疲惫不堪,回到家中便关上自己的房门。不一会儿,饶珍芳听到了什么声音——是伊莎白在哭!

爸爸和妈妈敲开了房门。伊莎白一边擦着泪水一边说:"我不适合做人类学研究……我失败了。"

妈妈摇摇头说:"我早就说过,我像母鸡生了只小鸭子,教不了你游泳,你要自己去试!"

汉源归来,伊莎白为什么会大哭一场?

熟知凉山近代史的彝族作家冯良和彝族教授马林英,引出另一些凉山往事,可以完整解答伊莎白为什么大哭一场了。

1996年8月,28岁的英国研究生罗斯小姐,带着自己拟订的扶贫计划走进四川省扶贫办,毛遂自荐要求到一个贫困县去做扶贫试验。扶贫地点选择了汉源。1997年1月,罗斯自筹资金在英国注册创办了慈善机构"四川农村发展组织",她的父母和理查德先生以及她的两位大学同窗成为这一组织最早的"志愿者"。

四年间,罗斯小姐的扶贫工作卓有成效,她的网站点击量很大,引起了伊莎白的关注。她们很快取得了联系——伊莎白提供了不少关于汉源的老照片,这让罗斯高兴极了!她万万没想到,半个世纪之前,就有一位充满美妙想法的加拿大姑娘,走进了汉源的彝族山村。

罗斯小姐把老照片带回汉源,竟然没有人认得"饶小姐"。一是相隔半个世纪,年代太久远了;二是李光斗家族的后人,大多不住在汉源了。恰好,西南民族大学教授马林英上网时从一张照片上认出了与伊莎白、艾玛合影的那位美丽端庄的黑彝公主是妈妈的表姐,也就是她的表孃!她立即奔赴北京,见到了兴奋不已的伊莎白。

伊莎白仿佛又回到了24岁时的滔滔大渡河畔……

当年,在汉源的三个月,伊莎白的田野调查进展相当缓慢。语言沟通是个大障碍。赵侯庙的彝语与标准的彝语有些许差异，而懂得汉语的当地人少之又少。有时候，一句普通的话，要经过三个人"翻译"。害羞的采访对象本来就紧张，稍微多一两个人，就完全不会讲话了。如此低效的工作，让伊莎白看不到前景，只得失望和沮丧地回到了华西坝。

随着时间的推移，很快，赵侯庙因复杂的社会背景而产生的悲剧，一幕接一幕地上演了。

一直在汉源的艾玛告诉伊莎白：

坚决反对种植罂粟的李光斗，其实是一个瘾君子。由于中毒太深，他无法戒掉毒瘾，最终死于吸毒。但他的头脑还算清醒，坚守良心底线，至死还叮嘱他的弟弟，赵侯庙决不能种罂粟！

李光斗死后，与赵侯庙结怨多年的寨子集结了数百名武装分子，从马拖那边翻山越岭，袭击了赵侯庙，双方发生了激烈的械斗。入侵者杀死了70多个村民，大肆抢劫财物，还烧毁了多间房屋。一时间，火光冲天，血尸遍地，一个山清水秀的幽静村庄顿时成了人间地狱。有人分析，这次血洗赵侯庙是羊仁安在背后挑唆的。也有人说，是赵侯庙的人结的怨仇太深，引来了灾祸。

李光斗还有四个弟弟，老三是个老好人，不参与任何公事。老四李明凤、老五李明扬、老六李明才都是在外面读过书的，有知识，有文化，有胆识。他们团结村民，重建村寨。两三年后，赵侯庙又恢复了元气。

1945年秋，按羊仁安的安排，三个村开联防大会，宣布禁烟。李明凤的老丈人，即他三夫人的父亲，也是一个大头人，带了一队兵丁来参加大会。平时，老丈人与羊仁安三夫人的侄儿王义生过从甚密，颇受其影响。

由于是三个村的重要会议，赵侯庙作为东道主，决定杀一头牛款待大家。于是，就在村外挖灶埋锅，生火烹肉。没料到，老丈人不知中了什么邪，带着几个兵丁，在锅边闹事。李明凤赶来劝阻，老丈人完全不给女婿脸面，竟破口大骂。被激怒的李明凤给了老丈人一记大耳光。老丈人挨了耳光后，立即拖走了队伍，并扬言报复。

当天夜里，老丈人伙同王义生杀进了赵侯庙，李明凤在混乱中逃脱，老六李明才和他的一位汉族朋友却成了冤死鬼。赵侯庙再一次遭到血洗，损失惨重。

不久，西康省政府主席刘文辉从云南回来，路过富林，召见羊仁安、李明凤等当地军阀和土司头人。李明凤向刘文辉大倒苦水，讲述这几年赵侯庙李氏家族的灾难。实际上，他是向刘文辉告了羊仁安一状，说到激愤之处，声泪俱下，听得刘文辉脸色大变。

刘文辉走后，李明凤一直在等省政府方面的消息，放松了警惕。没料到，有一天他在富林老街的卷洞桥聚精会神地看布告时，刺客已悄悄贴近了他，然后从袖筒中掏出手枪，对准他的太阳穴就是一枪。

这天是1946年1月26日。

李氏兄弟，管事的就只剩下老五李明扬了，就是伊莎白喜欢抱一抱的小女孩李国淑她爹……

如今，冯良、马林英回顾伊莎白"赵侯庙之行"，都觉得"不成功"是很正常的事。

首先，李氏兄弟与羊仁安的尖锐矛盾，已经到了剑拔弩张的时候，随时可能爆发战火，一个外国女学者住在李光斗家是极不安全的。李光斗作为教徒，出于礼节接待伊莎白，但无法保障其安全。这一点李光斗心知肚明。

其次，在伊莎白感觉到做田野调查困难重重、进展缓慢时，她又得不到李光斗有效的帮助。一方面，李光斗能力有限；另一方面，李光斗无暇顾及。

如果不在赵侯庙，到其他地方去做田野调查呢？伊莎白不是见到过马长寿吗？马长寿是怎样指点伊莎白的呢？

马林英说：马长寿劝伊莎白说，越往凉山深处走，旧俗越顽固。昭觉、美姑、布拖，一个个土司相互独立，戒备森严，从一个山寨到另一个山寨，哪里去找一个接一个的"保头"？所谓"保头"，就是能保证你生命安全的担保人。没有"保头"，寸步难行。再有就是语言不通，根本无法沟通。马长寿劝伊莎白最好还是回到赵侯庙。

可以说，在那样的年代，选择汉源做田野调查，调查者会遇到许多无法克服的困难。伊莎白离开赵侯庙之后，赵侯庙发生了血腥的械斗，也说明伊莎白及早离开是明智的选择。

直到2007年，92岁的伊莎白谈起作为人类学者的首次出征时，还挺激动地说："我当时很傻，以为不懂游泳，被扔进海里，就能学会；不懂当地语言，被扔进不说英语的环境里，也就会用土话来沟通。"看起来，浪漫情怀加理想主义，被现实摔得很痛。

伊莎白为"赵侯庙之行"哭泣之后，经过一段时间的冷静思考，心中又升起了理想的风帆。爸爸的藏族好友索囊仁清说："到我的家乡去吧，就住在我的家里。"

摊开地图一看，从成都向西北方向走到灌县，溯岷江而上，翻过一座座高山，涉过一道道激流，攀过无比惊险的"鸟道"，就能到达索囊仁清的家乡——一个充满神秘感的山寨。

索囊仁清说："饶素梅小姐，山里头的日子，苦得很哟。"

伊莎白说："不怕！"

走向咆哮的杂谷脑河

2021年4月底，在好友王曙生的陪同下，我沿当年伊莎白去理县的路又走了一遍。

令我万分惊喜的是索囊仁清的女儿，虽然95岁高龄了，但是头脑还非常清醒，能唱出80多年前伊莎白教她唱的英文儿歌，而且每个音符都唱得非常准确！

索囊仁清的甥外孙仁清朗甲说："从小就听妈妈、孃孃摆我的舅爷和伊莎白的故事。可惜，记忆碎片化了，碎片化之后，离消失也就不远了。所以，我一定要多讲那些老故事，尽量把碎片拼接起来。"

拼接历史的碎片，需要耐心、细心。

跟着"阿凡提"，一路有故事

"三垴九坪十八关，一锣一鼓到松潘！"

这是松茂古道上一首传唱了千年的民谣中的两句歌词，将松茂古道要经过的村寨、关隘概括其中了。所谓松茂古道，是指从灌县经茂县到松潘的骡马小道，全长700多里。伊莎白将要沿着松茂古道北行300余里至杂谷脑河，再往西沿河谷上行，考察属于理番县（今理县）的藏羌村寨。

按隋朝碑文的形容，这条路崎岖难攀，"猿怯高拔，鸟嗟地险"。

一个从未在险山恶水中攀爬过的西方女子，一个在远离现代文明的环境中缺乏生活经验的研究生，怎么走得进去？又怎么坚持得下来？

饶和美夫妇为什么会同意女儿走上松茂古道，去理番考察呢？

原来，六年前老两口不畏艰辛去过理番，考察过藏羌村寨的教育状况。虽然时间短暂，但是印象深刻。这对开明的夫妇认为，对于人类学的研究，那块神奇的土地很值得去开拓。一方面，他们坚信女儿有吃苦耐劳的精神，能走进去，并坚持得下来；另一方面，他们认为有一位值得信赖的老朋友索囊仁清可以托付。十几年来，华西坝的外国人大都认得他，熟知他。他既是最好的向导，又会给伊莎白有效的帮助。

怎么描绘索囊仁清这个大名鼎鼎的带着传奇色彩而且智商和情商超高的康巴汉子呢？有一张名片这样写着：

香港良友　上海中华　图画杂志特约藏文翻译

杨青云

索囊仁清

《良友》是当时中国很有影响力的画报之一，能被这家画报社聘为特约翻译，足见他在文化界的地位。

仁清朗甲是索囊仁清的甥外孙，也是一个英武、剽悍、口才极佳的帅哥。他从小就听妈妈、嬢嬢讲舅爷的故事。他用精练、生动的语言，描绘出了索囊仁清的形象：

"他无官无钱，只有智慧，没有什么困难能难得倒他，他就是我们心目中的阿凡提！他可以不带分文走遍岷江上游藏羌地区，白天不怕朋友借，夜晚不怕盗贼偷，东边去了东边用，西边去了西边用。有人说他懂'八口话'，也就是懂八种语言，可能有些夸张，但他精通汉语和英语，还会蒙古语，则是真的。

"他曾经当过四川总督赵尔丰的'师爷'，也是翻译，跟随赵尔丰走南闯北，东征西讨，成为赵尔丰非常倚重的人。他又历时五年，随黄孟宣测量康藏，从康定步行到云南和印度的大吉岭。他走的地方多，视野就特别开阔；他结交的中外朋友多，知识就积累得多，思想也就开通得多，活络得多。辛亥革命时，他与时俱进，带头剪掉了辫子。二十多年来，他和华西协合大学的洋人，包括饶和美夫妇交往频繁。他多次陪同藏族地区的高僧大德到成都跟藏学家、华西边疆研究学会的学者进行深入交流，还多次带领动植物学家、考古队进入藏族地区进行科学考察、考古研究。葛维汉、陶然士、叶长青、李安宅、庄学本等多次提到他，有的学者还在学术著作的前言或后记中对他表示感谢。

"我觉得，我的舅爷索囊仁清就是一座桥，一座从成都通向神秘藏羌地区的桥，一座从现实通向远古的桥，一座联结岷江河谷各民族友谊的桥，一座让我们八什闹、理县走向世界的桥。"

索囊仁清亲自当向导，让饶和美夫妇一百个放心。

竹箱里装着睡袋、衣物、打字机、洗漱用品，还有足够的纸和铅笔。除了索囊仁清，还有一位姓向的女子陪同，加上两个背行李的脚夫。1939年9月的一天，伊莎白一行出发了。

那时，成灌公路已经修通，搭乘一辆华西协合大学去灌县拉木料的卡车，他们顺利到达了灌县。

他们从宣化门进，从宣威门出，向西北拾级而上，走向杜甫诗句"玉垒浮云变古今"所描绘的玉垒山。初秋雨后，满眼苍翠欲滴，空气微凉，沁人心脾。索囊仁清却一直在唠叨，怎么会有那么多人上路！因为，每当有成队的脚夫背着茶叶包或骡队驮着货物经过时，索囊仁清一行只得贴山坡而站，让出路来。索囊仁清说："过了凤栖窝，就不那么挤了。"

许多年以后，百岁的伊莎白还说："索囊仁清这个人，非常喜欢开玩笑，又很会摆龙门阵，跟他一起走，不觉得累。"

凤栖窝一瞥

下了玉垒山，眼前是一个绿茸茸的斜坡，斜坡之下，是一片马蹄形的低洼地，那里竟有一座热闹的场镇。索囊仁清说："那就是凤栖窝，有名的'灌县八景'之一。"

凤栖窝，仿佛是一座观景平台。远眺对岸，云飞云落，玉女峰时隐时现，令人遐想。再看近处金刚堤，日夜听着涛声，严阵以待。野性的岷江，被层层大山关闭得太久了，冲着最后一道屏障玉垒山，止不住大吼着，高唱着，迎头撞来。山脚之下，白浪翻滚，水花飞溅。成群江燕竞相在浪中嬉戏，翻飞出千姿百态。伫立在凤栖窝，古堰美景，尽收眼底。

索囊仁清指着一片翠绿的山坡对伊莎白说："你看，那像不像凤凰头伸到江中喝水 —— 传说有一只凤凰飞到了这儿，见这儿山清水秀，风景好看，就在这儿筑巢，不走了，所以这儿叫凤栖窝。"

索囊仁清一边走一边说："其实，都江堰最重要的秘密，就埋在这凤栖窝！"

伊莎白有些不解："有秘密埋在这里？"

索囊仁清解释说："岷江水每年都要从上游带来大量泥沙，到了都江堰，水流缓下来，就会淤塞河床。所以，两千多年来，都江堰每年都要进行岁修。岁修的主要任务是加固堤岸，深淘泥沙。泥沙要淘好深呢？淘深了，水多了，下游要遭淹；淘浅了，水少了，下游要遭旱。李冰在修建都江堰时，就用很大一块石头，制了一个石马，埋入内江江底，地点就选在凤栖窝。之后，每年岁修淘挖河床，挖到石马，就刚合适。"

伊莎白问:"两千多年了,石马还在吗?"

索囊仁清说:"石马早就不在了。从朱元璋当皇帝开始,朝廷在凤栖窝先后埋下四根铁桩,铁桩就替代了石马。只要挖到铁桩,就合适了,岁修也就完成了。"

伊莎白还来不及细细领略凤栖窝的美景,"活生生的现实"就展现了出来。

凤栖窝的场口是一溜歪歪斜斜的小平房。还未走近,一股粪臭便直冲鼻孔。黑压压一大片骡马吼着叫着,夹杂着鞭声、吆喝声,一路拥来。

"借光,借光。"索囊仁清走在前面,拨开人堆,直接穿过场口最拥挤的一段。伊莎白注意到,有背茶叶包的苦力正准备往山里走,而大批山里人则带着兽皮、药材、土特产,经过长途跋涉,刚刚走到凤栖窝,抹着汗水,喘着粗气,露出苦路走到尽头的喜悦。

还有挎着腰刀的卫队,簇拥着穿金戴银的土司,横冲直撞,那耀武扬威的气势,使行人纷纷避让。

一间又一间茅屋,门上挂着脏得看不出颜色的布帘子,不断有苦力进出。一股异味飘过来,伊莎白下意识地捂住了鼻子。索囊仁清说:"这一排,都是烟馆。这里的烟馆远近有名,是因为特别相因(便宜),一百文钱就可以打个泡子,烧几口。最穷的脚夫都出得起这个钱。"

有人掀开门帘时,伊莎白看到了肮脏昏暗的屋子里,躺在烂草席上的烟客。他们一个个颧骨高耸,眼窝深陷,形同鬼魅。

索囊仁清说:"前两年,我陪庄学本老师经过这里时,他硬是感兴趣得很,趁那些烟客不注意,拍了好多照片。开店的还塞给他一张传单,请他进县城,光临新开张的烟馆。"

伊莎白不理解,为什么有那么多人吸鸦片。

索囊仁清说:"这个,说起来原因很复杂。你不晓得,烧烟有烧烟的快乐。有人编了个顺口溜:'烧烟之人福气好,上床就把脚弯倒;脚一弯,手一弯,手上拿根钢钎钎;钢钎钎,四寸长,上头裹着救命王;要救命,烧口烟,烧烟之人赛神仙!'"

听完顺口溜,伊莎白摇头苦笑。

再往前走几步,是一排挂着灯笼的大小客栈。奇怪的是,家家客栈门口都立有写着"客满"的大牌子,却还有衣衫不整的男子和一脸亢奋的苦力们朝里面挤。这是怎么回事啊?

索囊仁清朝一家锅盔铺瞄了一眼,摇摇头说:"今天,锅盔铺都打拥堂(拥挤)了。你看,你看。"

说着,两个蓬头垢面的女人从锅盔铺挤出来。她们手上都捏着一只刚出炉的红糖锅盔。一个女人恐怕是饿极了,慌忙下口,冒着热气的红糖汁烫得她一边咻咻叫着,一边舔手指头。客栈门口,老板叉着腰,呵斥道:"快点嘛,客人都等不及了!"

索囊仁清说:"这几家挂着客栈牌子的,全都是土窑子。今天生意太好了,你看她们忙得连吃饭的工夫都没得了,买个锅盔来填肚子。一个窑姐,这一天恐怕要做十几趟生意了!"

那两个啃锅盔的女人,眼泡肿起,趿着破绣花鞋,与他们擦肩而过,身上带着一股馊臭味。伊莎白不由得皱紧了眉头。

索囊仁清说:"庄老师头一次来,端着相机,东拍拍,西照照,硬是瘾大得很。不晓得是他的眼镜片起雾,还是老眼昏花了,竟然闯进了窑子里。顿时,尖叫声、吼叫声一片,把他吓惨了。幸好撤得快,不然要遭暴打。"

最后,他们走到稍微干净的凤栖饭店。老板满脸堆笑,迎了上来,一拱手:"青云大哥,请!"索囊仁清还了礼,便让伊莎白和向小姐放下行李,去后院老板家中的茅厕方便。他说:"不敢让你们去街上的茅坑,那会吓死你,饶小姐。"

喝茶时,老板向索囊仁清报告新闻:哪个团长从山上出来,没捞到油水,在酒馆撒气;哪里来的商家,路上遭了土匪,被抢得只剩下摇裤(裤衩)了。前两天,又死个长梅毒大疮的窑姐,甩在河边好多天,还是几个信教的人路过,捐了钱,请人把尸收了,埋了。老板之意是,信奉基督教的人心眼好,爱行善。这话显然是有意说给伊莎白听的。

伊莎白想调查了解,为什么这里的烟价低。

老板说,这个塌塌(地方)出了灌县县城,灌县不想管,绵虒(今属汶川)更管不着。三不管的塌塌,官府还能收一些捐税,又从不来这里缴鸦片、封烟馆,这里烟价一直就低。开烟馆就赚钱,哪个不爱钱嘛?

索囊仁清向伊莎白解释说,那些泼了命(拼了命),来来回回走这条茶马古道的苦力,在大山里爬了好多天,累惨了,只有鸦片和女人能刺激他们木戳戳的神经。没办法,这个凤栖窝 —— 这么好听的名字,这么好的山水,迟早得改名字。

老板说,早就有人给它改了名字,叫粪箕窝。

不到半天,伊莎白就听闻了中国古代先贤的智慧与功绩,也看到了当时中国社会的病态与糜烂……

一路上,伊莎白在想,风光如此美丽的凤栖窝,总不会一直这样堕落下去吧。猛抬头,一座飞檐翘起的门楼呈现眼前,这就是去松茂古道的第一关 —— 玉垒关。

在历史文化长廊中穿行

出了玉垒关,寒风扑面而来,奔腾的岷江哗哗有声,一座两百余米长的索桥横卧江上,看上去很有气势。这座索桥,伊莎白在华西坝读书参加春游时就见识过。当时，同学们站在桥上荡来荡去，觉得好玩，仅此而已。

索囊仁清说："这就是夫妻桥，又叫安澜桥。我们得过桥，一直要沿着岷江左岸朝北走，才能走拢理番。"

"夫妻桥？"伊莎白对这个桥名很感兴趣。

索囊仁清一边走一边细说："从唐代到宋代，这里一直有一座索桥，到了明末被张献忠烧掉了。两岸的居民要想过河，只能出高价乘摆渡船。遇上涨洪水，摆渡非常危险，年年都要淹死人。到了清嘉庆八年（1803年），河对面有一个教书先生，叫何先德，下决心要给当地百姓做好事，便四处募集银钱，积攒了几十年，还到处寻访能工巧匠，终于初步修好了一座索桥。可索桥还没有安上护栏，就有人急着过桥，恰巧遇上刮大风下大雨，索桥像荡秋千一样，把过桥的人甩下桥，淹死了。这时，就有人跳出来状告何先德，说他谋财害命。昏官不分青红皂白，就把何先德问了斩。其实，状告何先德的是一帮恶人，他们霸占渡口，随意加收摆渡钱，老百姓只能是哑巴吃黄连——有苦难言！这帮恶人，因为造桥会毁了他们赚钱的买卖，所以恨死了何先德。何先德的妻子一边喊冤一边坚持修桥，终于感动了周围的老百姓。他们一齐努力，终于修成了风雨不动的安澜索桥。所以，这座桥又叫夫妻桥。你看嘛，半山腰上有座庙子，是祭奠何先德夫妻的，香火旺得很。"

一队背茶叶包的脚夫，手握背杵，来到桥头。索囊仁清说，等一等，让他们先过。只见脚夫们微弓着腰，黧黑的脸上毫无表情，整个上身与高出头颅许多的茶叶包合为一体，如同一座座长了两条短腿的小山，在索桥上有节奏地移动。顿时，索桥荡来荡去，晃得厉害。还没等桥荡到最高处，他们已经走过了索桥。

伊莎白走上索桥，手扶着碗口粗的竹缆索，稳步前进。脚下，铺着一层木板，缝隙之间，是一江浪花。过完索桥，这一路上，伊莎白对何先德夫妇称赞不已。

到了绵虒，伊莎白想去看看庙宇。索囊仁清说："你看这座山，叫石纽山，像一道门锁住了岷江的咽喉。山下有个刳儿坪，据说就是史书上说的大禹的出生地。"

索囊仁清带着伊莎白一行走进了香烟缭绕的禹王宫。伊莎白注意到，除了汉族，羌族、藏族同胞也在敬香，便问："这是怎么回事？"

索囊仁清解释说："羌人认为禹王是他们羌族人。汉人认为大禹治岷江，治黄河，是汉族人。藏族人认为，反正大禹是好人，走过路过，献上一把香，保个平安也无妨嘛。总而言之，只要是给老百姓做好事的人，都应该纪念。"

伊莎白想起在华西坝读书时，老师讲的那些中国故事。有关大禹治水的故事，已经流传了三四千年。

在路上，伊莎白问了索囊仁清一个很敏感的问题："许多人介绍你的时候，都说你跟大清帝国关系深得很，现在你又跟政府、跟外国人合作得很好，这是怎么一回事？"

索囊仁清说："在清朝，我主要是给赵尔丰当翻译，鞍前马后好几年。我觉得这个白胡子老头，很能吃苦，很会打仗，很会体恤老百姓，真是少有的国家栋梁。可惜，他阻挡辛亥革命，遭砍了脑壳。唉！"

一路上，索囊仁清滔滔不绝，伊莎白也听得饶有兴趣。

这一路，伊莎白感到，她是在中国的历史文化长廊中穿行。

一路上都是索囊仁清的朋友

头一天，不紧不慢，沿着岷江走到了龙溪，不到60里。脚夫觉得很轻松,因为伊莎白和向小姐的行李比起茶叶包轻了许多。索囊仁清极有经验,他说:"头一天,一定要缓缓地走,适应了之后,再多走一些,走快一些。"

投宿歇店之后,伊莎白还是感觉脚板有点痛。在亮油壶下一看,脚板上打了两个小泡。向小姐叮嘱,千万别挑破它们。她打来一盆热水,让伊莎白泡了脚,又找来纸捻点了火,慢慢将水泡熏干。向小姐说,这是脚夫们传下来的屡试不爽的好方法。

第二天,伊莎白的脚板不痛了。索囊仁清要给她雇滑竿,她坚决不接受,索囊仁清只好作罢。

一路上,伊莎白感到,索囊仁清有数不清的朋友。

走到一个半坡上,大家都有些口渴了,感觉喉咙在冒火。索囊仁清让大家停下来,说:"没得水,吃几根萝卜要得不?"

伊莎白很惊奇地四处望了望,说:"这荒草丛生的坡坡上,哪来的萝卜?"

索囊仁清说:"跟我来嘛。"于是,一行人跟着他绕了个弯,看见一个土墙围着的农家小院。他喊了几声,没有人应,只有狗叫了两声。他便推门,招呼大家进去。那大黄狗竟然朝他友好地摇着尾巴。大家一看,院子后面有一片萝卜地,萝卜的叶子闪着一片青绿的光。索囊仁清顺手拔了一根大白萝卜,拍拍泥土,掏出腰刀,"嚓嚓嚓"削了皮,递给伊莎白。伊莎白推让着说:"大家吃吧。"

索囊仁清说:"这一大片,我们几个人能吃多少?"

接着,索囊仁清给每个人都削了一根大萝卜。

伊莎白啃着那根大萝卜,萝卜略带一点辣味,又脆又嫩汁水又多,一根萝卜吃完,口不渴了,喉咙也一下子清爽了。

索囊仁清掏出一张纸币,理平后放在窗台上,捡了一块小石头压着,说了声:"走!"

又一次,走过小山寨,有一家人的红苹果伸出了墙头,真是逗得人垂涎欲滴。索囊仁清喊主人的名字,主人正在山坡上收柴火,大声喊:"杨大哥,你随便吃嘛!"

索囊仁清便摘下十几个红苹果,大家一路走一路啃。

索囊仁清说:"三十年了,来来往往,这一路上的石头都认得我了。种苹果这一家,几棵苹果苗苗都是我给他的。我是从你们学校丁克生老师那里要的,好品种。"

这一路上,住了七个晚上,索囊仁清总是挑最干净的客店歇,若是只有一家客店,他也会挑最好的房间,让老板换上干净被褥,给伊莎白和向小姐住。客店的老板们,都跟杨青云杨大爷称兄道弟,总是想法满足杨大爷的严苛要求。

东塪界客店的老板娘张幺婶,是远近闻名的能干人。她在山坡上,远远瞧见索囊仁清带着伊莎白等人来了,便喊道:"啊——杨大爷,又带洋人来啰?"

"是华西大学——饶主任的——千金小姐!"索囊仁清答道,"要干净床铺!开水!热水!整点——好吃的!"

张幺婶的店,果然是这一路上最干净、最宽敞,也是菜肴最丰富的店。

走进店门,那大通铺也是一色的人字呢被面,蓝布里子,整整齐齐放成一排。院坝的台阶上两间上房,更是涂金描彩,挂着白纱窗帘,显得不同凡响。张幺婶说:"被子都是才换的,里外三新的!"

伊莎白懂得"里外三新"是指被面、被里和棉絮都是新的。她一摸被子,果然又松又软又厚实。

当天晚上,除了一坛咂酒,牛羊肉和野味摆了一桌。索囊仁清和住店的朋友大吃大嚼，开怀畅饮，放肆地跟老板娘开玩笑，气氛非常热烈。

言谈中，伊莎白才知道，辛亥革命成功后，索囊仁清剪了辫子进山。由于消息闭塞，山里人不知道外面的世界已变天。一位土司抓捕了索囊仁清，根本不听他的诉说，硬要把他拖到河边去砍头。千钧一发之际，恰好有脚夫进山，证明了索囊仁清所说："大清帝国早就幺台（垮台）啰！全国都在剪辫子啰！"

这一夜，炉火很旺，屋里很暖和，钻进里外三新的被窝，伊莎白感觉如同睡在温暖的云朵里。

攀越"鸟道"，"飞过"岷江

这一路上的艰险，不用细说。有时，路在云上；有时，路在谷底；有时，路宽可骑马；有时，路窄只能放下半只脚。最险之处，要数那在绝壁上开凿的"鸟道"了。走上那段"鸟道"，真要让初行者三魂七魄吓掉两魂六魄！

直插云端的大山，一层又一层涌向东方，被野性的岷江一挡，那临江的山，止不住脚步，向前一趔趄，一下子凝固成悬崖陡壁。十余里的"鸟道"，远看像细细的绳索，悬挂在半山腰。那路最窄处，人得像壁虎一样贴着崖壁，小心地挪动脚步。往下一看，江水澎湃，猛撞山岩，浪花飞溅。一脚踩虚了，下面就是万丈深渊！索囊仁清在前，一步步给伊莎白做示范，叮嘱她只要盯着脚下的小路就行了，千万别朝悬崖下面看。

许多人走这段路时，吓得哭爹喊娘，两条腿不停哆嗦，如同走过鬼门关。让索囊仁清大感的是，伊莎白一步一步走得稳稳当当，被江风吹乱的秀发，遮住了她的眼睛，她便不时捋一捋头发，面带微笑，竟然没有一丝一毫的畏惧。

歇气的时候，伊莎白告诉索囊仁清："你知道我小时候有多么调皮吗？爬树，爬到很高的树梢上，把围观的大人吓得惊叫。我还爬过华西坝那些楼房的房顶，顺着高耸的屋脊，像走平衡木一样，来来回回行走，一点都不害怕。"

索囊仁清这才发出一声感叹："原来如此啊！"

不断地攀越一条条"鸟道"，最后，走到飞沙关时，山风凛冽，夹着箭镞般的冷雨，密密地射来。索囊仁清问，要不要退回去，在绵虒歇一歇。伊莎白说："走在前面的脚夫，恐怕已经走过了飞沙关。他们没得钱，到了幺店子，别人不赊东西给他们吃咋办？"

就这样，他们顶着"飞沙"，走过了最险要的"鸟道"。

其实，对于伊莎白来说，最为惊险的是在桃关，要抱着溜筒"飞过"岷江。这是她之前从未有过的体验。

在岷江狭窄处，一根溜索横空而过，固定在两岸岩壁上。溜索下面，奔腾的江水杀气腾腾，如虎啸狮吼，拧成斗大的漩涡，将冰凉的水雾和一股寒气泼向两岸。溜索那么长，是用一根根竹篾编成的，能不能承载人的重量？会不会断？如果出现了意外，不幸掉进岷江，哪怕是游泳高手，也无法在刺骨的雪水里扑腾，会直接被漩涡吞没。

面对悬崖下的岷江，伊莎白不禁倒吸一口寒气，心怦怦跳起来。

索囊仁清已经准备好了溜筒。那是用坚硬的木材制成的半圆形木筒，木筒外壳有"鼻子"可穿绳子。过河的人将两个半圆形木筒合拢绑好套在溜索上，再通过兜在膝盖、腰部和肩背下的绳子，将自己拴捆在溜筒上，凭重力滑过河。

索囊仁清示意，让一个脚夫先做示范。

脚夫极其熟练地将自己拴捆在溜筒上，然后伸脚朝岩石上用力一蹬，唰地飞下悬崖，到了溜索弧形最低处，双手使劲，如拔河一般，一把一把握紧溜索，努力向上，不一会儿就攀到了对岸。

索囊仁清对伊莎白说："你看他，趁着下滑的力道，还没等溜筒下到最低点，便伸出双手，马上展劲（使劲），往上攀了。"

又一名脚夫，如法炮制，也熟练地溜了过去。

接着，向小姐也溜过去了。

索囊仁清对伊莎白说："说不定，你溜过了这一盘，还想溜下一盘。"

极具运动天赋的伊莎白，已经观察清楚了。她拴捆好溜筒，深深吸了一口气，脚用力一蹬，嗖地往下滑去。她只觉得疾风在耳边呼啸，浪花在脚下翻腾，身体在岷江上空"飞翔"了十几秒钟，还不等身体坠下，她便伸出双臂，抓紧溜索，凭借着强大的臂力，"噌噌噌"攀上了对岸，然后，取下绳索，纵身一跳，在一块大石头上站稳。

太惊险，太刺激了！面对一江怒涛，伊莎白挥了挥拳头，似乎在说："你——没能拦住我！"

索囊仁清在对岸，举起双臂欢呼。

除了一路惊险，更让伊莎白惊讶的是，这一路都是世上罕见的美丽风景！

伫立在雪浪奔涌的杂谷脑河畔，斧劈刀削的群峰耸立在面前，更远处是一排排雪峰，竟有种登临阿尔卑斯山的感觉。

然而，四川盆地西部是中国第二级阶梯跃上第一级阶梯的地方，这里有岷山、邛崃山、贡嘎山和大小凉山等，绵亘上千公里，有数不清的雪峰耸峙其间，其气魄之大，阿尔卑斯山又怎能相比？伊莎白这样想。

八什闹终于有了歌舞声

这是杂谷脑河与岷江交汇处。

索囊仁清一行出威州（今属汶川），走过岷江索桥，再走过杂谷脑河索桥，走了一个半圆形，到了咆哮的杂谷脑河南岸，便一路西行，在离县城大约40里的地方，经过了一个名叫"堂上"的小村，盘山路在此消失了，乱石灌木丛中隐现一条羊肠小道。这时需要足够的脚力，沿小道登上一座200多米高的山梁子。伊莎白一步不停地紧跟着索囊仁清，走，走！步履稳健，越走越精神。走上山梁子，伊莎白汗津津的脸上露出了灿烂的笑容。

伊莎白终于看到了这次人类学田野调查的第一个目的地 —— 坐落在山沟里的有着20多户藏民居住的八什闹。下到沟里，往左看是青龙山，往右看是白虎山，两山对峙，气势雄伟，像是在给八什闹做守卫。

索囊仁清家是一座两年前盖好的三层土楼，用片石与黏土一层层铺就。与众不同的是，他家的窗户比任何一家的窗户都开得大，糊着雪白的窗纸，屋内的光线要好得多。按传统布局，土楼内，一层是牛羊圈，二层是火塘、厨房和卧室，三层是经堂，供着佛像，四壁是彩色图画。索囊仁清让伊莎白在三楼经堂住下。楼顶上的平台，是晒粮食、跳锅庄的地方。

爱开玩笑的索囊仁清说："看那窗户，像英国人喜欢的方格窗吗？"

特别要说一说的是索囊仁清家的厕所，是在二层墙外搭了一间板房，地板上开一个长方形的洞，离地有数丈高，大小便均落入田中，方便时闻不到臭气。一年前，庄学本在此居住后，评价说："这比不上抽水马桶，可较之普通汉人的茅坑，的确改良了。"

20多年来，先后有陶然士、葛维汉、饶和美、彭普乐、陆德礼等

20多位客人，在索囊仁清的陪同下来到八什闹。而像伊莎白这样年轻靓丽，让人眼睛为之一亮的洋姑娘的到来，却是一件新鲜事！

索囊仁清安排妹妹专门照顾伊莎白。伊莎白叫她"嬢嬢"。嬢嬢慈眉善目，很会持家，因为接待过多名洋人，她懂一些简单的英语生活用语。索囊仁清把伊莎白安顿好了之后，便离开了。

住下来后，伊莎白发现，小山村出人意料地安静。走在村里，许多面前走过或擦肩而过的村民都沉默无语，伊莎白想象中的藏族同胞的热情与豪放，都没有表现出来。

夜里，山风像魔鬼在尖啸，又似冤鬼在哭泣。

渐渐地，伊莎白了解到，这里之所以成为一个"鬼村"，是因为几年前的一场战斗。那是1935年，红军来到杂谷脑河。在红军来之前，国民党军队就向藏民们宣传，说红军是大头魔鬼，专吃娃娃的心和眼睛，可怕极了，千万别让红军进村来。后来，八什闹发生了战斗，红军和国民党军队均有伤亡，这给村民们留下了巨大的心理阴影。之后几年，八什闹一直被阴影笼罩着。

由于伊莎白的到来，嬢嬢找到了走出阴影的契机。她是酿酒高手，她酿的咂酒，香气扑鼻，醇厚浓烈，远近闻名。这一天，她发出了邀请："饶小姐来到我们八什闹了，晚上请到我家来喝酒！"

全村的老小都记得饶和美这个谦逊、和蔼的外国老头，如今他的女儿来了，左看右看，真是美若天仙。

傍晚，姑娘小伙们三三两两集合成一大群，有五六十人，沿着独木楼梯，鱼贯而上，来到屋顶平台上。

这真是一次服装的大展示。男男女女都身着鲜亮的衣服，红色、紫色、蓝色绸缎做成宽衣长袖，有的还绣着古式大花纹，腰束飘须绸带，色彩斑斓，如云霞相映。

一坛咂酒放在平台中央。两盏油灯高挂在平坝的两头，淡黄的光烘托出温暖的气氛。按照当地习俗，嬢嬢让家人给伊莎白搬来一张太师椅，请她坐在最佳位置欣赏歌舞。

先是一位小伙子领唱，同时提起右脚，一顿。接着六个小伙子随着唱和，开始起舞。粗犷浑厚的男声，引来七个清脆高亢的女声。随着歌声，姑娘们踩着节奏，扭动腰肢，然后男女牵手，迎向伊莎白。歌声从小声到大声，舞步由徐缓到激越。周围所有的人都唱起来，越唱越热情。看着一张张笑脸，伊莎白猜想，这是在冲着她唱歌跳舞。

嬢嬢在伊莎白耳边口译，这是《迎客歌》：

远方的朋友，
欢迎你到山寨上来！
远方的朋友，
欢迎你到云朵上来！
这里的咂酒喷喷香，
这里的蜂糖蜜蜜甜，
这里的牛羊肥又壮，
这里的锅庄跳得欢！
嚯嚯……

顷刻间，彩袍翻飞，长袖旋舞，羊皮鼓引领着踢踢踏踏的节奏，如千溪飞漱，万马奔腾，牵动着层层叠叠的山峦，也在一起狂舞！

一曲《迎客歌》，如同突然凝固的瀑布，戛然而止。

伊莎白正热烈鼓掌时，索囊仁清的小女儿端来一碗青稞酒，高举过头顶。伊莎白双手捧起酒碗，连忙说："谢谢，谢谢你们！"

一声吆喝，下一曲开始，这是圆圈舞。先是一个小圈圈，随着周边人们的加入，圆圈越来越大。

孃孃邀请伊莎白试一试，把她拉进了圈子。伊莎白也跟着大家，转身，甩袖，弓腰，踢腿，一边嘻嘻哈哈笑着，一边转着圈子，还没转上两圈，就踩了旁人的脚，被踩的姑娘毫不在意地冲着伊莎白笑着，更投入地边唱边舞。几圈下来，伊莎白跳得一身大汗。由于动作加快，她真怕再次踩了人家的脚，便主动退出来。

这是伊莎白毕生难忘的一次跳锅庄。几十年之后，已经104岁高龄的她，跟索囊仁清的甥外孙说起那次跳锅庄，还记得清清楚楚。那歌声，仿佛还在她身边回响；那舞影，仿佛还在她身边旋转！

墨蓝色的天幕低垂。一弯新月，挂在楼角；点点繁星，伸手可摘。咂酒下肚，激情更猛烈地燃烧。四周的山峦，回荡着羊皮鼓的声响："咚咚——咚咚——"男女对唱的悠悠歌声，变得更婉转，更深情。那歌声仿佛来自千山万壑，像是大地敞开了胸怀纵情释放出来的：

> 今日日月同辉，祥光普照；
> 吉祥的日子，吉祥的征兆！
> 不会忘记，永远也不会忘记，
> 这里是勇士出征的起点——
> 五屯父老乡亲在这里欢呼，
> 这里是博巴森根凯旋的地方；
> 五屯父老乡亲在这里期盼！
> 英雄的汉子们，
> 逢水架桥，逢山穿洞；
> 飞崖走壁，战无不胜；

攻无不克，视死如归！
哪怕只剩家中独子，
也必前去保家卫国！
这就是宁愿马革裹尸，
战死疆场的铁血男儿；
这就是英雄的汉子博巴森根——
雄狮般的藏兵！

八什闹的藏寨歌舞盛宴，一直进行到黎明。伊莎白深深懂得，八什闹已经完全接受了一位金发碧眼的姑娘。她将尽快地融入八什闹的生活，收集相关资料，开发这一座人类学的富矿。

一首儿歌和一架纺车

伊莎白做田野调查，要走遍每一家，都是孃孃带路，当翻译。孃孃一声吆喝，主人家的狗抽了一下鼻子，不再叫了。门开了，热腾腾的茶水也准备好了。

大山里，气候变幻无常。刚刚还是艳阳高照，热浪扑面，让人汗流浃背，一瞬间阴云滚滚，还来不及加衣服，冰雹如弹，就疯狂袭来，接着山风怒号，暴雨如注，冻得人直哆嗦。

孃孃一再叮嘱伊莎白，要注意随时增减衣服，千万别生病了。

刚来到八什闹，伊莎白就对索囊仁清说："千万不要把我当成外国人。一家人吃啥，我吃啥。千万不要给我搞特殊的饮食。"

这样，玉米粑粑、荞麦糊糊、荞麦酸菜面、烤土豆成了伊莎白的日常主食。她以超强的适应能力，吃着这些粗粝的杂粮，成为"素食者"。她喜欢吃孃孃做的手擀面，吃得特别香。

快要过燃灯节了，从来没有梦到过吃肉的伊莎白梦到了吃肉。

醒米，她闻到了肉的香气。原来是嬢嬢在吊锅里煮腊肉，她远远闻到了肉的香味，沉睡的味蕾苏醒了！

她从来没有吃过那么好吃的腊肉。燃灯节那一次打牙祭，让她一生难忘。百岁时，她接受记者采访，回忆到这一段，她抽抽鼻子，深深吸了一口气说："炉子炖着黄豆，加了肉，好香啊！"

她情不自禁地笑了，把记者们全都逗笑了。

除了挨家挨户地调查采访，伊莎白总想多为八什闹做些事情。她得知八什闹有一所小学，有八名学生，只配了龚家让一个教师，便主动要求给娃娃们上英语课。经索囊仁清联系，伊莎白终于如愿以偿，当上了英语老师。

没有课本，也没有纸和笔，就先从最简单的初次见面的问候、穿衣、吃饭、游戏开始。伊莎白在多伦多大学学的就是儿童心理学，她深知，孩子们在玩耍中学习，效果最好。

于是，孩子们装扮成各种角色——爸爸、妈妈、哥哥、姐姐、弟弟、妹妹，排演一幕情景剧，一个个笑得前仰后合；然后，孩子们又变换角色——大灰狼、小狐狸、小山羊、老黄牛，再排演一幕情景剧，一个个非常投入。这样的演出，吸引了许多大人和孩子围观，小学校的学生在不断地增加。索囊仁清的女儿央宗，也成为学校的一名学生。

如今已是90多岁的老奶奶央宗，还能用英语清晰而准确地哼出80多年前伊莎白教她唱的儿歌《划船歌》：

Row, row, row your boat
Gently down the stream
Merrily, merrily, merrily, merrily

Life is like a dream...

伊莎白教孩子们唱的歌，真好听；伊莎白带孩子们做的游戏，真好玩。从朝阳升起到太阳落山，八什闹的孩子都喜欢跟伊莎白玩耍，不知不觉，在玩耍中英语就越说越溜。伊莎白感觉，这些山里的孩子，听课特别专注，记忆力相当好，学习热情相当高——他们最缺少的，就是学习的机会，这让伊莎白常感到力不从心。

除上英语课外，伊莎白还饶有兴趣地跟着村民们学习各种生产技能。

她发现，在村里，从小姑娘到老婆婆，只要有一点空闲，都在捻毛线。捻毛线的方法非常原始，就是用一只手摇的转筒，一圈一圈地摇，从一堆羊毛中纺出粗毛线，效率非常低。伊莎白挨家挨户地问，纺线女百分之百没听说过，更没有看见过纺车。

伊莎白告诉索囊仁清，她要回成都一趟，给八什闹买一架纺车。索囊仁清大吃一惊："你要背一架纺车回来？"

看到伊莎白坚定的目光，索囊仁清知道，这个加拿大姑娘表面看起来十分柔和，内心却非常倔强。她认定要做的事，肯定是拦不住的。正好，索囊仁清要去成都办事，便答应带上她同行。

孃孃扳着指头算日子，半个月过去了，饶小姐也该回来了。她正准备和一些荞麦面做酸菜面，忽然听见孩子们在大喊大叫：

"饶小姐回来了！"

"饶小姐从成都回来了！"

"饶小姐背上背了个啥子东西啊？"

"饶小姐发水果糖了！"

"发糖了，发糖了！"在孩子们惊喜的叫喊声中，伊莎白分发着糖块，不一会儿，就把一包糖分发干净了。

嬢嬢喜出望外，迎上去。只见伊沙白风尘仆仆，背上背了一架木制纺车，两颊被太阳晒得泛红，更显得容光焕发。嬢嬢由衷地感慨道："真是个吃苦耐劳的好姑娘啊！"

当天晚上，来参观的人络绎不绝。伊莎白一手轻摇纺车，一手捋着羊毛团，一根又细又匀的毛线便缠绕在车轮上。虽然伊莎白的技术还很不熟练，但纺车的效果已经显现。伊莎白说："我是生手，只能做给你们看看。这纺车比起你们手捻毛线如何？"

"这个，当然比我们手捻强多了！"

"这个机器，好多钱一架？"

伊莎白耐心地回答着人们的提问，一直忙到参观的人散尽才歇下来。

从第一架纺车出现在八什闹，杂谷脑河两岸的村寨开始进入纺车时代。伊莎白纺出的第一根线，让古老的山寨与现代文明联系起来。

嬢嬢问路上遇到些什么困难、发生什么意外没有，伊莎白回答说："这一趟，比上一趟轻松多了！"

从成都回到八什闹，她正好与一位摄影师同行。摄影师抢下了最精彩的瞬间——

伊莎白背负纺车，怀抱溜筒，从湍急的岷江上溜过。如此惊险之时，伊莎白竟然在哈哈大笑！

初识"云朵上的民族"

伊莎白在华西加拿大学校读书时，就多次参观了华西协合大学博物馆。看到那些羌族的碉楼照片和器物，她感到很新奇。她听说过"羌族人是从西亚迁徙而来的犹太人的后裔"这一惊人的论断。这之后，她才知道在绵虒生活了20多年的陶然士牧师，以及陶然士与葛维汉有关羌族历史的激烈论争。

1920年，陶然士出版了专著《羌族的历史、习俗和宗教》，较为系统地阐述了他对羌族历史、习俗和宗教的研究。陶然士认为，川西的羌族山区就像"巴勒斯坦或中东，因为建筑是如此地相似"，平顶石头房和高塔"让人联想起这样形式的房子从小亚细亚，跨越北印度和中亚，再从甘肃到达华西的传播路径"。密密麻麻沿山脉而建的寨子，"其外观很像扩大了若干的中世纪城堡"，此景此物似乎"使人回到了大主教时代"。

年轻的葛维汉，对"羌族人是东迁的犹太人的后裔"的高论表示怀疑时，陶然士不以为意。那潜台词就是："你这个毛头小子，懂什么？"华西坝有一传说是："陶然士与葛维汉在学术上争论不休，却又是忘年之交。是陶葛之争促使葛维汉转向，成为考古学家、历史学家和人类学家的。"

在杂谷脑河谷，著名的羌寨有桃坪羌寨和佳山羌寨。

西方探险家和摄影师最迷恋那高耸入云的"东方古堡"，那是用石块和黏土砌成的碉楼。桃坪羌寨，位于杂谷脑河北岸一片台地上，数十座碉楼笔挺向上，又高低错落，比肩而立，仿佛在用建筑语言对上天宣示羌族顽强不屈的品格。而与桃坪隔河相望的南岸，是一座巍峨的大山，这就是佳山。佳山时而云遮雾罩，时而袒露峥嵘，半山上颓圮的烽火台，见证了古代的战争和佳山作为咽喉的重要地位。

向导带着伊莎白沿着"之"字形的小路，向着佳山寨攀爬。伊莎白总感到这座山的黄土层很厚实，植物有些异样，断崖上黄土与片岩层次分明地展示出古老岁月残留的自然变迁以及人类活动的痕迹。她想：难怪有数十名华西边疆研究学会的专家先后来到佳山做调查研究。

一身汗水，伊莎白终于爬到了寨门。她没想到，寨门口竟然有一座魁星楼。

从成都市区到周边城镇，被称为魁星楼的并不少见。伊莎白知道，魁星是汉族学子们尊崇的神，传说中他主宰着文运的兴衰。

这座楼呈门状，两根方形立柱有四五米高，横担着魁星楼的主体。门楼上的魁星面目狰狞，头长双角，豹目怒睁，金身赤面，右手握朱笔，左手持墨斗，右脚踩鳌鱼之头，寓意"独占鳌头"，左脚摆出扬起后踢的样子，脚下的靴底上有北斗七星，寓意"文光射斗牛"。历朝历代，学子跪拜魁星，祈求金榜题名。而在这遥远的杂谷脑河畔，也出现了一座魁星楼，可见汉族文化已经影响了佳山。

走过一段缓坡，一片碉楼屹立在眼前！

由于它们修建在山坡之上，湛蓝的天穹上呈现出一片气势磅礴的剪影，如同突然崛起的山峰，实在是壮观！向导说："这是佳山最大的家族——龙家的房子。"

向导向伊莎白介绍说："整个佳山，是由额达、若达和撒达三个村落组成的。按家族算，主要是姓龙、姓马、姓陶的三大家。也有人说是龙、马、陶、杨四大家。还有人说陈家算是第四大家，因为陈家的土地多，粮食收得多，在三个村子中最突出。当然，龙家的碉楼修得最好。"

伊莎白端起相机，对准碉楼群，不断地拍摄。向导向伊莎白挥挥手，让她往下看。半山腰，竟有几朵白云，像一片盛开的白莲花，缓缓飘过。有人赶着羊群，有人拾掇着庄稼，来往于云朵之上。从云缝之间向下探视，可以看到桃坪羌寨星星点点的房屋，杂谷脑河如一条弯弯曲曲的细线，在阳光下闪着翡翠般的幽光。

如果有恐高的人爬上佳山往下看，肯定会眩晕。

佳山寨的龙保长在他的碉楼前,见伊莎白快步走来,远远地就打着招呼:"欢迎饶素梅小姐!"

龙保长黧黑的脸上带着微笑。他包着头帕,束着腰带,穿着牛皮鞋,身上的羊皮背心干干净净的,长衫的袖口和衣领周边绣着云纹图案。从穿着可见,他早就准备着盛情接待伊莎白了。

碉楼之间,道路狭窄,纵横交错,形成迷宫一样的胡同。墙上,还残留着不少红军标语。龙保长说:"红军的徐总指挥,就曾把指挥部设在我的家里。他在我家住了四个多月,我家小侄女还给他煮过饭,烧过开水。"

顿时,伊莎白感到,这佳山,除了蕴藏着人类学之谜、考古学之谜、气象学之谜、生物学之谜,还蕴藏着中国工农红军之谜!

龙保长说:"那段时间,只要天气好,国民党军队的飞机就在佳山上空盘旋,飞过来,飞过去。站在我家的碉楼顶上,连飞行员的脸都能看清楚。"

伊莎白问:"你们不怕飞机吗?"

龙保长笑着说:"怕啥子嘛!徐总指挥说,佳山好呀,国民党军队的飞机就是看到了红军的大队伍也没法子扔炸弹。你看嘛,山这么陡,炸弹丢下来,也会像红苕一样滚下坡,一直滚到岩坎下去,炸得到哪个嘛!"

说着,龙保长带着伊莎白走进碉楼,走过牛羊圈,从锯齿状的独木梯上到二层。火塘上,吊锅里的水沸腾着,新鲜玉米做成的玉米面饼散发出一股甜甜的香气。再看小餐桌上,摆满了腊肉、野味、蔬菜、瓜果。

见到伊莎白来了,几个老辈子一一向她打招呼。其中,最让伊莎白注意的是留着长胡须的龙自先。他自称是教书先生,在佳山上办私塾。

龙保长说:"我的这位大伯,教书教出了名。山下桃坪的,还有大西山的,都把娃娃送来读书。"

伊莎白问:"娃娃天天要上学,上山下山,要走好久?"

龙老师说:"本村的娃娃,就不用说了。远一点送来读书的,都投亲靠友,就近吃住,我们这里叫'寄饭'。'寄饭'的学生家长,只要每个月背一袋粮食、砍一块猪膘到山上来给人家就可以了。"

一边吃喝一边闲聊。从寨门口的魁星楼,联想到龙老师办私塾,伊莎白感觉到了佳山人对文化的追求。龙老师欢迎伊莎白随时来学堂看一看。

龙保长说:"饶小姐,你带着相机来,肯定想拍些照片。你拍山呀水呀,花花草草,都随便拍。拍寨子的人,恐怕就不那么好拍了。他们没见过世面,诧生(认生)得很,紧张得很。你看,英国旅行家伊莎贝拉拍的相片,一个个表情都是木戳戳的,好像我们羌族人不会笑,只会发瓜(发傻)。庄学本老师就不一样。他先给大人娃儿摆闲条(闲话),东说南山西说海,说得高兴了,偷偷拍一张;或者就叫他们不要紧张,表情尽量自然一些。庄老师拍的,就好看得多。饶小姐,反正你在我们佳山随便住好久,跟大人娃儿混熟了,你想咋个拍,就容易了。"

龙保长这一番话,伊莎白听来,很中肯。不知不觉,一边吃喝一边就摆了许多龙门阵。

宴请之后,龙保长又带上两个姑娘,抱上被子褥子,送伊莎白到川主庙西厢房二楼住下。

在四川境内,川主庙是一个很有意思的景观。有的川主庙是祭祀李冰的,有的是祭祀刘备的,还有的塑着关二爷的像,而佳山上的川主庙中端坐着手执羽扇的诸葛亮。从寨门的魁星楼到半山上的川主庙，足见佳山融合了不少汉族文化元素。

诸葛亮是智慧的象征，他摇着羽扇，守护着伊莎白。早上醒来，推窗俯视，朵朵白云在窗下飘过。透过云缝，一座座碉楼如突兀的奇峰，在云雾中沉浮，让人充分体验到"云朵上的民族"的韵味。

一股海碗粗的清泉，从川主庙地底下穿过，终年流淌不断。后人雕一龙头，让泉水从龙口喷涌而出，这就是佳山的生命之水。在这海拔近两千米的山上，有水，还有上千亩台地，经过佳山人上千年的勤劳耕种，佳山变成了远近闻名、易守难攻的"粮窝子"。

对于龙保长而言，他又接待了一位充满了好奇心的外国女子。

佳山之谜与佳山宝藏

中国西部的羌族，是东迁的犹太人的后裔吗？

带着太多的疑问，伊莎白在佳山细细观察了一座座碉楼。

陶然士有关"东迁的犹太人"之说的重要依据就是建筑物。

在佳山寨一座古老的碉楼上，外墙面上有两个明显的"十字架"，仔细一看，更像是砌墙时横竖两道缝交叉自然形成的两个"十"字。此外，还有一串谁也认不出的符号。伊莎白想知道这些图标和符号有什么意义，可是谁也说不明白。看来，如果单凭"十"字就说这是犹太民族的文化遗存，确实牵强得很。

几天之内，伊莎白看遍了佳山上的碉楼，再经龙保长一解说，她很快读懂了碉楼。

碉楼大致分为四种，即家碉、寨碉、战碉和烽火碉。

家碉，就是各家各户修建的相对矮小的碉楼，与住宅相连。一旦发生战事，也能成为独立的作战单位。

寨碉，是修建在家碉群中最高大、最坚固的一座，一般是寨主居住。它俯视众碉，便于战时指挥村民迎敌。

战碉，一般建在山口关隘等险要位置，可以屯集武装队伍，一夫当关，万夫莫开，御敌于村外。

烽火碉，顾名思义，是村寨之间发出烟火信号、相互联络的碉楼。

让伊莎白惊叹的是，垒砌碉楼时既没有图纸，也不用吊线，更没有脚手架，全凭目测和代代相传的经验——先用片石、碎石错落搭接，再用小石片揳紧按平，然后用黏性很强的黄胶泥混合细麦秆填好细缝，等完全干透之后，再砌一层。这样层层叠砌，底大头小，一座碉楼便拔地而起。

看遍了佳山的碉楼，伊莎白并没有陶然士那种"类似中东以色列建筑"的感觉。而华西边疆研究学会李哲士"类似欧洲中世纪的防卫塔"的描述，倒比较符合实际情况。

看过碉楼，再观察羌族人，个头比较高大，面部线条分明，确实与汉人有些分别。但是，凭这些就能说明他们是犹太人的后裔吗？

龙保长介绍说："华西的牙医刘延龄专门来佳山，看了我们的牙齿病。他还让我想办法，找了好多男男女女，测量他们的骨头长短。"伊莎白明白，龙保长说的是刘延龄曾在佳山进行体质人类学调查。在华西坝，多才多艺、兴趣广泛的刘延龄非常有名。他戴着一副金丝眼镜，头发梳得一丝不乱，留着一撇小胡子，显得很有风度。他是华西合唱团的指挥，抗战时期，五大学在华西坝联合办学，刘延龄又成为五大学合唱团的指挥。

1930年，刘延龄来到神往已久的佳山。按14项计算指数，测量了上百个成年男女。结果是，羌族成人头面部为圆头型、高头型、阔头型、阔面型、中鼻型的出现率最高，体部为长躯干型、亚短腿型、宽胸型、宽肩型、宽骨盆型的出现率最高。结论是，羌族人体质特征与藏缅语族群类似。

而早在刘延龄之前，华西协合大学的创办者之一莫尔思，曾对四川10个民族中的3051人进行人体数据测量，也无法为陶然士的"羌族人是东迁的犹太人的后裔"提供论据。

佳山还分布有广泛的石棺葬遗址，葛维汉曾多次来到这里进行考察。

这里还有新石器时期的人类活动遗址。一只黑陶双耳罐，被陶然士认定为早期的犹太人的用品。此孤证，既无人反驳，也无人肯定，一直是个悬案。

上佳山的头几天，伊莎白的相机快门"咔嚓咔嚓"响个不停。她欣赏过伊莎贝拉和庄学本在杂谷脑河谷拍下的山水风光和人文风情照片，感觉摄影家快门一按，就是经典。伊莎白虽说对二位前辈非常崇敬，但在选材、角度上尽量不与他们重复。后人研究这些珍贵照片时，才发现伊莎白是在用自己的独特眼光来看世界。

龙保长说："暑假期间，胡秀英老师带着学生，就住在川主庙。她性格开朗得很，整天乐呵呵的，像个娃娃头儿。她采集了好多标本，还对我说：'从河谷里的仙人掌到雪山上的雪莲，一座佳山有几个气候带的植物，实在是一座植物宝库。'"

伊莎白知道胡秀英，这位华西协合大学生物系的教授，在佳山发现了一个冬青新种。

在佳山，伊莎白感觉真不错，仿佛面对一个立体的书架，摆着地质学、气象学、植物学、动物学、考古学方面的罕有人翻阅的大书，这激发了她极大的调查兴趣。

伊莎白还观看了跳神表演。龙保长说："大旱之年，老龙头那一股水，只够人畜饮用，庄稼地干得要命，跳神求雨都解不了旱情时，就有人带队去大雪包，把云喊下来，下一场透雨。"

对此，伊莎白半信半疑，更觉得佳山充满了未知之谜。

据多年研究佳山的学者王曙生统计，有30多名中外学者到佳山做过研究，他们是伊莎贝拉·伯德、弗格森、W. R.诺恩、陶然士、伊丽莎白·夏皮、葛维汉、叶长青、莫尔思、闻宥、王文萱、刘恩兰、胡秀英、于式玉、芮逸夫、凌纯声、马长寿、刘国士、侯宝璋、陈耀真、刘延龄、芮陶庵、饶和美、布礼士、陆德礼、冯汉骥、胡鉴民、郑德坤、李绍明、张雪岩、白永达、金鹏、孙绍谦、蒋翼振、丁骕、柯象峰、徐益棠、张伯怀、伊莎白等。

对陌生的世界充满好奇

"呜——呜——"

1934年1月22日，应华西协合大学的邀请，杂谷脑宝殿寺的32位僧人来到华西坝，参观了博物馆，并举办了演出活动。华西坝响起了低沉、浑厚的长号声。

在华西坝常能听到唱诗班的合唱和当时的流行歌曲，来自藏传佛教寺庙的号声则让华西坝的中外学人感到既新奇又欣慰。一种不可名状的感动，涌上了饶和美夫妇的心头。

那是1933年8月，饶和美夫妇带上二女儿，请索囊仁清当向导，走进了杂谷脑。他们来到了宝殿寺，寺内人声鼎沸，香火旺盛。他们来得稍晚了一点，错过了观赏大威德金刚舞的表演。他们游览了庙宇之后，一座雄伟的白塔吸引了他们的目光。

索囊仁清指着四面的高山说："这四面的山，如同莲花瓣绽开，杂谷脑的官田村就处于莲花中心。听老人说，清顺治十年（1653年）就开始修宝殿寺，规模不算大。到了乾隆四年（1739年），最后一任杂谷土司苍旺征集当地民众上千人，参照尼泊尔夏仁格青大金塔的式样，前前后后花了十年时间，建起这座大佛塔——白塔。围绕着这座白塔的是108座小佛塔，就像春笋一样，所以有人叫它们'笋塔'。"

索囊仁清说："走，进去看看。"饶和美一家三口，便跟着索囊仁清走进了塔楼。一股浓郁的藏香味在塔中弥漫。塔内，地下九层，地上九层，有100多个小殿堂，酥油灯光焰闪耀。佛祖妙相庄严，端坐莲台，供信徒们顶礼朝拜。

饶和美一家三口，兴致勃勃地参观了白塔，不禁交口称赞一番。

午后3点过，饶和美一家正在寺庙旁一家客栈喝茶、休息。突然间，随着隆隆的山崩之声，大地如万牛拱动，剧烈摇晃起来，杂谷脑的房屋，瓦碎墙倒，惊慌失措的人们在滚滚烟尘中钻来钻去，尖叫着，呼喊着，一片混乱。饶和美知道是发生地震了，但震中是何处、震级是多少、范围有多大，所有的人都不清楚。

令人痛惜的是——宝殿寺大殿受损，白塔垮塌了，还有10名僧人遇难。宝殿寺内外，一片狼藉。

当饶和美想去看一看损失情况时，两个年老的僧人围了上来，愤怒地比画着，叽里咕噜，不晓得说了些什么。索囊仁清说："他们说，宝塔不准女人爬上去，这是天规！你们有两个女人，钻进了宝塔。你们看，菩萨被惹怒了！宝塔垮塌了！"

看来，老僧认定，是饶和美的夫人和女儿引来了灾难。饶和美又比又划，有口难辩。索囊仁清及时做了一番解释，让饶和美一家三口赶快离开。

宝殿寺成了是非之地，老僧的观点扩散开来，对于饶和美一家极为不利。由于交通受阻，他们一时还难以离开杂谷脑。

终于，从苟守备和桑守备那里传来消息，是南边的叠溪发生了7.5级大地震，大半个叠溪场坠入了岷江，而杂谷脑河谷两岸的村寨损失还不算太惨重。驻杂谷脑的联保主任杨继祖派出的打探消息的兵丁也证实了两位守备的消息。

杨继祖在成都的华美中学上过学，因为他解放了手下的奴隶，废除了进衙门见官先下跪的礼节，被庄学本戏称为"杂谷脑的林肯"。他获悉宝殿寺的僧人将地震震垮白塔怪罪于饶和美一家之后，亲自去宝殿寺解说了一番，小小风波表面上暂时平息了。

震后，华西坝发起了援助叠溪大地震受灾群众的慈善活动。经索囊仁清牵线搭桥，宝殿寺的32位僧人来到成都，为重建宝殿寺、修复文物募集资金。

此行，僧人们募集到一笔可观的资金，对饶和美的妻女进入宝塔的指责以及对索囊仁清的不满至此告一段落。

六年之后，伊莎白和孀孀以及八什闹的村民们，结伴来到了宝殿寺。因为宝殿寺要举办一场盛大的法会。

天刚亮，就从宝殿寺传来了低沉、浑厚的长号声。伊莎白听父母形容过这号声。号声在山谷间回荡，周边村寨的人们从一条条山路走向宝殿寺，络绎不绝。

在号声中，磕长头的虔诚信徒早已提前出发，从遥远的山寨一直叩到了大殿之前。寺内已是人山人海，在喧腾的鼓乐声中，四个戴魔鬼面具的人跳出来，绕场一圈，又绕一圈，人们自然围成了一个大圈。突然，伊莎白身边的男孩子喊了起来："你们看，快看，那个戴面具的，不是鬼，他是我的叔叔！"观众立即爆发出笑声。

大威德金刚舞的表演，把观众的情绪推向高潮。

伊莎白跑来跑去，选择最佳角度，拍下了大法会最精彩的画面，对特别珍贵的大威德金刚舞的场面,做了最好的图像记录。

理县史志专家们盛赞伊莎白拍摄的这一组老照片。

80多岁的龙金平老人说,1976年,伊莎白和丈夫柯鲁克带着三个儿子回到杂谷脑,她来到佳山,说起当年祭祀山神的一次祈雨活动,还记忆犹新。

那是酷热的夏天,佳山上久旱无雨。龙保长决定派出18个精壮的小伙子,上到海拔5000多米的大雪包去祈雨。

小伙子们爬到了浓云密布的大雪包,在祭了山神之后,他们齐声大吼,声波震动了空气,让悬崖积雪崩裂,引发更大的气流——脆弱的平衡瞬间被打破了,饱含水汽的浓积云被一股力量推动了,顺着山坡倾泻而下,向上的热空气将浓积云一阻挡,迅速形成雨水,"哗哗哗"朝山下淋去。

当小伙子们跑回寨子时,大雨也跟着追来了。伊莎白只是看到小伙子们上山,后来就下雨了。她半信半疑,觉得很不可思议:难道真是龙王、山神大发慈悲,给佳山下了及时雨?

龙金平老人说:"我要是有机会,就和伊莎白讨论讨论,那样的祈雨活动好像是声波震荡空气引发的'蝴蝶效应',就和用高射炮发射炮弹进行人工催雨是一个道理!"

沿着杂谷脑河,伊莎白没有停止探寻的脚步。她已经学会了简单的藏语,习惯于喝酥油茶和吃糌粑。每当走过有转经筒的路边、桥边,她都会很认真地手抚经筒,转动它。每当经过经幡下的玛尼堆时,她总是按随行的人数,给石头堆上增添几块石头。她深知,作为一个人类学家,入乡随俗是一项基本功。

从八什闹、佳山到杂谷脑,伊莎白走过甘堡屯,走向梭磨河,经过曾是繁华的贸易中心的马塘,最后到了马尔康。她看过宗教表演和祭祀活动，了解了婚丧嫁娶和家庭结构，走的路越多，见识就越广，疑问也就越多。

人类学，是探索人类在不同环境中的生存现状、生存方式的学问，也是一门直通心灵的学问——因为人类学要做最基础的田野调查，如果被调查者拒不说话，或不敢开心扉说实话，人类学家又如何开展工作呢？

所幸，伊莎白以超强的适应能力，适应了当地的生活，在杂谷脑的田野调查越来越顺利。对于陌生世界的好奇心，让她的精气神一直处于最佳状态。

感谢父母，把我生在中国

从伊莎白的姥姥到伊莎白的曾外孙女，六代人，时间跨越了近150年。伊莎白作为纽带，传承了生命，也将对中国的深情传递给了后辈。她的儿子们积极推动中国的建设、教育及国际交流，成绩显著。

漫长的百年，对于勤奋的伊莎白而言，还觉得太短。在百岁前后的十来年，伊莎白一直为促进中国和加拿大民间友好积极奔走，令人感佩。

长寿者，总是性格开朗、洒脱、乐观的人。伊莎白告诉二儿子柯马凯，她这一生很快乐，而最重要的一句话是："感谢父母，把我生在中国。"

六代人的中国情

二十世纪二十年代的一张老照片，留下了伊莎白姥姥的影像：老人家抱着外孙女坐在鸡公车上，多么慈祥，多么安然。

柯鲁三兄弟听老妈说过:"姥姥生性乐观、开朗。有一年夏天,她随几个传教士坐滑竿去彭州白鹿镇一带。那路真难走,在最险的白鹿河边上,脚夫不小心摔了一跤,姥姥滚进了河中。她因为会游泳,就在河水中扑腾起来。一位年轻的传教士下河,把她救了起来。事后,她说河水不算凉,急流中游泳很刺激。姥姥早年来成都,帮助妈妈做家务,带我们三姐妹,虽然有些忙,却很快乐。她的性格,对我,对你们二姨、三姨影响很大。"

真是乐者长寿。姥姥把乐观、开朗的性格遗传给了三个外孙女 —— 伊莎白104岁时,大妹妹102岁,小妹妹也满100岁了。

伊莎白的爸爸饶和美、妈妈饶珍芳在成都华西坝生活了30多年,1949年回到加拿大,1955年来北京探亲。探亲结束回到加拿大后,老两口到处宣传新中国新景象。他们的描述,遭到一些亲友的质疑。对此,他们总是反复强调:"眼见为实。不信? 你们去中国瞧瞧!"

柯鲁三兄弟回味着前辈的中国情,又说到后辈的中国缘。

柯马凯说:

"大约在2003年,我家老三柯晨霜在北京大学医学部学医。有一天,他在路边停车场发现一只小流浪狗,小狗'呜呜'地叫着,非常可怜。他四下打听,可没找到小狗的主人,他就把小狗抱回自己的住处养了起来。毕业后,他要去四川大学华西临床医学院读研,小狗就成了问题。我就去跟老妈说这事,因为当时我哥我弟不在北京,老妈就在家里开了'国际电话会议',民主讨论通过,决定收养小狗,还办了养狗证。我们给小狗取名叫冰粥 —— 冰粥是北京人夏天特爱的食品 —— 叫起来有一种滑溜溜的、特舒服的感觉。

"然后呢,2013年,我的女儿文杨兰怀孕了。天哪,她的肚子好大啊! 原来,她怀的是双胞胎。后来,一对可爱的女孩来到了人间,小名就叫冰冰、粥粥。这样，冰粥'汪汪'叫着，一家人围着冰冰、粥粥忙活着，家里搅成一锅'粥'，热闹极了……算上太姥姥，冰冰、粥粥就是我们大家庭在中国生活的第六代人了。

"柯晨霜在成都读研时，住的公寓楼旁边，就有一座小学校。校园整洁，楼宇高耸，操场上有打球的、做操的、跑步的，充满了欢声笑语和蓬勃朝气。回到北京，他给老妈说起这事，老妈惊讶地说道：'那就是你太姥姥办的弟维小学呀！偏偏让你紧邻着住，缘分啊！'"

说罢前辈与后辈，再说柯鲁三兄弟。

老三柯鸿岗，后来居上，身高冲到1.95米。他身高腿长，跑得特快。伊莎白派他去十里店送捐款，去八什闹看望乡亲们，"任务"都完成得很漂亮。他后来去了英国，应聘到英国广播公司（BBC），制作并主持了多个专题节目，如《听众信箱》《流行乐坛》《迷幻世界》等。他还作为BBC的代表，主持了2003年BBC与云南人民广播电台共同举办的《挑战艾滋，共享生命》大型广播讨论节目和2004年BBC与北京人民广播电台合办的《道路安全与都市交通》大型互动谈话节目，听众遍及全球。柯鲁和柯马凯都说，谁的朋友也没有柯鸿岗的多。

老二柯马凯可真是个大孝子。由于柯鲁在美国、柯鸿岗在英国，他代表三兄弟，日复一日，年复一年，与保姆配合默契，精心照顾着老妈：三楼楼道拐弯处，放着一把椅子，这是老妈爬完11级阶梯歇息的地方；喝下午茶时，端上一盘削成小薄片的苹果，让老妈不费力咀嚼就能咽下；给客人赠书老妈签字时，他在老妈胳膊肘下面垫一本书，不让老妈因胳膊吊着而感到费力。还有，窗帘透过的光线是强还是弱，家里各个房间的温度是低还是高，柯马凯都非常注意——真是心细如发！

柯马凯还是个好爸爸、好姥爷。女儿文杨兰在幼儿园工作，下班较晚，每天放学时接冰冰、粥粥的光荣任务就落在姥爷柯马凯肩上。而冰冰、粥粥课余又在不同的兴趣班玩耍，他得往不同的地方接送。下午4点到6点多，是柯马凯忙得脚不沾地的时候。

如此之忙的柯马凯，还在1994年创办了满足外籍在京人士子女受教育的国际学校 —— 京西学校。

在谈到办学理念时，柯马凯说："办学的时候，我们几个朋友都是同一种思想，我们要办一所有特色的、与国际接轨的学校，同时又能让学生们领会中国悠久而灿烂的文化。"

经过20多年的建设与发展，京西学校已经是占地百亩，拥有1500名学生、190位教师，教学质量上乘的国际学校。2004年，柯马凯荣获国家外国专家局颁发的"中国政府友谊奖"。

再说老大柯鲁。他继承了老爸柯鲁克浓密的络腮胡、浑厚的嗓音、爽朗的笑声，他常让柯鲁克的学生们产生幻觉：我们敬爱的大卫·柯鲁克教授从来没有离开我们。

柯鲁1976年去美国斯坦福大学历史系读书。后来，他娶了韩丁的侄女为妻，并加入了加拿大籍，他表示："我要做一个白求恩那样的加拿大人。"

二十世纪八十年代，柯鲁应聘到西方石油公司，参与开发山西平朔安太堡露天煤矿的大项目。这座当时世界上最大的露天煤矿开工时，一下子吸引了全世界的目光，也让中国煤矿同行们大开眼界：那载重100多吨的大卡车，排成长队，如同钢铁巨兽，"轰隆隆"碾过雁北大地；那传送带上如河流般的乌金，为中国挣得了宝贵的外汇。

柯鲁说：

"在工作中，我结识了许多中国朋友。他们见到我这个'中国通'很好奇，也很友好；我见到他们也感到亲切。大家齐心协力，都想把这个大项目搞好。

"后来,我太太带着两岁多的双胞胎儿子来到了安太堡,我希望俩儿子从小就学会在自然条件不那么优越的地方健康成长。

"在假日里,我们开着越野车,驶向雁北地区的大荒野。那里有绵延不断的古长城残迹,有杨家将洒过热血的古战场,还有李陵碑遗址。在那里,风呼啸着,像在哭泣。放眼望去,枯草丛生,一片肃杀景象。这场景,让我读过的中国历史一下子鲜活起来了。想起中华民族曾经经历的苦难、屈辱、压迫,我觉得只要有杨家将那种百折不挠的精神,中国一定能重新崛起!"

九十年代,柯鲁又应聘去了立邦国际货运公司。他刚上班,就遇上了麻烦。由于港口业务繁忙,公司的货船通常要在港口外滞留个把月,才能进港装卸货物。这无论是对货主还是对货运公司,损失都很大。用什么办法"疏港"呢?

几经周折,柯鲁决定去位于北京东长安街的中国远洋运输(集团)总公司取经。出乎意料的是,中国远洋运输(集团)总公司负责接待柯鲁的人,居然是柯鲁克、伊莎白的学生郑海棠。

郑海棠一说起恩师,眼圈就发红。他怕控制不住感情,赶快转了个愉快的话题:"还记得1965年的五一劳动节,你爸爸妈妈带着全班同学去颐和园游览,我记得也带上了你们兄弟三人。你们那时都长得很秀气。一晃20多年过去了,你看你,现在已是一个成熟的中年男子了。"

叙旧之后,他们开始谈业务。郑海棠大大表扬了柯鲁:"你做得对,就是要走正常路径去办理手续。"他教柯鲁如何按程序去"疏港",并介绍了中国远洋运输(集团)总公司的实践经验。同时,郑海棠还提纲挈领地把海运的重要规则给柯鲁讲明白了。

这次巧遇，使柯鲁的业务得以顺利开展，还促使两家大公司携手合作，做出了可喜的业绩。

柯鲁站在气势恢宏的码头，看数十万吨的巨轮进港出港，门座式起重机一字排开，挥动钢铁巨臂，将集装箱像砌火柴盒一样，迅速而准确地码成一座座小山，真觉得赏心悦目。

这时的柯鲁不由得想起1938年老爸柯鲁克拍摄的黄浦江码头的照片，那些衣不蔽体的苦力，把沉重的货物背在背上，胆战心惊地走过跳板。那一个贫穷落后、饱受饥寒与凌辱的中国，一去不复返了！

汽笛长鸣，震撼海空。世界货运量排名前十位的集装箱码头，中国就占了七个。熟读史书的柯鲁说："中国已揭开了历史新篇章。我能为中国的崛起尽一点绵薄之力，心中特别舒坦！"

拓荒者，你们是亿万富翁

"人民需要我们到哪里，我们就到哪里……"

北京外国语大学的老校歌《永远为人民服务》，诞生于建校之初。每当伊莎白唱起这首歌，她就会想起那些朝气蓬勃的学生——他们身穿布军装，每人一个小马扎，经常在露天课堂上课。特别是在北京西苑老兵营时期，学校培养出新中国第一批外语人才。

二十世纪五十年代初，抗美援朝战事激烈，急需外语人才，外国语学校英语系大三的男生几乎全部赴朝，到战俘营做翻译工作。临别时，柯鲁克夫妇以自己的体验，与赴朝学生讨论"如何做好战俘的工作"，让学生们受益匪浅。

除了抗美援朝前线，各大专院校、外事机构，各省市都急需外语人才。学生们一毕业，就直奔需要他们的地方。在学生们的心目中，柯鲁克夫妇就是最好的榜样——人民需要他们留在中国，他们就留在了中国。

当时，伊莎白教大二学生的口语，她发现，从大一到大二，学生们的口语水平并没有得到明显的提高。与伊莎白同属一个教研室的口语老师应曼蓉，回忆起伊莎白发起和引领的"口语革命"时说道：

"我们的口语教学通常采用情景对话的形式，围绕一个题目进行，比如'购物''求职''争论'等。先是在大班进行示范，由老师在没有道具的情况下把一个个情景表演出来，接下来各小组分别去照着练习。

"伊莎白从一开始就反对散发口语教学材料，她认为这是中国学生长期形成的死抠生词或语法，读死书的学习方法。

"为此，我们通过讨论，统一了认识，决定在上大课之前不发教学材料，迫使学生不得不在上大课的时候集中精力，观看老师的示范表演，倾听老师的对话。在当时没有任何教具的情况下，在整个年级100多人面前，重复这些对话，对老师来说是很吃力的，特别是像伊莎白那样轻柔的嗓音很容易变沙哑。

"但是，她是那样地投入，一遍又一遍地演示，终于使学生们的口语水平得到了明显的提升，口语课大获成功。伊莎白和我们教研室，在口语教学方面闯出了一条新路，得到了一致的好评。"

几十年来，作为新中国英语教学的拓荒者，伊莎白就是这样一句一句、一段一段、一篇一篇，以极大的热情，把纯正的口语，教给了一批又一批的学生。

学生们感受很深的还有柯鲁克和伊莎白二位老师为他们营造的"学习英语的环境"。

"背景讲座"曾是学生们最喜欢的课外内容。柯鲁克夫妇经常邀请访问北京或常住北京的英语人士来演讲，希望通过这种方式，将原汁原味的英语呈现在学生面前，从而激发学生们学习英语的兴趣，加深学生对英语文化背景和知识的了解。

柯鲁克夫妇坚持每周两次或三次到学生食堂，和学生们一起进餐。在轻松愉快的氛围中，师生一边吃饭，一边讨论各种有趣的话题。为此，学生们一下课便直奔食堂，而老师早已在等待学生了。让学生们觉得不好意思的是，老师来得最早，走得最晚。

柯鲁克夫妇还精心安排学生轮流到家中吃便餐，或组织学生去游颐和园、爬香山等，用英语畅谈历史，抒发感想，让学生们尽情发挥。

1976年，北外招收了来自北京、江苏、四川、福建等8个省市的最后一批"工农兵学员"60余人。廖利就是那时候从四川进入北外的带薪学员。贺新民是军人，性格豪爽，被选为班长，从此成了"永远的班长"。

2021年夏天，廖利等老校友齐聚北外，去看望恩师伊莎白。于是，一群两鬓飞霜的学生，拥入北外家属院老房子，一下子就挤满了伊莎白家的小客厅。

伊莎白看到这么多学生，高兴得很。学生们七嘴八舌，笑语喧哗。江克绘声绘色地说起45年前老师的风采："她脚蹬一辆墨绿色二八大杠，身穿卡其裤子、小格子衬衣，修长的身材，从西院到东院，风一样闪过，那敏捷、矫健的身影令人难忘。"

廖利还将王鲁山、余家淇、周晓琴、何先明等同学的祝福转达给伊莎白老师。学生们的祝福虽然长短不一，却都饱含真情。

贺班长强调："学外语，很重要的是语言环境。伊莎白老师在营造语言环境方面，可以说是煞费苦心。"

贺班长回忆道：

"我们毕业那一年，一批渴望了解中国的美国青年组成代表团，住在北京昌平小王庄伊莎白的老友阳早和寒春的奶牛场。得知这个情况后，伊莎白立即联系阳早和寒春，安排了一部分同学去实习。

"抽着烟斗的阳早，用一口带着浓重口音的陕北话，欢迎我们的到来。

"寒春发表了热情洋溢的讲话。她说，1948年，她还是一位核物理研究者，是大名鼎鼎的物理学家费米的助手。她来中国前，她的同事杨振宁教她说的第一句中国话就是：'这是一支笔。'通过不断的学习，她现在已经可以与陕北羊倌、京郊老农进行无障碍地交流了。接着，她又把自己的话，用英语讲了一遍。中美青年听了，热烈鼓起掌来。

"那三周，天天与美国青年见面、闲聊、交流……课堂上学的、死记硬背的单词和句子，一下子蹦出来，鲜活了，衔接了，贯通了。美国青年坦诚地指出，哪一句话还可以'口语化'一些，只需一两个单词，就能让对方明白你的意思；哪一件事还可以更贴切地陈述，既精练又生动。

"伊莎白和柯鲁克两位老师，则常常充当快乐的旁观者，不时'画龙点睛'，给我们点拨点拨，真有醍醐灌顶的感觉。

"就这样，我们和美国青年一起，跟着当地农民下地干活，吃在农家，睡在炕头，相互学习，还一起跳舞、打球、拍照，交流越来越顺溜。那群美国青年来自不同的地方，有着不同的职业，交流的内容涉及地理、历史、政治、经济等，非常广泛。我们每天晚上在灯下回忆、整理当天的对话，都觉得收获特别大，简直就像是出了一次国。

"那年的中秋节晚上，那些美国青年还和我们一起，赏明月，吃月饼，表演小节目，度过了一个难忘的中秋之夜。

"后来，伊莎白老师在全年级上大课的教室，给同学们念了一篇优秀作文，写中美青年的交流和欢度中秋的情景。她念得声情并茂，全班同学都听得很专心。我一听，这是我写的作文，兴奋得心怦怦直跳。

45年之后，想起这件事，还觉得非常开心。"

2021年秋天，北外80周年校庆，隆重，热烈。

伊莎白笑容满面地坐在轮椅上，由儿子柯马凯推着，缓缓穿过人群。善解人意的柯马凯不时停几秒钟，好让一头白发的老学生和一脸阳光的学生娃，能跟伊莎白老教授来张合影。

记者在人群中忙着采访，终于"抓住"郑海棠。

记者问："柯鲁克和伊莎白教授究竟教过多少学生？"

郑海棠回答："从1948年夏他们受邀留在中央外事学校教英语起，半个多世纪专注在校英语教育，之后又去新疆、内蒙古等地义务讲学，具体教过多少学生，根本无法统计……'桃李满天下，学生遍全球'应该是最好的概括吧！"

郑海棠补充道："柯鲁克夫妇的学生，无法统计，学生们创造的精神和物质财富，更无法统计！"

对于柯鲁克夫妇，老朋友爱泼斯坦曾经评价说："当年，柯鲁克是怀着当百万富翁的梦想去美国的。结果，他走上了相反的道路，在中国找到自己的归宿。他没有成为百万富翁，但是可以说，他们生活在10多亿中国人民当中，光荣地为10多亿中国人民服务，他们是真正的亿万富翁！"

感谢父母，把我生在中国

1955年建成的北外专家楼，历经半个多世纪风雨后，已显得陈旧。楼前的几棵老槐树，它们强大的根系紧紧拥抱着北京西郊这一块热土。每到暮春时节，那一大嘟噜一大嘟噜的白花疯狂地爆开，硬是要把枝条压弯，让浓浓的田野之香淹没周边的楼房和院落。伊莎白已经在"槐树庄"槐花的香气中度过了60多个春天。

2021年，槐花盛开的时节，书画家蒋引丝前来拜访伊莎白。她是蒋旨昂的女儿。一听"蒋旨昂"，伊莎白就兴奋了起来。看着面前端庄秀丽的蒋引丝，伊莎白的眼前一点一点浮现出仪表堂堂的蒋旨昂那熟悉的模样——80年前，伊莎白和俞锡玑在重庆璧山兴隆场做田野调查时，晏阳初特别委派蒋旨昂到兴隆场，协助她俩开展工作。古道热肠的蒋大哥，给予了伊莎白和俞锡玑极为有效的帮助。

引丝真"引思"，引起了伊莎白对华西坝的深深思念。

真是巧上加巧，华西坝的第三代人——年轻的机电工程师张弛，也带着10岁的女儿前来拜访伊莎白，赠送给老人家一座按1∶87的比例缩小，用3D打印机复制出的华西坝钟楼模型。

钟楼是伊莎白最熟悉的华西坝建筑。少女时代的伊莎白，每天早起一推开窗，钟楼便呈现眼前。如今，这座缩小版的钟楼将屹立在伊莎白"槐树庄"的家中，让伊莎白感觉到故乡和故乡的亲人们离她很近、很近。

炎热的8月，知了不住地叫着，北外的校园显得更加宁静。

不知不觉，黄昏来临，热气开始收敛，微风轻轻拂来。伊莎白坐上轮椅，柯马凯推着她，缓缓走向校园的林荫道。一路上，不断有人向伊莎白老奶奶挥手致意。每天，伊莎白坐着轮椅，在夕阳中留下长长的影子，这已经成为校园中的一道风景。

为什么伊莎白在老房子里一住就是60多年？因为她爱这里的一花一木、一草一石，而且老同事、老邻居一直相处得很融洽。她习惯了这种温馨的、亲切的感觉，她已经在这"槐树庄"扎下了很深的根。

柯马凯说：

"我们住302，同一层楼的301住着人事科郝科长一家子。郝科长是山东人，他妈妈缠过小脚，个头不高，特别能干。她擀饺子皮的速度惊人,一个人擀,三个人包都跟不上。每年年三十晚,外面风雪呼啸,家中热气腾腾。两家人挤在一起,包饺子,吃饺子,摆上一大桌子菜,喝酒啊,侃大山啊,热热闹闹的,非常快活。多年来,我们兄弟仨还在回味:'郝奶奶家的饺子,那味儿真不错!'

"老妈的老同事陈琳,是一位英语教育专家。学校每次安排暑期活动,选的都是红色旅游路线,去井冈山、瑞金、古田,去遵义,去延安,都是他一直陪着我老爸老妈。他整天乐乐呵呵的,挺风趣的。他喜欢吃西餐,跟他一起吃,得严格执行AA制,否则他会不高兴的。

"我们这栋老楼,还住着一位老王师傅,车开得好,挺耿直的一个人。他见着柯鲁,总爱说:'当年你妈生你的时候,北外还在东交民巷。那里是义和团跟外国大使馆交火的地方,你妈不喜欢那个地方,我拉着她去了干面胡同的红十字医院,才生下你。'

"还有一位裁缝,跟我家是老朋友,几十年了。凡有缝纫的活儿,都交给他做。他非常固执,坚决不收一分钱。后来,他的孩子长大了,就跟我学游泳。我一直教那孩子,直到教会了。那孩子也成了我的忘年交。

"从小卖部的服务员到老干部活动中心的保安,从扫院子的清洁工到邻居家的保姆,他们对我老妈都非常友好,非常尊重。生活在这样的环境中,老妈很快乐。我们都明白 —— 这种快乐,是简单的、平凡的,是金钱买不来的。"

这天黄昏,与伊莎白老奶奶打招呼的人们,没有注意到伊莎白怀抱着一个提包,提包中放着一瓶白兰地和一束鲜花。

一家人来到了柯鲁克的塑像前。先期来到的保姆,已经把塑像擦得干干净净,让柯鲁克更显得容光焕发。塑像两边的长椅也擦拭过了。这时,文杨兰带着冰冰、粥粥在玩耍。伊莎白对柯马凯说:"让她们玩吧，我们做我们的。"

每年的8月14日，伊莎白都要来这里，为柯鲁克过生日。

伊莎白献上鲜花之后，柯鲁倒好了一杯白兰地。伊莎白接过酒杯，手抖得厉害，酒不断溢出。往年，总是由她亲手给丈夫敬上一杯酒，现在看来有些困难了。在一旁的孙女文杨兰说："让冰冰、粥粥来替太姥姥敬酒吧！"

说着，文杨兰和柯马凯分别抱起冰冰、粥粥，两双小手端起酒杯，放在柯鲁克唇边，轻轻地、缓缓地把酒倒下去。

酒顺着柯鲁克的嘴角流，他似乎在笑。伊莎白微笑着说："亲爱的，慢慢喝吧，今天是你的生日，祝你生日快乐！"

这些年，柯鲁三兄弟每次目睹老妈这样给老爸敬酒时，都很感动。老爸和老妈，这样相知、相爱一生，堪称典范！

1941年，伊莎白和柯鲁克在大渡河泸定桥上情定终身，80年来，伊莎白心中的爱，依然如大渡河的浪花，充满激情。

敬过酒之后，伊莎白抚着柯鲁克的脸庞，小声地说了一阵话。然后，柯马凯扶着老妈，在长椅上坐下休息。

伊莎白痴情地望着柯鲁克，微笑着。

柯马凯陪着老妈闲聊起来。他说："按照中国人的说法，老爸的在天之灵，会看到这一切的。"

是啊，伊莎白和柯鲁克一直置身于"历史正在发生的地方"。虽然柯鲁克不在了，但是伊莎白一直在替柯鲁克注视着中国正在发生的历史巨变。从藏羌山寨到凉山彝村，从南方的兴隆场到北方的十里店……昔日的贫困地区，已经在中国共产党的带领下，打赢脱贫攻坚战，走上了全面小康之路。

"我非常幸运，见证了这个伟大的时代。"2019年，新中国成立

70周年时,伊莎白接受了《人民日报》记者的采访。她说:"我见证了中国革命从艰难走向胜利的历史进程,见证了新中国成立70年来日新月异的发展变化,中国这些年的巨大成就令人惊叹。"

这些年,伊莎白收到了藏羌山寨和凉山彝族地区送来的土特产,除了老腊肉、花椒,还有优质的红苹果、脐橙……看到这些东西,伊莎白常常感叹:"那里,曾经进出都是贴峭壁而行的'鸟道',村民过着贫苦的生活……而现在,连最偏僻的山村,都在走向共同富裕。当年的荒凉之地,现在成了水果之乡、幸福之乡。可惜,你爸没能品尝到这么好的脐橙,又大又甜,香极了!"

柯马凯握紧伊莎白的手,动情地说:"老妈,这100多年,你很快乐啊!"

伊莎白缓缓地点了点头,说道:"是啊。我想,我真应该好好感谢我的父母,是他们把我生在中国!"

(节选自《我用一生爱中国:伊莎白·柯鲁克的故事》,天地出版社2022年4月出版)

老 兵

李春雷

片尾曲缓缓响起,灯光骤然雪亮。

偌大的电影院里,空空荡荡。密密麻麻的座椅间,只有一个瘦高的老年观众,直挺挺站立着。

这时候,屏幕上呈现一行大字:"伟大的中国人民志愿军烈士永垂不朽!"

老人庄严地举起右侧蒜锤般的残臂,敬献了一个特殊军礼。

2021年国庆期间,抗美援朝题材电影《长津湖》在全国热映。为了致敬这位70年前在朝鲜战场受伤的一级伤残军人,四川省广元市昭化区与相关部门特意为他一个人举行了专场放映。

放映结束后,举行座谈会。

区委书记热情地走过去,习惯性地伸出右手,准备相握,却突然意识到了他的双手缺失。一时间,竟然局促不安、手足无措。

现场气氛,顿时石化。

但仅仅凝滞片刻，区委书记便直接上前，将老人拥抱在怀，紧紧地拥抱，久久没有松开。

全场静默，泪光闪闪……

1．秃肘肘

1933年12月，李化武生于大巴山深处的四川省广元县中漕村。全家7口人，挤住两间茅草房。兄妹五个，都没有读书。不到10岁，他便为地主放牛。

新中国成立后，生活刚刚好转，抗美援朝战争爆发。

1951年4月，他主动报名参军。

那一年，他17岁。

17岁，首次去远行，前方是战场。

他们步行来到一个山沟，换上军装。几天后，坐汽车到宝鸡；又停一周，乘闷罐火车，三天三夜，抵达丹东。在那里，进行了为期一个月的军事技能和时事培训。他主要学习60炮（60毫米口径迫击炮）发射，瞄准目标，判断敌方距离，调整角度和射程。

他，最快地完成了一个瓜娃子到一名志愿军战士的转变！

他们是第二批入朝作战的志愿军，部队番号是12军35师105团3营7连4排60炮班。

班长肖贵村，四川人；排长姓高，云南人。高排长和肖班长，训练时铁面无情，生活上亲如父兄，不仅睡觉时给他压被子，还帮他写家信。

他个子高、力气大，班长让他负责背运炮架和炮弹。

战争期间，朝鲜平原地带的房屋，几乎全被炸平。冬天，冰雪覆盖，超过零下30摄氏度。部队宿营，只能露天。在雪地上铺一块油布，两人一组，躺倒睡觉。战士们穿着棉衣棉裤，头脚穿插着拥挤在一起，相互取暖。即使这样，每躺下两三个小时，站岗的哨兵就要叫醒大家起来活动，搓手踢腿、蹦蹦跳跳，等到身上回暖，嘴里哈出热气，再躺下。如果不这样，就会被冻僵或冻死。

后勤供养时时中断，雪拌炒面是家常便饭。坑道里不能洗脸刷牙，每个人身上都生满虱子，蓬头垢面，又脏又臭……

第一次投入战斗，是1951年11月的一个傍晚。密集的枪炮声响起，本来紧张害怕的他，霎时忘掉一切。经过4小时战斗，守住阵地。

而后，就进入了紧张的战斗生活。

平时，就是保养武器，他把60炮当作最亲密的朋友，托在掌上，抱在怀里，反复抚摸。只有这样，才能在战场上得心应手，命中目标。作战时，每每冲锋号响起，他就扛着炮架和炮弹，飞跑向前，寻找炮位。

当年12月，李化武所在部队开赴乔岩山，阻击美军。一天晚上，美军连攻三次，先炮轰，再冲锋，均未成功。

又一轮进攻开始了。

突然，炮弹尖厉的呼啸声从高空传来。他按照训练要求，跳进身边最新炸开的弹坑，双手护头，顺势趴下。炮弹在附近爆炸，他两眼一黑，昏死过去……

三天后，他有了一丝感觉。右眼黑漆漆，刀绞般疼痛，只有左眼前面晃动着一缕光明。他想用手揉一下，双臂却被木板紧紧夹住。拼命睁开左眼，模糊的视线里，自己的双臂，都没有了。

这只是前线战地医院的临时抢救，必须马上回国继续手术，若非如此性命难保。可归国的路啊，何其艰难！

由于战场相互交叉，交通时时断绝。他只能躺在担架上，辗转转移。有一次，竟然在一个冰窟般的隧道里滞留一周。想想吧，一个双臂断裂、眼球溃烂的伤员，颠簸在零下30摄氏度的冰天雪地里，是何等的煎熬？

心如刀割、撕心裂肺、肝肠寸断、刮骨疗伤，等等等等，这些古往今来形容极端疼痛的词语，用在彼时的李化武身上，全都是小巫见大巫啊。直到现在，我查阅所有辞典，也实在找不出一个匹配的词语。

我们只能想象，我们不忍想象！

一个多月后，他才被送到黑龙江省北安县医院，取出了早已泥烂且坏死的眼球，并进行了第二次残臂切除手术。

从此，他彻底失去了右眼和双前臂。

不久，他被民政部门评定为一级伤残军人。

2.零起步

伤情稳定后，他被送进四川省伤残军人光荣院（简称荣军院）疗养。在这里，吃饭有人喂，衣裤有人穿，便溺有人帮。

没有双臂、没有右眼，什么也不能干，每天只是吃、喝、呼吸吗？不，除了呼吸，自己连吃喝的能力也没有啊。

李化武情绪低落，甚至想自杀。医护人员告诉他，全排战友都牺牲了，只有他幸存下来。还给他讲述保尔的故事，一遍遍朗读长篇小说《钢铁是怎样炼成的》。慢慢地，他被主人公钢铁般的意志感动了，决心也要那样去生活，替逝去的战友坚强地活下去。

下定决心后，李化武选择从学习吃饭开始。

两只残臂太短，均从肘部炸断。他让工作人员在右臂残端系上手帕，将勺子插入，再用牙齿勒紧、固定，而后哆哆嗦嗦地向着嘴巴方向靠近。最初，无论怎么努力，也送不到嘴里，反而把饭菜挑拨得一片狼藉。医护人员心疼他，说您是英雄，我们的工作就是照顾你。他说："保尔双目失明、全身瘫痪，还能坚持写作呢。"

继续练习，十次、一百次、一千次、一万次。十多天后，当自己把第一口饭菜送到嘴里时，他激动得泪流满面。

反复练习一个月后，李化武终于可以熟练地用汤勺吃饭了。

信心大增的他，接着学会了穿衣服、洗漱、上厕所等基本的生活技能。

生活基本自理之后，李化武又有了新目标 —— 脱盲。自己一字不识，在新社会如何生活啊。

这个过程与学吃饭相似，用手帕固定铅笔。

刚开始，铅笔碰到纸，稍一用力，断臂就禁不住地颤抖，笔尖更是乱戳。费尽九牛二虎之力，写不出一个笔画。他日夜揣摩、寻找感觉。一个月后，终于可以写字了。

两年后，李化武不仅掌握了1500个汉字，还学会了读书、看报、写信，等等。

他还踊跃参加集体活动，主动开导、安慰其他伤病员。他常常牵手失明的战友出去遛弯、晒太阳，还教他们读书、看报。

凭着良好表现，李化武被评为二等休养模范。

1956年1月，他用颤抖的右臂，工工整整地写出了一份入党申请书。不久后，光荣入党。

这期间，在组织帮助下，他认识了南部县谢合乡女青年杨正清。两人一见倾心，当年就领取了结婚证。

1957年5月，荣军院演出队成立，李化武和5名上肢残疾的战友经过苦练，学会了吹口琴，可以演奏《志愿军战歌》《我的祖国》《我是一个兵》等曲目。

次年3月，时任中央人民政府内务部部长谢觉哉来到成都，观看之后，深受震撼，当即表示欢迎他们到北京汇报演出。

1958年5月26日，李化武随演出队赴京。28日，彭德怀观看节目。30日，文化部给他们授奖。6月1日晚，周恩来、朱德、陈毅、贺龙等党和国家领导人在全国政协礼堂观看演出。

彭德怀说："你们的血和汗是没有白流的，你们浇成了中国人民社会主义的伟大花朵。"周恩来称赞他们是："人民的战士，人民的艺术家。"

《人民日报》《光明日报》《中国青年报》先后报道。八一电影制片厂专门摄制了电影纪录片《最坚强的人》。

而后，他们赴全国各地巡回演出。

10个多月，他们走遍了大半个中国，在天津、南京、上海、济南、广州等城市巡演三百多场，观众上百万人次……

这是李化武一生中最骄傲的日子！

……

通过巡演，李化武深切感受到：新中国在中国共产党的领导下，发生了翻天覆地的变化。在荣军院里，伤残战友们有的种菜和养猪，有的缝纫和绣花，有的修理三轮车和皮鞋，大都找到了进一步生活的"战场"。自己才二十多岁，虽然缺少两只手和一只眼，但嘴巴还能说话，双腿还能走路，难道让国家养活一辈子吗。不能，绝对不能！

不久，李化武再次用颤抖的右臂，工工整整地写出了一份申请书——回家种田，支援农业！

这出人意料的举动，让所有人大吃一惊。因为国家明确规定，像他这样的一等伤残军人，由民政部门设置专门机构，供养终身。

他，完全可以过一种衣来伸手、饭来张口的安逸生活啊。

但他，决心如磐！

3. 回故乡

1963年3月，四川省民政厅终于为李化武办理了分散供养手续，同意返乡务农。

鉴于他的特殊身份，组织同时出具了一份证明：随时回归，终生有效！

就这样，李化武回到了老家中漕村。

刚刚回村时，他内心似乎有些自卑，经常靠在墙角，默不作声。村民们见到他，好奇地询问。他嗫嗫嚅嚅地告诉大家，自己在战场上受伤了。

你的手呢？

没了。

有人小心翼翼地走上前，摸一摸他的两个袖管，软塌塌、空洞洞。村民们惊呆了，不晓得怎么安慰他。

没想到，他反而安慰大家："没的事，没的事，我啥都能干。"

确实，人们很快就发现。他除了没有双手和右眼，说话、唱歌、写字、说故事、讲道理，等等，都比别人强多了，更别说他去过北京，见过那么多党和国家领导人了。

但话说回来，学农活也是学技术，也需要绣花功夫。而绣花，首先要有手啊。

只是他，偏偏没有。

这就注定了要吃更大的苦。

担粪时，用肩胛窝夹着长粪勺，自己舀，担起来无法换肩膀，更不能扶稳扁担。爬坡上坎，难以平衡，经常跌倒打翻，溅得浑身屎尿。

耕田时，牵牛的绳子只能缠绕在断臂上。牛不懂人意，骤然加快，把他的断臂拉出了血。

耙冬水田最难。没有手牵牛鼻绳，就套在一只秃肘上。没有手去掌耙尾，就套上一个圈圈，把另一只秃肘穿进去。开始时，踩不住耙，常常摔在泥水里，冷得直打战……

百次、千次的练习，并与牛交朋友，沟通默契。

不长时间，他学会了各种农活。

最自豪的是，双手没有了，力气却大。扛过迫击炮的肩膀，格外硬实，竟然可以负重180斤。交公粮时，村民们背着大背篓，步行8里送到粮站。别人中途歇几次，需要半天时间，只有他健步如飞，像当年在战场上扛着60炮飞奔一样，一口气就到了终点。

年底，生产队评工分。没有双臂的他，竟然被评为最高的10分。

但是，随着6个孩子陆续长大，父母身体渐渐衰老，家庭负担日益加重，李化武的生活越来越困难。

每年冬天，他都要向生产队借粮。

"还记得70年代初冬季的一天，李化武来找我爸爸，向集体借储备粮过冬。当时，我还小，也不懂事，想看看没有双手的他如何写借条。只见他趴在桌上，把笔插在右臂的栓绳里，端端正正地写出了一个借粮条，比当时上小学的我写得好多了。"云雾村村民徐怀明的父亲是当年的村支部书记，对于那一段往事，他记忆犹新。

最困难的时候，战友们纷纷来信，劝他回归荣军院。但他表示，决不后悔。

改革开放之后，土地包产到户。李化武和妻子每天天不亮就起床，白天在大田躬身劳作，夜幕才背着柴火回家。他们用自己腥腥咸咸的汗水，辛辛苦苦地拉扯着6个子女。

当然，国家没有忘记这个功臣。

1985年11月，民政部门出台相关政策。当时，他生活在偏远农村，信息闭塞，但工作人员还是辗转找上门，主动帮他将6个子女全部转为城镇户口，并陆续安排工作。

1993年，广元市民政局在市区为他协调安排了一套面积74平方米的公租房。由于没有电梯，为了照顾他行动方便，特意安排在一楼。

国家感谢他，他也时时感恩国家呢。

刚刚搬进新居不久，他发现同单元七楼住户也是一位伤残军人，只是腿部受伤，上楼吃力。于是，他主动找到组织，要求互换，没有任何条件。

房管部门的工作人员都瞪大了眼，这年头，还有这样的"傻"人吗？相同面积，没有电梯，一楼和七楼，价值差距巨大啊。

家人也不同意。你年纪更大、伤残更重，难道不担心爬楼困难吗。

他说，都是伤残军人，应该互相体谅。我现在还活着，可朝鲜战场上的战友呢。他，就是我的战友！

家人和工作人员，都不说话了。

4．困难是什么

二十世纪九十年代之后，随着市场经济的全面确立和国企改革深化，不少人转岗和下岗了。李化武的儿女们也在此列，生活暂时陷入困境。

有人劝他，你是一级伤残军人，是老英雄，生活不能自理，可以找找领导，帮助儿女们调整到有稳定收入的单位。

但他，决不给国家找麻烦。

他说，我的战友们年纪轻轻就为国捐躯了，他们牺牲之前提过什么要求吗？我侥幸活着，享受着国家的优厚待遇。我们小家暂时有困难，国家也有困难啊，小家小困难能向国家大困难提要求吗？不能！

他拿出自己的抚恤金，鼓励和支持儿女们自力更生、自谋出路。

于是，大女儿李开香在路旁租下一间小房，开办了一家擦鞋店；二女儿李开碧患有严重风湿病，只能在家休养，其丈夫便进入一家金融机构打工；三女儿李开芬走进一家超市，销售调料和土特产；四女儿李开会从食品厂下岗后，因生活困难，患上严重肾炎，刚刚30岁就去世了；五女儿李开琼则跟着大姐，也以擦鞋为生计。

最小的孩子也是唯一的儿子李开杰，从业最杂，受苦最多，先是为液化气公司运送气罐，接着开办录像厅，后来到山西下煤窑，在建筑工地上做电焊工，再后来，受聘开货车、跑运输。

那些年，为了渡过难关，他和老伴也成了几个孩子的家庭保姆，承担起了买菜、做饭、送饭、看店、接送孩子上学的任务。

可喜的是，几年过后，孩子们生活都有了根本好转。最让他挂心的小儿子李开杰，2005年便买下了一套105平方米的商品房。

经过几十年岁月的磨砺，高度残疾的李化武，几乎恢复成了一个正常人。

吃饭、穿衣、洗脸、刷牙、做饭、烧菜、冲茶、刮胡子、洗碗、洗衣服、系腰带、开门、如厕等生活技能，他基本可以自理。

唯一的困难是解扣和系扣。好在，他有亲爱的家人帮助。我们每一个人的生活，不都是需要别人帮助吗。我为人人，人人为我。

这，就是有情有爱的人世间啊。

他的两个残肘，早已长成自然断面，类似一双攥紧的小拳头，皮肤红润、灵敏。唯在阴雨天时，略有丝丝麻麻的痛感，像针扎。

他的右眼，原来安装一枚假眼球。但随着年龄增大、皮肤老化，每每一用劲，眼球就会脱落出来。这时候，捡起来，洗一洗，再塞进去。这些年来，他也不去顾及了，不再安装假眼，顺其自然。

残眼虽然完全失明，却似乎仍有泪腺。天气冷热剧烈时，依然可以流泪，流出清清亮亮的眼泪。但毕竟是残眼啊，偶尔分泌黄黄的黏液。那是发炎了，需要马上消毒。

生活啊，剥夺了他的一只右眼和两只手臂，却赐给了他一颗坚实的心！

5. 幸福是什么

80岁之后，李化武爬楼困难，便和儿子住在了一起。

为了照顾父亲，儿子又换购了一套电梯公寓楼，就在嘉陵江畔。

他每天的生活，就是坐在家里看电视。困乏了，就走出去，沿着嘉陵江两岸散步。

常常地，凝视着巍巍青山，遥望着湛湛蓝天，他又想起了肖班长、高排长和战友们。现在，他们在哪里呢？再想想自己的幸福生活，不禁潸然泪下。

这些年，中国社会发展全面进入新时代，生态环境在一天天改善，各方面都在一天天好起来。

2018年，家门口的西成高铁开通，千年蜀道难，变成蜀道闪。

2020年，全国所有农村脱贫。中华民族梦想几千年的小康社会，终于来临!

他生活的城市,也在一天天美丽起来。以前,楼房最高是7层,现在超过了36层,而且处处是公园。嘉陵江上,原来只有一架桥,现在已有十几座。

……

战场归来70年,老兵李化武用自己仅存的左眼,看着新中国一步步走向繁荣,走向强大,走进新时代。

作为一个久历世事、饱经沧桑的老者,他要把自己八十多年人生的所见所闻所感所悟,讲出来,向着青山讲,向着青年讲,向着社会讲,向着世界讲……

于是,这些年来,他屡屡在社会各界宣讲。

在企业里,他讲责任,讲诚信。

在学校里,他讲感恩,讲珍惜。他用自己的经历,告诉孩子们美好生活是如何来的。只有好好学习,努力成才,才能回报父母,回报国家。

对机关干部,他讲勤政,讲敬业,鼓励他们做正人、做好官,勇于担当和付出。

对部队战士,他讲奉献,讲纪律。作为军人,就是要不怕牺牲,为了党和国家的根本利益,要勇于冲锋、敢于牺牲……

他,本质上是一个朴实的人啊。

一次,有关部门在介绍他时,说他获得过二等功。其实那是当年在荣军院时,他表现优秀,被评为二等模范。他一听,就火了:"荣军院是和平环境,只是流汗。而二等功是战场上用流血、用生命搏来的,太不容易嘞。战友们都牺牲了,什么功也没有,我有什么脸面在这里贪功？我很普通，只是做了一个战士应该做的。评功是要有战果的，炮兵很难统计。我能活下来，已经比战友们幸运多了。没有当年的幸运，哪有今天的幸福？"

6. 老兵永恒

现在是商品社会，收费是常态。

像他这样的资历，宣讲一堂课的劳务费，可以达到1000元或2000元，最低也要500元。

但他，坚决不要，从来不要。

我是志愿军老兵，国家有优厚抚恤。我决不收费，我只尽义务。

他，宣讲无数，分文不取！

每逢宣讲时，李化武总是身穿老式军装，仿佛这样就回到了青春时代。

的确，他的思想永远青春。他既讲述当年故事，又贴合时代气息，很快便引发听众共鸣，掌声经久不息。而他用残臂致敬的军礼，更是让现场听众热泪盈眶……

的确，虽然时代已变化，虽然现实够浮躁，但一些恒定的核心精神，永远不会变。他的现身说法，他的真诚讲述，仍然让今天的人们震撼。

当地大学生军训时，他总是上第一课。

那一天，阳光特别猛烈，烤得大家满眼金星、满头流汗。但他一直站着讲，讲他17岁上战场的故事，讲他18岁断双臂的经过，讲他19岁学吃饭的感受……

火辣辣的太阳下，口干舌燥。让他喝水，他拒绝了。建议中途休息，他也没有同意。为什么？水喝多了，会上厕所，会给工作人员添加麻烦；中途休息，会耽搁娃娃们宝贵的学习时间。

强光刺激眼窝，泪水流出来了。他从军装里伸出两只肉肉的秃肘肘，熟练地夹起工作人员递来的一片纸巾，快速地擦拭一番。右眼没有眼球，却有泪腺，经常感光流泪。

"我不是害怕，更不是害羞，是老了。让娃娃们见笑了。"他不好意思地说。

这些十八九岁的孩子，惊骇不已。老爷爷像他们这个年龄时，已经保家卫国了，已经在战场上失去双臂和右眼了，而我们呢？为什么连军训的苦也受不了？

烈日下，孩子们都感动得涕泪交流。

夏天晚上座谈时，天闷热，灯雪亮，飞虫多，咬人。别人可以用扇子、用手臂驱赶。他不能，只是直挺挺地坐着，纹丝不动，像一尊黧黑的雕塑。

党史活动时，在烈士陵园讲战争故事。工作人员为他准备了椅子，他不坐，只是站着讲。讲了一个小时，听众们累了，纷纷坐下，可他仍然站立。

面对烈士，我怎么能坐下？

是的，这个年近九旬的老兵，习惯于敬礼，习惯于挺胸，还保留着许多军人习惯。

平时走路，他也总是昂首正视、步履稳重。从背后看，虽然两个袖管空空，但劲风吹过，更加威武，更加刚硬。路人都会说，这是一个军人，标准的军人。

只是路人不知道，这是一位参加过抗美援朝战争的89岁的一级伤残军人!

……

2021年后半年,抗美援朝题材电影《长津湖》火爆。

长津湖,与他受伤的乔岩山战场距离不远、环境相似。鉴于此,当地有关部门特别决定,为他进行专场放映。

看着电影里逼真的画面,当年的烽烟岁月,滚滚而来。

当电影里的战士们集合时,他也不自觉地站直,举起右臂,大声地报出了自己的部队番号和姓名:"我是中国人民志愿军12军35师105团3营7连4排60炮班战士李化武!"

他直挺挺地站立着,早已泪流满面。

向战友致敬!

向岁月致敬!!

向历史致敬!!!

(发表于2022年4月11日《人民日报》)

东方湿地（节选）
——生物多样性的中国样本

徐向林

潮汐森林

2022年1月10日，中国（盐城）黄海湿地博物馆正式开馆。

这是盐城继建立中国（盐城）海盐博物馆后，又一个冠以"中国"之名的展馆，也是整个盐城黄海湿地人文历史、地域风情的浓缩。

展馆汲取了丹顶鹤、麋鹿、黄海森林、条子泥等盐城湿地文化中的核心元素，充分彰显了"和谐共生"的设计理念。博物馆外观似一只展翅飞翔的丹顶鹤，7条屋脊构成丹顶鹤翅膀的羽轴，6片平屋面构成振翅舒展的羽片，羽轴、羽片渐次旋转、错落连接，曲线造型优美灵动，将"丹鹤展翅、翎羽起舞"的建筑寓意展现得淋漓尽致。

走进黄海湿地博物馆，首先映入眼帘的是迎面墙上一幅巨大的摄影作品——"潮汐森林",这幅取景于东台条子泥的照片,以强烈的视觉冲击力,呈现着摇曳在条子泥潮滩中的自然奇观,摄人心魄。

"潮汐森林"并非垂直生长于林地和山间的森林,它是依偎在黄海潮滩上的潮沟水系。潮滩是海洋与陆地之间进行物质交换的中间地带,潮滩上受到水动力条件、泥沙性质、生态环境的共同影响,发育成树枝状、羽状、树冠状等多种形态的潮汐水道,即潮沟系统。潮沟从主沟到支沟,再到毛细枝杈,可以分成多级,从空中俯瞰下去,貌似一棵棵自带美感的"潮汐树"。

由于东台条子泥沙洲面积巨大,涨潮落潮时处处有潮沟,因此大片大片的"潮汐树"连接成林,成就了令人震撼的"潮汐森林"。

"潮汐森林"经典瞬间的最早捕捉者,就是生态摄影师孙华金。

我和湿地有个约定

孙华金的大名,我早就闻知,却一直无缘相见。

孙华金太忙了,他不是在黄海湿地拍摄取景,就是在去往黄海湿地的路上。他的本职工作是盐城工学院艺术教育中心的副教授,除了课堂教学,痴迷摄影的孙华金,已将摄影爱好融入了生命之中。黄海湿地,成为他几乎每日打卡签到的"课堂"。

摄影,是关于时间和空间的艺术。摄影术的发明,使得人类对文明、文化进程的描摹从结绳记事、口口相传、文字及声音的记录上升到了真实影像的留存。

法国雕塑家奥古斯特·罗丹说:"世界从不缺少美,而是缺少发现美的眼睛。对于我们的眼睛,不是缺少美,而是缺少发现。在艺术者的眼中,一切都是美的,因为他锐利的慧眼,注视到一切众生万物之核心;如能掘发其品性,透入外形触及其内在的'真',此'真'也即是'美'。"

孙华金就是一个扎根黄海湿地,用一双慧眼发现美、展现美、诠释美的生态摄影师。

孙华金与摄影结缘,用他的话说就是"纯属偶然"。20世纪80年代中期,孙华金就读于苏州大学历史系,进入大学之初,他并不清楚自己今后的人生该干什么,也许会是一名历史教师,也许会是一名机关干部。总之,他没想过自己会与摄影结下不解之缘。

一天,孙华金在学校的公告墙上看到一个招新广告。在那时的大学校园,师生们会根据兴趣爱好成立相关的兴趣小组,比如文学、音乐、舞蹈、书法、绘画等,通常由一人或数人挑头发起,面向全校师生招揽同道中人,组建兴趣小组,大家课余切磋、互鉴互学,其乐融融。

孙华金看到的这个招新广告,是学校新成立的摄影兴趣小组招募成员。说到摄影,在如今相机、智能手机普及的年代,似乎人人皆可为拍客或摄影师。而在物质贫乏的20世纪80年代,没有智能手机,没有数码相机,有的只是装黑白胶卷、曝光需手动调节的单镜头反光相机,就是这种相机,要买一台需花几个月甚至一年的工资不说,还要凭供应票购买,没票,有钱也买不到。

用反光相机拍照片时,曝光、调胶卷都得凭经验。拍出一张照片当场根本不知道拍得如何,要等把胶卷在暗房取出冲洗后,才知道照片有没有拍好,曝光是不是恰好。我那时曾遇到过很多"菜鸟",拍了一整卷的照片,要么是曝光没调好,洗出来的照片一片乌黑或一片空白,要么是胶卷没调好,拍出的影像重叠在一起。

总而言之,在那个年代做一个业余拍客或专职摄影师,绝对是一件很酷、很拉风的事。

孙华金看到摄影兴趣小组的招新广告后，他心动了。他想起在中学时，有个同学家里有台照相机，带到学校炫耀，孙华金借机过了一把照相瘾。过了几天，同学拿着洗出来的照片给他看，他看后很是高兴，自己的"处女作"拍得还不错，拍摄的人处在照片的正中间，曝光刚刚好，胶卷也没出现重叠现象，从那时开始，他对摄影就有了点儿兴趣。因此，看到摄影兴趣小组招新，孙华金就报了名。

巧的是，孙华金加入摄影兴趣小组不久，他所就读的档案专业就新开了摄影文献的保存和储藏专业课，兴趣与专业不谋而合，加之上专业课的徐世浩教授是这方面造诣很深的知名专家，讲起专业课妙趣横生，一点儿也不枯燥，更激发了孙华金对摄影的浓厚兴趣。

孙华金用省吃俭用下来的生活费，买了一台反光相机。每到周末或节假日，他都捧着相机走出校门，到外面拍摄风光和人文风景，为了节省冲洗费用，他在恩师徐世浩的特许下，在学校暗房自己冲洗照片。即使这样，买胶卷也是一笔不小的费用，而这些费用也是孙华金从生活费里省下来的。据他回忆，为买胶卷，他在学校一天只吃两顿饭或是饿一天肚子，是常有的事。

"你拍摄出来的照片里，有你曾经读过的书，看过的电影，听过的音乐，走过的路，爱过的人。"这是美国著名风光摄影家、摄影教育家安塞尔·亚当斯说过的话，在摄影"发烧友"中极为流行，这句话对孙华金的启发也很大：光知道捧着相机四处拍照片，只会把摄影做成一门技术。只有摄影师认真去思考怎么样去体现所拍对象的情感，并集大成者，才能把摄影做成一门真正的艺术。正是抱着这样的理念，在大学期间，孙华金每晚必泡图书馆，4年的大学生活，他把图书馆内所有关于摄影、艺术方面的书籍"啃"了个遍。

孙华金大学毕业到盐城工学院任教后，他仍然保持了在苏州读大学时养成的习惯，每逢周末、节假日，他必会拿着相机走进盐城大街小巷、田野乡村取景拍摄。正如我在前文所述，那时的盐城黄海湿地还只是一片荒凉的滩涂，藏在深闺人未识。孙华金虽去过几次，也只是匆匆过客，与黄海滩涂打个照面而已。

1998年的一次滩涂之行，使得孙华金与黄海滩涂迅速进入了"热恋期"，并长情至今。那次，孙华金陪一位外地来的朋友去珍禽自然保护区游玩。到那儿后，正值丹顶鹤南飞来盐，他和外地朋友幸运地看到了翩翩起舞的丹顶鹤，那优雅曼妙的舞姿，吸引着孙华金频频端起相机，猛按快门，拍了个够。

正巧，追随丹顶鹤南来的东北摄影家王克举在保护区举办丹顶鹤摄影展，外地朋友陪同孙华金观展。一边观展，朋友一边感叹："丹顶鹤太美了，你也是摄影师，丹顶鹤又在盐城越冬，你怎么不拍？"

这话，让孙华金脸一红。他感到，作为一个本土的摄影家，有责任把丹顶鹤的美丽通过自己的镜头呈现出来。

从那以后，孙华金与黄海滩涂签下了一个美丽的约定，每年他至少用三分之一的时间走上滩涂，拍摄滩涂。他早期的镜头，多聚焦于丹顶鹤。拍摄的丹顶鹤作品《彩虹当练舞》，登上了国际权威鸟类工具书《世界珍稀鸟类》的封面。

他清晰地记得，10多年前的一天，在黄海滩涂的一个芦苇环绕的沼泽地，他的镜头里闯入了两只体形类似于丹顶鹤、头部也有"丹顶红"的鹤鸟，但与丹顶鹤洁白的羽毛不一样的是，眼前的鹤鸟通体羽毛呈灰色且缀有褐色。

"这是什么鹤？"孙华金从没见过这种鹤，照片拍回来后，他通过照片比对，确认拍到的鹤是繁殖地在北美洲哈得孙湾的沙丘鹤。孙华金兴奋不已，他多方查询资料得知，盐城黄海滩涂此前没有关于沙丘鹤来此越冬或栖息的记载，他的发现，无疑是首次发现，他拍下的图片自然也是沙丘鹤栖息盐城的重要见证。

成功拍下沙丘鹤之后，孙华金的"广角镜"开始放大到整个盐城黄海滩涂，一方面为黄海滩涂发现栖息的候鸟物种，一方面用镜头记录鸟类生存活动的规律，为科研提供珍贵的资料。

在他的镜头下，盐城尚无人知晓的雪雁、震旦雅雀等，均是他首次用图片见证栖息于盐城黄海滩涂的珍稀鸟类。

经过多年的日积月累，孙华金精选图片汇编成摄影作品集《湿地精灵》一书出版，产生了较大的社会反响，使更多的摄影师通过他的镜头知晓了盐城黄海滩涂上的精灵，也使更多的民众知晓了盐城黄海滩涂是一块观鸟宝地。

2018年5月，由盐城工学院、中共盐城市委宣传部、盐城市文联联合主办的"湿地家园"——孙华金生态摄影精品展开展，我抓住这个机会，想见一见闻名已久却神龙见首不见尾的孙华金。

可惜的是，孙华金匆匆出席了开幕式，就又背包一打，开车前往100多千米外的黄海滩涂湿地。

那次展览，孙华金用他多年拍摄出的120幅摄影作品，围绕"春之曲""夏之歌""秋之恋""冬之韵"四大主题，全面展示了独特优美的湿地风光和野生动物的精彩瞬间，描绘出一幅和谐自然的美丽画卷，表现了他高超的摄影技巧和独特匠心。

看着这些色彩生动、光影巧妙的生态摄影作品，我下定决心，一定要见一见这位摄影名家。机缘来了——2019年6月，我担任总编剧的大型原创音乐剧《挥向天空的翅膀》举行启动仪式，承办该剧制作演出的盐城师范学院邀请了孙华金出席启动仪式。

出现在我面前的孙华金，高高瘦瘦、清清爽爽，因长期在海边风吹日晒，他的皮肤黑中透红。孙华金不太爱讲话，这可能是长期摄影养成的职业习惯，他曾跟我说过，生态摄影师往往是自然中孤独的行者，尤其是在海边拍摄水鸟，几个小时甚至十几个小时的等待中，不仅自己不能发声，还不能引起周边的声响。"那些水鸟儿的胆子很小，稍有一点儿不对劲，就能把它们惊飞，一切的等待也就前功尽弃。"

那次与孙华金有了一面之缘后，我们互加了微信，他的朋友圈简直成为我观赏黄海湿地风光的窗口——丹顶鹤来盐城越冬了，海边又发现了勺嘴鹬，小青脚鹬的数量又增加了，等等，这些信息都能从他的朋友圈中第一时间看到。

值得一提的是，孙华金为音乐剧《挥向天空的翅膀》提供的30多张舞台背景配照，在舞台上随着剧情切换，当真是美轮美奂，极大地增强了该剧的艺术感染力，使人生出身临其境之感。

随着交往的加深，我渐渐了解到孙华金的摄影人生。

镜头定格的每一个精彩瞬间背后，都有着孙华金的艰辛付出。"冬天，寒风刺骨；夏天，蚊叮虫咬。"孙华金对我说，"要想在海边拍到好照片，经常要蹲守很长的时间，几个小时潜伏不动是常事。夏天趴在草丛里，一把能抓到五六只蚊子，身体常被叮得体无完肤，下滩跑上一次，身上的红肿要一周多才能消退。"

"能不能多穿点儿，把身体裹住呢？"我问出这句话后，就立刻后悔了，想想那炎热的夏天，人在滩涂上暴晒，多穿衣服岂不把人热晕？

孙华金却没有从我所设想的角度回答，他想了想道："我起初也是多穿了衣服，最大的问题是蚊虫会找缝隙往衣服里钻，钻进去就不好赶走，经常会闹出动静吓跑了水鸟儿。"

他还告诉我，要做黄海湿地上的摄影师，就得过"蚊刑关"。

我了解到,"蚊刑关"其实只是摄影师们在黄海滩涂要过的众多关口的其中一关。再比如,到了严寒的冬季,大量候鸟来到黄海湿地越冬,在那冷得一伸手就能从空气中挤出冰水的天气中,摄影师们要穿着皮袄下到冰冷的海水里一泡就是大半天,这个关,普通人不要说过关,就是想也不敢想啊!

"只要与盐城黄海湿地有了约定,你就会不由自主地用一生去坚守这个约定。"孙华金笑道,"这倒不是说黄海湿地会用这个约定去羁绊着你,而是湿地就是一个每天都能够打开不同藏宝箱的宝库,它会牵引你的好奇心,让你百看不厌,常看常新。"

在盐城黄海湿地上,活跃着一大批像孙华金这样的摄影师。这些生态摄影师用锐利的慧眼,注视着这片黄海湿地,为人们探索美、发现美、开创美。他们通过镜头,利用光和影将美好景象定格,一张张照片,一处处风景,无不展示着黄海湿地的灵动与壮阔。

守望精灵的日子

每天清晨4:00,体内的"生物钟"就按时叫醒孙华金。这是他多年来养成的习惯,雷打不动。

孙华金起床后做的第一件事,就是推开窗户看黎明时的天空,如果此时的天幕上有星星、有月亮,说明接下来的一天将是个晴天。只要是晴天,孙华金必定早早驱车赶往黄海滩涂,他要在滩涂上守候海上日出,守望那些闻风起舞的动物精灵。

作为一个摄影师,孙华金最喜欢利用清晨和傍晚时分的金色光线取景拍摄,他觉得这两个时间段的光线,充满了一种神秘的色彩,能给人一种精神上的震撼。

凌晨出发,深夜归家,已成孙华金的生活日常。

我了解到孙华金的拍摄习惯后，头脑里迅速生出一个问号：他的家人会不会有怨言？

"只要是晴朗的日子，我必定在黄海滩涂。国庆小长假我陪不了家人，中秋节也不能与家人团聚，我爱人起初当然很不开心，甚至还藏过我的摄影器材。后来，我把拍回来的照片跟她一块分享，也带她一块去领略滩涂湿地的美妙，渐渐地，她的怨言少了，而且在背后默默地支持着我。因为她觉得我是在做一件非常有意义的事情。"孙华金说到这儿，略作停顿，他打开手机，翻出了一条用丹顶鹤图片做成的美篇，接着说"我把这个美篇发到朋友圈后，当天深夜，市里一位领导打电话给我，她说：'孙老师，看到你的美篇，太漂亮了，但是有几个小问题想跟你探讨一下。'她说美篇中有一个字打错了，'已经'的'已'打成了自己的'己'，我一看，还真是，这个小小的错误不仔细辨别还真看不出来。另外，她建议我把美篇的背景音乐换成写给徐秀娟的那首《一个真实的故事》，并连夜选好曲子发给我，看起来这是件小事，但说明什么？说明很多人都在关注我的作品，这对我来说是一个很大的鼓励。"

当动物精灵的专职摄影师，孙华金善于把审美知识、学术修养与摄影艺术及自己对人生的思考有机融合，以期呈现更深层次、更有故事的摄影作品。比如拍鹿王争霸，从摄影的角度可能就是拍一个争斗的瞬间，可如何使这一瞬间体现紧张气氛并充满张力，孙华金注重用周边的环境加以辅助。如果鹿王争霸发生在滩地，他就耐心地等待尘土飞扬的时刻，如果是在沼泽里争斗，他就等待水花四溅的时刻，飞扬的尘土、四溅的水花，动感十足，鹿王争霸的紧张感跃然图上。

孙华金20多年守望滩涂，他对滩涂地貌、地块包括草木、动物精灵的活动规律熟稔于心，但要寻找那些不轻易抛头露面的动物精灵并非易事。有一次，孙华金从一位动物学家那里得知，根据黄海滩涂的地理特征、气候特征、滩涂林地等判断，应该也分布着长耳鸮，也就是俗称的猫头鹰，因其习惯白天隐匿、夜间活动，谁都没见过。

说者无心，听者有意。此后，孙华金很长一段时间"泡"在滩涂上寻找长耳鸮，可一个月过去了，他找遍了盐城黄海滩涂从南到北的林地，却一只长耳鸮也没见到。孙华金不死心，他找到江苏野鸟会的朋友，把他们请到盐城跟他一起寻找。

野鸟会专家果然不一样，他们首先判断，长耳鸮生活的地方一定是在针叶松林区，因为针叶松的颜色跟它们的毛色非常接近，便于它们伪装自己；其次，长耳鸮白天打瞌睡，神经放松，到了夜晚，它们精神倍涨，出来抓田鼠，异常灵敏，感知能力很强，所以，要找到长耳鸮且要拍摄到它们，只能选择在白天；再次，白天在森林里寻找长耳鸮不能只盯着树枝看，它们此时处于伪装状态，很难将它们与针叶松区分，而要盯着脚下，找它们的排泄物，循着排泄物找是最便捷的找法。

思路确定后，孙华金等人将寻找范围缩小到黄海滩涂上长有针叶松的射阳林场和大丰林场。他们在林间蹑手蹑脚地仔细寻找长耳鸮的排泄物，果然在大丰林场一棵高大的松树下，发现了大量长耳鸮白色的排泄物，野鸟会的朋友悄悄指指树梢，孙华金会意地取出望远镜对着树梢慢慢搜索，一枝一叶都不放过。几分钟后，望远镜的镜头正面出现了长耳鸮那张萌萌的脸，它也正惊奇地瞪着大眼睛看着他们，那一刻，孙华金的心几乎激动得跳出了胸腔，但他不能激动，他知道只要稍有风吹草动，长耳鸮就会溜之大吉。

孙华金稳住了情绪，他悄悄取出相机，找了一个相对隐蔽的位置对着长耳鸮就是一阵狂拍。那天，就在那片林场，他们发现了大量的长耳鸮，让孙华金过足了摄影瘾。

在黄海滩涂上行走拍摄，不是每次去都有收获，有时，为了拍摄一种动物精灵，孙华金要等上一个月、半年，甚至一年多的时间。特别是拍摄黑嘴鸥，花了他数年的心血。

对于黑嘴鸥，我在前文中写过，早在珍禽保护区设立之初，黄海滩涂就已经发现了黑嘴鸥在此繁殖的踪迹。而当时，珍禽保护区主要聚焦的是丹顶鹤，对黑嘴鸥的追踪和研究甚少。直到东台条子泥成为候鸟栖息地并渐成气候后，大批的黑嘴鸥来此栖息，黑嘴鸥才进入了当地人重点关注的视线。而孙华金对黑嘴鸥的关注，至少比当地人的普遍关注早了10年。

仲春时节，黄海水暖，鸟儿一年一度回迁的季节到了，盐城黄海滩涂迎来了北归候鸟的"先头部队"——黑嘴鸥。它是一种中型体态的水鸟，整个头部呈纯黑色，眼上和眼下拥有白色星月形斑，在黑色的头颅上极为醒目。颈、腰、尾上覆羽呈白色，活脱脱像一位戴着黑色礼帽、身穿白色礼服的"绅士"。

黑嘴鸥每年二三月来盐城黄海滩涂栖息，一直待到七八月，在此期间，完成它们一生中最为重要的恋爱、筑巢、繁殖等大事。黑嘴鸥数量极少时，它们的巢通常筑在潮间带茂密的芦苇丛里，可是近年来随着黑嘴鸥数量的增多，以及栖息于黄海滩涂的候鸟种类、数量的逐年增多，不少黑嘴鸥被挤出了芦苇丛，它们倒也有绅士风度，索性就到潮间带的高地上去筑巢，它们在选择巢址时很有智慧，选择的是长有碱蓬等植被的较高滩地，因为这样的滩地是海潮奔涌侵蚀不到的地方，而且也靠近潮滩，便于觅食。同时取材也方便，它们的巢穴就是用碱蓬短枝编织而成，呈浅状，与北京奥运场馆鸟巢很像。黑嘴鸥筑巢还有一个特点，即它们喜欢一巢挨一巢，恍如构建一个大型社区一样，把巢筑在一起，这样便于它们串门和谈恋爱。

孙华金追踪拍摄黑嘴鸥多年，掌握了它们从迁徙到筑巢、恋爱再到繁殖、育雏、成长、迁飞的所有活动规律。早先，随着对黑嘴鸥的了解越深入，他对黑嘴鸥的安危就越担心，主要是担心黑嘴鸥的巢垒在海滩上，没有遮挡物，而它们栖息盐城时，正逢梅雨天气，暴风雨一来，很容易冲毁鸥巢。

记得七八年前的一天，孙华金从西安出差回来，正逢盐城下着瓢泼大雨，他心想，糟糕，黑嘴鸥会不会有危险。于是，他匆匆赶回家拿了器材，准备开车前往东台条子泥。从盐城市区到条子泥，有近100千米的里程，有一段近海的路很不好走，而且外面下着大雨。家人替他担忧，劝他："你刚出差回来，明天再去不迟。"

"这么大的雨，我不去看看黑嘴鸥，心里不定当！"孙华金不顾家人的劝阻，冒雨赶往东台条子泥。

到了条子泥，他被当时的场景给惊呆了：狂风暴雨中，很多鸟巢淹没在水中，黑嘴鸥妈妈拼命地保护自己的幼鸟，它们在水中来回地呼叫它们，黑嘴鸥的幼鸟四散奔逃，可是四处皆是雨水、潮水，哪里有安全的地方可待？

它们的家没了，它们的鸟巢失去了。它们在奔逃中慌不择路，有的就在水中淹死了。

这触目惊心的场景，让孙华金十分难受，但是又无能为力。物竞天择，适者生存，这就是大自然的一种规律啊！

风雨中，这个坚强的汉子流泪了，雨水、泪水，搅和在一起，那一刻他几乎尝尽了世间的辛酸。稍缓过神来后，他强打精神，取出摄影器材，拍下了几段珍贵的小视频和照片，视频里，黑嘴鸥妈妈在大雨中照顾自己的幼鸟，小黑嘴鸥四处奔逃，这是一个非常让人揪心的画面……

通过这个画面，让更多的人知道了黑嘴鸥生存的艰难，也把更多的关爱之情倾注给了黑嘴鸥。东台条子泥在用心打造"720高地"的同时，专门划定了2800亩黑嘴鸥繁殖地，安排专职人员24小时巡护，使昔日的惨剧不再重演。

如今的东台条子泥，在人工干预下，已成为国家一级保护动物黑嘴鸥的重要繁殖地。"最开始只能见到几十只黑嘴鸥，现在至少可见到2000多对黑嘴鸥。"孙华金既欣喜于盐城黄海湿地生态环境越来越好，候鸟、留鸟与日俱增，也深感保护好这片栖息地太重要了。

2022年6月14日，央视《新闻直播间》聚焦报道条子泥湿地黑嘴鸥繁殖的画面中，大量黑嘴鸥雏鸟争先恐后破壳而出，新生的雏鸟有的在蹒跚学步，有的唧唧索食，还有大些的雏鸟已经跟着爸爸妈妈在盐蒿地里快活地玩耍，学习生存技能和觅食技巧。潮滩上、盐蒿地里到处是生命的啼鸣、初生的呐喊。

尽管对电视中的画面熟悉得不能再熟悉，但孙华金还是通过电视重播功能，看了一遍又一遍，他的嘴角浮现出了笑意。

黄海边，那片"森林"

盐城黄海湿地，有两处风格迥异的森林：一处是向上生长的黄海森林，一处是向海生长的"潮汐森林"。

大海之水，朝生为潮，夕生为汐。周而复始，日复一日，由此形成了黄海湿地的神奇地貌——潮汐森林。

作为"潮汐森林"的首位拍摄者，孙华金坦言，他的镜头之所以能够呈现"潮汐森林"，与一次生死考验密切相关。

时光倒回至7年前初冬的一天，其时，一批火烈鸟飞临东台条子泥栖息，孙华金当然不会放过这次机会。在此之前，他也没有见过火烈鸟的真容，在前往条子泥前，他精心备了课。

火烈鸟全身的羽毛为朱红色，看上去像一团熊熊燃烧的烈火，火烈鸟也因此而得名。但红色并不是火烈鸟本来的羽色，而是后天性的变色。

那么，火烈鸟的羽毛为何会变色呢？2008年，荷兰莱顿大学的科学家弗朗西斯科·布达教授和他的实验小组成员，通过精确的量子计算手段，发现火烈鸟、三文鱼、虾、蟹等呈现出鲜红色的原因，是它们体内都富含虾青素，而动物是无法合成虾青素的，虾、蟹通过食用藻类和浮游生物等植物获取虾青素，火烈鸟则通过食用小虾、小鱼、藻类、浮游生物等来传递虾青素，进而使原本洁白的羽毛透射出鲜艳的红色。

科学研究表明，火烈鸟的羽毛越红越鲜艳，那么火烈鸟的体格越健壮，越容易吸引异性火烈鸟，繁衍的后代就越优秀。

在鸟类学中，火烈鸟的分类问题曾是一个著名的难题，困惑过几代鸟类学家。这是因为火烈鸟的骨盆结构和肋骨构造与鹳类相似，其卵白蛋白质与鹭类接近，幼雏的行为又与雁形目非常像，在分类学家眼中，火烈鸟似乎是一个由一部分鹳的结构和一部分鸭子的结构拼接而成，这就导致鸟类分类学的争议：部分鸟类分类学家主张把火烈鸟划为鹳形目，部分鸟类分类学家主张把火烈鸟划为雁形目，双方各有依据，争论不分上下。最后只得采取折中的办法，把火烈鸟提升到目的层次，单立了火烈鸟目。

火烈鸟主要分布于热带地区的湿地，包括南美洲、非洲、加勒比海和加拉帕戈斯群岛等，盐城作为亚热带季风气候区域，并不是火烈鸟理想的气候适应区。而且,它不是严格意义上的候鸟,除非所处环境食物短缺和环境突变,它们才会迁徙。而由于全球气候的变化,湿地面积迅速缩减,严重影响了火烈鸟的生存环境,导致火烈鸟全球数量逐渐减少,2009年12月,国际野生动物保护协会将火烈鸟列入了濒临灭绝的野生动物名单。

掌握了这些情况后,孙华金发出了感叹:火烈鸟为了生存,冒险从热带飞向亚热带,这是何等艰难的抉择,又是何等的生存智慧!

孙华金决定去会一会火烈鸟。

带着沉重的摄影器材,孙华金来到条子泥。找遍海堤周边,没发现火烈鸟的踪迹。看来,来条子泥做客的火烈鸟一定栖息在滩涂与大海相接处的沙洲中。孙华金为一睹火烈鸟的真容,他走向海堤,沿着滩涂向东行进,深入滩涂腹地,终于在人迹罕至的近海处找到了火烈鸟并成功拍摄。

孙华金返程时,已是夕阳西下,潮湿的滩面铺上了一层金色。而正是这遍地流金,使得孙华金将路走岔了。一条宽达几米的潮沟,横亘在他的面前,从表面看,潮沟的水估计只有几十厘米深,孙华金觉得走过去不是问题,可是走入潮沟后,他发现自己判断错了,潮沟的水是不算深,但淤泥却很深,他越往前走,身子越往下陷,走到潮沟的三分之一处时,他已经陷入淤泥当中不能自拔。

刚开始,孙华金还想保住沉重的摄影器材,就拼命地想把相机往上提,可越向上提,他整个人就越向下沉,当淤泥快淹没到他胸口的时候,他知道如果此时还想保器材,命就没了!

他无奈地放弃了摄影器材,看着它被淤泥一点点吞没。

转眼间,夕阳沉入了地平线,滩面黑乎乎一片,海上起风了,强烈的海风与滩面摩擦,发出了可怖的"呜呜"声。目之所及,滩面上一个人也没有，离海堤也有七八千米的距离，想喊人来救，没有可能！

命悬一线间，孙华金以前学过的急救知识派上了用场。他果断松开皮衩扣，在淤泥里慢慢地将身体向后滑动，先将身体从衣裤里慢慢脱出来，再努力将身体往平躺方向努力，以此增加受力面积，控制住向下滑沉，然后再慢慢翻滚，一点点向岸边扭动，半个多小时后，一身淤泥的他终于翻滚到了岸边，脱离了险情。

这次涉险，是孙华金离死亡最近的一次，也倒逼着孙华金认真思考如何依靠科技手段拓展光影视野，并化解危险。思考中，他想到了无人机，利用无人机不仅能够延伸自身肢体功能，还能多维度改变拍摄的空间位置，寻求自然生态摄影新的突破和跃升。

2016年5月的一天，孙华金首次操纵大疆无人机，开始了探索海中沙洲的"处女航"。无人机从濒临湿地核心区的滩涂起飞，一跃冲上数百米高空，用人类自身难以企及的海空广视角，酣畅淋漓地鸟瞰沙洲地貌。

这次"处女航"，孙华金有了惊喜的收获：无人机俯视镜头中出现了一个神奇的风景——"潮汐森林"。

只见天海相接处，数不清的"参天大树"正在广阔无垠的滩面上生长。它们有粗壮的树干，主干向旁伸出了一条条枝干，枝干上还有无数的枝杈，仿佛是一个个更小规模的森林。有的整齐列队，有的错杂生长，有的则有着极为倾斜、弯曲的弧度。空中俯瞰下的这片"森林"，很容易让人联想到大漠胡杨林、江南柳树林或北方的白杨林。

无人机的加盟，使得孙华金进入了一个尚未为世人所知的神奇莽林。此后，他花了数年时间，在条子泥潮起潮落中追逐着这片黄海"森林"的别样风景，拍下了数以万计的照片。回家后，他在电脑上一张一张筛选，终于选出了令他满意的照片。

"潮汐森林"的组照首发在《中国国家地理》杂志上,随后被《人民日报》、中央电视台跟进转发,引起强烈的社会反响。"潮汐森林"不仅打开了自然生态摄影的新路径,也为科技牵引的智慧生态建设提供了参照。

有专家称,"潮汐森林"的丰盈存缺,是检视湿地环境和生物种群状况的晴雨表,其作为湿地养生美容血管和监护环境与生物多样性窗口的双重作用,不可小觑。由千姿百态的"潮汐森林",可以判读湿地生长循行状况及趋势,为湿地核心区保护、修复,提供具有科学价值的预警和参考。

除了"潮汐森林",孙华金还拍摄了大量开先河、令人震撼的生态照片。在黄海湿地上孜孜矻矻追逐美的光影,他已经习惯了风雨中独来独往,习惯了荒滩中寂寞以待,习惯了险境中风云不惊。他也见惯了海风海韵,见惯了孤鹜落霞,见惯了秋水长天,正是因为他对黄海湿地的欣赏和喜爱,他才能拍出一系列堪称精美的摄影作品,用他的心灵之美造就了他的发现之美、成就了他的创作之美。

2022年1月10日,在自然资源部、江苏省人民政府主办的全球滨海论坛活动分会场,全球首个湿地主题国际摄影大赛——"盐城黄海湿地国际摄影大赛"评奖揭晓,本次大赛历时1年多,全球35个国家的摄影师共提交了1.1万幅参赛作品,经过严格的评选,孙华金凭借摄影作品《湿地"森林"》,一举摘取本次大赛唯一的特等奖。

2022年9月,孙华金的摄影《世界遗产、潮汐"森林"》组照和杨国美的摄影《世遗湿地麋鹿》组照,共同入选第13届中国艺术节全国优秀摄影作品展。艺术节组委会认为,孙华金的摄影作品通过独到的观察,以"上帝视角"发现了黄海辐射沙脊群中令人叹为观止的湿地"森林"这一奇特景观,并以摄影的语言完美呈现,吸引了成千上万摄影师和游客慕名而来拍摄打卡，成为盐城黄海湿地亮丽的景观名片。

经典来自无畏的探索。"潮汐森林"这样的摄影经典之作，说是孙华金以命相搏换来的，一点儿也不为过。

解开潮沟之谜

"潮汐树"并非东台条子泥所独有。在中国大陆漫长的黄海海岸线上，能够生成"潮汐树"的有多处滨海淤泥质海滩。比如，东北的辽河出海口、山东东营的黄河出海口等。

在孙华金成功拍摄条子泥"潮汐树"之前，《中国国家地理》杂志就收到多位摄影家投稿的"潮汐树"图片，不过，当时还没叫"潮汐树"，摄影家取的名称五花八门。《中国地理杂志》的编辑在收稿后发现，这些图片所呈现的奇特地貌，与非洲稀树草原非常相似，编辑们陡来灵感，遂将这一现象定名为"潮汐树"。

而且，《中国国家地理》杂志还邀请了国内相关专家讨论了"潮汐树"的生长规律，一般来说，无论是东北沿海的"潮汐树"，还是山东沿海的"潮汐树"，它们生长得都比较稀疏，即每隔一段区域才能生长出一棵。"潮汐树"的枝杈向陆、根部向海。这是因为"潮汐树"是由海滩上的潮沟组成的，向海的潮沟由于受到的海洋动力最强，因而显得粗壮、硕大，而越是靠近陆地，受到的海洋动力越弱，潮沟支流就变得越细，这也是成为枝杈的原因。

潮沟，是生成"潮汐树"的唯一要素。潮沟作为滨海湿地一个显著的地形特征，它的发育和河流一样，都是由一些不规则的水流不断偏向某一特定的水道形成的，其水深随着潮汐的变化而变化。

潮沟是怎么发育的呢？长期从事水文地质与工程地质研究的中国

地质大学（武汉）教授唐辉明给我详细解密，在宽阔而起伏明显的潮滩上，落潮以后，在低洼处可以截留较多的海水，这些低洼处常可成为潮沟的源头。从这些源头开始，落潮后的滩面水流渐渐刻蚀出潮沟的雏形，所以潮滩的宽度愈大，起伏愈明显，潮沟愈发育。

在海滩上，我们经常见到这样的一种现象：无论我们在海滩上构造出什么形态，大潮一来，所有的形态都会被潮水抚平。而潮沟为什么不会被抚平呢？唐教授解释道，潮沟得益于碱蓬、芦苇等潮间带植物的保护，植被的覆盖可以增强潮滩抗水流侵蚀的能力，可阻止已有潮沟的溯源侵蚀。

"另外，滩涂的沉积速率、沉积物中的黏土含量对潮沟的发育与生长也有很大的影响。"唐教授解释道。当海滩泥沙来源丰富、沉积速率很高时，不断沉降的泥沙填没微型浅洼地，保持着滩面的平整性，制约着潮沟的生长，只有当沉积速率较低时，潮沟才能保持着生长的态势。潮滩中黏土含量与潮沟发育有密切关系，尤其在潮间带，沙泥沉积物由于出露而干结，抗侵蚀能力也明显增强，所以当潮滩沉积具有较高的含泥量时，不易产生潮沟或形成大潮沟。

见我对专业讲解不太理解，唐教授打了一个比方："这就相当于我们拿抹布擦桌子，如果拿的是干抹布，桌子上一般不会有痕迹，如果用的是湿抹布，桌面上肯定留有水痕。那些留在桌面上的水痕就相当于是潮沟。"

唐教授这么一说，我懂了，简单地讲，保持滩面的湿度，才能使潮沟得到发育和生长。

唐教授还告诉我，我国目前已知的潮沟类型主要有四类，即水流冲刷型，指潮滩上落潮后期流、表面逸流由于某种原因，产生局部冲刷动力，驱动小潮沟的发育并生长；潮流辐聚侵蚀型，指潮汐流在潮滩局部汇聚、集中而产生的潮沟。这类潮沟规模较大，其总的走向平行于涨、落潮流的行进方向；陆源水流继承型，指陆上小型水流注入潮滩，刻蚀出小型沟渠，然后，涨、落潮流不断对它进行冲刷，形成以潮汐水流为主的潮沟；潟湖、广海间潮流侵蚀型，专指连接潟湖和广海的整个潮汐水道，这类潮沟主流规模巨大，深可达几十米，宽达几千米。

　　唐辉明是盐城人，对家乡海滩的潮沟系统特别关注。按照他介绍的潮沟分类，盐城黄海滩涂上的潮沟主要为水流冲刷型和潮流辐聚侵蚀型两类。"不要小看潮沟系统，它可是潮间带的血管和神经，维持着海陆间的生态循环和能量物质交换呢。"唐教授认真地说。

　　这句话，加重了潮沟系统在我认知中的分量，如果把这句话进一步拓展延伸开来，也就是说条子泥之所以能够万鸟翔集，就在于它拥有发达的潮沟系统，而正是这些潮沟系统，带来和储存了大量的海洋底栖生物，为鸟类提供了取之不尽的美食。

　　潮沟与候鸟之间的关系，从中可以略知一二。

　　除此之外，潮沟还堪称"固碳先锋"。国家海洋监测中心滨海湿地与海洋保护区的研究表明，滨海湿地自身具有强大的固碳功能，湿地植被能够利用光合作用吸收大气中的二氧化碳，并将其固定在植被和土壤中，减少温室气体在大气中的浓度，从而应对气候变化。潮沟因有海洋动力的加持，其碳交换率和碳汇能力显著高于内陆湿地。

　　在东台条子泥，每当海潮退去，光滩浮现，潮滩上那一道道被海潮冲刷的潮沟变幻无穷，构成的"森林树木"——有的像盛夏冠盖葳蕤遮天蔽日的巨树，有的像秋冬落尽芳菲茕茕独立的杨柳，有的像沙尘过后头顶蓝天身披金甲的景观林，有的像死后屹立千年不倒的伟丈夫胡杨……足以打开人们的想象空间。

孙华金在拍摄条子泥"潮汐树"之初,他对潮沟系统的发育及形成等方面的知识也进行了脑补。但让他不解的是,与辽河、黄河出海口的"潮汐树"不同,这里的"潮汐树"密集生长,从空中俯瞰,犹如连绵不绝的大森林,不光数量远多于辽河、黄河出海口,而且这里的"潮汐树"根系、枝杈伸向四面八方,与辽河、黄河出海口的"潮汐树"相比,完全是自由式野蛮生长。同样地处黄海海滨,为什么会有如此大的差异呢?

如果仅仅是因为盐城黄海与辽河、黄河出海口相距甚远,有着地理上的南北差异,但靠近盐城的上海东部海滩,南北长37.5千米的滩面上,竟然没有一棵"潮汐树",这又是什么原因呢?

在摄影师眼里,摄影有四大功能,即记录功能、教育功能、审美功能、娱乐功能。一图胜千言,它比其他的艺术形式来得更为直接。而在孙华金看来,摄影还有第五大功能,即探秘功能。凡事爱探个究竟的孙华金,通过实地勘查、查找资料、拜访专家等,逐渐解开了这些谜。

首先说上海东部的海滩,因当地潮滩平坦,无明显突起地形,潮差不大,且沉积物中泥沙的含量高,用唐辉明教授说法就是,"这样的海面地貌沉积速率高,不利于潮沟的发育"。再加之上海人工筑堤围垦十分及时,更加限制了潮沟的发育和生长,因而导致上海东部沿海滩面无潮沟。

条子泥地处黄海旋转波与东海前进波的交汇处,两股潮流的碰撞产生了强大的海洋动力,加上条子泥独特的沙脊群地貌叠加影响,滩面呈现出坡度,形成更大的潮差,据唐辉明教授考证,条子泥的潮差是整个黄海岸线最大的,而潮差则是潮沟发育的前提。强劲的海洋动力、较大的潮差,使条子泥海域潮流的辐聚辐散能力,远高于辽河、黄河出海口。同时,条子泥尚在发育中的沙脊群如西大港、东大港、条鱼港等,在潮流中摆动的幅度很大,更增加了条子泥潮沟体系的活跃度及不确定性,导致潮沟系统处于不稳定的状态,有些潮沟的发育、生长、消失,几乎是一日内数次发生,而且潮沟之间相互袭夺、横向迁移成为常态,进而使条子泥的"潮汐森林"每日演绎着变化多端、每日不同的风情。

"潮滩像是热情的舞者,演绎着海水与滩面的深情探戈。"解开条子泥的潮沟之谜,孙华金更加痴迷地爱上了这片处处散发着迷人风采的滩涂。

当然,大自然是一个神奇的出谜高手,对人类而言,解密大自然之谜永无止境。孙华金曾在条子泥的海中沙洲周边发现了一棵巨大的"霸王树",那是一个巨型潮沟,当地人称其为"黄沙洋",因为一直被海水掩盖,且海水深度达20至30米,风浪很大,普通出海船只都不敢轻易通过,凭借现在的技术根本无法拍摄。

而这谜一样存在的"霸王树",犹如一根绳索,时刻牵动着孙华金等一众摄影师的好奇心,他们一直致力于探秘这隐于海洋中的神秘"森林",相信不久的将来,这已被探知的"霸王树"以及更多未被探知的"霸王树",将在摄影师的镜头下,震撼地呈现出来。

湿地之眼

深秋,凌晨。滩涂在沉睡,海风扑打着条子泥。

一辆黑色的越野车缓缓行驶在绵延的海堤上,几只海鸟扑棱着翅膀,在灯光的照射下向前低飞,似在给越野车当着向导。

车子驶入海堤条子泥段后，李东明找了个较为宽敞的地方，将车子靠边停下并熄火。迎着微弱的晨光，他套上了宽大的皮袄，戴上防风帽，背上装有食品、水和电池、储存卡、采样试管的背包，拖着改装的小轮车，上面载有镜头似小炮筒的相机，再扛上5公斤多重的三脚架，一切准备就绪，他细细检查一番后，找了个缓坡走下了海堤。

潮水刚刚退去，条子泥露出了一望无际的浅滩，残留于沟槽里的海水在晨曦下闪闪发亮，潮汐作用下形成的波纹细沙，一浪接一浪微澜漾动，绵延至天边。

走上虚实难辨、沼泽密布的淤泥海滩，李东明每迈出一步前，必须先用一只脚在前面试探一番，直至踩实后才敢迈步。他尽量吸气收腹，努力让自己的脚步变得轻些再轻些，而淤泥海滩似不能承受任何过载的重量，李东明每一脚下去，水滋滋的淤泥就会迅速反应，包裹他的脚面。他必须动作敏捷迅速，稍一迟缓，就会陷进淤泥，那将是件很麻烦的事——因为一旦陷入，轻的会让他停滞不前，重的会让他无法拔足，甚至有生命的危险。

每次走过宽广无垠的淤泥海滩，都是一次生命的考验。但李东明这样的生态摄影师，又都义无反顾、一往无前。因为，前方有美丽的水鸟在等待他们，前方亦有迥异的自然风景在等待他们。

"鸟博士"

多年前，李东明曾不小心掉进齐腰深的泥潭，幸亏被赶海的渔民及时救起，要不是搭救及时，他的生命将终止在海滩上。

终年在海滩上打转，至于翻车、落水、陷入淤泥这样的苦头，对于李东明来说，简直是"家常便饭"。

那天上午，条子泥的潮滩深处，一只勺嘴鹬正在低头觅食，它的身子团团的，腿上套着黄色的环志，它觅食的方式很特别，头一摇一摆来回地扫动，萌态十足。突然，它一抬头，见远处有镜头对着它，先是一阵警觉，之后松了口气，若无其事地甩甩尾巴，"嘟嘟嘟"向前迈了几步，继续低头，将长长扁扁勺子一样的嘴钻进浅滩泥沙里觅食。

李东明趁势按动快门，随着"咔嚓咔嚓"的一阵轻响，一幅萌萌的勺嘴鹬海滩觅食的美图就这样定格了。

"如果连续下滩3天，都见不着勺嘴鹬，那就基本能判断它们离开条子泥南飞了。"一提到勺嘴鹬，李东明的话匣子就关不上了。

勺嘴鹬的身子只有麻雀般大小，是一种全球范围内极度濒危的小型水鸟。勺嘴鹬夏天在俄罗斯的远东地区筑巢繁殖，秋天在我国南方以及东南亚的一些沿海地区过冬，它们的繁殖地和越冬地之间相距8000多千米，路程遥远。很难想象，如此娇小的身躯是如何完成一年两次的迁徙壮举。

勺嘴鹬出现在条子泥滩涂上，离不开李东明的发现。

李东明原先是大丰城区一家照相馆的老板，放着收入颇丰的工作不做，天天背着个相机到滩涂拍鸟。起初只是爱好，之后得知勺嘴鹬是濒危物种，便把喜好上升为使命与责任，走上了追鸟护鸟之路。因爱鸟痴狂，且对鸟类知识如数家珍，众人赐他"鸟博士"的称谓。

至今，李东明还清晰地记得，他第一次拍摄到勺嘴鹬的场景。那是2008年秋天的事。那天，李东明照常去尚未划为保护区的条子泥拍鸟，看到几个渔民围成一团在交流什么，原来他们网住了一只鸟，看模样很奇怪，引起大伙的议论。他上前一看，是一只不起眼的形似麻雀、嘴似勺子的鸟儿，小鸟哀求的眼神让李东明顿时心生怜悯，他说服几位渔民放了小鸟，可小鸟没有立即飞走，它在李东明面前蹦跳了几下，李东明赶紧拿出相机拍下了这张小鸟的照片。

之后，有朋友告诉他，这是一种非常珍贵的鸟，叫勺嘴鹬，是濒危物种。冥冥之中，李东明觉得这是上天所赐的缘分，从此决定追逐勺嘴鹬，做它的忠实朋友。

2022年初夏，我应邀参加在黄海森林公园举办的"艺术也有栖息地"启动仪式，见到了神交已久的李东明，此时距他拍下第一张勺嘴鹬的照片已过去了14年。当年的他满头黑发，为减去拍摄时的"烦恼丝"，他而今寸发不留，光光的脑袋一览无余，炯炯有神的目光透出了初心不改的模样。

经过我的软磨硬泡，李东明答应隔日带我到海滩上走一走，看看他工作时的场景。

次日清晨，我随李东明早早地来到黄海湿地，深一脚浅一脚穿过海滩，在一处光滩上他熟练地支上摄影架，打开镜头，静静等候着他的"老朋友"亮相。

"在这儿等，肯定等到勺嘴鹬。"李东明充满自信地对我说。

在风中，我们等了半个多小时，朝霞升出了海面，五彩缤纷，灿若锦绣。海天间，一轮红日一跃而上，瞬间唤醒大海和大地。海滩上欢腾起来，鸟儿迎着朝阳翩跹起舞，开始了新一天的惬意生活。

"啾啾啾——"李东明听到了熟悉的声音，但凭肉眼看得不清晰，李东明凭着多年拍鸟的经验，动作敏捷地不断摁响相机的快门。

过了一会儿，鸟鸣声远去。李东明回放照片，果然，是勺嘴鹬。

我在电脑上一帧帧地翻看李东明拍摄的勺嘴鹬照片，当时天气有点闷热，李东明开启了房间里的空调，我突然一激灵，想起来了，现在正是夏天，应该是勺嘴鹬迁飞北方度夏的时间，为什么还有这么多勺嘴鹬留在盐城呢？

对我提出的这个问题，李东明想了想道："每年3至5月，勺嘴鹬北迁,会在盐城黄海湿地做短暂停留。其中有繁殖任务的勺嘴鹬,会在这里短暂停留后继续北飞,一直飞到俄罗斯西伯利亚海岸冻原地带栖息、繁殖。而如果是没有找到'恋人'的勺嘴鹬,它们不会孤零零地北飞,而是留在盐城度夏,当然,如果在度夏中找到'恋人',它们还会北飞。"

原来是这样!勺嘴鹬一旦脱单,承担的就是生儿育女的责任,这与人类是何等相似!

"因而在6至11月,条子泥都可以看到勺嘴鹬,高峰期是在9至10月。"李东明补充道。

"我倒希望它们尽快脱单,夏天时能够北去。"我把自己的想法一说出,李东明脸上浮现出理解的笑容,表示对我观点的认同。

李东明多年追拍勺嘴鹬,使他成为圈子里有名的"勺子王"。"现在每年至少有300天,我都在拍鸟儿。"李东明一边收拾着相机和三脚架,一边对我说,"这些年来,除了繁殖地俄罗斯楚科奇半岛没有去过,勺嘴鹬栖息的其他每一个地方我都记录过。"

如今,数百只勺嘴鹬集中出现在条子泥滩涂上,这让李东明惊喜不已,拍摄勺嘴鹬,他不需要再天南地北地跑了。

"水鸟这么多,为什么紧盯勺嘴鹬?"我问。

李东明不假思索地说:"因为勺嘴鹬是最短的短板。"

见我还有点儿蒙,他接着解释,勺嘴鹬的食性狭窄,对滨海滩涂湿地的环境条件要求比其他生物更为苛刻。如果把条子泥的生物圈比喻成一个木桶,那勺嘴鹬就是最短的那块木板。只要勺嘴鹬能够在黄海湿地上生存下来,也就意味着为其他物种张开了一把保护伞。

听了这话,我顿悟过来。

李东明不仅是一名摄影者,还是一名鸟调志愿者,他加盟了"勺嘴鹬在中国"的公益组织，和北京林业大学、红树林基金会合作，常年观测记录鸟类的生活习性，为研究珍稀迁徙鸟类积累了基础数据。

2020年，李东明参加了由北京林业大学东亚—澳大利西亚候鸟迁徙研究中心和红树林基金会组织的鸟调，100多天里，他天天都在滩涂上观测记录着勺嘴鹬。

有一天，从北方飞来的一只勺嘴鹬途中受了伤，在浅滩上一瘸一拐地行走，李东明担心不已，他立即丢下"长枪短炮"，将勺嘴鹬捧在手心，匆匆忙忙赶回海堤上，为它清洗伤口并涂抹药水。

几位路人围过来看热闹，纳闷着说："为一只鸟儿犯得着这么上心吗？"

李东明不管不顾，继续清理鸟儿的伤口。不料，勺嘴鹬突然"扑哧"拉了一泡粪便。围观者唯恐避之不及，李东明却喜出望外，他俯下身子，用镊子将粪便一点点小心地挑起，放在随身携带的玻璃管内，那神情就像是对待一件旷世珍宝。原来，鸟类专家告诉过李东明，粪便里记录着鸟类信息，对于研究鸟类行为太重要了。

李东明对鸟儿的痴迷曾让女儿心生怀疑："爸爸天天早出晚归去拍鸟护鸟，怕是我和妈妈都不如鸟儿重要呢！"为了让女儿理解，李东明决定让女儿跟他到黄海湿地上"走一趟"。

那天凌晨3时，李东明叫醒了熟睡中的女儿："走，和我一起去海边看日出吧。"喜欢旅游的女儿一骨碌从床上爬起来，跟着李东明摸黑上了车，走了几十千米，来到条子泥，还没来得及观赏皎月清辉洒照下的辽阔海涂，蚊虫们已经簇拥而上⋯⋯那天，李东明的女儿的确如愿看到了壮观的海边日出，但脸上、身上却被蚊虫叮出若干个包包。

伴着日出，无数海鸟、水鸟在霞光下翩翩起舞，李东明指导着女儿拍照。那天,她拍下了无数只鸟儿的照片,在电脑上回放时,看到鸟儿那可爱的动作和表情,女儿眼睛越来越亮,惊呼:太美了!

女儿自此理解了爸爸,此后,她经常跟着李东明去海滩拍鸟,并且也加入了"勺嘴鹬在中国"的公益组织。

这些年,李东明奔波在海滩上,可没少遇过危险。一次,李东明开车前往条子泥拍鸟,不料海堤路滑,车子翻了个四轮朝天。李东明心想这下完了,他下意识地摸摸自己的光头,还好,没死。他抖索着掏出手机,蜷在车内报了警,闻警赶来的边防派出所官兵救出了他。

还有一次,也是为追拍勺嘴鹬,他不慎陷进沼泽地,眼看淤泥没过了腰部,同行的摄友搭救不成,情况非常危急。幸亏不远处有渔民赶海,大家赶来用竹子让他接住,然后众人用力喊着号子,像拔萝卜一样把他从淤泥里拔了出来……

危险并没能阻止李东明追鸟的脚步。10多年来,他每日往返100多千米,跑废了两辆汽车,他拍下了数十万张照片,自己也花去了100多万元积蓄。

但他无怨无悔!

对鸟类知识如数家珍的李东明,非常乐于与大家分享。"火烈鸟会不会变白?""军舰鸟为什么那么凶猛?""这些鸟怎么吃饭,大鸟会吃小鸟吗?"……当越来越多的游客走进条子泥观鸟,他们往往一边观鸟,一边会提出各种各样的问题,只要在游客身边,不管是面对大人还是孩子,李东明都乐于当他们的观鸟老师,耐心细致地回答他们的提问,让他们充满期待而来,满载知识而归。

2022年初,央视《远方的家·行走海岸线》栏目组走进盐城黄海湿地拍摄,李东明自发当起栏目组的出镜嘉宾,他一会儿带着栏目组下滩涂,一会儿在镜头前讲解鸟类知识,忙得不亦乐乎。

"黄海湿地是我们的家园，保护家园，就是保护我们自己。"李东明面朝大海，看向远方，语气坚定地说。

逐鹿滩涂

一身迷彩服、一双高筒靴，凌晨即起，趴在茅草丛中寻找麋鹿的足迹，30多年寒来暑往，这个身影陪伴着麋鹿初回故土、第一头幼崽诞生、每次成功野放、每年的鹿王争霸……

这个与麋鹿相伴的身影，就是生态摄影家杨国美。

2016年11月，第11届中国摄影金像奖举行颁奖典礼。中国摄影金像奖是中国摄影界的最高奖。来自盐城的摄影家杨国美凭借麋鹿系列摄影作品《野溪雄姿》，力摘第11届中国摄影金像奖。

评委会写给杨国美的评语是："30年专注麋鹿，用影像为拯救这种濒危物种，为建造麋鹿自然保护区，竭尽全力。参评作品在变幻的光影中倾注了他对濒危物种的关爱之情，呼吁人们保护自然环境，守护美好家园。如果说影像的社会价值、文化价值，如春风化雨、润物无声，对麋鹿的关爱，可谓浓墨重彩、掷地有声！"

正如评语所言，麋鹿是杨国美镜头下最重要的主角，他连续30多年跟踪拍摄了数十万张的麋鹿照片，并出版了全球第一本野生麋鹿摄影集，他的麋鹿摄影作品先后入选芬兰、希腊、保加利亚、英国皇家摄影学会、巴尔干半岛等国际知名摄影展，并斩获了一系列国际大奖。

翻开杨国美的简历，他的人生经历可谓是丰富多彩：生于1945年的杨国美，是盐城黄海滩涂上地地道道的农家子弟，他从田野阡陌一路走来，他从大队书记起步，凭着踏实能干，一路经历过公社（乡镇）党委副书记、乡镇党委书记、大丰县（现盐城大丰区）副县长、人大常委会副主任等多个岗位。

时代大潮浩浩荡荡，杨国美亲历了伟大时代的巨变，在农村工作期间，他目睹了农村的变化、农业的发展和农民的喜悦，于是就利用下乡工作的机会，用自己仅有的一台微型傻瓜相机把这些记录下来。后来，他发现自己拍的图片有一定的影响力，为了让更多的人更加关注"三农"、重视"三农"，他试着将这些摄影作品投稿，不少作品被《农民日报》《新华日报》等媒体刊发，这大大地调动了他业余摄影的积极性。

"我早期的摄影作品，虽说聚焦农村，但涉及的题材较多，可以说是无主题摄影。而自从麋鹿落户滩涂后，我找到了突出的主题，那就是做麋鹿的专职摄影师。"杨国美说起与麋鹿的结缘，既是偶然也是必然。1986年初，大丰筹备麋鹿自然保护区，碰巧，这筹备的任务交给了时任大丰县副县长的杨国美。"当时大家对麋鹿不熟悉，我想，有必要通过图片的形式，让更多人了解这一珍稀物种。"杨国美说，当时的麋鹿自然保护区选址大丰滩涂，非常偏远，每次去，他都带着一台傻瓜相机，"就想让更多的人知道，麋鹿到底长什么样"。

1986年，大丰迎接麋鹿回归家园不久，杨国美拍摄了一幅名为《望乡》的摄影作品，图中的麋鹿表情，饱含着回归故土后的惊喜、新奇以及忐忑、期待，十分传神。很快，《盐阜大众报》发表了这幅麋鹿作品，紧接着，《人民日报》《农民日报》《中国林业报》《人民画报》《中国摄影报》《中国环境报》和香港《大公报》、台湾《摄影天地》……上百家报纸都争着发表他拍摄的麋鹿作品。

大家如此关注麋鹿，杨国美更加来了精神。麋鹿是种天生有灵性的动物，十分敏感，小鸟飞过扑棱下翅膀，它们都会受惊跑开，但杨国美与它们朝夕相处，建立了友善的关系，在他的镜头下，麋鹿一点儿也不害怕，仿佛知道这个人不会伤害它们。

拍摄麋鹿非常有趣但也非常辛苦，有时也有几分危险。麋鹿胆小怕人，放荡不羁，要拍摄它，首先要寻找它，而保护区范围大，尤其是野放区港汊纵横、蛇虫横行，无论春夏秋冬，都须穿着高筒靴甚至渔民专用的下水裤去拍摄，即使如此，仍有随时陷入淤泥而不能自拔的风险。有一次，他在野放区跟踪麋鹿，突然看到两头雄鹿在打斗，他兴奋得一个劲地往前冲，一不小心一脚踏进了苇草隐蔽的港汊，幸亏及时后仰，用手上的三脚架往左插地稳身，才避免了一场陷入淤泥人机俱毁的危险。摆脱险境后，他的第一反应是赶快按动快门，抢拍下鹿王争霸这一难得的场景。

有时发现鹿群后，为拍摄到一个珍贵的镜头，杨国美要静静守候几个小时，尤其是在炎热的夏季，保护区林木茂密，杂草丛生，蚊虫肆虐，守候是相当受煎熬的。一次，杨国美去半野放区拍摄麋鹿，忘记带高筒靴，结果被毒蜱叮咬得遍体红肿，浑身奇痒，一个多月后才渐渐消失。

杨国美与孙华金、李东明一样，是个不断探索创新的摄影家。他日夜考虑着怎样在镜头中捕捉到麋鹿最有灵性的一面，简直到了"痴"的程度。在拍摄麋鹿中，他也结下了好几个拍照的摄友，这一群人中，数他年纪最大，但大家都说："遇见麋鹿，老杨跑得最快！"

有一次，杨国美与几名摄友到黄海滩涂采风，恰好发现两只麋鹿在水边打斗，当时还正在汛期，他毫不犹豫冲进齐腰深的水里，抓住难得的机会，拍出了这幅《水战》。同去的摄友顾虑水中的安全慢了一步，错过了最好的拍摄场面，后来《水战》横扫了国内、国际多项摄影大奖，大家都很服气："没办法，拼不过他！"

一次在迎接外宾时，杨国美邀请客人到大丰麋鹿保护区参观，不巧天降大雨，杨国美安顿好客人后，他琢磨起来："雨后的麋鹿是什么样的情态？"带着强烈的好奇心，他拿起相机走到围栏。

这时阵雨初晴，围栏内，麋鹿正在撒欢嬉闹，看到"老朋友"杨国美过来，一大群麋鹿蹚着积水向他欢快地跑来，杨国美激动得心脏狂跳，赶紧连续按下快门，照片冲洗出来后，他被其中一张震惊了：雨后初晴，暖阳倾洒，四周翠林，绿地环绕，雌雄麋鹿奋蹄撒欢，激起阵阵银白细浪……这幅尽显灵动之美的摄影作品《欢腾》，摘取了数项国内外摄影大奖，并在多国展出，成为展示中国生态文明的艺术经典之一。

杨国美退休之后，依旧初心不改、激情不退，他自学了电脑，学习怎样在电脑上选片、调色、剪辑，有技术的加持，他镜头前的麋鹿伴随四季，焕发出更加迷人的魅力。他用光影追逐着湿地精灵麋鹿，记录地方发展和生命传奇，传播区域特色和绿色文明，他让世界看到了中国麋鹿，了解了中国麋鹿，爱上了中国麋鹿。

2006年，中国摄影出版社出版了《中国麋鹿——杨国美摄影作品集》，时任中国摄影家协会主席邵华亲笔题词，称杨国美是"中国麋鹿摄影第一人"；时任联合国秘书长安南收到这本摄影集后，在回信中对杨国美的艺术造诣和深远影响给予了高度赞赏。

杨国美以摄影作品为媒，为盐城与世界互通搭起了一座特殊的桥梁。他富有感染力的麋鹿照片，让麋鹿的名气冲出动物保护圈，走向大众和国际。2008年北京奥运会上，麋鹿与大熊猫、金丝猴一起印入明信片赠送外宾，麋鹿成为中国形象的一张名片。

自从1986年拍摄麋鹿以来，杨国美拍摄的500多幅精品力作，在全国影展和印度、贝宁、法国、巴西、美国、俄罗斯、澳大利亚、塞尔维亚等82个国家举办的国际影展中，获得过金、银、铜等各类奖项。

党的十八大以来，随着"绿水青山就是金山银山"理念的深入人心，杨国美对自己的创作提出了更高的要求。他告诉我，作为摄影者，摄影的要素不仅是艺术，还有理念，要不断提高自己的人文修养和美学修养，坚持崇实兼美的创作风格。这些年，他把拍摄麋鹿从野生动物保护的层面提高到人与自然和谐共生共美的高度，增强作品的美感和质蕴，提高作品的思想性、艺术性、故事性和感染力。

杨国美还用比较的手法，既拍生活在盐城沿海地区的麋鹿，也拍内地长江故道的麋鹿；既拍半野放的麋鹿，也拍全野放的麋鹿，为科研提供必要的影像资料。

"在坚守麋鹿拍摄的同时，我会尽其所能，把镜头聚焦家乡，聚焦人间的真善美和祖国的大好河山，创作出更多的作品，奉献给祖国和人民。"年逾古稀的杨国美为我们做出了一生做好一件事的榜样。

在杨国美家中，我见到他新近获得的华夏艺术金鸡奖和百花奖的奖杯，获奖作品分别是《拓展之美》和《梅龙游春》。

杨国美告诉我，《拓展之美》就是他深入滩涂湿地，聚焦珍稀物种麋鹿所得，真实展现了南黄海湿地上生物繁衍生息的生存状态，通过光影的艺术体现出黄海湿地和谐富有活力的生态之美。

摄影作品《梅龙游春》则是另一番景致，呈现的是盐碱荒地的沧桑巨变，照片中绿草如茵、梅花绽放、景色宜人，那盛开的梅花，犹如一条长龙，摄人心魄。杨国美将这条长龙命名为"梅龙"，别具匠心。

用影像记录麋鹿，这是杨国美种下的梦想种子，2022年，已经77岁的他，仍然每天乐此不疲地奔跑在逐梦的路上。

闯入镜头的"新朋友"

杨国美痴心于追拍麋鹿，而盐城有一对夫妇，以追拍丹顶鹤而享誉摄影圈，这就是李玉生、张丽娟夫妇。

"麋鹿很可爱，可麋鹿是'一夫多妻'制，雄性麋鹿要通过角斗来争夺'妻子'，可以想象它们的感情是多么淡薄。而丹顶鹤不一样，它们是'一夫一妻'制，彼此间的感情很深，这也是我们追拍丹顶鹤的原因吧。"我发现，李玉生在跟我说这话的时候，他的眼神时不时地瞟向正在悬挂丹顶鹤照片的妻子张丽娟，眼神里写满了温柔。

几年前，李玉生夫妇从江苏省沿海开发集团退休后，他们把时间交给了旅途和摄影，一路追寻着丹顶鹤的足迹，用相机定格了丹顶鹤在霞光映照下的自由飞翔、在芦苇丛中的翩翩起舞、在红蒿地上的嬉戏追逐、在湿地泽国里的优雅漫步……他们从这一个个美妙的瞬间中精选出一批照片，出版了《鹤影情怀》画册，被中国摄影家协会、英国皇家摄影学会珍藏，并在2018年北京国际摄影周上，成功举办了"鹤影情怀"湿地主题摄影展。

"这些年的摄影生涯中，最打动你的一个镜头是什么？"我问李玉生。

这个爱笑的汉子脸上突然浮现出悲伤的表情，他沉吟片刻后，用低沉的声音说："我们曾在扎龙湿地见到一只失偶的丹顶鹤，它的声声悲鸣至今还回响在我们的耳边，我们跟保护区的工作人员一起安慰它、护理它，可它就是不吃不喝，几天后就伤心过度而死。我们拍下了它临终前的照片，那绝望的眼神让人不忍目睹。"

李玉生讲完后，陷入了沉默。黯然神伤中，张丽娟轻轻地走过来把手放到了李玉生的肩膀上，李玉生也顺势攥住了妻子的手，两人对望一眼后，目光同时转向墙上张丽娟刚刚挂好的一幅照片，照片里一对丹顶鹤伉俪相互依偎，款款深情正向图框外溢出……

而他们握着的手，久久未曾松开。

把人类的感情融入镜头，输送进草木、动物的世界，这草木、这动物的世界，也由此充满着感情的色彩，而这，又何尝不是人与自然万物和谐相处的一种方式呢!

辽阔的黄海湿地,留下的脚印会被潮水抚平,而生态摄影师们成千上万张照片却成为珍贵的资料,记录着湿地上鸟类捕食、嬉闹、翱翔的状态,以及四季轮回中大自然赋予这片土地的壮美,盐城黄海湿地有多少张"面孔",没有谁比他们更清楚。

镜头之内,他们以光影为笔"画"出湿地之魂,搭建起黄海湿地与世界互联互通的桥梁;镜头之外,他们将这片湿地的生态故事"讲"给世界听,用艺术心、环保情、生态梦绘就"人与自然和谐共生"的画卷。

春暖花开的时节,数十只东方白鹳飞临条子泥。它们在这里筑巢栖息,自由飞翔,悠闲觅食,翩翩舞姿给条子泥增添了一道别样的风景线。

东方白鹳属大型涉禽,身长可达1米多,展翅宽度超出3米,它腿长喙尖,体态优美,是国家一级保护动物,被世界自然保护联盟定为濒危物种。东方白鹳常在沼泽、湿地、塘边涉水觅食,主要以小鱼、蛙和昆虫等为食,性情宁静而机警,飞行或步行时举止优雅,休息时常单足站立,因其姿态优美,故有"鸟界国宝"的美誉。

2015年,观鸟志愿者首次在条子泥发现了东方白鹳。此后,条子泥连续多年有东方白鹳来此栖息、越冬。2022年5月,条子泥还首次发现东方白鹳在此繁殖。

摄影师孙家录从追拍栖息黄海湿地的第一只东方白鹳开始,连续数年,他像钉子一样钉在了黄海湿地,坚持不懈,用镜头记录来此地栖息的东方白鹳的倩影。

孙家录年近七旬,他与杨国美、孙华金一样,也不是专业摄影师出身。退休前,他在盐城东台市的卫生系统工作。

至今,他还记得自己第一次拍摄到东方白鹳的场景。"真是太激动了,为了拍摄它们,我在海水里泡了三四个小时。"孙家录说得风轻云淡,其实拍摄的艰难程度远超想象。

在孙家录家中,我见到了一张别的摄影师拍摄他的照片,照片中的他身穿皮衩,泡在齐胸口的海水中,海风吹卷他的帽檐,而他手中举着长长的镜头,神情专注地盯着远方……

春夏之交,微风拂过,芦花飘荡。一簇簇芦苇在阳光的照射下闪耀着光芒。

盐城国家级珍禽自然保护区的工作人员陈国远拿出望远镜,调好了角度,看向远方,远处的水塘里,一群水鸟或蜷缩休息,或在水面嬉戏,一举一动清晰可见。

拍摄水鸟,是陈国远多年来雷打不动的工作。而且,他的拍摄范围不只局限于保护区,他曾追着迁徙的水鸟四处奔波,以至于同事都笑称他就是一只"候鸟"。

在珍禽保护区工作多年,丹顶鹤是陈国远镜头中的主角,但不是唯一主角。比如有"黑面舞者"之称的黑脸琵鹭,就经常进入他的镜头。黑脸琵鹭全身羽毛为白色,前额、眼线、眼周至嘴基的裸皮为黑色,形成鲜明的"黑脸",并因长嘴扁平如中国乐器中的琵琶而得名。

黑脸琵鹭分布区域极为狭窄,仅见于亚洲东部沿海,种群数量极为稀少,是全球最濒危的鸟类之一,世界自然保护联盟和国际鸟类保护委员会均将其列入濒危物种红皮书中。2022年4月,香港观鸟会发布全球黑脸琵鹭同步普查结果,显示黑脸琵鹭种群全球数量只有6162只,而陈国远观测和拍摄到的黑脸琵鹭就有上千只。他镜头下的黑脸琵鹭或在芦荡间嬉戏打闹,或踩着浅滩上的细碎霞光觅食,或神态优雅地在沼泽水汪边来回踱步……陈国远细心收集着这些珍稀生灵的生活图景,点染成黄海湿地的美丽长卷。

2021年冬天,陈国远开了一场普及观鸟知识的视频直播:他驾车行进在无人的滩涂湿地上,拍摄机器被固定在车窗外,群鸟在水天相接处盘旋游弋,不时从他的镜头前掠过,留下的几声鸣啼,久久于碧空回响。"珍禽保护区现在发现了418种鸟,我拍到了105种,最大的愿望就是把它们都拍到,给保护区留下影像资料,对未来的保护和研究工作都有用。"陈国远带着这样的初心,终日奔波,收获满满。

盐城黄海湿地申报世界自然遗产时,申报照片中,就选用了陈国远不少的照片。但陈国远从不拿这些说事儿,他觉得随着生态文明建设的纵深推进,最美的风景永远在前方、在未来!

观鸟、拍鸟,不仅是生态摄影家的爱好,几乎也是每一个走进黄海湿地者的愿望。一个春日的下午,我走进湿地珍禽保护区,随同两位监测人员乘车观测越冬鹤类迁飞情况。

车子在湿地小路上行驶了半个小时后,来到了一片芦苇沼泽,监测人员小李突然指着栖息在沼泽中的灰鹤群叫了起来:"你们看,这个灰鹤家族有5只呢。"

我知道鹤类喜欢以家族为单位群居,看到5只灰鹤群居,有什么稀奇的呢?见我一脸不解的样子,另一位监测员小孙告诉我,在沿海滩涂,尤其是越冬候鸟迁飞期,灰鹤家庭群体通常为3至4只,即由灰鹤双亲和1至2只幼鹤组成。"我们现在看到的5只个体的灰鹤家庭非常罕见。"

小孙的话,引起了我的兴趣。说话间,负责开车的小李找了一个隐蔽处悄悄停下车,他和小孙一人一只高倍望远镜,屏住呼吸对着灰鹤群体仔细观察。

我来时没带高倍望远镜，他们也没多余的，我只能从车窗里探出头来，着急地用肉眼去观察，肉眼看到的远方模糊一片，我只好竖起耳朵，急切地等待小孙和小李的观察结论。

过了几分钟，小孙跟小李交流起来。"你看，最外边的那只小个子鹤垂下尾巴了，它不像灰鹤。"

小李说："我看到了，不是灰鹤，那是啥鹤？"

小孙又观察了一会儿，用肯定的语气说："小个子鹤的胸前有一抹黑色饰羽，肯定不是灰鹤。"

"我也看到了，是蓑羽鹤！"小李兴奋地说。

一听说是蓑羽鹤，我也跟着兴奋起来。蓑羽鹤属罕见的大型珍稀鹤类，在中国种群数量较少，我国东部沿海鲜有观察记录。

两人放下了望远镜，各自取出随身携带的相机，对着蓑羽鹤就是一阵狂拍。趁着他们拍照的工夫，我拿起了其中一只高倍望远镜，聚焦不远处的鹤群，贪婪地观赏起来。

为确保此次野外记录的科学准确，傍晚时分，在结束了此次监测任务后，小孙和小李回到办公室，他们将拍摄到的现场图片和视频与鹤类图谱进行了认真比对，并请教了鹤类研究专家，确认了此次记录的个体为蓑羽鹤。他们还向相关机构查证蓑羽鹤人工养殖情况，最终排除了本地区圈养个体逃逸的可能。

循着这个线索往下深究，我得知在盐城黄海湿地现已记录到的418种鸟类中，鹤类目前已达到7种，分别是丹顶鹤、白头鹤、白鹤、白枕鹤、灰鹤、沙丘鹤和蓑羽鹤。而这些鹤类的逐一被发现，均与这些爱好摄影的"湿地之眼"分不开。

每隔一段时间，"湿地之眼"们就会公布和分享他们在滩涂上的最新发现。2022年初夏的一天，有一名摄影爱好者拍摄到一只"来路不明"的褐色鸟儿，拍摄者不知道这鸟儿是什么鸟，发到微信朋友圈求教，一天的工夫，就收到全国各地鸟类专家的10多条回复。大家一致公认：这是极其罕见的丑鸭。

这只突然闯入镜头的丑鸭，填补了江苏省此前没有丑鸭分布的记录空白。据了解，丑鸭分布于冰岛、格陵兰、阿拉斯加海岸、西伯利亚东部、贝加尔湖西北山脉等地区。丑鸭名字的由来是其雄鸟羽毛酷似欧洲舞台剧的丑角而得名。雌鸟羽毛呈灰色，脸及耳羽有明显的白色斑点。在我国，丑鸭是罕见的冬季过境鸟，数量极其稀少，被列入我国2020年发布的《国家保护的有重要生态、科学、社会价值的陆生野生动物名录》，属于保护鸟类。

令人欣喜的是，在盐城黄海湿地，每年都有陌生的鸟类被"湿地之眼"所发现。"珍稀鸟类会用'翅膀投票'，这几年，盐城生态环境不断向好，我们镜头里的'小家伙们'也越来越多。"盐城工学院副教授、环境科学博士付强认为，黄海湿地申遗成功后，滨海湿地生态环境保护力度不断加大，社会公众的保护意识提升，积极改善了鸟类生存环境，各种鸟类自然会不约而至。

近年来，越来越多的鸟类在盐城栖息、落脚，勺嘴鹬、白鹳、震旦鸦雀等珍稀鸟类已成为黄海湿地的常客，人群集居区甚至有数万只鸟儿相伴栖居……这些都成为盐城加强生物多样性保护，生态环境持续向好的生动注脚。

国际"鸟导"

我第一次在黄海湿地见到章麟的时候，他正忙着接待一批从欧洲来的观鸟者。

章麟穿着洗得发白的牛仔裤，背着高过肩头的登山包，普通话里偶尔夹杂着山东方言，他的语速快得像惊起的飞鸟，但咬词吐字十分清楚，听他说话并没有语言障碍。

他有一个新鲜的身份——"鸟导"。

"鸟导"这个职业听上去很新鲜，其实，在欧美国家早已有之。"外行看热闹，内行看门道。观鸟的专业性很强，如果没有专业的人加以指引，大多数人只能看看热闹。"

章麟的这番话，引起了我的强烈共鸣。

的确如此，我在黄海湿地也多次观过鸟，可那么多鸟，我叫不出它们的名字，不知道它们的来历和习性，也就"看看热闹"而已，看过之后，除了"那里的鸟很漂亮，鸟很多"诸如此类的表述之外，再往深处讲，我就讲不出了。

而这，绝不只是我一个人的感受。我问过我的许多同龄人，他们能辨认的鸟类除了麻雀、燕子、喜鹊等几种常见鸟类外，能辨识超过10种鸟类的人十分鲜见，超过百种鸟类的更是少之又少。

而章麟呢，他认识的鸟类多达上千种。他给人当"鸟导"，不仅能如数家珍地告诉你，你看到的是什么鸟儿，来自哪里，飞向何处，全球数量有多少，鸟儿有什么习性，等等，还能根据观鸟者的需要来选择合适的观鸟地，这么说吧，只要你想要观赏的鸟儿，他都可以带你去看到。

当然，成为一名"鸟导"，章麟下了不少功夫。他告诉我，在他6岁那年，因救下一只受伤的小鸟而与鸟结缘。他与鸟的缘分，不由得让我想起徐秀娟、刘古朴等爱鸟护鸟者，他们也是自小就与鸟结下了良缘。

看来，这不能简单地说成是一种巧合。

1999年，19岁的章麟从老家山东考入南京航空航天大学，他对鸟儿的兴趣不减反增，每到周末，他都远足至观鸟的胜地——南京紫金山观鸟，从早到晚，一看就是一整天。他因此被同学们戏称为"鸟人"。

不过，他的同学也跟着这位"鸟人"享受到观鸟、赏鸟的乐趣。

大学毕业后，章麟到上海航空公司担任空管员，天南地北地四处飞行，给他的观鸟带来了极大的便利。"工作的那几年，可以毫不夸张地说，我几乎看遍了全中国的鸟儿。"章麟自豪地说。

2006年的五一劳动节，章麟来到北京门头沟观鸟，恰巧遇上一群来此观鸟的大学生，然而他们的专业知识不足，看得兴味索然。

章麟见状，主动上前给他们讲解，让这群大学生见识了神奇的鸟类世界。事后，这群大学生硬塞给章麟500元钱，这是章麟第一次做"鸟导"拿到的酬劳。

从中得到启发的章麟，一发而不可收，走上了"以观鸟养人"的"鸟导"之路。为了开阔自己的视野，他在亲朋好友不解的目光中从航空公司辞了职，并特意去了一趟德国和北欧，向外国的"鸟导"学习经验。

"当一名合格的鸟导不是一件容易的事，需要很多努力。"章麟告诉我，首先，"鸟导"要见多识广，他身上长年备有鸟类大百科全书之类的画册，每看到一种从未见过的鸟儿，他就要比对画册确定鸟儿的种类，为防止比对失误，还要长时间对鸟儿进行跟踪，最终加以确认；其次，要熟悉观鸟地的环境，有些鸟类的栖息地十分危险，如果不事先了解，很容易出事故。几年前，章麟就曾带着一群外国人到盐城黄海湿地看鸟，结果车子陷入了海滩上的沼泽，要不是及时叫人拖上了汽车，汽车就会被上涨的潮水淹没卷走。

"观鸟最大的考验是耐心。"章麟说到耐心，我很理解，我们所看到的鸟类是自由自在的，没有哪只鸟会停留在某处等人观赏，有时为看一种鸟儿，等上半天甚至一整天也很正常。

章麟接待的第一批外国客人是一对美国情侣，他们提出要看勺嘴鹬，因勺嘴鹬全球数量仅有五六百只，章麟接到对方发来的电子邮件订单时，他对勺嘴鹬了解也不多。他为此花了足足一个月的时间，扑到了黄海湿地上四处寻找，从南通海门、启东、如东，一直寻觅到盐城东台的条子泥，最终，在东台条子泥发现了珍贵的勺嘴鹬，他发现的时间，几乎与摄影师李东明是在同一时间段。

在章麟的导游下，那对美国情侣如愿以偿，看到了他们走遍美国都没有见过的勺嘴鹬。回国后，他们向朋友介绍章麟，帮章麟带来很多外国客人。"我先后带过美国、丹麦、比利时、加拿大等几十个国家的观鸟团队，他们对我的服务很满意，回国后都主动帮我宣传。"

"通过观鸟，我向国际友人讲述中国生态故事，这也算是民间的生态外交吧。"说到这儿，章麟停顿了一会儿，目光盯向了远方，又由衷地感叹道，"中国的生态越来越好，这也是我做鸟导的自信和底气。"

章麟做过统计，勺嘴鹬是外国友人最喜爱观赏的鸟类。因此，勺嘴鹬的栖息地盐城黄海湿地是他常来的观鸟地，几乎每个月他都要带团队来盐城黄海湿地上走一走，他已经熟悉了这里的鸟类、滩涂、植物，在这里，他还结交了许多朋友。

"来了，快看，鸟群来了。"章麟从包里掏出一只望远镜给我。

我接过望远镜举到眼前，镜头里清晰地出现一大群黑头白身的海鸥，它们展翅滑翔，张嘴欢叫，伴着浪花飞舞而来。

章麟边看边对我讲解，你看，那全身羽毛灰褐色、个头比麻雀大些的短嘴鸟儿，叫灰斑鸻；胸部有黑环环的，叫剑鸻；那只长着弧形大长喙的大鸟儿，叫大杓鹬；快看，体量比大杓鹬还大些的，叫白腰杓鹬；头背腹部均黑色、下体大部白色的，叫黑腹滨鹬……

"啊，看到它们了。"章麟欢呼起来。顺着他的方向，我用望远镜扫去，只见在远离鸟群的海滩上，两只比麻雀大些的水鸟在海滩上徜徉。它们走路的方式很特别，将嘴伸在光滩的泥水中破沙前行，或左右扫动，或转弯探行，当它们抬起头时，立马头靠头、嘴靠嘴，像是在交换觅食的情况，又像在传递劳累与否的关爱。

"这就是自带饭勺的勺嘴鹬！"我真不敢相信，我很随意地走上滩涂，就能一饱眼福，看到全球仅存600多只的濒危物种勺嘴鹬。

虽然，此前我从李东明的照片里看了很多勺嘴鹬，但通过望远镜真真切切地看到勺嘴鹬，却是第一次。

勺嘴鹬有多么难得一见？我们可以从中央电视台新闻频道在黄海湿地专题做的一档《寻找勺嘴鹬》的节目中管窥。当时，央视调动了很多鸟类专家和志愿者，在黄海湿地上连寻了3天，才寻到勺嘴鹬。

我正在兴奋之中，这时，透过望远镜，我清晰地看到一只小虾惊跳出水面，一只勺嘴鹬敏捷地上前摄进勺嘴，转过身来与后面的同伴分享，多么温馨的一幕！

在章麟的指引下，我又幸运地看到了东方白鹳，眼前的数只东方白鹳，身材修长，体态优美，外形有点类似于丹顶鹤。章麟边看边介绍道："你注意看，东方白鹳起飞时，不像丹顶鹤需要助跑才能起飞，它两腿往前一蹦，就能够飞起来。"

透过望远镜的镜头，看那东方白鹳还真如章麟所讲的那样。

那天，我在黄海湿地大饱眼福。在滩面、在水面、在天空，济济云集的东方白鹳，或飞或立或扎着头在水里找鱼。我发现一个有趣的现象，东方白鹳捕食时，它们会一排一排站好，步调一致，作风严整，似乎对食物进行地毯式排查，它们找到小鱼会一口吞下去，找到大鱼则甩到岸上，等到大鱼缺氧后，再对昏迷的大鱼进行分食。

"我觉得自己更像一个业余的鸟类学家。"放下望远镜，我和章麟并排坐在悠悠长长的海堤上，我们眼前，百鸟飞翔，芦花轻扬，风吹草动，云卷云舒，简直进入一个物我两忘的美丽天堂。章麟欣赏了好一会儿美景才悠悠地说道,他的"鸟导"身份只是谋生的、外化的身份,在他骨子里对鸟类研究才是根本,并且乐在其中。他喜欢反反复复看同一种鸟,"每一次都是不一样的,因为它们是动态的。对于它们生活习性变化的观察、研究和探索,为鸟类学知识填补空白,这让我很有成就感。"

章麟不仅观鸟、赏鸟,他还是一名鸟调志愿者,他与人合作主编出版了《中国鸟类图鉴·鸻鹬版》和《中国鸟类图鉴·鸥版》。他牵头成立了一个"勺嘴鹬在中国"的公益组织,开展保护勺嘴鹬的公益宣传,在他的倡议下,该公益组织已从成立之初的几人壮大到现在的1000多人,到2021年,已通过线上线下开展公益宣传300多场次,听过公益讲座的人数超过了10万人次。

"中国的观鸟者还是太少,我希望这支队伍越来越壮大。"章麟告诉我,世界上一共有9000多种鸟类,有一对英国夫妇,他们卖掉了房产,放下手中的一切,开始满世界观鸟。在数年时间里,他们找到了4265种鸟儿,并且打破了之前一位美国人创下的3662种的吉尼斯世界纪录。

章麟给自己规划了一个小目标:尽快赶超这对英国夫妇,让中国观鸟人在世界的舞台上扬眉吐气。

我相信,他的愿望会实现的。

从海平面到地平线

晨曦初露,朝霞映亮了海面。广袤的黄海湿地,也在黎明到来时苏醒了。

王长华一如往常,早早起了床。他没有忙着去洗漱,先是走到二楼卧室的阳台前，拉开窗帘，推开玻璃窗，一股清冽的、带着咸味的海风吹了进来。王长华闭着眼睛、迎着海风，深吸了一口气，那口气顺着鼻腔、喉咙、胸腔，直抵肺部，经过一番循环，又顺着他的鼻腔重重地呼出。呼吸之间，顿感神清气爽。

这时，他才睁开眼睛，目光习惯性地落到不远处的湿地上，芦苇在海风中轻轻摇动，还没来得及从天空中隐去的星星，倒映在清澈的沼泽水面上，随着微澜轻轻地晃动。几只丹顶鹤涉水而栖，它们单腿直立，纤细的肢脚支撑着看似庞大的身子，它们长长的、优雅的曲颈，将顶着红冠的小脑袋藏在暖和的翅膀里。

"这帮家伙，还在睡梦中哩。"王长华笑着摇摇头。

突然，一阵"哗啦哗啦"的声音，由远而近、由急而缓。原来是一群在芦苇中群栖的麋鹿，醒过来后成群结队跳进河中嬉闹。它们在小河里追逐奔跑，飞溅的水花四溅，拉起了一片片水帘。

麋鹿还在远处时，丹顶鹤就被麋鹿闹腾的声音惊醒了，它们伸长了脖子，放下环着的肢脚，起跑数步后，扇动着翅膀高飞，一边飞一边发出"嗷嗷"的叫声，鹤鸣九皋，声震于野。

这个临海的小村也在鹤鸣中醒了过来……

渔港春晓

王长华所在的村子叫巴斗村。

村子的南边，紧挨条子泥；村子的北边，枕靠黄海森林。村子东边的大海，恰恰是太平洋前进波与黄海旋转波相遇交汇的地方，构成了天下一绝的"两分水"奇观。

然而，过去的巴斗村还是一个处于天之边、海之角的偏僻小渔村。在人们的记忆中，昔日巴斗村只是一个土墩子，全村200多户村民全是靠海吃海、打鱼为生的渔民。那时的渔民吃饭没有桌凳,盛饭没有碗具。有人土法上马,以大蚌壳当饭碗,把贮粮的笆斗翻过来当作饭桌,笆斗也就慢慢演变成地名"巴斗"。

40多岁的王长华从他起向上三代人,都是土生土长的渔民。他自己也上过渔船,在海上颠簸了数年时光。出海一次,十天半个月回来很正常,有时遇上大风浪,在海上一两个月也是常有的事。

在海边,有一个说法,出海人的灵魂卖给了海龙王。意思是一旦出了海,除了海龙王,谁也无法主宰自己的命运。所以,包括巴斗村在内的黄海一带的小渔村出海是有讲究的,比如,女人不能上船,否则晦气;女人在家里织网可以,但不能从渔网上跨步,否则渔网捕不到鱼。甚至讲究到吃饭也有很多忌讳,比如煮熟的海鱼是不能翻过来吃的,"翻鱼"意味着翻船,很不吉利。

尽管出海有这么多讲究,但遇上风高浪急,出海翻船的事故仍然会发生。在王长华的记忆里,巴斗村的渔民家家户户出海打鱼的年代,每年都会有人遭遇不测葬身海底。害得王长华在年轻的时候,相了几回亲都没成功,倒不是王长华长相不行,也不是他家底寒酸,而是女方家长不同意,生怕王长华哪次出海出了事故,自己的女儿岂不守寡?

王长华靠近30岁时相中了一个姑娘,双方都挺满意,对方提出,要结婚可以,但不能出海打鱼。如果这门亲事再不成,王长华真的担心自己会打光棍,他硬着头皮答应:"好,我不出海。"

有了王长华的这句承诺,两人结婚了。婚后,王长华买了一辆机动车,当起了鱼贩子,风里来雨里去,赚的钱只能勉强养家糊口。

我结识王长华是在2021年的早春。一天,我带着几个外地来的文友畅游黄海森林。原先,我的计划是当晚入住在森林里的酒店。可几位文友信步走出森林后,不知不觉走到了一个小村的入口处,只见村口有一只巨型的色彩斑斓的卡通文蛤,它舒展着彩翼,像是欢迎我们的到来,"文蛤"台基上,"巴斗渔乡"四个大字缤纷秀丽。

原来,我们走到了巴斗村。

几位文友立即被这个富有特色的小渔村所吸引,提议当晚就住在巴斗村,这个提议得到了众人的附和。在巴斗村,我们选中了一家供应吃住的3层别墅楼入住,而别墅的主人,正是王长华夫妇。

王长华瘦高个儿,黑黑的皮肤,有一口洁白的牙齿,见有客人上门,他操着一口不太标准的普通话打招呼。当他跟我打招呼时,听我用的是家乡话回应,他先是一愣,继而笑道:"原来有你这本地向导在引路呀,怪不得能摸到巴斗村。"

"巴斗村真是背靠大树好乘凉啊,已经名声不小呢。"我笑答。

王长华听出了我话中的意思,知道我所指的"大树"就是列入世界遗产地的条子泥和黄海森林。他的反应很快:"这两年外地到条子泥观鸟、到黄海森林游玩的客人是多了,可我们村子实在太小,外地客人到我们村也就走马观花逛一逛,吃顿饭就走。"

"你的意思是生意不好做喽?"我追问。

"生意嘛,倒是不愁。条子泥是鸟儿栖息的地方,不方便入住游客。黄海森林里的客房有限,住不下的,通常会到我们这边住宿。倒是像你们这样直奔过来投宿的,不多。"

王长华的回答,点醒了我。确实如此,黄海森林、条子泥,这些网红打卡地已经带火了周边的渔村。他们与渔村已经融为一体,互为补充、相得益彰。

"长华,别光顾着跟客人聊天,到厨房来帮帮忙。"王长华妻子的一声喊,让王长华醒悟过来,连忙说:"来了,来了。"他迈着轻快的步子就进了厨房。

我们的晚餐是王长华夫妻俩亲手做的。食材都是时令海鲜，凉拌小白虾、蒜薹煮黄鱼、红烧大对虾、清蒸大鳓鱼。我们正在大快朵颐时，王长华又端上了一盘凉拌菜来，酱赭色的梗子半寸左右长，拣一根入口品咂，若咸若酸，挺吊胃口。

"这是什么菜？我从来没吃过。"一位文友问我。

我张口结舌，答不上来。那位问话的文友说："咦，这里不是你家乡嘛，怎么家乡的菜都叫不上来？"

我正窘迫，王长华热心地替我解围道："这是只能长在海边的盐蒿子，学名叫碱蓬，除了住在海边的人认识，离海边有点儿距离的人都不认识。现在是早春，吃不到新鲜的，只能让你们尝尝腌的了。要是你们再过段时间来，我早上就能到海滩采到露水芽子，焯得绿滴滴的，麻油酱醋一拌，比这鲜嫩爽口哩。"

见我们吃得津津有味，王长华索性打开话匣子，他告诉我们，这巴斗村的盐蒿子曾是巴斗人的"救命草"。乾隆年间，盐民被赶到刚刚淤成陆地的海边煮盐，海滩上什么也没有，盐民只能在沙冈上垂直挖开一堵土墙，用芦苇和茅草綮成斜顶当作屋顶，人钻进去栖身就像钻进了地洞，条件非常艰苦。虽然盐民靠近海可以打鱼，但长年吃不到蔬菜，容易闹病。后来有人就尝试着挖海滩上四处可见的盐蒿子吃，这盐蒿子没经过加工，入嘴又苦又涩，但好歹是道"蔬菜"，盐民们吃盐蒿子也从那时就开始了。后来，人们发现，盐蒿子不仅可以吃，还能捣制成草药敷在伤口上，并且可以内服专治打摆子。

"抗战期间，新四军一师在我们这儿的海滩上创办过医院，我奶奶就曾到医院帮助伤病员洗过床单和衣服。听我奶奶说，医生就用过盐蒿子给新四军伤病员治病。因敌人的封锁，到了冬天没粮食吃，新四军战士就拿出盐蒿子的籽当干粮吃，硬是挺过了严冬。"

小小的盐蒿子，竟有这么多故事，真是让我们大开眼界。

"王老板，你是不是为做旅游专门收集过故事？"一位文友问。

王长华哈哈一笑，没有直接答话，算是认可。

在与王长华的交流中，我们得知了巴斗村的一些往事。改革开放之初，这里的滩涂也曾"分滩到户"，承包给当地渔民。巴斗人在各自的滩涂上下小网、踩蛤蜊、捡文蛤，每天都小有进账。勤俭的巴斗人积小成大，陆续修造了较大的海船出海捕鱼，一时间，海面上千帆竞发，帆影成林。

"出海打鱼很辛苦，也有风险，但不是很赚钱吗？"我问王长华。

"开始时捕获量是不小，但鱼多啊，卖得也便宜。后来，近海的渔业资源越来越少，出海的渔船也越走越远，风里来，雨里去，赚点儿钱只能养家糊口，不能发家致富。"王长华说。

"王老板，真谦虚啊。赚不到钱，你们这些小别墅是怎么建起来的？"一位文友问。

"这是后来我们搞养殖赚钱盖的。"

说话间，村党总支副书记叶勇来王长华家串门，健谈的叶勇告诉我们，20世纪90年代末，江苏省批准东台市在巴斗村试围垦，"十二五"期间，国务院将江苏沿海大开发提升为国家战略，巴斗村几十里宽的近海潮间带划为100万亩滩涂围垦综合开发的试验区。党的十八大召开后，村里坚决贯彻新发展理念，实施减船转产，推动渔民"洗脚上岸"，利用周边上万亩海边滩涂发展特色海水养殖。并筹资1000万元成立水产养殖合作社，发动村民加入合作社，家家是股东，人人做股民，3年就收回了投资，每年分红300万元，人均1万多元。与出海捕鱼相比，村民人均收入翻了三四倍。规模养殖带来的收益，使他们家家户户盖起了小别墅。

改革让巴斗村富了,但是沟沟塘塘里的贝壳厨杂垃圾臭水,又给巴斗村出了个新题目,党的十八大以来,村集体出资,实施了60多个改善人居环境的基础设施和公共服务项目——新建水冲式公厕,给每户居民砌了三格化粪池,修了停车场。村里建了污水处理厂,铺设了下水道,修了水泥路。还新建了2500多平方米的公共绿地,两座古色古香的砖拱桥,一条休闲健身的园林带。并建成渔民文化室、篮球场等文化设施;村图书室与东台市图书馆实现资源共享,着力营造书香氛围,引导村民爱读书、读好书、善读书,使得全民阅读成为渔村文明新风尚。

坐拥世遗地,满眼皆美景。如今的巴斗村已成为远近闻名的全国生态文化村、江苏省美丽乡村。

这几年,随着黄海森林、条子泥游客的增多,村里就势走渔旅融合发展之路,投资4000多万元开发三水滩休闲旅游度假村,新建了游客中心、渔民之家、初心广场、巴斗泉驿站等景点,让传统渔村融入了现代化的生活元素。村民们也纷纷把自家的房子改造成特色民宿、渔家客栈、海鲜饭店,每年接待游客超30万人次。

海的女儿

那天晚饭后,热情的叶勇邀请我们到村里面海鲜街上转一转。

海鲜街上,一家家店铺灯火通明,一天中最忙碌的时候到了。

我们正在海鲜街上徜徉,突然,一阵雄壮的男声渔民号子从村里的"渔民之家"传出,引起我们的关注——

"(领)外外外,相里汪哟,(合)外汪哟,(领)外外外,相里汪哟, (合)外汪哟,(领)外外外相里汪哟,(合)外里外相汪哟……"

"这是渔船上的盘车号。"叶勇向我们介绍,为了丰富村民的文化生活,同时也为了让游客了解渔家风情,镇村联动成立了渔妹子合唱队,专门演唱富有当地风情的盘车号、牵篷号、起重号、测水号等原汁原味的渔民号子。

据我了解,当地渔民号子有个特点,几乎没什么歌词,完全靠人的哼唱,且这些号子是渔民们的集体原创,完全是一种耕海牧渔生活的长期积累和向海图强的情感抒发。

"这渔民号子,还是当年新四军将士们的起锚号、壮威号呢。"

看着我们好奇的样子,叶勇打开了话匣子:1941年中秋节的这天凌晨,新四军一师师长粟裕亲率师直部队指战员,东行15千米来到海边进行作战演练,他们赤脚越滩,登上了锚泊在弶港七里丫湾的11艘红帆船。

天亮时分,早潮奔涌上涨,红帆船上的指战员帮助起锚,但他们没出过海不得要领,虽有蛮力却使不上。船老大带着船工,一边唱着盘车号,一边推拉绞车旋转,红帆船锚泊的大铁锚稳稳地绞上了船头搁稳。潮头托起红帆船,驶向了大海深处。粟裕见到此情此景,大受感触,他让战士们跟着船民学唱渔民号子,在渔民号子声中,一些晕船的战士不晕船了,一些人学会了出海的基本要领。

我曾经研究过新四军的历史,知道新四军曾在盐城黄海之滨创办过海防团,这是我党领导下的第一支海防力量,也是中国人民解放军海军的先驱。叶勇则自豪地告诉我:"巴斗村是中国人民解放军海军的起锚地。"

他这么一说,我们眼前一亮。透过村里显目位置安放着的一艘红帆船,我们仿佛看到了当年新四军英勇杀敌、浴血海疆的场景。

正神思间,这时"渔民之家"又传来一阵女声合唱,打断了我们的神思:"(领)腰侧来,(合)哎,(领)腰弯来,(合)吭来。(领)吭来,(合)吙,(领)吭唷的相来,(合)哎……"

"这是牵帆号子。"叶勇说。

说到牵帆号子,叶勇的声音停顿了一下,他的目光盯向了辽阔的海滩,我看到他的眼角竟然涌出了泪花,他深深吸了一口气后说:"听到这帆船号子,我就不由自主地想起了'海的女儿'丁先兰。"

他的话,让我心头微微一震。丁先兰,多么熟悉的名字!我在脑海中快速搜索,一个性格泼辣、多才多艺的渔家女形象跃然眼前。

丁先兰,东台弶港人,自幼喜爱唱歌跳舞。20世纪70年代,18岁的丁先兰拉上9名渔家女组建文艺宣传队,表演的《结网》《采贝》《接港》等海味十足的节目,除在省、市屡屡获奖外,还被江苏省军区指派到全省各边防驻军和港口演出。

改革开放后,丁先兰用充满海韵海味的文艺作品,尽情演绎沿海居民的新生活、新面貌。10多年前,她在当地牵头成立了"渔妹子艺术团",编排出《结网舞》《红红的日子》《红帆颂》《谁不说咱港城好》等一批讴歌渔港巨变的文艺节目,鱼篓、渔网、梭子等渔具被搬上了舞台,采贝、织网、绣红帆等被编成了舞步,滩涂、渔港、丰收等被唱成了歌……穿梭结网的技巧、登滩采贝的绝活、夫妻赶海的情趣、渔鼓说唱的风韵、渔民号子的呐喊,"渔妹子艺术团"把对家乡海的热爱之情和对渔家美好生活的向往之情,谱成歌、编成舞,深受群众欢迎。

渔妹子艺术团在丁先兰的操持下,演出天地越来越大,从渔场走向了广场、从灶台走上了舞台、从海边走向了海外,越来越多的人发现,原来这来自黄海的号子声、渔歌声、渔鼓声是如此美妙。

"可惜天不假年,2018年的夏天,丁先兰病故了……"叶勇说到这儿,蓄积在眼眶中的泪水夺眶而出,悲痛地说,"如今我一听到渔妹子们的声音,就想起了丁先兰。"

是啊,荒凉的海滩,沉静的渔港,文化的荒漠,在丁先兰和她牵头成立的渔妹子艺术团的歌声中、舞姿里悄悄地发生着蝶变,而她却英年早逝,怎么不令人惋惜,怎能不令人心痛!

"团长,您放心地走吧,您的梦想我们替您完成!"在丁先兰的灵前,渔妹子艺术团的队员们起誓,他们说,"海的女儿"走了,渔妹子艺术团大旗永远不倒!

如今,渔妹子艺术团的团长叫周茂山,这是一个多才多艺的渔家汉子,也是丁先兰生前的最佳演出搭档。在他的接力下,黄海号子更加响亮地唱响新时代。我们信步走进"渔民之家",正看到周茂山带领团员排练节目,只见他们头围毛巾、手执缆绳、身穿笼裤,随着音乐声响起,他们亮开了嗓子,引吭高歌。

"嗨的哟来……"黄海渔民号子一经唱响,那雄浑的声音立刻就把人们带到了辽阔苍茫的大海上……

一路行走,且行且思。

回到住处,我和几个文友仍然心潮起伏,我们讨论着一路的所见所闻、所思所悟,大家似有说不完的话,我们谈到了脚下这方向海生长的神奇土地,谈到了黄海湿地的生物多样性,也谈到了传统渔村的蝶变。当话题转到"渔妹子艺术团"时,文友老丁突然问我:"盐城还是淮剧和杂技之乡,这里怎么听不到淮剧?"

我向老丁解释:"淮剧起源和流行于盐城中北部地区,所谓淮腔就是盐城的建湖方言。盐城南部的东台、大丰并不是淮剧的流行区。"

文友老于来自北京,是个戏剧迷,他对淮剧略知一二,他问我:"我听说淮剧是在大悲调的基础上发展起来的,为什么是悲调呢?"

"什么是悲调？"文友老袁抢着问。

"悲调就是哭腔呗。"老于答。

"这个问题我可以回答。"老丁仗着自己是南京人，对省内的文脉比较了解，于是胸有成竹地答道，"古时的盐民非常苦，吃了上顿愁下顿，而且盐城这个地方过去几乎年年发大水，家园被冲毁，人们只得四处逃荒要饭，为了讨得施舍者的怜悯，他们边讨饭边哭诉，慢慢就发展成了以哭腔为基调的淮剧。"

"是这样的吗？"老于问我。

说实话，原本我对淮剧并不了解，幸好不久前刚给出版社写了一本关于淮剧缘起及发展的儿童绘本，创作期间查阅了大量的资料，对淮剧有了基本面上的了解。我想了想答道："老于的话有道理，但并不全面。淮剧最早的起源应该可以追溯到春秋时期，那时科学技术不发达，人们迷信鬼神，盐城先民受其影响，也风行祭神跳鬼、驱瘟避疫的娱神舞蹈傩舞和傩戏。后来，傩戏在盐城经过两千多年的长期衍化及精进，内容不断丰富，最终成为香火戏。"

"香火戏我知道，主角就是一对童男童女，常在敬神、祭祀、兴集、庙会或喜庆活动中演出。"老于又抢话道。

"那香火戏又是怎么发展成淮剧的呢？"老丁追问。老于答不上话了，他朝我瞄了一眼，示意我接话。

我喝了口茶，清了清嗓子接着道："盐城早先的香火戏唱腔分成了东、西两派。东派主要是流行于串场河沿岸的盐城及阜宁等地的香火调，又称下河调，由门弹词曲调和香火会童子调衍变而成，音调刚柔相济；西派主要是流行于大运河沿岸的淮安及宝应等地的香火调，又称淮蹦子，由田歌、劳动号子发展而来，音调高亢粗犷。"

说到这儿，我故意停顿了一下，见他们都瞪大眼睛期待下文，我才接着往下叙说:"接下来,就如老丁刚才所讲,清代中期,因天灾人祸频频,盐城、淮安等地逃荒者甚多。走投无路的难民为求生存和温饱,将东、西两派的香火调糅合成带有哭腔的门叹词,在乞讨中演出,以博得人们的同情。"

话题回到了老丁身上,老丁不由得意起来,他"嘿嘿"笑了两声。接着,我告诉他们,门叹词传唱时,正是徽班演出昌盛时。受此影响,门叹词为吸引观众,不断变革:内容上,从段口小唱逐步发展为具有简单故事情节的民间戏文;形式上,从唱散脚逐步发展为唱关书;曲调上,大量运用民间小调。经此一改,门叹词演变成流行于江淮之间的江淮小戏。1939年,江淮小戏知名艺人筱文艳、何叫天在上海高升大戏院演出《七世姻缘》,与琴师高小毛等在拉调的基础上创造了自由调,一改原先的哭腔,增强了艺术表现力。之后,何叫天又创出了"连环句"唱调,进一步丰富了自由调。至此,奠定了淮剧声腔"淮调""拉调""自由调"三大主调的格局。新中国成立后,江淮小戏也迎来了新生。1953年,正式采用了淮剧这一名称。随着时代的快速发展,淮剧艺术在全国地方剧种中大放异彩,以《太阳花》《十品村官》《小镇》等为代表的一批现代淮剧,深受观众青睐,多次获得国家和省级大奖。盐城也因此产生了让全国戏剧界刮目相看的"盐城戏剧现象"。2008年6月,由上海淮剧团、盐城市联合申报的淮剧项目,经国务院批准,列入第二批国家级非物质文化遗产名录。

我一口气讲完了淮剧的历史,大家还不过瘾,老袁看过盐城获得中国杂技艺术节优秀展演奖的杂技剧《小桥流水人家》,因而他对我问起了盐城杂技起源的问题。

在回答老袁问题时,我先讲了一通盐城"煮海为盐"的历史,特别提到了"场、灶、镬、团、总"的关系,老袁着急了,说我答得文不对题。

我笑着说:"别急,下面开始划重点了。明洪武年间,明太祖朱元璋实施'洪武赶散'时,苏州一部分杂技艺人被迁徙到盐城,加上原在京受戏曲排挤的当地杂技艺人陆续回乡,盐城建湖县邻近的18个村庄,成了杂技家族的聚居之地,县内人把他们叫作'十八团',这里的'团'就是盐民的编制,一个团相当于一个自然村庄。"

"怎么又是建湖?"老袁问。

老丁答:"这不奇怪,当时的盐城东边还是大海,稠密的人口都集中在盐城西部,也就是建湖哩。"

老丁这么一解释,老袁恍然大悟,他示意我接着说。

我接着道:"清代,苏北庙会盛行,'十八团'马戏班经常应邀外出表演。康熙年间,'十八团'定期举办马戏会,每年重阳节前后为会期,时间为半个月。马戏会期间,群英汇聚,各显其能,盛况空前。到了民国时期,军阀混战,民不聊生,'十八团'杂技艺人流落江湖,形同乞丐,直到盐城解放,'十八团'马戏班才枯木逢春。1954年,建湖县8个民间杂技团体合并组成建湖县杂技团,2015年升格为江苏省杂技团,建湖杂技也被列入第二批国家级非物质文化遗产名录。"

"听你这么一说,我对盐城杂技更感兴趣了。"老袁道。

"值得看的杂技剧和节目多着呢。"我如数家珍地报出了江苏省杂技团近几年创排的《猴·西游记》《小桥流水人家》《芦苇青青菜花黄》等精品杂技剧,以及获得多项国内外杂技赛事奖项,并访演80多个国家的《惊风荡:旋转软钢丝》《问天鸟:高台倒立》《凌寒独自开:集体杆技》等杂技节目,引起了大家的惊叹,他们达成了一致意见,一定要我带他们看一场淮剧、一场杂技剧。

一直静静倾听的老于这时才缓缓登场,用总结式的口吻对盐城淮剧、杂技进行了点评,他说:"淮剧也好,杂技也罢,都是海盐文化中的一个分支,其中都融入了盐民的苦难史、奋斗史,更融入了海纳百川、开放包容的气度,人们从中可看到中国的一个个历史断面,听到来自社会底层的呐喊,找到通向美好未来的路径,这也是淮剧、杂技长盛不衰的缘由。"

老于的话,我们深以为然。

我们谈兴正浓时,夜已深,月已西斜。考虑到明天还有很多日程安排,大家不得不刹住话题,意兴阑珊地回房休息。

我躺下后,随手翻开随身携带的一本书,这是美国自然文学作家亨利·贝斯特于1920年在人迹罕至的科德角海滩居住一年后写的一本散文集,书名叫《遥远的房屋》,书中有这样一段话叩动了我的心弦,"对于所有热爱大自然的人,对她敞开心扉的人,大地都会付出她的力量,用她自身原始生活中的勃勃生机来支撑他们。"

这句话,引起了我的久久沉思。在大自然中,人类虽是渺小的,却是永恒的,因为人类就是大自然的一部分。沉思中,灵感从我脑海里喷薄而出,我就将这天的所见所闻、所行所思写成了一首歌词:

  微风轻抚着海浪
  炊烟沉醉了夕阳
  帆影拉近了远方
  我心爱的姑娘
  你穿过的村庄
  散发着迷人的幽香
  像一只蝴蝶沐光飞翔
  缠缠绵绵来到我的梦乡

鸥鸟嬉闹着月光

人潮沸腾了渔港

羞容褪去了伪装

我心爱的姑娘

你走过的小巷

弥漫着醉人的芬芳

像一棵榕树张开手掌

郁郁葱葱笼盖我的梦乡

我在大海上朝思暮想

心中燃烧着炽热的愿望

历经潮退潮涨

看遍冷月风霜

星空铭记你的模样

朝霞带走我的惆怅

有你栖息在我的心房

牵着你的手只愿地久天长

  我把这首歌词取名为《黄海情思》，以一位黄海健儿的口吻，把美丽的情歌唱给他"心爱的姑娘"听，这"心爱的姑娘"，既是他心中朝思暮想的恋人，也是他心中日夜牵挂的黄海湿地。
  《黄海情思》的歌词后来经青年作曲家陈小锋作曲，青年男高音黄勇宾演唱，在盐城黄海湿地成功申遗3周年之际上线，传唱至祖国的四面八方。

当夜，歌词写好后，恰巧由远及近传来"哗，哗啦"的声响，一声接一声，哦，海水涨潮了！这潮声像大海的诗韵，满含着哲理和启示，我的思绪瞬间被海潮拉走，闻着略带着咸腥的海的味道，我的身子恍若被暖湿的海水轻轻淹没，而我则沉睡其中……

次日清晨，四周各种鸟儿的晨啼叫醒了我们。清晨的薄雾中，我们看到一对夫妇正从厢式货车上卸下一桶桶泥螺，滗去浑水，倒入清水大盆中去沙。各家主妇在自留地里割韭菜，掐豌头、晒苔菜、晾酸菜，安排着自家的生活……小村叩着大海的脉搏，开始了新一天的忙碌。

条子泥所在的弶港镇有不少充满黄海风情的小渔村，巴斗村只是其中的一个缩影。这些小渔村的村民，祖祖辈辈以捕鱼为生。随着申遗和生态修复推进，村民们积极响应"退渔还湿"号召，退出围垦鱼塘，用行动守望这"绿水青山"，开拓乡村振兴的"金山银山"。

耳畔，依然回响着王长华的声音："我们这小渔村也有200多年的历史了，从没像今天这般热闹。你说它吸引人靠的是什么？还不是这红色的历史，这绿色的滩，这多彩的鸟，这好的环境嘛！"

美美与共

生态系统是统一的自然系统，是相互依存、紧密联系的有机链条。

在这有机链条上，湿地是必不可少的一环。其在涵养水源、净化水质、蓄洪抗旱、调节气候和维护生物多样性方面发挥着无法取代的功能。湿地也因此被誉为"地球之肾"和"物种基因库"。

盐城，履行庄严承诺，用实际行动保护"地球之肾"，用人与自然的和谐共处守望"物种基因库"。

2021年9月召开的盐城市第八次党代会提出实施基于自然的解决

方案（NbS），切实强化山水林田湖草协同治理。盐城是首个将"NbS"写入党代会报告的设区市。

2022年8月9日召开的中共盐城市委八届三次全会，明确提出了围绕绿色低碳发展示范区建设，聚力打造绿色生态之城、绿色制造之城、绿色能源之城、绿色宜居之城，充分展现"国际湿地、沿海绿城"的生态魅力、发展活力，奋力谱写"强富美高"新盐城现代化建设新篇章。

"国际湿地、沿海绿城"，充分体现了盐城发展的一脉相承，高度凝练了盐城特色特质，找准了盐城发展的"破题之钥"，为沿海地区高质量发展增添了新内涵、注入了新动能。

盐城坚持不懈、更大程度地恢复湿地生态系统，利用原生环境构建融"自然—科普—生态"为一体的湿地生态，为打造滨海湿地科学保护、合理利用与可持续发展提供最佳实践范例，也为江苏乃至整个黄（渤）海修复提供可借鉴的经验和建议。

盐城黄海湿地上，落潮留痕，沙洲如画，芦花漫飞，鹿鸣鹤舞，万鸟翔集，原生态之美尽现……湿地生态系统的有效保护和恢复，孕育了生物的多样性与独特性。

盐城生态文明建设的实践同时表明：生态环境保护和经济发展不是矛盾对立的关系，而是辩证统一的关系，只有把绿色发展的底色铺好，才会有今后发展的高歌猛进。

从生态系统本身结构、功能与服务特征等着眼，湿地的价值包括湿地产品、食品、原材料在内的自然资产价值，包括气体调节、水分调节、涵养水源、水土保持在内的过程价值，包括生物多样性保育的适栖价值，包括科研、教育、文化、旅游等在内的人文价值。这些有利因素，推动了盐城以"绿水青山"向"金山银山"的渐进。

盐城版图上的每一寸绿，都是不可多得的生态财富。如何在提升"含绿量"的同时提升"含金量"。盐城提出的目标是，不仅要立足盐城自身奋发进取，一步一个脚印朝着既定的目标迈进，更要着眼全局勇于探索，着力推动经济社会发展全面绿色转型，为全省、全国贡献更多绿色新动能。

作为江苏海岸线最长、海域面积最广、海洋经济增长潜力最大的地区，盐城沿海滩涂空间大、资源多、生态好。这里是全国海上风电开发最好的区域之一，近海100米的高度，平均风速达7.6米/秒，远海接近8米/秒，年等效满负荷小时数达3000至3600小时，是名副其实的"风的故乡"。同时，这里也是太阳能资源的富集之地，年接受光能辐射1400至1600千瓦时/平方米，年均光照时间2280小时。盐城充分利用"风光"资源，加快推进风电全产业链布局和光伏产业集群化发展，积极探索"风光火气氢"一体化开发，为长三角能源供应保障和能源结构转型提供坚实支撑。

经过多年持续不断的努力，盐城已集聚国家电投、远景能源、金风科技、中车电机、龙马风电、海工能源等行业领军企业，形成整机及相配套的电机、叶片、海缆、塔筒、机舱罩、组件等研发、制造及运维服务的绿色能源全产业链。盐城海上风电并网规模已占江苏全省的70%、占全国的40%、占全球的10%。"中国风电看海上，海上风电看盐城"已然成为风电行业领域内的共识。

站在海堤或者高处远眺，绵延的滩涂上，一座座风电机组似长龙列阵，高高耸立在蓝天白云下面，风车旋转飞舞间，绿色能源源源不断地向外输送，新能源发电量已占到盐城全社会用电量的63%。

2022年9月26日，卡塔尔"阿尔卡莎米亚号"液化天然气运输船缓缓停泊于盐城滨海港码头，向3号储罐输送首船21万立方米液化天然气，这标志着我国规模最大的液化天然气储备基地——中海油江苏滨海LNG接收站项目正式投产，也让盐城"绿能港"建设迈出了坚实的一步。该项目按年处理能力600万吨LNG计算，每年可减排二氧化碳3764万吨、氮氧化物66.8万吨，相当于植树造林8000万棵，可为长三角地区乃至整个华东地区持续提供稳定清洁可靠的天然气，对我国优化能源结构，保护生态环境具有十分重要的意义。

盐城还充分利用独特文化资源，放大世界自然遗产地、国际湿地城市等品牌效应，以区域内19个旅游园区为载体，加快构建"一核一廊三区四带"全域发展格局，着力构建世界级滨海生态旅游廊道，聚力建设"湿地盐城·生态文旅融合示范带"，加快打造生态型、国际化、世界级旅游目的地。

这些年，盐城整合湿地资源，注重从水乡风情、湿地文化、珍禽异兽、民俗文化、农事农耕、名人故里、寓言传说等元素挖掘提炼，陆续打造一批农耕生活、田园风光、森林体验、水乡韵味、海洋风情、生态康养乡村民宿集聚区。让走进盐城的每位游客有美景看、有故事听、有事情做，从内心唤起返璞归真、回归自然的欲望。

其中重点打造一批康养小镇、康养基地、康养度假区。尤其是坐拥黄海森林、条子泥等世遗核心地，兼具湿地、森林、平原、水网等自然禀赋的东台，重点规划建设总投资700亿元的长三角（东台）康养小镇，让更多的人共享"绿水青山"带来的福祉。

盐城还根据黄海湿地、城市湿地、湖荡湿地的功能区分，因地制宜建设"探秘自然遗产、解码古老串场、戏水湖荡湿地、寻踪黄河故道、传承红色基因"等5条旅游产业带。到2022年，全市共有4A级以上景区21家，总数列江苏省第4位。

2021年10月21日,习近平总书记来到黄河三角洲农业高新技术产业示范区考察调研。习近平同农技人员亲切交流后勉励大家:"18亿亩耕地红线要守住,5亿亩盐碱地也要充分开发利用。如果耐盐碱作物发展起来,对保障中国粮仓、中国饭碗将起到重要作用。"

盐城黄海湿地,这曾经的盐碱地,也是一只丰盛的"中国饭碗"。

据统计,全国共有15亿亩盐碱地,其中具有农业综合开发利用潜力的5亿多亩。盐城沿海滩涂面积约683万亩,占江苏省滩涂总面积的70%,而且还以每年1万至2万亩的速度向大海延伸扩展,是江苏最大、最具潜力的土地后备资源。

几十年来,盐城坚持藏粮于地、藏粮于技相结合的基本方针,不遗余力培养数千名农业技术人员,一代代农技人员在滩涂上前赴后继艰辛付出,为推动盐城农业发展,推进盐碱地改良和种植提供强大的科技支撑。

20世纪70年代的农大毕业生茆训东,几十年如一日,扎根盐城沿海滩涂,致力于滩涂稻麦的推广种植,先后参与了部级课题"江苏沿海盐碱地围垦改良项目""碱蓬等耐盐植物驯化利用""废弃盐田快速高效改良利用技术创新与集成""滨海重盐土头年吨粮田"的研究和具体实施,2014年以来,他一直是全国废弃盐田稻麦单产新纪录的保持者。

30多年前,从盐城农校毕业的王宣山走上了黄海滩涂,经过他的不懈努力,盐碱地于1998年亩产粮食超千斤。

广袤的盐城黄海滩涂,除生长耐盐水稻外,海水稻的产量也呈逐年增长之势。耐盐水稻与海水稻的区别是,前者生长于盐分浓度千分之三及以下的土壤,后者生长于盐分浓度千分之六及以上的土壤。世界上第一个培育海水稻的国家是斯里兰卡,其在1935年即尝试在近海盐碱地培育水稻。20世纪50年代，我国也启动了海水稻的培育研究，"杂交水稻之父"袁隆平曾经说过："如果能够利用1亿亩盐碱地种植海水稻，就可养活8000万人口。"2017年，袁隆平在青岛海滩试种的海水稻，亩产达到了620.95千克，打破了他此前亩产300千克的预测。

2018年10月，曾因含盐量过高而成为不毛之地的东台一处海滩，在农技人员的努力下，摸索出"5N快速高效脱盐法""三干法夺三苗"以及咸水灌溉等关键技术，采用深耕、勤灌、多旋改土，通过良种、密植、足肥促产，首度收获了亩产超千斤的海水稻，使7230亩荒滩变成了大粮仓。

著名水稻育种专家、江苏省农科院王才林研究员分析说，耐盐水稻种植形成的特殊环境，还具有淋溶压盐降盐和平衡土体肥力等生态效应，有助于盐碱地土壤的持续改良；而且水稻非常适合机械化收种和规模经营，与沿海滩涂地广人稀、劳动力短缺的特点正好吻合。

在盐城盐碱地改良的万顷良田，连年实现水稻亩产刷新纪录的基础上，2021年，江苏银宝集团与盐城师范学院联手开展"废弃盐田吨粮稻技术创新与集成课题"的攻关，取得了喜人成果，当年10月17日，经由国家长江流域稻作技术中心主任、扬州大学教授戴其根担任组长的专家组鉴定，重度盐田海水稻单季亩产最高为852.3千克，实现了《废弃盐田吨粮稻技术创新与集成》课题阶段性预期目标。

这一数字，再创废弃盐田重盐土机械水直播稻谷单季亩产新纪录。——"绿水青山"带动"金山银山"，美美与共！

"世界自然遗产为盐城开启了世界之门，也为中国开展滨海湿地国际合作奠定了重要基础。"这个声音，传自全球滨海论坛。

2022年1月，由自然资源部、江苏省人民政府主办，盐城市人民政府承办的全球滨海论坛在盐城举办。来自13个国家和地区的300多名嘉宾或聚首"云端"或亲临现场,围绕"和谐共生:携手构建人与自然生命共同体"的主题,碰撞思想、凝聚共识、畅想未来。

联合国湿地公约组织秘书长玛莎·罗杰斯·乌瑞格说,促进保护和合理利用滨海湿地,建立多利益相关方参与的全球滨海论坛,有非常重要的意义。"感谢中国在今年伊始,以积极的势头推动加快保护滨海生态系统的进程。"世界自然保护联盟总干事布鲁诺·奥伯勒则表示,他们将积极支持全球在中国举办的滨海论坛,使之成为有长期影响力的平台,在应对气候变化和扭转生物多样性退化方面发挥作用。

依托世界自然遗产,盐城展开了积极有效的生态外交,深化多领域跨国跨区域的交流合作。因盐城黄海湿地申遗路线涉及22个国家和地区,盐城以遗产地为主题,通过举办国际大会等形式,盐城找到了与国际交流对话的平台。全球滨海论坛,就是一个例证。

2022年6月,盐城再次成为世界关注的热点:成功跻身"国际湿地城市"行列。世界自然遗产地、国际湿地城市的"同框"出镜,盐城湿地散发出更加迷人的魅力,这魅力跨越了国界和地域,聚焦着世界的目光,将全球力量和资源吸引到这块充满生机的土地。借助生态外交的力量,盐城深度参与国际生态治理对话与合作,倡导并构建环黄海生态经济圈,以"生态朋友圈"广泛凝聚起保护湿地的全球共识。

——生态外交,串珠成链,美美与共!

鸟窝多了,鸟鸣声多了,鸟的种类多了,这是黄海湿地上人们最为直观的感受。

多年前,我曾去过西欧、北欧多个国家,那里的树林,常会见到人工搭建的小木屋,这些小木屋就是鸟窝。我当时还很奇怪,鸟儿可以自食其力,为什么要通过人工搭建鸟窝?

而今,我对西方人工鸟窝的新鲜感已经散去,因为,在盐城黄海湿地上,人工鸟窝也已经屡见不鲜。特别是鸟类较多地区的电线杆、铁塔上,电工师傅们都会别出心裁地为鸟搭窝,既给鸟儿一个家,也防止鸟儿一不小心触及电网。用他们的话说就是:"不会搭鸟窝的电工不是好电工。"

清明时节,我回到老家白云庄祭祖。大片大片的油菜花盛开,大群大群的鸟儿在蓝天上飞翔,树上、电线杆上、屋檐下,各种鸟窝随处可见,在我老家附近的一棵杨树上,高低错落的鸟窝竟有4个,老家的邻居告诉我:"这不算稀奇,村前的一棵老树上有12个鸟窝呢。"

村子里,鸟儿成群,农田成为它们主要的食物来源。

"鸟儿来吃食,粮食减产怎么办?"我故意给母亲抛出了一个话题。在我的记忆中,小时候粮食不够吃,村民们怕鸟儿争食,经常会用弹弓和张网来捕鸟,掏鸟窝更是常见,农田里还布设了很多"稻草人"用来吓唬鸟儿。

"鸟儿能吃多少? 尽它们吃吧。"母亲漫不经心地答道。

一位在上海打工的邻居插话:"鸟儿能吃,说明粮食纯生态呢。"

"可不是嘛。省下的化肥、农药钱,比鸟儿消耗的粮食多了不少呢。"母亲接话道。我这才想起,母亲这些年在老家种的几亩田,几乎不怎么打农药了。放眼阡陌成行的农田,"稻草人"也已经掩入了历史。

而且,据我所知,盐城大丰沿海的建川湿地正积极尝试种植为鸟口留食的高碳汇植物,一部分收割售卖,一部分留给鸟儿作食。售卖的资金用于反哺湿地生态修复和保护,而修复的湿地又以固碳作为远期收益,探索出一条能够"自我造血"的生态循环之路。

"鸟儿现在胆子可大呢,知道没人打它们,也没人赶它们,它们在这里比主人还主人。"邻居笑着道,"你看,你们家屋檐下的鸟窝已经有了3个,不过还没我家多,我家5个呢。"

农村以前比房子,现在比鸟窝,这真有意思。我正漫无边际地遐想着,邻居突然指着东方的天空说:"快看,那只大白鸟又来了。"

顺着他手指的方向,果然看到一只大白鸟在一个小竹林的上方低飞盘翔,虽然我不知道它是什么鸟,但从体态上看,知道它是一只海鸟。

我突然一惊,白云庄几百年前是一片汪洋大海,而今已东距大海50多千米了,海鸟从海滨飞到平原的腹地,它也是来寻宗祭祖的吗?

邻居掏出手机,遥对着大白鸟一阵狂拍,一边拍一边笑:"可以发抖音了。"

他笑得很爽朗,笑声回荡在蓝天白云间。

—— 村民们的心灵美与生态美有机谐和,美美与共!

美,来自自然,来自内心,来自善良,来自慈悲,来自奉献。盐城黄海湿地呈现的美美与共,也曾有一段伤心的往事:2022年1月,黄海湿地博物馆开馆。博物馆共设海陆天成、天际旅程、河海交响、湿地家园、守望相助等5个展厅。吸引我注意的自然是黄海湿地博物馆的"镇馆之宝"—— 位于展区中心的抹香鲸完整骨架。

这骨架,记录着一个让盐城人刻骨铭心的生态灾难:2012年,4头抹香鲸搁浅在盐城新滩盐场附近海滩,专家想出种种抢救方案都未能救助成功,最终在搁浅次日上午不幸全部死亡。

一鲸落,万物生。有人说,鲸落是鲸给大海最后的温柔。鲸鱼的尸体可以供养一套以分解为主的循环系统长达百年。

可是在盐城黄海海滩上搁浅的抹香鲸,不同于自然的鲸落。不可否认，这是一场灾难。

生态灾难，就在眼前。要想继往开来，必须牢记历史。

盐城组织力量，历经数年努力，终于将其中一头抹香鲸骨骼标本摆进了黄海湿地博物馆，以此提醒世人，保护生态，刻不容缓！

铭记历史，砥砺前行。盐城人像保护自己的眼睛一样保护着生态环境。

人不负青山，青山定不负人。多少代盐城人付出的艰辛努力，终使这片黄海湿地披上了绿装，成为全球生物多样性的东方样本。

珍爱湿地，守护未来

奥地利诗人里尔克有一句名言："春天来临时，大地开始一点点完整。"对于地球极为重要的湿地资源来说，春天也正一步步来临。

而这春天的开启，是在1971年2月，在伊朗小城拉姆萨尔。

当年，来自18个国家的代表在这个小城签署《关于特别是作为水禽栖息地的国际重要湿地公约》，简称《国际湿地公约》，这个公约是通过全球各国政府间的共同合作，保护湿地及其生物多样性，特别是保护水禽和其赖以生存的环境。

最开始，《国际湿地公约》主要关注全球迁徙水鸟和水禽栖息地的保护。这是因为20世纪60年代，欧洲大量湿地被开垦，丧失了许多水禽栖息地，一些有识之士提出要对其进行保护。他们也意识到，水禽的迁徙路线跨越很多国家和地区，这一行动必须发动各国携手，在这样的背景下，促成了《国际湿地公约》的签署。

经过50多年的发展，《国际湿地公约》缔约方不断增多，其内涵也已延伸到注重整个湿地生态系统及其功能的发挥。目前《国际湿地公约》共有172个缔约方，秘书处设在瑞士。

在《国际湿地公约》签署后的很长一段时间，由于历史原因，久久听不到东方大国中国的响应。事实上，我国地域广阔，除了拥有漫长的海岸线，还有世界第三极——青藏高原，西高东低的地势和水分分布的不均衡，造就了我国丰富的湿地类型，我国主要大型湿地有东北湿地、蒙新内陆湿地、长江中下游湿地、青藏高原湿地、杭州湾湿地等，除了自然湿地外，还创造性地开辟了大量稻田和鱼塘等人工湿地。

仅滨海湿地，我国就拥有从北向南的鸭绿江口、双台子河口、黄河口、盐城、长江口、珠江口、广西北部湾等7处，各具特色，各领风骚。对于这个湿地大国，世界一直在期待，中国湿地的全面苏醒！

1992年，中国终于来了！

这一年，中国正式加入了《国际湿地公约》。而迟来的中国，没有令世界失望，加入《国际湿地公约》以来，中国湿地保护经历了摸清家底和夯实基础、抢救性保护、全面保护3个阶段。通过大力推进湿地保护修复，我国湿地生态状况持续改善。

特别是党的十八大以来，中国湿地保护行动，更加铿锵有力。习近平总书记多次在考察中强调湿地的重要性，对湿地的保护和恢复一直牵挂于心。

党的十九大召开后，2017年12月，习近平总书记即来到江苏徐州潘安湖神农码头考察。这曾经荒芜的采煤塌陷区经过生态修复、景观构建，已蝶变成湖阔景美的国家湿地公园。看到湿地公园新貌，习近平总书记幽默地称赞贾汪转型实践做得好，现在是"真旺"了。"塌陷区要坚持走符合国情的转型发展之路，打造绿水青山，并把绿水青山变成金山银山。"习近平总书记提出了殷殷期望。

2018年4月，习近平总书记实地考察长江经济带发展战略实施情况时，前往湖南省岳阳市君山华龙码头，察看非法砂石码头取缔及整治复绿、湿地修复情况。这个曾经污水横流的非法砂石码头,经过整治复绿、湿地修复,面貌焕然一新。习近平总书记谆谆告诫大家:"绝不容许长江生态环境在我们这一代人手上继续恶化下去,一定要给子孙后代留下一条清洁美丽的万里长江!"

2020年1月20日,正在云南考察的习近平总书记来到滇池星海半岛生态湿地,察看滇池保护治理情况。滇池湖面面积300余平方千米,是云南面积最大的高原湖泊。20世纪90年代,滇池水质逐渐恶化为劣V类,成为中国污染最严重的湖泊之一。经过多年不懈治理,滇池生态环境大为改善。习近平总书记在详细询问了滇池保护治理和水质改善的情况后,他语重心长地鼓励大家:"长远来讲,我们不能吃子孙饭,要造福人类。要继续抓下去,锲而不舍、久久为功,把绿水青山真正变成金山银山。"

2020年3月31日,习近平总书记来到全国首个国家湿地公园——杭州西溪国家湿地公园考察,习近平总书记指出:"湿地贵在原生态,原生态是旅游的资本。"习近平总书记尤其强调了四个"不能":发展旅游不能牺牲生态环境,不能搞过度商业化开发,不能搞一些影响生态环境的建筑,更不能搞私人会所,让公园成为人民群众共享的绿色空间。习近平总书记对于城市湿地的关注和保护,体现了他对城市发展方向的把握,对人与自然和谐共生的坚持,对人民利益的重视。

2020年8月,习近平总书记就加强防汛救灾和灾后恢复重建等工作深入安徽考察调研。入汛后,安徽连续超警戒水位,合肥市主动启用巢湖周边的生态湿地蓄洪区,上拦、下排、边分、固堤,有效缓解了合肥市的防汛压力。湿地,成为防汛抗洪的一道"生态大坝"。在详细了解巢湖防汛救灾和固坝巡堤查险工作之后,习近平总书记强调,要坚持生态湿地蓄洪区的定位和规划,防止被侵占蚕食,保护好生态湿地的行蓄洪功能和生态保护功能。"洪水退后,要防止蓄洪区内出现水退人进的现象。我们要实现人与自然和谐相处,就不能同自然争夺发展空间。"人与自然是生命共同体。生态环境没有替代品,用之不觉,失之难存。只有日常对湿地加以珍惜爱护,才能在最关键的时刻充分发挥湿地的作用。

2022年11月5日,国家主席习近平以视频方式出席在武汉举行的《湿地公约》第十四届缔约方大会开幕式并发表题为《珍爱湿地守护未来 推进湿地保护全球行动》的致辞。"古往今来,人类逐水而居,文明伴水而生,人类生产生活同湿地有着密切联系。我们要深化认识、加强合作,共同推进湿地保护全球行动。"习近平指出,要凝聚珍爱湿地全球共识,深怀对自然的敬畏之心,减少人类活动的干扰破坏,守住湿地生态安全边界,为子孙后代留下大美湿地;要推进湿地保护全球进程,加强原真性和完整性保护,把更多重要湿地纳入自然保护地,健全合作机制平台,扩大国际重要湿地规模;要增进湿地惠民全球福祉,发挥湿地功能,推进可持续发展,应对气候变化,保护生物多样性,给各国人民带来更多实惠。

……

生态文明建设步履不停的中国,湿地保护成就举世瞩目:扎龙国家级自然保护区、山口红树林国家级自然保护区、双台河口国家级自然保护区、巴音布鲁克国家级自然保护区、西溪国家湿地公园、沙湖自然保护区、哈尼梯田国家湿地公园、闽江河口湿地国家级自然保护区、微山湖国家湿地公园、澳门湿地……一个个自然风光优美、物种保护多样、充满生机勃勃的湿地,见证着中国生态文明的进步。

截至2022年,我国湿地总面积达5635万公顷,湿地类型自然保护地总数达2200多个,同时还规划将1100万公顷湿地纳入国家公园体系，实行最严格的保护管理。预计到2025年，我国湿地保有量总体稳定，湿地保护率将达55%，并新增国际重要湿地20处、国家重要湿地50处，营造和修复红树林1.88万公顷。

在中国加入《国际湿地公约》后，盐城一马当先，在湿地保护上走在全国前列。2002年，中国加入《国际湿地公约》10周年，盐城黄海湿地被列入《国际重要湿地名录》。据江苏省908专项调查（近海海洋调查）结果显示：盐城湿地总面积2007平方千米，占江苏湿地面积的53.3%。其中，盐城天然湿地面积1099平方千米，人工湿地面积907.9平方千米。

尤其是贴上中国首个滨海湿地世界自然遗产国际标签的盐城黄海湿地，实至名归成为中国湿地体系中的"独一份"宝藏。

广袤滩涂，大美湿地，海风和潮水交替作画，"海、林、滩、鸟、麋"交相辉映，在新发展理念推动下，盐城黄海湿地世界自然遗产呈现出无与伦比的原始之美、灵动之美、清新之美。这份美，既来自大自然的慷慨馈赠，更来源于这座城市对践行"两山"理念的孜孜以求。

湿地秀旖旎，绿城竞葱茏。打开盐城湿地，就是打开锦绣诗篇：

这临海凭风的盐城，向海生长，生态禀赋，得天独厚。滨海湿地，世遗风光，鹤鸣鹿舞；城市湿地，处处皆景，步步如画；湖荡湿地，鱼米之乡，文脉悠长。

这向海图强的盐城，面朝大海，逐梦远方，踔厉奋发。绿色制造，穿珠成链，风生水起；绿色能源，动能澎湃，风光无限；绿色宜居，美丽城乡，风姿绰约。

这海纳百川的盐城，打开心扉，兼收并蓄，开放包容。绿色低碳，潮流所向，破题之钥；黄海明珠，英才汇聚，百舸争流；碳路先锋，笃力前行，跨越赶超。

新征程，新赛道，盐城锚定"勇当沿海地区高质量发展排头兵"的目标定位，坚定绿色低碳发展导向，建设绿色生态之城、绿色制造之城、绿色能源之城、绿色宜居之城，用世界听得懂的生态语言，奋力谱写"强富美高"新盐城现代化建设的新篇章。

国际湿地，魅力四射；沿海绿城，风华正茂。

星光不问赶路人，时光不负有心人。未来，经过人类改造和保护的湿地会是什么样子？我们又会是什么样子？

畅想未来，当鸟儿衔晨光掠过水面，浓密的芦苇和葱茏的草木抖落夜的疲倦，我们欣欣然张开眼帘，心情愉悦地接受着鸟语花香的问候与祝福。我们面对的地球，天蓝、水碧、土净，工业文明完全被生态文明所取代，我们远离了厄尔尼诺现象，远离了雨岛效应，也远离了与曾经濒危动物的痛苦告别……

广袤的湿地不仅以秀美的身姿展现了自然之美，同时以博爱的胸怀滋养和哺育着世间的万物。那奔腾的河流、壮美的海滨、恬静的湖泊……自然却层次分明，宁静却不失温馨，在湿地这氤氲丰饶的生命摇篮，赋予了大地勃勃生机。

一切美好的梦想，都需要付诸实际行动才能美梦成真，而中国在逐梦的路上从不止步。2021年12月，第13届全国人民代表大会常务委员会第32次会议通过《中华人民共和国湿地保护法》，于2022年6月1日起正式施行。

这是我国首次专门针对湿地的保护立法，也是我国林草法治建设的一座里程碑！

2022年10月，国家林草局、自然资源部联合印发的《全国湿地保护规划（2022—2030年）》提出，未来，我国将在青藏高原、黄河流域、长江流域、东北森林带、北方防沙带、南方丘陵山地带、海岸带优先布局，实施一系列湿地保护重大工程，以期为全球湿地保护、管理及合理利用做出新的更大的贡献。

湿地，一个全新的未来，正向我们走来！

（节选自《东方湿地》，江苏人民出版社，2022年11月出版）

改变世界的"幸福草"

钟兆云

比金奖更金贵的赤子之心

1992年4月,瑞士。第二十届日内瓦国际发明展会上爆出冷门:中国人林占熺发明的以草代木食用菌栽培技术荣获金奖,还荣膺本次展会唯一一项政府奖"日内瓦州奖"。国际评委会高度评价了该项技术的意义和作用:解决了菌业生产发展的"菌林矛盾"和"菌粮矛盾","为人类提供优质菇类食品,为畜牧业的发展提供优质饲料,开辟了一条最合理最经济的新途径"。

典礼过后,林占熺一夜没睡好,除了为获奖而高兴,还愁着回去怎么才能还清借来的4万元参展费!

回国途经北京,林占熺见到了影响人生的前辈——福建省委原书记、中国扶贫基金会创会会长项南。项南是思想超前的改革开放先锋,也是最早关注并全力支持菌草技术的高层领导。

他们彼此都是未见其人，先闻其名。

1991年5月的一天，林占熺正在闽中尤溪县山区推广菌草技术，忽接通知，回闽考察的项南要找他商谈菌草扶贫事项。事有凑巧，正是项南主政福建期间下决心治理闽西长汀水土流失，才让时任福建农学院（福建农林大学前身）副处长的林占熺在1983年春天有了参加科技扶贫考察团的长汀之行，面对乱砍滥伐加剧的水土流失及老区的贫穷现状，立下"以草代木"栽培食用菌并治理水土的奇志，他为此毅然辞官从研，历经一千多个日夜无数次的失败，终于在1986年秋天发明了"成果为国内外首创"的菌草技术，带着一门新兴学科迈进科技殿堂。也是一晃数年，长汀水土流失的势头得到有效控制，昔日的赤地千里已变得绿草如茵，由此创造了全国称道的"长汀经验"。林占熺和项南在治理水土流失这个任重道远的世界难题上早已是同道中人，闻听前辈接见，带着"但愿一识韩荆州"的心情匆匆赶回福州，不料项南累病，他不忍多打扰，也心系菇农，留下一份汇报材料便又折返尤溪。

时隔不久，林占熺收到项南"发展菌草，造福人类"的题词，激动的心情难以自抑。虽说菌草技术已被列为国家级星火计划重要项目，但依然有人对这一新生事物无端怀疑，甚而进行人身攻击。这个时候能有这样让人心仪的长者勉励，何其有幸，何其有力！

没想到的还有，项南不久又题赠"优化生态，菌草工程，扶贫济困，富国利民"十六字条幅，对菌草技术寄予殷切厚望。林占熺怀着感恩之心，一直期待能向项南当面汇报情况。这次国际上领奖归来一经联系，项南一见面就表示祝贺。

"你这个东西啊，不认识它，是草，认识了，就是宝！"项南动容之中，联想到某些社会现象，语重心长地说，"占熺啊，你可不要学一些专家教授，拿着发明专利，走个人致富之路。这样即使成了亿万富翁我看也不算什么,如果能把你的发明技术用来扶贫,让世界上成千上万的人受益,生命才更有意义,才是价值连城!"

林占熺情动于怀:"项老革命一生,晚年还情系百姓,心系扶贫大业,天下共仰,我愿当扶贫战线马前卒,菌草技术就为了扶贫和保护生态而生!"

林占熺告别时拿出两小包用菌草栽培的竹荪,说是送给项老品尝。项南接过,左瞧右看,笑着说:"舍不得吃,就留在中国扶贫基金会里做标本吧!我看许多食用菌的形状,都像一把伞。食用菌都能为人类的生存撑一把小伞,我们共产党员更应做一个撑伞的人,可千万莫小看一把伞的作用。"

林占熺不解。项南就说:"你想啊,不管是下雨天还是三伏天,一把伞可以改变小气候呢,社会上多一些这样的伞,就可以改变大气候、大环境,中国的事情也就好办多了,也就帮助世界进步和发展了。你的菌草和我们的扶贫工作,撑起的就是这样一把伞!"

林占熺认定了"撑伞"的意义,小小的菌草,菌草结出的蘑菇,都可以为贫困群众撑起大大的"致富伞"。

仿佛是为了考验他的心志,一些敏锐发现菌草技术价值的外国企业,接二连三跨海越洋,轮番上阵,盛情抛来"绣球"。美国一位农场主希望买断菌草技术,并邀请他们夫妻到其农场工作,许给林占熺8000美元、其妻罗昭君6000美元的月薪。

月薪14000美元,是他俩收入的上千倍呢!折合人民币,一年收入上百万,一下就进入了中国的富人阶层!美金固然可爱,但他最终还是选择了拒绝。人问为何?答曰:"我现在正指导全国51个贫困县的千家万户脱贫,如果我签了约,富的只是个人,身为共产党员,怎能成为美国企业的代理人,怎能只为小家而不顾大家?"

早在1966年1月13日，他在大学入党翌日，就在笔记本上抄下方志敏烈士《清贫》一文里的句子："清贫，洁白朴素的生活，正是我们革命者能够战胜许多困难的地方！"现在他还保留着这个笔记本，时时验证自己会不会变心、褪色。

两年后，林占熺再次来到世界面前，参加1994年的第85届国际（法国）发明展颁奖会，捧走国土整治规划部奖。

两度亮相国际舞台后，"草"价百倍，联合国开发计划署特地派员来菌草发源地中国福建考察，认定菌草技术应用前景广阔，尤其适合在发展中国家推广，将之列为"中国与发展中国家优先合作项目"。继而，联合国粮农组织专家经考察也认为该技术"将成为发展中国家保护生态环境、增加就业、消除贫困的重要途径"。中国对外经贸部据此把菌草技术列为"多边援助"项目，并定期在福建农学院为发展中国家举办国际菌草技术培训班。

1995年11月，首期国际菌草培训班圆满收官，来自世界各国的学员们兴奋地在福建农学院菌草研究所前勒碑以纪："十几个国家的专家、学者一起种植菌草，象征着友谊，预示着造福全人类的菌草业的崛起。"这批学员后来成了菌草业"国际纵队"的主力军。

1996年金秋，林占熺利用首届菌草业发展国际研讨会在福州举行之机，给菌草、菌草技术、菌草业予以准确的界定，并坚持以汉语拼音"JUNCAO"作为菌草的国际通用名字，他由此为英语贡献了一个新词。

"援外先锋"首秀世界

1996年底，南太平洋岛国巴布亚新几内亚（以下简称巴新）东高地省省长伊瓦拉图飞来中国福建，盛情邀请林占熺前去传经送宝。事缘于上年参加第一期菌草技术国际培训班的巴新学员布莱恩·瓦义回国后的报告，为当地贫困与饥饿犯愁的东高地省省长伊瓦拉图听完报告半信半疑，决定亲赴中国一见究竟。

福建省马上成立以省长助理带头的考察组前往。南太平洋岛国的阵阵热风，没能吹走这里刀耕火种的原始部落烙印，没有自来水，没有电灯电话，更别说电视空调，可怕的还有疫病流行，医疗条件差；当地农业靠天吃饭，现代农业的元素茫茫不得见，农户获得现金收入的途径也少得可怜。项目发展的困难远超考察组的预估，有人明言："先不说能否推广一项新的生物技术，这样的环境让我待一个月都可能发疯。"

林占熺考虑的却是菌草技术该如何走出国门、造福世界，如何以之传递中国政府和中国人民"多边援助"的友善，又如何实现联合国希望的"优先合作"。菌草技术发明人的意见很重要，"共产党人就是要迎难而上"的加重语气很有力量。1997年5月14日，福建方面与巴新东高地省签订了"协议书"。巴新遂成菌草技术走向世界的第一站，说白了，是打响海外扶贫的首战。林占熺也就舍我其谁地成了"援外先锋"。

这年7月，林占熺带领福建省科技援助团再赴巴新，进行菌草技术重演示范。项目实施地在东高地省鲁法区定下之初，当地一位接待官员直言："我们这里真是太落后了，希望你们能尽快帮助我们摆脱贫困。"鲁法区连个像样的宾馆都没有，巴新内阁成员卡拉尼特将自己的别墅贡献出来给中国专家住，自己从首都回来时就常在车库里打地铺。

万事开头难，在无比落后的巴新，菌草技术如果能杀出一条血路取得成功，今后在其他国家推广将容易得多，造福世界的愿望就有可能实现。林占熺初心热切，一来即撸袖子，就地取材，因陋就简地搭建起菇棚、菇架等生产设施,进而一头扎进对当地情况的全面了解、气候状况的观察和记录等工作中,一丝不苟,有条不紊。他带着专家组白天冒着骄阳跋山涉水,在穷极天目的各村连轴转,调研考察当地草本植物资源及气候条件。晚上在摇曳的煤油灯下整理数据。风餐露宿自是家常便饭。

比自然条件更严峻、比生活环境更恶劣的,是部落之间此起彼伏的械斗,是不期而遇的人身安全问题。这里的男人几乎刀不离身,除了用于日常生活,一言不合可能就拔刀相向。林占熺一次去看实验点时,半路突然窜出一个持枪歹徒,幸亏当地司机机智,知道这个歹徒所属部落,急忙掉转车头,直驶部落头领所在地,请其出面,方才制止了这一蠢动。还有个傍晚,队员指导农户种菇返回驻地的路上也突遭黑旋风"剪径",刀尖在眼珠子边泛着冷光,寒意逼人,惊悚又难忘。事后有人反应过来道,这里还流传着神秘的食人族传说……

即使面临生命危险,林占熺和团队都没有退却。"人生难得几回拼,为了完成国家赋予的援建使命,我们拼了!"他并非动辄讲大道理之人,却喜欢以身作则,工作时的状态便是"拼命"。

食用菌生产在拌料与接菌过程中要使用一些化学物质,当地人害怕接触,他和专家组便耐心地教以使用与防护办法,并躬身操作,无声胜有声地消除对方的顾虑。菌袋灭菌消毒是生产技术的重要一环,自制的简易灭菌灶升温较慢,消毒时间要一整天且不能间断。为保证灭菌质量,专家组便轮流上阵亲力亲为,紧张时弄得人人都通宵达旦。林占熺甚至把拼命精神注入了梦里,一次大家轮流休息时,他还梦话连篇,高呼:"抓紧,抓紧!"

有这样一个时刻想着菌草、连做梦都念念不忘的头羊,有这样一个铁心跟班的团队,怎能不创造奇迹!因地制宜中,保持土壤温度的新栽培技术——阴畦复土栽培法被摸索出来了，遍地可见的野草和随手抛弃的咖啡壳被用作了菌草原料，就此进行栽培，千呼万唤中，一棵棵饱满的芽、一粒粒晶莹剔透的蕾，带动各种食药用菌前来报到了。

林占熺的巴新学生瓦义见证菌草在巴新生根繁衍的过程，特别是目睹第一批蘑菇长出后，松了一口气，高呼："我相信，巴新的未来有希望了！"

鲁法区行政长官彼特在报告中说，中国专家们的精神着实可嘉，而他们精湛的技术，更令人感到不可思议。他怎么也想不到，那些原本印在书本和宣传册上的香菇、平菇、木耳、灵芝，眨眼工夫便由草变来，像变魔术般简单又神奇，然而，其中奥妙谁人知？

菌草菇种植的要求不高，只需10平方米的菇床，就能让一家农户摆脱贫困。如此低成本、高效益的致富方法，连片照亮一干人的富裕路、幸福路。

与此同时，培训班就地开办。兴趣是最好的老师，但与前面几次国内的培训班一样，学员们基本是将信将疑走入教室的。林占熺早有应对的经验了，亲自讲课，还带着学员来到野外，手把手地教会他们识别各种适用种菇的野草，不厌其烦告诉他们怎样做好菌草生产的每一个环节。有时翻译都累了，说得口干舌燥的他还是没有宣布下课。

万紫千红安排著，只待新雷第一声。鲁法区示范基地的菌草菇像一群群调皮的绿色仙子，新雷响过如律律急令，争先恐后地从东高地省的示范基地东奔西跑而出。菌草技术的简单化、标准化、本土化和高效化，低成本、高收益、短周期的特点，很快就把当地一部分民众的积极性给调动起来了。世界上哪里都有敢吃螃蟹的人呢！一眨眼工夫，巴新的三省十区便布上了产区，被菌草簇拥得生机盎然。丰厚地植入这片土地，和菌草一同栽培、生根发芽的，是中国人民最纯最真的友谊。年底检测,香菇、草菇、木耳、灵芝数量目标超额完成,令人惊喜地创造了成品率达到99％的高指标。

1998年1月14日,东高地省菌草示范基地的阳光被笑脸和歌声愉悦得绚丽多彩。巴新政府在这里召开五六千人的大集会,以最隆重的仪式来庆祝菌草种菇示范成功。喜获丰收的村民情不自禁地捧着各种菌菇载歌载舞,欢天喜地呼喊:"中国,菌草!""中国,菌草!"为了表示对中国专家的敬意,会场上原来齐整的三根旗杆,中间那根已事先被特地加高,鲜艳的五星红旗在嘹亮的中华人民共和国国歌声中,在众目注视下,升上最高处迎风飘扬。

菌草技术给这个国家带来了摆脱贫困的希望,巴新内阁成员卡拉尼情切之中,在会上宣布把女儿的名字改为"菌草",并让报纸公布,以便让巴新人民记住,菌草是来自中国的头号礼物。那些省长和部落头领,纷纷恳请专家组多停留一些时间,到他们那里种草。不久,中国驻巴新大使馆和福建方面相继收到了东高地省行政长官亨诺尔·奥梅内法写来的《感谢信》。

中国的尊严和声誉,在这个看似陌生且有点遥远的南太岛国,就像菌草那样根深蒂固了。此后,中国援外人员几乎再没受到威胁,专家组那辆LP—700的十座丰田吉普车,到哪里都受到注目和欢迎,在"中国菌草"的欢呼声中畅通无阻。

1998年5月,林占熺参加闽宁协作从宁夏回福建不久,受命带队远赴巴新,国家外经贸部在当地为期一个半月的菌草技术培训班等着他们开张。在巴新政府的强烈要求下,中国政府把菌草技术列为中国援巴项目。所谓兵马未动,粮草先行,培训班犹如人工孵化技术。

队员中有林占熺的五弟林占森。4年前,研究生毕业的林占熺的六弟林占华牺牲于菌草技术试验现场后,林占熺痛失左膀右臂,只能把曾代理小学校长的五弟林占森拉来当帮手，这次因一位队员临行前意外"掉链子"，便"替补"出国了。

林占森听到了，他的哥哥有个当地名字"布图巴"，意指"天堂鸟""极乐鸟"，是象征幸福与吉祥的巴新国鸟、国徽象征物，言外之意是说林占熺如同"布图巴"那么伟大。林占森听到哥哥还有个通俗易懂的称号"菌草爸爸"。菌草已是东高地省非同寻常的植物，老百姓称为"中国草"，并以林占熺的姓名命名为"林草"。对这个接地气的称号，林占熺似乎更喜欢，说："这些草本来就来自中国，我也就出生在草根家庭。"

要让习惯于刀耕火种的村民掌握并爱上现代农业技术谈何容易，林占熺因此加大培训力度，普及新栽培技术，将一身本领与一腔热血，汩汩注入巴新。他希望更多的异国"信徒"尽快学会"中国功夫"，因此除了教室里的培训，还流动在实地开课。

9月初，林占熺率团队带了十几箱菌种，挺进巴新第二高峰、海拔2000米的洛果山区。这里莫说电，晚上连烧水的柴火都没有，只能洗冷水澡。他受凉之后，当晚就头脑昏沉，备感不适，次日凌晨一测体温，高烧近40℃。起初也没上心，草草服了随身所带之药了事，就又投入工作。第三天，高烧不退，并发了心血管疾病，这才报告大使馆。大使馆马上要求将他送到巴新首都治疗，并紧急与国内医疗专家联系，在极为简陋的"远程医疗"支援下，终于让林占熺退了烧、化险为夷。

9月中旬，林占熺拖着虚弱的身子，坚持出席了菌草培训班结业典礼。他们回国的机票已订，途经新加坡时的旅社也都联系好了。就在这时，中国驻巴新大使张鹏翔来找，先说菌草项目对巴新的重要性、政府和民间的口碑，然后希望有菌草专家可以留守，并提出三个千万：

项目千万不能中断，技术人员千万不要都回去，今后一年四季千万都得留人！并说这是国家需要，是外交需要。如此恳切，源于巴新坚持"一个中国"的立场面临严峻考验，而菌草正可以发挥自己独特的作用，帮助巴新政府正本清源。

援外领域"不见硝烟的战场"，突然摆上台面，林占熺不禁感到有些棘手。专家组四人各有各的任务，有的是"借用"的，有的已先行回国，林占熺分身乏术，国内正紧锣密鼓提上日程的国际培训班在等着他呢。唯一能机动的，便是被临时点将来的弟弟占森，可把他一个人丢在这儿，实在又放心不下。

林占熺面临艰难选择。他希望弟弟能顾全大局留下，甚至下了狠心无论如何都要把他留下，但曾有的遇险、纠缠的噩梦，以及上次因意外失约带来的似火焚心，又不愿弟弟一个人在异国孤军作战。一时间，那些原本呼之欲出的话语，却在唇齿间纠缠，个中滋味难与人说。

弟弟看出了苗头，也理解哥哥的难处，倒也痛快："国家利益至上，我留下，也算是替您吧。"

1999年初夏，林占熺再次跨洋出海来到巴新时，巴新百年未遇的大旱还在持续，严重的粮食危机忽如飓风恶浪般扑来，饿死人的消息不时传出。在东高地省耳闻目睹灾民的惨状，林占熺心急如焚。那个弊车羸马、无粮可炊的贫穷味儿，如同中国古人所说的"鱼釜尘甑"。他多希望菌袋一夜间就能长出成千上万吨蘑菇应急啊！在加快好省地促产时，他也夙兴夜寐地扑在了旱稻的最后攻关——大面积试验上。40摄氏度以上的高温也阻挡不了他连日奔走的步伐，再毒辣的阳光于他都形同虚设。试验反复多次，由浅入深。有时"前树未回疑路断，后山才转便云遮"了，不舍不弃中，变着法子再试，终于柳暗花明，"忽见千帆隐映来"。一种与常规水稻、旱稻栽培技术不同的新栽培技术，在千呼万唤中终于横空出世，林占熺给巴新又送上了一份厚礼！

旱稻在巴新的从无到有，堪称一大奇迹。旱稻对东高地省历史的改变，是开天辟地一大事。

旱稻开镰收割的消息传开，附近村民纷纷前来观看。激动之下，林占熺给这个新发明命名为"旱稻宿根法栽培技术"。旱稻米质佳，口感好，不施农药无污染，尝吃过的官员和民众都说好。中国专家带来了希望。菌草、旱稻在巴新的扎根，有力挫败了台湾当局的"弹性外交"，让巴新很快坚定地回到恪守"一个中国"的原则上来。

2000年3月9日，旱稻在巴新东高地省隆重播种；7月25日首次收割，每公顷产量达6.75吨，亩产达451公斤。卡拉尼为此特地回了趟家乡东高地省，让自己最喜欢的女儿认林占熺当干爹，为的就是与中国保持美好联系。

5月中旬，东高地省新任省长拉法纳玛率巴新代表团穿过烟波浩渺的南太平洋，到访心驰神往的中国福建，受到时任福建省省长习近平的热情接见。拉法纳玛高度评价林占熺所率专家组在巴新"进行了一项伟大的工作，取得的成就无法估量"，未来将更让巴新人民受益。两国省长签署了建立友好省关系协议书和《福建省援助东高地省发展菌草、旱稻生产技术项目协议书》。

2004年5月11日，一次播种的"金山一号"旱稻在巴新进行连续第13次收割，每公顷产量4.16吨，破了世界纪录。巴新国家电视台、巴新《邮报》多次报道，称赞这是"中国福建援助巴新人民脱贫致富的一个好项目"。巴新总理莫劳塔为表示感谢，曾专门到访福建农林大学，种下象征友谊的菌草。

林占熺每每重返巴新和东高地省，经过援助项目所在地，都能听到当地民众热情的欢呼："极乐鸟回来了！"气场盛大，山河回响。

父女战友奔世界

2004年2月14日,林占熺带上队员林辉往南非进发,应邀开展菌草技术的示范。菌草技术能否落户南非,以什么方式落户,当时还是未知数,没有正式合同,得在当地先做示范。经南非国王好友、当地一个华人市长牵线,他们就在夸祖鲁——纳塔尔省(以下简称夸纳省)交通厅厅长恩德贝勒家旁的农场里开干了。林占熺的梦想是不仅要把菇种出来,还要种出旱稻。恩德贝勒让人在家里的健身房里加搭两张床,权作中国专家的住处。

恩德贝勒那时正竞选夸纳省省长,家里昼夜都有荷枪实弹的卫兵轮岗。有时远远地飘来枪声,林辉不免紧张。林占熺就说,我们要学学人家江姐,"平日刀丛不眨眼",在渣滓洞绣红旗时唱的是,"一针针一线线,绣出一片新天地",我们在厅长家还有人保卫,怕什么,更应一草草一株株,种出一片新天地来。

他们在厅长家一住40多天,这年3月30日回国前,南非方面派人来棚验"宝"。眼见密密麻麻的平菇像是一朵朵花开在眼前,旱稻上长出的绿苗在迎风舞蹈,他们莫不激动,连呼神奇,品尝平菇后都连称好吃,味道像肉一样。厅长还由衷地说:"林教授看上去一点也不像教授,像是农民,这样的中国专家我们都喜欢。"

菌草"拉上"旱稻远足非洲,转眼就以风的速度示范重演了各自的蝶变,在收效不俗中,开启了另一场轰轰烈烈的中非友谊合作。

9月间,林占熺在留学后回国助力的女儿林冬梅陪同下,前往南非驻上海总领事馆,签下了24万美元的技术专利转让合同。这也是菌草技术诞生以来技术转让价格最高的一次,而中国专家在南非的工作经费,则根据合同规定悉由当地支付。南非政府看中菌草、旱稻项目,一是能增加就业率,二是可以帮助解决粮食安全问题,让老百姓有饭吃。

11月,林占熺父女出现在了南非边境祖辛尼镇,这里距莫桑比克近,枪声不时随风传来,传递出危险的气息,但林占熺仍被这里的气候和环境所吸引,觉得这里是今后种菌草和旱稻技术推广的一个点。父女俩还到彼堡、德班、马卡提尼等地看点选点。女儿冬梅曾试图改变他的人生轨迹,没想,终是被他改变。

两年前,2001年元月的一天傍晚,林占熺从巴新经停新加坡转机回国时,与长女冬梅短暂相聚,她仍执着于邀请父母亲来新加坡定居一事,虽此前已被谢绝过。

"这么多事,哪能享清福,除非新加坡请我去种草……"他说了福建省政府刚给他记的一等功,那也是省里史上第一次对科技人员记一等功啊;也说了习近平省长的期许,他不能歇脚,还要为世界菌草技术的研发和产业发展奔跑。

"那等您退休之后?"女儿望着他日益瘦削的黝黑脸庞,小心翼翼地试探。父亲黝黑粗糙的皮肤与实验室里的科学家、教授、研究员有多大的不同啊。

"人可退休,但菌草业只能进啊。"林占熺转身走向了远方。

望着父亲略带瘸拐、重心不稳的背影,她满是心疼,泪水夺眶而出。她还不知道父亲此番出国遭遇脚跟骨折、心脏病突发之事呢。女儿蓦然有了一种从未有过的忧惧,似乎看到了父亲艰难地在千山万水间奔波。

那些年,与她在新加坡肉眼可见的发展不一样,父亲的菌草事业还犹如推重车上峻坡,匍匐前行,压力重重,不被理解,不被看好,还常受中伤。

每次回国所见所闻,不是阴转多云、阴转小雨,便是雨夹雪。忍辱负重的父亲虽还一如既往地"痴",带着菌草四处奔跑,到处求爷爷告奶奶地推广。但年轻的林冬梅到底年轻,意气不平中愈发地心灰意冷,不想再步父亲的后尘,重蹈那一条前途未卜的漫漫长路。她尝试着过不一样的生活,因此在硕士阶段改选教育学专业,并最终以优异的成绩留在了新加坡。拿到绿卡后,她一直想把父母接出去,却被母亲告诫:"你远走高飞就好,今后还是少打他的主意,倒要小心他打你的主意。"

听出母亲弦外之音的林冬梅,在新加坡的事业如鱼得水,生活舒适从容。哪里会想到母亲打的"预防针",竟会在看到父亲步履蹒跚的背影瞬间破防。不久前,一位旅外朋友为其父突逝时不在身边的悲怆一幕深深震撼着她,她不由联想:父亲老了,长年在艰险之地扶贫和援外,在苍茫之地跋涉。身为长女,独在异国他乡享受优渥舒适的生活,万一生离死别突如其来……她不敢细想,却感受到了父亲的"小草大爱",父亲的形象从平面走向了立体:有血有肉、平凡伟大、大爱无疆。她的内心震颤起来,同时有着对父亲负重前行的不忍。她真正心疼起这个"俯首甘为孺子牛""但愿苍生俱饱暖"的党员父亲。而且父亲没有资金,缺少助手,甚至缺少知音,长路漫漫,情何以堪?

2003年,林冬梅毅然决然地放弃在新加坡打拼来的一切回国,临行前她坦率地告诉友人:"回国并非看到了什么广阔光明的前景,只是觉得父亲太累太艰难了,我也想知道他到底为什么。"

林占熺提醒女儿是否想好了,这里除了他和两名助手,多年都没增编制。

林冬梅有的是"休说女子不如男"的硬气,话一出口,却像水草一样柔软:"古有花木兰代父从军,我就权当自己是个考过编制的天使,回国帮助您就是我的天命。"

谁也不曾料想,这个开朗大方的女儿像是毕业于治愈系,这几年在海外所学,哪怕改弦更张从事教育管理,最终都"偏巧"地适用于父亲的事业上了。她一来,军师和大将便都有了,菌草事业有了自己的天团。

菌草技术是个大有可为而又充满挑战的事业。走出国门,走向世界,既是林占熺放飞的梦想,也牵动着林冬梅的心,有时她在睡梦中也呢喃:一定要走出去!

破局纾困,得与"国际接轨"。菌草技术成功转让给南非夸祖鲁一纳塔尔省后,林冬梅一年三飞南非,国内外工作兼顾。跟在父亲身边,既做翻译,又帮他重新归纳思路、整理理念,如此虔诚地俯下身来学习,对菌草业从技术到做法便都熟悉了。

人们祝贺林占熺身边从此多了位战友"菌草公主"。当初连"菌草之父"之称也感觉不习惯的他,却笑说:"叫公主太娇宠,还是叫'菌草女儿'吧。"

"来自中国最好的礼物""中南合作创成功典范"

2005年1月9日,林占熺率队飞往南非。为了确保中国专家一行的安全,已竞选为夸纳省省长的恩德贝勒专门给林占熺配了武装警卫,并对专家组驻地实行特别保护。林占熺十分感谢:"我们传送技术传递友爱,和农民朋友在一起会安全的!"

专家组住夸纳省首府彼德马里茨堡,那里气温高,林占熺却认为这里最适宜种旱稻。为了观察和掌握最详细的数据,他们坚持早上五点多起床,有时还要更早些,每日往返上千公里,披星戴月地奔波着。

林占熺平时血压高,年纪大了,长途"奔袭"光坐车就挺累,可还是每每冲到第一线,只为使命在肩。一天,他们乘坐皮卡车快到一个叫奥斯卡的农场时,司机发现前面有辆车不太对劲,就警觉地减缓速度。一会便见车上下来两个黑汉,拿着枪,背着东西,远远地竖起中指,连跳带窜到路旁的桉树林,逃之夭夭。显然,前面的车辆被抢了!皮卡车司机麦当劳是当地白人,兼项目经理,正如他所说,遇劫事小保命事大。不久后他们又听说夸纳省农业厅总部附近的某个农场旁,离高速路口上千米处,一辆运钞车遭血洗。消息透露者还做了个劫匪持枪一顿扫射的动作。

虽然上至夸纳省省长,下到这个皮卡车司机都说了,绝大多数南非人都对中国友好,但不怕一万只怕万一,人身安全问题仍须臾不得疏忽。林占熺到底是昔日做过行政的人,对管理有一套。他规定专家组除了集体行动,平时只能待在农场里,一周只安排一次到超市买东西;用车要审批,要报备。因为是国际合作项目,南非这里虽说给专家组安排了一辆专车,起初却非专用,有时出门没个车辆也属于正常。

在国外从事这类技术工作,一般都是自己给自己安排做事,换一种轻松些的做法,说上一些困难,多提一些条件,甲乙双方多半也只能将就应变。但林占熺此行,像在巴新一样,抱定的目标是有条件要上,没条件创造条件也要上,一门心思就是要把项目做得锦上添花。与工作上的如火如荼形成强烈反差的是生活上的清汤寡味,单调得千篇一律,枯燥到如皮肤瘙痒般让人抓狂,心里孤寂得如啄木鸟在深山老林啃树皮。

林占熺数次来回看点中,已在夸纳省布局了老百姓的合作社,实施后来中国名谓的"精准扶贫"。该省农业厅出钱,把事先做好的菌袋,连同搭棚的薄膜送给有关村庄，让他们五户十户合在一起管理，再由合作社自行决定产品是吃是卖，如何分配收入。这样的点布置了不少，全省第一阶段就有几十人负责生产，还结合中国的农技员、农业推广员做法，由政府聘用十多个田间工作者协助管理。他们遇到问题，或到一个新地方铺点之初，林占熺和专家组有请必到。

夸纳省的冬季气温较低，有霜，林占熺觉得应对既有菇房进行改进。实地察看后，他马上率众顶霜冒寒匍匐在泥土上动工。此后，专家组选择的六个试验点菌草种菇均获成功，霜冻影响菌草培育的难题由是攻克。当地民众大开眼界，欢声如雷。

3月30日，菌草生产培训基地正式在夸纳省落成。南非祖鲁王、南非农业部长、夸纳省省长和当地上万民众出席了仪式。林冬梅以一口流利的英语，详细介绍如何用菌草栽培食用菌，再由一名当地雇员把英语翻译成当地的祖鲁语，保证在场的学员都能听懂。每个项目一开始，她和父亲都想着把技术简化再简化。

"我完全听懂了，相信我一定能试种成功。"每个人都如是反馈，乘兴而归时，对中国专家赠送的草种爱不释手。

为了引起南非乃至国际社会的普遍关注，释放菌草示范的最大效果，林占熺多次到艾滋病患者之家指导种菇，并在女儿的策划下，别出心裁地将当地"最穷的人"组织起来参与培训种菇，成立一个个菌草合作社。

林冬梅有此策划，不只是性别意识，还因为从父亲挂在嘴边的"补短板"里受到启发：如何补社会的短板、补生态的短板，多做哪些雪中送炭的事，才让工作更有意义？菌草事业要找最难最艰苦的地方做，人群中的弱势群体也就应该借这个机会受到格外关照。

身为女性，她关切的目光很快就聚焦于穷人中的穷人——单亲母亲身上。她们没地，多是养路女工，每月只有390兰特的收入（当时兰特基本等同于人民币），家庭负担十分沉重，不少还是艾滋病患者。林冬梅不禁叹息了，为她们难过。

父女俩事先打了一下算盘：她们加入菌草合作社后，每人只要负责10平方米的土地，每天花上一小时左右的时间，一年便可种出1200公斤的蘑菇，收入可达24000兰特，高过她们养路收入的四倍。正饱受贫穷折磨的六十多位单亲母亲，得知后十分高兴。受教种菇、采菇、煮菇，一学就会，一吃就喜欢，然后广种，卖给超市，多多益善。

菌草和旱稻很快成为南非双葩，中国专家所到之处皆受拥戴。2005年11月，福建农林大学菌草研究所的小广场，再次迎来了南非祖鲁王古德维尔。他一见面就热情洋溢地和林占熺拥抱："我这次是专门来感谢中国朋友和兄弟的，自从你们送来菌草技术，南非就变了！"

2006年4月4日，林占熺受邀参加南非夸纳省夸丁迪村的丰收集会。这里地处丘陵地带，海拔上千米，居住的3000多个村民80%没有工作，长年食不果腹，饥寒交迫，能发出如此欢笑声语，实属史无前例！

庆丰收的现场会上载歌载舞。一人维系全家八口生计的单亲妈妈玛丽，双手捧着刚从地上采摘的蘑菇不邀自来，笑不拢嘴地用祖鲁语告诉人们："我现在再不用和人比穷比惨了，因为我用自己的双手种出了蘑菇，长年下去，今后也肯定能过上幸福富裕的生活。"

一位妇女的声音因激动而略有发颤："用中国技术种蘑菇真是好啊，以前我连想都不敢想，能让孩子上了学，能盘下一个小店面，能有机会开展多种经营。我感到很幸福。"

动听又励志的发言此起彼伏，都赢得了一阵热烈的掌声，而林占熺现场向200多名政府官员和村民算起的蘑菇账，更是让掌声经久不息：一块面积5平方米的土地，一年能产菇600公斤，按一公斤蘑菇产地价卖20兰特计算，一年的产值将高达12000兰特。

夸丁迪村菌草蘑菇培植农户协会主席恩库博性格内向，寡言少语，却面对访问者侃侃而谈，发自内心地说："林教授是上帝带给我们的礼物，给我们带来了希望，希望他和中国专家能在我们这里一直待下去，最好能成为我们的公民。"

在丰收会上总结发言时，夸纳省农业与环境部负责人卡尔斯爽快地宣布："省政府已经决定，投资2000万兰特，在村庄沿线55公里地区普及菌草种菇，今后还要在全省各地普及。"

会后，20多位着装鲜艳的当地妇女鱼贯进入200平方米的菇棚，采摘一朵朵"破草"而出的鲜嫩平菇，她们或抱或捧出现在各路记者的镜头前时，脸上莫不洋溢着幸福的微笑。没见过多少世面的孩子们，不约而同地帮助各自的母亲，有的手抱雪白的平菇，有的头顶可爱的平菇，清澈的双眼透着满心的快乐。

南非执政党一位老党员感激地握着林占熺的手说："过去毛泽东、周恩来等中国老一辈领导人给我们送武器，帮助培养军事人才，支持我们反对殖民主义，争取民族的独立和解放；现在，中国专家毫无保留地向我们传授菌草技术，帮助我们脱贫致富。世界上只有中国能这样，中国是非洲真正的朋友。"

两天后，《非洲时报》头版头条以"祖鲁王国诞生中国蘑菇 —— 中南合作创成功典范"为题，报道了菌草项目的成功实践。而后，《非洲时报》又在头题欢呼："南非农业革命的星星之火，已经在祖鲁王国点燃，不久的将来必然会燎原非洲大陆。"

南非表现出的热情，催动林冬梅在这里召开了一场菌草国际论坛，助力菌草技术之"火"在非洲的燎原。巾帼不让须眉，那也是她首次以

"菌草女儿"的身份亮相国际舞台，奠定了她此后从事援外和国际合作的基础。

会后，南非副总统姆兰博－努卡特地邀请林占熺父女到约翰内斯堡官邸做客并共进午餐。她在听取汇报并观看菌草项目旗舰点妇女种菇、采菇和卖菇的录像后，非常兴奋，当即指示一旁的农业部长：对菌草项目一定要大力支持，要加快项目的发展速度，尽快在其他省也展开试点。她还请林占熺提供多份项目实施的录像带，自愿要到国际相关会议上进行广泛宣传。

南非农业部长走过世界不少地方，对中国菌草的评价是："我见过百草，无一胜它。"

南非的菌草蘑菇种植由少到多，走上了千家万户的餐桌，极大地丰富了当地人民的营养来源，为消除贫困做出了重要贡献。光夸纳省就在短短两年间建起了32个菌草旗舰点，千门万户菇盛开，围拢在它们白白胖胖、绿肥红瘦身子周围的，是男女老少一张张真心实意的笑脸。数千贫困的黑人农民有种菇这一技傍身后，既有事干，又如愿脱了贫，大大提高了社会地位。渐渐地，以往蘑菇产业由白人控制的局面一去不返了。此前的南非，虽然白人对菇类的消费量接近发达国家水平的年均三公斤，但黑人的消费却几乎为零。

菌草项目的实施和发展，让南非政府看到这确实是消除饥饿、增加就业、保护生态的好手段。南非总统办公室调研后得出结论："菌草项目是南非影响最大、扶贫效果最好的项目。"

上下齐心，南非政府持续加大力度培植这个"中南合作成功典范"，菌草产业更是夸纳省投入最大的农业项目，该省菌草示范生产基地渐渐做成非洲最大，菌草产业链由此形成。

2006年12月，夸纳省省长恩德贝勒专门访问福建，与福建签署了两省结成友好省的协议。他动情地说:"我在南非经常看到林教授在田头工作,就像个我们那儿的农民。真的,我很少见到像他这样的教授。林教授为我们南非付出很多,却很谦虚,要得很少。我请求贵省同意让他在南非长期工作。我要有五个这样的教授,我省的农业就没问题了,生活水平肯定会日新月异。"

林占熺在南非,让菌草蔓如丝,让蘑菇和旱稻百花齐放。草上草下,燕儿舞,蝶儿忙;草内草外,黑兄黑妹齐上场,林占熺和中国来的一批批专家组也从没闲着。菌草无言却有情,情义更在时空外,这株迎风而立的"中国草",为南非成为非洲第二大经济体助威,并深深在这片土地上扎下了根。

"我爱中国! 特别感谢我的兄弟林教授能来这里帮助我的人民!"祖鲁王古德维尔在许多场合表现出的别样深情,代表他的民众完全发自内心的声音。

为中非合作论坛"热身",打造"卢旺达样本"

"记不分明疑是梦,梦来还隔一重帘。"

2006年7月,林占熺组建的新团队来到"千丘之国"卢旺达。风萧萧,雨帘重,在这样的情景下穿云越雾,置身黑种人族群里,一时让人如梦似幻。而自1994年菌草技术入选"南南合作"项目被联合国开发计划署列为"中国与其他发展中国家优先合作项目"之后,这样的梦境于林占熺已是常态。他也正好以梦为马,往更高更远的地方腾飞。就在上年10月,卢旺达农牧资源部就慕名邀请他去考察当地发展菌草和旱稻生产的可行性。

卢旺达地处非洲最主要河流尼罗河的源头,连年战祸,贫困和落后旷日持久地横扫城乡。这里地少人多、水土流失严重,一下大雨,国际公路两旁一米深的水沟马上就被上游冲来的泥沙填满;百姓每天为提一桶生活用水,动辄排队等上数小时;大米全靠高价进口,菌类食品也依靠西方国家设厂生产,成本高而收益低,随着有关国际组织撤走已基本不能为继……

林占熺沉默了!耳边似乎听到了尼罗河奔腾数千年仍流不尽的愁苦和呜咽,身上那份大国援外的责任更重了,他决定调五弟过来攻坚。

此时的林占森已在巴新苦苦坚守了8年,带领巴新的项目已上正道。这个已被援外弄得黄干黑瘦的弟弟啊,在哥哥的心目中像枚螺丝钉,哪里艰苦就派他钉哪,打下一个山头经营好后再交给他人坐镇。

林占森离开巴新时,对接任项目组长的林应兴说:"这个接力棒就交到你手里了,这个组长不是职务,也不是权力和利益,更不是荣誉,而是一份责任,你要保住这块'金字招牌'。希望你离开时,也能这样告知下一任。一任接一任,招牌亮闪闪!"

万丈高楼起于垒土,援外更是如此,林占森一路听哥哥的介绍,心中已然有数,只是如何也没料到,在卢旺达首都基加利市郊创业的"垒土"破烂得惨不忍睹:墙是泥巴糊的,蜘蛛网举目可见,遍地是坑坑洞洞,蟑螂老鼠四处逃窜;瓦片是生锈了的铁皮瓦,漏水迹象分明;院子和房间都没有门锁,破损的窗门只用纸皮简单遮挡;不论是煮饭还是洗澡、洗衣、冲厕,用水都要在百来米远的地方从水龙头打回。最热情的是蚊子,不分昼夜地飞舞,嗡嗡之声似带劝退:我们可不是好惹的,稍不留意就会引发"打摆子"(疟疾)。住地恰处交叉路口,一天到晚喇叭声咽,似鬼哭狼嚎,半夜一旦被吵醒,常常只能眼睁睁地望着月亮变朝阳。

看着几位队员的"表情包"和一夜未眠留给两眼的血丝,林占熺心疼，却也搬出了二十世纪七八十年代闽西老区几乎家家墙壁都粉刷的语录："苦不苦，想想长征二万五；累不累，想想解放全人类。"言罢还开玩笑似的说，"毛主席老人家真是先知先觉，连我们解放全人类的苦和累都想到了。"

虽然此一时彼一时，"苦"和"累"也还有国界之分，但到底都灌注着使命和担当，林占熺每到一地，每有新队员加入，总不忘老调重弹："我们的身上背着国旗，脸上贴着国旗，心中响着国歌，要时时牢记，我们代表的是中华人民共和国，一言一行都要对国家负责。"

中国驻卢旺达大使戚德恩来看望专家组，连称这里的居住条件太差，提出做些改善。看到专家组在林占熺带动下倒也甘之如饴，大使感动不已："也只有中国人能负重致远，换成欧美专家，哪能这样受委屈！"

专家组克服生活和工作上难以想象的艰苦，撸起袖子，就这样在卢旺达首都市郊草创了菌草、旱稻种植技术示范推广基地。

项目刚上路，却又冷了下来。传闻是卢旺达新任农牧资源部部长不大喜欢，说卢旺达多年前有过其他国家的类似项目，但效果并不好。上层有不同看法，项目可能面临撤销。

林占熺得知，也不着急，亲自前往离卢旺达首都以东50来公里处曾由欧洲某国援助的蘑菇种植项目地，专程考察，弄清该项目失败的原因。他们经该项目的当地负责人约翰·肯尼斯带领，察看了废弃的不锈钢小锅炉和其他实验室设施。从中知道，当初为了培养菌袋，每个参与农户都得花上一笔不菲费用，建起水泥地面的培养室，在菌丝培养期间还得不断向内墙和水泥地面喷水以保持湿度。

林占熺拍拍空空如也的不锈钢锅炉，再轻轻敲了敲蛛丝四挂的培养室墙面，道："可惜了，利用作物秸秆培养蘑菇，本该是个好项目。"

肯尼斯解释："项目原本不赖，只是不锈钢锅炉等设施过于昂贵，我们这里的人太穷，几家合起来也买不起。每户500美元的砖瓦房水泥地培养室建设费也让人望而却步，我们自己都还住茅草房呢！我们这里一到旱季连生活用水都成问题，哪还有水来保持室内的湿度！"

"这倒是。可能还有其他一些原因，如教育水平低，对灭杂菌、菌种接种等技术活儿，多数人即使学了也怕是一时难以掌握，导致项目无人问津。"

"是，是，真是太可惜了！"肯尼斯的言语间除了遗憾和不甘，还透出对这个种菇项目的恋恋不舍。

林占熺灵机一动，问："如果你想了解中国菌草技术，可以马上请你到中国参加即将开办的第15期发展中国家菌草技术培训班。"

肯尼斯大喜过望，欣然同意。

很快，为期2个月的菌草技术国际培训班接纳了这位最后一位报名的卢旺达学员。拿着结业证书回来，肯尼斯信心和精气神陡增，高兴地对卢旺达"菇友"们说："这次在中国的培训，真是让我大开了眼界，原来蘑菇可以这样种，只要照林教授的方法，我们肯定能打个翻身仗！"他还来到中国驻卢旺达大使馆经济商务处，形象地比喻说："真是不比不知道，一比吓一跳，原来某欧洲国家援助的蘑菇栽培项目就像老牛拉破车，而中国菌草技术简直就是飞机、火箭！"

肯尼斯带动了当地一批"菇友"，成为中国菌草技术项目积极活跃的参与者。为了满足他们的不同需要，林占熺和专家组别出心裁，不辞辛苦地推出不同类型的菌草技术培训班，每个班都有学员求知若渴。

在中国专家的认真指导下，当地200多名学员先后受到培训，菌草育菇很快推广开来，卢旺达菇类的生产方式也悄然发生改变。

原来，运用中国新技术，当地农户制作菌种的成本只需原来的十分之一，而进行菌类生产的投资不及原来的百分之一，产量还提高了两倍以上！在事实面前，那位犹豫中曾想叫停中国项目的部长，对中国菌草有了全新的认识和评价，甚至成了中国专家的好朋友，不时邀上卢旺达总理、政府高级官员及联合国驻卢机构代表到项目地点实地参访。

与此同时，"旱稻金山一号"也马上成为那些深黑色瞳孔里的新宠。待其收成，产量每公顷每季可达六七吨。继而，旱稻宿根栽培也取得成功。

短时间发生的这一切，震惊了卢旺达！

看到黄种人吸引得黑压压一片人纷至沓来，场面火爆壮观，那些在围观中等看笑话、平时热衷于"数黑论黄"的白人专家不觉傻眼了，哑口无言了。优胜劣汰中，他们的市场一下子失去了半壁江山。

意想不到的还有基地培养的当地技术员，只要自称是"菌草之父"的门生，一出江湖就成为种菇专业户抢手的"军师"。抢来抢去到后来，一个在菌草基地工作过的当地青年，也以增薪一倍的待遇给"挖"走了。

紧接着，在卢旺达官方主办的"卢旺达第四届农展会"上，菌草项目成为一大亮点，前来该项目展位参观咨询的当地民众络绎不绝，多达4000多人次。中国菌草获得"最佳展示项目奖"。

越来越多的卢旺达官员和百姓，对神秘的中国专家充满了好奇，想一探究竟，有的还专程来访。热情好客的"菌草之父"和中国专家们兢兢业业的工作精神，博得了他们的交口称赞："中国专家好样的！"

林占熺此行此举，仿佛是下半年开幕的中非合作论坛的一场"热身操"。

2006年11月4日，正值中华人民共和国同非洲国家开启外交关系五十周年之际，天安门广场鲜花簇拥，彩旗飘扬，中非合作论坛北京峰会在人民大会堂隆重开幕。当无线电波把中国政府为加强中非合作将采取包括在非洲建立十个有特色的农业技术示范中心的八大措施，传到正在卢旺达实施项目的林占熺耳里时，他和专家组顿时都沉浸在无比的自豪中。

国家的号令，更坚定了林占熺搞好科技援非的决心。

2008年4月，林占熺带着浩荡的春风，穿越8000公里的云和月，再往卢旺达，他将要完成中心的考察、论证、勘测、设计等一揽子工作。

菌草中心建于离首都130公里之外布塔雷市鲁伯纳国家农业科学研究院内，建成后将对卢旺达的农业结构调整、生态建设和增加当地民众就业、提高生活水平产生积极影响。针对农业项目成效较慢这一特点，林占熺起初就决定采取边建边运行的做法，既让当地民众对中心的前景心中有数，也为中心落成全面运行提前做好准备。他在万里之外遥控，并把林应兴从巴新抽调过去，配合林占森工作。不过一年工夫，基地所产菌种已能满足卢旺达现有菌类生产的需求，基地周围还带出20多家生产菌袋的农户，其中年产20万袋以上的就有5家。当地超市不仅有源源不断的鲜菇面市，周边的刚果（金）、乌干达、布隆迪等国家也大量出现了卢旺达生产的菌草平菇。

2010年5月下旬，林占熺又一次来到卢旺达，陪同国家商务部领导对中心建设进行中期验收。面对卢旺达政要的致谢和问计，他也直陈己见："今后贵国发展的瓶颈在于生态，解决生态问题最关键的问题，又在于水土流失的治理……"

酬应如流、余音绕梁中，一个多年的梦想近如指尖而来，如似锦的香菇绕着菌草突然冒出：把菌草治沙治水保土的技术用到治理尼罗河上，让流经非洲九国的尼罗河更好地造福卢旺达、造福埃及、造福非洲。十年前，他和埃及总理特使法吉就曾这样筹划过。可惜法吉壮志而没，一梦如是，时常灼得他心痛。如今身在尼罗河的源头之国，他油然想到了这个梦的源头，想到了法吉，想到该如何以酬其遗志⋯⋯

午餐后，将商务部领导送到卢旺达首都时，已是下午两点多。林占森知道哥哥这几天太累，而且明天就得远途奔波回国，就劝哥哥也在首都附近宾馆或大使馆休息，明天可就近到机场。林占熺却看着弟弟说："我看你车开得不错啊，走，带我去尼罗河发源地看看！"

从首都到尼罗河源头，一半多是崎岖弯曲的山路，沿途村庄多，不时还被牛马、自行车壅塞，这时去显然太迟了，得折腾到晚上才能回，关键是林占熺也太累了。对弟弟摆出的理由，林占熺不以为意，有调查才有发言权，回国这段时间刚好可以对症下药。刚才一个激灵之下，把他久有的凌云志给唤起了，但以草治沙、治水到底非同小可，耗时费力靡财，得有各项预热，寻找出一个成本低、见效易、官民接受快的治理办法来，积小胜为大胜，再打有把握之大仗。他刚好利用这空隙开始自己的"热身操"，现场进行观察、对比。

林占森没法说服哥哥，知道哥哥对待工作一向很轴，只好恭敬不如从命。于是开车先回基地，请当地司机开上皮卡车，向两百公里外的尼罗河源头挺进。为了把眼前这条世界上最长的河流之一尽可能看得清楚、真切，林占熺舍不得眨一下眼。

皮卡车快爬上海拔2000米高的尼罗河源头一旁山路时，林占熺刚感叹这里森林植被锐减、水土流失严重，忽觉呼吸有点急促，心跳急骤加快。眼尖的林占森马上拿出随车带上的装备,为他测心跳,量血压。心跳高达每分钟110次,血压更是超过正常值:高压248毫米汞柱,低压120毫米汞柱。

"还是下回再去吧……"

"不,我迫切需要第一手资料!"

林占森想了想,恳请近乎折中:"要不先就近找个地方休息,我们去看,回来把情况报告给您。"

林占熺不由分说:"不,既来之则安之,吃点药不碍事。"

吃了药,心跳逐渐慢了下来,血压却仍不稳定,但林占熺安之若素。

快到源头时,落日裹着云彩整个儿早滚落进尼罗河怀里了,天色已暗,林占森语气坚决:"怎么也不能再往前走了……"司机掉转车头准备回返。

林占熺眼神里写满了依依不舍,说那就在安全的地方停会儿车,我们下去看看。他披着满天星辉,目不转睛地看着神秘古老的尼罗河,摸黑拍了许多照。伫立星辉下的河边,想到曾有的壮志,有如"梦从海底跨枯桑,阅尽银河风浪"。

河水滔滔,在星月下波光闪闪,一个新思路也就这样闪进林占熺的脑海:用菌草治理尼罗河,首先从位于源头的卢旺达搞出示范点,让菌草在生态环境建设中闪光,摸索并积累经验,逐步向沿河其他国家推进。

回到基地已是晚上9点多,林占熺似乎用尽了最后一丝力气,一进屋就差不多瘫下来了。他被大家扶上床,之后叫他吃饭,他也说不吃了,一点胃口也没有。一量血压,又升高了。他吃了药睡了一会儿,开始说胡话,连说几声"回国"。凌晨时分,他睁开眼睛,抬腕一看手表,一声"哎呀"之后,便要立即回首都,明天上午要回国,后天是国际菌草培训班开学式。

匆匆起床,也不吃东西,无论如何都要弟弟开车从基地送他到首都。到大使馆经商处的接待宿舍时,都过凌晨两点了。大使馆领导情不自禁地说:"你们兄弟怎么都这样拼命啊,上次占森也把我们给吓坏了!"

林占熺这才知道,弟弟来卢旺达第一年差点就出了意外。

2006年9月,林占熺率团回国不久,留守卢旺达的林占森感到全身乏力,也不当一回事,仍旧不停不歇工作。直到第四天指导当地工人砌灭菌灶(生产食用菌用)时站不住了,才被送到医院,经查得了疟疾!

林占森"中招"的原因,一是卢旺达传染病厉害,疟疾太多;二是这段时间太过拼命。卢旺达项目刚启动,林占熺希望尽快产生影响,林占森和留守人员就加班加点。卢旺达上班时间是早上七点到下午三点,中午没吃饭,林占熺在这里时便带头率团"入乡随俗",先行回国后林占森仍旧如此,蹲在地上干活常常一上午都不落座,身体一累乏,免疫力下降,疟疾也就乘虚而入,4天暴瘦5公斤,要不是大使馆接报后高度重视,找来有经验的医生紧急处置,只怕凶多吉少。他一直不敢让哥哥和家人知道,怕他们万里之外不安心。

大使馆领导不小心透露后,虽然时隔三年,林占熺听得依旧泪眼泫然,语带哭腔:"你呀你呀……"

可哥哥才是名正言顺的拼命三郎呢!那是有一年10月,卢旺达狠狠下了一场如注豪雨,路上空无一人。连童谣都唱下雨天睡觉天,对农民来说,雨天几乎就意味着雨休。可他不是,叫上项目组穿上雨靴雨衣,前去附近的山坡检查种下的菌草是否被暴雨冲走。林占森语迟之中，林占熺已冲在前面，这情形，谁还能等？步行200米上山坡，林占熺带着大家边看、边测、边用照相机拍，为的是得到菌草防治水土、泥沙的第一手资料。

林占熺在非洲野外发现过一个草种，当时见其根部发达，生物特性好，就突发奇想，如果能把它培育成能快速繁殖的草种资源，它在人类实现江河变清、沙漠变绿洲的梦想中，将发挥多么巨大的先锋作用啊。他如获至宝，马上引进这一草种开始培育。

第一次培育失败后，他改进方法，干脆将培育草种的花盆放在自家阳台前，以便随时观察、细心照料，发现问题及时解决。苦心人天不负，第二次培育成功了，他孩子般地跳了起来，兴奋地说："如果不出意外，今后世界上的大江大河，包括我们的长江、黄河、闽江、汀江在内的江河湖泊的水土流失治理，就有很好的草种资源了！"

他把这一草种命名为巨菌草，开始在国内外许多地方试种，他特别希望能在尼罗河的源头之国卢旺达取得奇效。

林占森担心哥哥淋了雨对身体不好，劝他回去休息，由他们来完成作业，他却压根不听，哪怕占森少有地生起气来，他也不回头。那天他们虽然都成了"落汤鸡"，却有了个重大发现：暴雨持续发飙中，许多有坡度的地方但见污泥浊水直冲而下，而种上了巨菌草的地方，却干净得像是出浴，任凭大雨倾泻，就是没有泥淖冲出，不少地方连个水泡都没冒头，显然是被巨菌草给吸收了！

"巨菌草啊巨菌草，水土保持效果好！林老师啊林老师，送喜造福卢旺达！"有人失声大笑，出口成章。

异乡物态万般殊，唯有菌草最相知，多少烟雨迷人眼，千里绿映也分明。林占熺忍俊不禁中，也老夫聊发少年狂，舒展双手做了个雨中飞翔的动作。这群中国人在倾盆大雨中一个个快乐得像条鱼，见到这一幕的白人和黑人,以为他们不是在玩浪漫就是疯子。

取样测试的结果让他们更快乐呢:种植了巨菌草的土地,与种植传统作物玉米的土地相比,土壤流失量减少97%以上,水流失量减少80%以上;而巨菌草套种玉米的土地,水土流失量是传统种植玉米地的21.3%!

2012年4月,卢旺达总理哈布姆兰伊视察卢旺达农业技术示范中心,听了林占森的介绍,目睹菌草测丛根重上百公斤时,由衷地向中国专家致敬,并风趣地问:"能不能让我也来参加培训班的学习?"

"欢迎总理阁下!中国菌草技术对卢旺达没有保留。"林占森开心地说。

哈布姆兰伊总理感动地搂住林占森的肩膀,混着英语和并不标准的汉语,反复地说:"谢谢你兄弟!"

卢旺达许多政要都知道,"菌草爸爸"把最得力的胞弟留下来当项目组长,也知道林占森为何多年放弃回国过春节:中国的春节时段恰好是菌草在卢旺达播种和管理的黄金季节,林组长为了创造"卢旺达样本"而呕心沥血呢!

中国驻卢旺达大使馆举办援外人员摄影展览赛,林占森被偷拍下的一张照片荣膺一等奖。照片中,他卷裤脚打赤脚,泡在水田里向卢旺达农民传授旱稻作业,谁都知道赤脚在非洲容易诱发虫类传染病,他却照样不穿长筒雨鞋,为的是和非洲百姓打成一片,还说是"上梁不正下梁歪",占熺老师就是经常打赤脚,有次在旱稻地卷起裤脚还到处跑。参观摄影展的卢旺达官员听了照片之外的故事后,感动地说:"中国专家跟别国专家就是不一样!"

不一样的中国专家,让哈布姆兰伊总理心生敬意,号召卢旺达农业专家和技术人员向中国专家学习,"脱掉鞋子,到田里去,脚踏实地指导村民，在全国推广中国菌草技术！"

菌草生态治理已被卢旺达列为国家水土流失治理的重点项目。"卢旺达样本"只是菌草援外扶贫的一个缩影。

"春风已度莱索托"

"春风已度莱索托。"这是2007年9月林占熺率专家组来到国土完全被南非环绕的"国中国"莱索托之后，中国驻莱使馆参赞的一句话，话里话外的寓意不言而喻，也说明了莱索托的期盼。

人未至，声先闻。菌草技术打出的国际名声，在莱索托引起极大反响，一份份恳切的请求跨越山海向中国飞来。2006年10月，中国政府与莱索托政府签订了换文协定，把菌草技术列为中国政府援助莱索托项目。商务部把这一重任交给了林占熺主持的福建农林大学菌草研究所。

这个仅有200万人口的世界上最大的国中之国、世界上平均海拔最高之国，还拥有一个世界之最，那就是联合国宣布的世界最不发达的国家之一。自然资源贫乏，粮食不能自给，经济基础薄弱，生态环境还相当恶劣，被划为"人类生态脆弱区"。多年来，国际组织倒也相继在这里实施了20多项援助项目，可几乎都无果而终，不少项目已无迹可寻。前些年，中国林业总局曾计划由某省在这里实施一项育林项目，有关方面考察后断定：山高土薄，难达目标，遂行放弃。

这个不折不扣的高山之国，每寸土地都在海拔千米以上。在这里实施菌草项目，得因地制宜，还得因陋就简。欧盟援助的蔬菜生产基地，光机器设备就价值不菲，此时已然锈迹斑斑，听说上马不久即下马，已被废弃多年。林占熺一眼相中这个地方，决定变废为宝，建起面积达一万平方米的菌草示范基地；对原有厂房也来了个"乾坤大挪移"，相继改建成菌袋生产车间、菌袋培养室、出菇棚、菌草草圃和实验室。

了解这个蔬菜基地的前世今生后，林占熺解剖起"麻雀"来："先抛开他们的整个推广行不行，在这样赤贫的地方，黑人朋友的文化程度普遍不高，哪里接受得了这么先进的生产技术啊，能不遭淘汰？所以，我们的菌草技术一定要容易学。"

"对，让他们一看就懂、一学就会，一做就成！"从福建省农科院借调过来的林兴生十分拥护林占熺的主张，也对再度跟随林占熺跨国出征充满了信心。两年前，日本要建菌草基地，林占熺特地借调林兴生，同去仙台蹲点做技术指导。

从日本到莱索托，贫富之差犹如天壤之别，但林占熺传授技术却一视同仁。打小对"穷"的深切体会，让他凡事都能设身处地为他人着想，在宁夏扶贫他就提出，技术必须尽量简便化和本土化，让当地百姓能"一看就懂、一学就会、一做就成"，国外扶贫多出了翻译等问题，就更得简而又简。于是，他和专家组不遗余力，想方设法地让菌草技术尽量向简便化、标准化、系统化和本土化靠拢，便于当地百姓掌握。上马后的菌草生产线，从当地招收了一批工人，林占熺和专家组都俯下身子指导他们做，预计年产量可逾100万袋（筒），届时仅以一个当地币3元的成本价提供给当地。出菇较快的，七到十天就可采菇。为了便于当地百姓接受，林占熺和专家组还时时进村入户，手把手地教，从搭棚到种菇、出菇，再到烹调、推销。一条龙服务、一揽子解决。

莱索托像许多非洲国家一样，没有菇类食用习惯，也不敢食用。中国专家们在鲜菇出炉后还授以烹调方法，而烹饪也要结合本地化特点：油炸、炖煮、烧烤……当地百姓怕吃菇中毒，专家们就得一一先尝。

每一个花样要尝，不同的顾客来了也要当面尝，队员的肚子不由就鼓胀了，他们自嘲道："我们像是在清宫戏里给皇上进食前试菜呢。"

林占熺也笑："不是常说，顾客就是上帝嘛。"

看到中国专家大快朵颐，当地人也就放下心了。

眼见他们黝黑的脸上浮现纯真的笑容，林占熺一天的劳累顿时烟消云散，甘心如荠。

这年12月5日午饭后，林占熺带着助手林兴生、林治亭等人又从基地出发，赶往70公里外的一个示范点指导。返程时已近黄昏，林兴生驾驶汽车开到距莱索托首都马塞卢四五公里处的一个山口时，遭遇持枪劫匪，被洗劫一空。

国外种草，这难那难，一颗枪子儿就可能玩完，但生死危难没有让项目就此中断。林占熺带着两位年轻的助手，依旧披星戴月在这个海拔千米以上的国土来回奔走，大有"黄沙百战穿金甲，不破楼兰终不还"的气概，这个"楼兰"就是这里的贫穷啊。从他们抵达莱索托到第一潮平菇采收，仅用了短短的88天，每平方米收获24公斤，大功告成！

中国驻莱使馆专门举行了一场"百菇宴"，特邀莱索托政府官员、国际组织负责人和当地企业界、农户代表，前来品尝菌草种出的各种菇类。被亲切称为"会魔法的专家"的林占熺，在菇宴上再次普及了菌草技术，林冬梅则做PPT介绍，向嘉宾展示在当地的种植推广情况和不同菇的产品。

紧随"百菇宴"取得的良好推介效果，几位中国专家还煞费苦心地扎上围裙，并拉上热心的华人华侨，额外办起了烹饪培训班，教当地百姓做出一道道美味可口的椒盐平菇、蒜蓉炒平菇、平菇浓汤……

如是这般，这株来自中国的"幸福草"，很快由基地向莱索托12

个区村蔓延开来，63座菇棚、3个菌草生产合作社应运而生。基地提供的菌袋成为紧俏货，往往要提前数周提交订单，排队取货。

基地示范完成后，林占熺得先行回国，接下来如果要接受下一期计划，两位跟他出征的年轻人则要留守两年甚至续约更长时间。上次遭遇了看似"有良心"的劫匪，图财不谋命，但谁能料定未来，牺牲可能就在眼前。再有，这地方也是艾滋病的高发区。危险离得这样近，林占熺不怕一万只怕万一，他们真要出了事故，如何向他们的家人交代？一时间，他柔肠百结。

此前的他，为菌草事业摔断过肋骨、骤停过心跳，遭遇过"鬼门关"，却从没有知难而退，除了志如磐石，还因为"我的身体我做主"，但这次遇上的难题，比9年前商请胞弟孤身留守巴新还棘手。他特地与两位年轻助手推心置腹："这地方的危险你们也看到了，你们还年轻，我也不能让你们出现意外，这个项目如何继续，你们愿意留下还是撤退，我想听你们的真实想法。"

留还是撤？撤也不能说啥，许多国家在莱索托的援助项目也便这样，谁叫你的平安不达标，"贫困怨何深"？而当时中国的援外，背井离乡、一年一回、影响家庭不说，工资还不高，没有几许情怀谁愿意去？

林兴生对这个亦师亦叔的长者没有丝毫的疏离感，只有榜样式的敬爱，还有忘年交的深情。正是出于对林占熺的敬重、对菌草事业的热爱，他放弃了省农科院原本相对轻闲且更有个人前途的工作，甘愿投奔到他麾下成为普通一兵。他看出了林占熺内心的纠结，坚定地说："我们的项目在当地深入人心，我百分百愿意留守这里继续推进，尽一点力，帮他们一起推倒贫穷这座大山。"

林治亭也说："普通人能为国家做点事情不容易，这项目既然是国家定的,可以帮助到莱索托发展,就应持续下去,再困难我都愿意留守。"

人与人共同经历过危险和情绪的大起伏后,会油然产生更亲近的关系。林治亭不仅感受到了这份关系,还感受到了林占熺身上的魔力般人格的魅力,坚信跟着他做人做事,能成为有用之人。他和林兴生的眼神里,流露的先是离开的渴望,继而是留下的意志。

两位年轻人带着林占熺的嘱托,成了中国菌草援外的成边者,此后严峻的考验接二连三,他们也没有迷失本心,更不曾萎靡堕落,一直舍我其谁地协助林占熺以菌草改变了这个"国中国"的贫穷,让青春的热血有了最美丽的流淌,把中国的友谊牢牢挽在了高原之上。

2009年9月初,两年合作期行将结束,林占熺又来了。虽然其他国家的援助行动如箭在弦,他还是忙里偷闲,要亲自将当年留在莱索托的勇士安全接回国,并要对援莱两年做个总结。菌草要种到国外,但也得把人员一个不落地安全带回国内,林占熺每次率队踏出国门,心底里都藏着这个愿望。

消息传开,"高山之国"不平静了。一批批菇农合作社的成员不约而同来到农业部面见部长,无不是恳求政府与中国方面联系,让中国专家组在莱索托多待一段时间。

一个由30多位贫困家庭妇女组成的合作社,特别恳请林占熺一行回国前到合作社做客。迎接他们的除了感激的歌声与舞蹈,还有她们为中国菌草创作的民歌:

有人说,她是野草;
有人说,她是生命;

她是食物，也是药物；

她是希望之物……

那天，莱索托的妇女们还向她们眼里"会魔法的中国专家"们一一送上当地工艺服饰品。像非洲多数地方一样，莱索托人很少主动送礼物，却对中国专家例外，常常还远远地热情招呼。男女老少之口，都说中国政府、中国专家是实打实地帮助，绝不像有些国家那样为掠夺资源而来。

莱索托政府和人民的恳求，得到了中国政府的高度重视，第一时间同意把援助莱索托的菌草项目延长，再延长。

世界看在眼里：这么些年来，许多国家和国际机构援助莱索托的农业项目都半途而废，而中国的菌草技术项目还在持续，且已然本土化。

林占熺在莱索托有心种草草丰茂，还有个"无意插柳柳成荫"的故事。当地一位研究生冲着他的名号想来华留学，可福建农林大学非部属院校，彼时也还没资格招收外国留学生，怎么办？林占熺带着这个难题回国报告后，经多方协商，最后采取由中国农业大学和福建农林大学联合招生的办法，为莱索托圆了一个天大的梦。福建农林大学的此番创举和多年来的不凡成绩，也受到教育部的高看，数年过后，留学生在校园中已蔚为大观。

中南海推荐的好项目

2009年11月，中斐两国政府签署了中国援助斐济菌草项目换文协定。2010年2月，林占熺率专家组迎着南太平洋的海风，踏上了被誉为"太平洋上的翡翠"——斐济共和国的土地。他们的可行性考察、确定选址及菌草飞越千山万水落定斐济，有道是"春风江上路，不觉到君家"。

多次调研、论证之后，一个援助斐济菌草项目的发展蓝图，量身定做了出来。第一批蘑菇如变魔法般从貌不惊人的菌草上长出，尝起来也别有一番风味，斐济农业部长伊利亚·瑟瑞拉图在赞美之中，也满怀深情地说："习主席上次来斐济时，品尝了一道用我们进口别国蘑菇做的菜肴，今后他再来时，我们一定用中国的蘑菇请他。"

2014年8月，斐济总统奈拉蒂考来中国出席南京"青奥会"开幕式，受到中共中央总书记、国家主席习近平的热情接见。会见中，奈拉蒂考提到，主席阁下亲自推荐的菌草项目，相信一定会造福我国人民。习近平也肯定地说，菌草项目可以增加当地农民收入，这个项目在巴新、在非洲都取得了很大的成功，相信它一定可以为当地人民做贡献。

有关消息传出，林占熺和专家组在备受鼓舞中精益求精，他们明白在这个最早同中国建交的太平洋岛国上建成示范中心的巨大意义。

2014年11月，习近平总书记对斐济进行国事访问，斐济总理姆拜尼马拉马亲自安排了富有浓郁民族特色的传统欢迎仪式。欢迎队伍中，也有斐济的菌草技术用户们。一干朝阳产业般的菌草项目，在这特别的日子里，更是显得与众不同。

林占熺的与众不同，是他忙出了节奏，带跑了成效。时年古稀的他，对历经多年艰辛能在重要时刻迎来盛况不胜感慨，更深信在两国元首的共同推动下，菌草业在斐济"草木蔓发，春山可望"。

11月22日下午，斐济农业部长伊利亚·瑟瑞拉图参加完两国元首会谈后，兴冲冲地赶到中国援斐菌草技术示范中心转达喜讯："上午两国领导人会谈进行得非常成功，习主席在讲话中再次提到菌草技术项目,希望这一项目能帮助斐济人民增加收入,创造更多的就业机会,增加出口,造福当地人民,并进一步扩大成效。"

那一刻,林占熺和专家们都屏住了呼吸,生怕漏听一个字。他猛然想到,总书记本月上旬赴福建视察经过福建农林大学时,在车上同样和陪同人员谈起他和菌草技术,并说"我还向斐济推荐了他的菌草技术呢"。一时间,早就宠辱不惊的林占熺,真不知要用什么语言和行动来报答了。

"努力努力再努力",类似这样的话,林占熺说过多次,对人对己,共勉自励。只是,如何让努力更有深度与广度,"林家军"也是苦苦琢磨。若以社会上比比皆是的那些精致的利己主义者作参照,他们多数会觉得,眼下的努力和贡献都大到天边去了;若以领头羊林占熺作比,差距也是大到天边去了,即使被林占熺感激和称道多次的林占森也搬来客家俗话,自嘲是"鸡屎比酱"。当然,林占熺听到后也马上调侃回去,说过分的谦虚等于骄傲。

到中国最高领导人访问斐济、喜见菌草援外成就的2014年,林占森已转战巴新、卢旺达、斐济等地前后16年,每每皆是先随林占熺左右,筚路蓝缕以启山林,在林占熺另辟战场后,则就地留守独当一面。林占熺常说没有占森的鼎力相助,就没有今天的菌草援外大业,他深为这个在"革命生涯常分手"中一样分别一样情的弟弟骄傲。2014年9月林占熺带上已熟知国内推广应用菌草技术经验的侄儿林良辉驰援斐济时,就一路叮嘱他要向五叔学习,多积累一些援外经验,今后好有个梯队。还说,五叔援外慎之又慎,凡事想得周到,善于应对突发事件,他也是你的老师。

如果说,林良辉像堂兄林辉一样,所开启的援外之路得到新婚妻子的大力支持;那么,他此前的成长之路,则受泽于林占熺的雨露滋润。

林占熺兄弟姐妹9人，他作为家中老大，对一干侄辈和甥辈虽都一视同仁，但内心还是常常情不自禁地对林良辉格外疼爱。只因为他过继给了为菌草事业而英年早逝的六弟占华名下，而他的亲生父亲不到十年也因病而殁，一个失去两个父亲的未成年孩子，林占熺想想便是一声叹息。林良辉发奋图强，跨专业考上了林占熺的母校福建农林大学。林占熺经常耳提面命，让他学习菌草栽培技术，有时遇上菌草技术国际培训班或重大接待活动人手不够时，也请他过来帮忙和见习。林占熺在实现自己人生价值的路上，对谁都愿意伸一把手，帮助别人圆梦。那些年，林良辉没少干挑担、抬脚、动手、抖料等体力活。时间久了，闲言碎语也多了。因此林良辉在农大毕业后，便想去外面谋更大的发展，生怕自己再在大伯麾下就业，会加重校园内外的飞短流长。而林占熺却依旧心平气和地和他谈人生，坦然说自己既没得道也没得势，种草是苦差事，最平凡的劳动，何谈升天？由鸡犬谈到鸡鸭，林占熺还说："单只鸭子连池塘的水都搞不浑，任何一个事业都必须抱团，菌草业这样才有前途，眼下和今后最需要的就是一批棒打不散的菌草队伍，我这一代肯定做不完，需要你们二代接力、三代继续。良辉啊，你这辈子就立下志向，死心塌地跟我做'草民'吧。"都这样发话了，林良辉就只能"赶鸭子上架"了，否则只会让恩人般的伯父失望和伤心。为了更好地从业，做合格的"草民"，不给伯父和菌草事业丢分，他一鼓作气考上了福建农林大学从事农业推广的在职研究生，读完已年近不惑。

知识和技术改变命运。林良辉第一次援外，憋着一股劲儿，想着大干一番。此番出国，他是大姑娘上花轿——头一回，兴奋中还有无数期待，到实地一看，发现跟闽西农村上世纪八十年代的景象差不多，新鲜感一过，加上语言不通，思乡情渐浓，节日里大有苏东坡"中秋谁与共孤光,把盏凄然北望"的情境。想想五叔这十多年行行止止,孤身在外开辟战场,谈何容易,竟能拿起录音机自学练就一口流利的英语,不断地充实自己。他慢慢就受了精神的感召,在看世界、了解国事天下事之余,也从五叔那里听闻了许多家事,特别是感受到伯父林占熺树立的家风。

林良辉的加入,让菌草援外如虎添翼,斐济菌草技术项目被评价为"岛国农业的新希望",成为中国对南太岛国农业技术援助的典范。援外多艰辛,援非更艰险,特别是万事开头难。以菌草为旗,创下"林家军",以兄弟、子侄为各路将领冲锋陷阵多年,越来越多的志同道合者不分亲疏不问出身加入进来。林占熺不论远和近、亲与故,都一视同仁。

"林家军""林家铺子"只是内部的戏称,却非浪得虚名,但若要说是林家人在搞圈子、"吃独食",那就大错特错了。谁想吃可尽管来吃,"林家军"大门常打开。林占森、林良辉都听卓尔独行开辟此圈的"主帅"林占熺说过,自古独力难撑,独木纵然成舟,一棵树却成不了森林,要成大事,必得要有个坚强的团队、一支源源补充的队伍。

林占森在巴新、卢旺达时,曾有国内来人问他条件那么差,环境又那么恶劣,不安因素如影随形,他们待不了几天就度日如年,他为何能待那么久。在了解其援外收入后说,即使每个月给我二三万元,我也走为上策。

菌草援斐济第一期是两年,第二期以后改为三年。那些年常驻的除了林占森叔侄,只有黄智新及翻译等人,精干得不能再精干。如果林占森中途去别的国家指导或回国短休,林良辉就只能体验孤身或最多两人留守的滋味,这在很多地方其实都成常态。当林良辉也被问及何以甘愿久待这类问题时,他说:"所有的苦和累,在投入工作之后就忘了。"

项目组在斐济毫无娱乐，晚上临睡前最大的享受就是泡自带的茶叶，聊天南海北的天。电视可以收到国内一些台，林良辉最爱看安徽台的"乡愁"节目，能让他想起遥远的祖国，思念起远方的家人，他特别记住了其中一句话："一点禅灯半轮月，今宵寒较昨宵多。"

他后来才知，"聒碎乡心梦不成"的何止是他。有年中秋，"孤蓬万里征"的五叔，在巴新竟硬生生地被一首名曰《乡思》的宋诗给打动了："人言落日是天涯，望极天涯不见家。已恨碧山相阻隔，碧山还被暮云遮。"读罢，不觉泪飞如雨。援外人都得面对一个"独"，既慎独，更独许深情。

菌草养畜迅速成为斐济农业部第二大支柱项目。2015年7月初，斐济总理姆拜尼马拉马莅临中国援斐济菌草技术示范中心视察，当着林占熺和中国驻斐大使张平、斐济农业部长等人的面，高声夸赞菌草技术"非常棒"；继而于当月中旬怀着感恩之心，带着一份自称"物轻意重"的礼物——用中国技术在斐济培育出的各种菇访问中国，并特地访问福建农林大学国家菌草中心，种植菌草且躬身浇水。

2016年6月，斐济总统孔罗特视察斐济菌草基地，握着项目组长林占森的手，赞扬菌草项目是好项目、中国专家是好朋友。

2017年5月，斐济总理姆拜尼马拉马出席在北京召开的"一带一路"国际合作高峰论坛，再次紧握林占熺的手称道："菌草项目拉近了斐济和中国的距离！"

2021年，中国驻斐济菌草技术专家组组长林占森告诉《人民日报》记者："作为饲草，菌草的种植已推广至斐济农业部下属畜牧研究站，畜牧企业与养殖户累计超过1000户，种植面积7000余亩，旱季牛羊死亡率因此降低……"

世界不争地看到了，菌草技术在为其他岛屿国家提供可持续发展的样板，感受到了"菌草之父"林占熺付出无穷心血之后在菌草技术上的炉火纯青。

笑容里全是坦荡，江山气象一时新

菌草技术在一个个国家和地区落地生根、开花结果，服务国家对外援助时，在国内的研究和应用也是齐头并进，层出不穷地贡献新能量。

还在2008年11月8日，来自35个发展中国家的学员在参加国际菌草技术培训班后，就联名倡议：

> 人类面临着共同的难题：贫困、饥饿、失业、生态环境退化、艾滋病……（我们）因此决心推广菌草技术，使之国际化，并把菌草技术作为一个工具，通过科学和技术的创新以及赋予平等参与的权利，来应对这些全球性的难题。
>
> 我们通过菌草技术走到一起，为了我们和后代，要把世界变成一个更美好的地方。我们为了地球上的生命得以延续而所提供的任何帮助，都不是用金钱可以衡量的。这是人类的使命。

2013年，发展中国家菌草技术培训班学员再次集体创作了诗歌《成长吧，菌草！》，向此"瑰宝"致敬：

> 我们团结一心
> 在各国土地上应用菌草技术

为子孙后代带来福祉

成长吧！菌草！成长！

跟着菌草成长的还有林冬梅。

林冬梅原本打算帮到父亲退休、把事业交付他人或机构后就继续自己的生活，不料父亲对退休的理解，与法定意义大相径庭，而如当下一些时髦人士主张的人生从七十岁开始那样。这些年，一些早早退休的老人有的已离世，而林占熺却始终在一线奔波，踏草逐梦。

林占熺不仅事事关情，竟操心到联合国舞台上去了。那是他74岁那年的美好故事。

2017年春夏之交，20天内，他两次受邀，赴联合国总部演讲。

5月26日，联合国总部第六会议室播放的一个短视频屡屡引发观众掌声。短片讲述的是，卢旺达首都基加利农民莱昂尼达斯参加菌草技术培训班后，于2014年创立了一家名为"得意"的公司，培训和雇用当地青年、妇女以草种菇，并得到中国援卢旺达农业技术示范中心的指点，把蘑菇源源供给酒店、餐厅、集市，致富后不仅让两个孩子上了好学校，还办起了自家幼儿园，成为当地受人尊敬的菌草专家和企业家。他说："每天早上，幼儿园的孩子们都能喝上蘑菇汤，解决了过去营养不良的问题。"

莱昂尼达斯并非个例，全球像他那样因菌草改变命运的贫困农民数不胜数。对他们来说，菌草意味着"点草成金"——将草转化为美味营养的食用菌，带来现金和尊严。

斐济常驻联合国代表达乌尼瓦鲁激动地说："菌草技术使斐济人民受益无穷。学会了种菇，可以解决一辈子的生路。"

平凡且渺小的草，竟能经过这个中国人的手，治理风沙、改善生态，还能养菇致富、发电造纸，贴近苍生，造福偌大世界里的千千万万个贫困户，走出一条前所未见的新路。

联合国粮农组织纽约办事处主任卡拉·穆卡维听了林占熺的演讲后，确信这一技术对农业可持续发展非常重要，在发展中国家推广菌草技术有助于减少贫困和消除饥饿，联合国系统对此表示赞赏。

会议向全球宣告：菌草技术被联合国列为中国——联合国和平与发展基金重点项目；中国——联合国和平与发展基金菌草技术项目正式启动。

"菌草技术源自中国，属于全人类。"林占熺在题为《菌草技术与可持续发展——新领域、新技术、新食品、新产业》的演说最后，语声铿锵，面带微笑。

在联合国总部仰望猎猎招展的五星红旗，林占熺默默倾诉："菌草技术没有辜负祖国的希望，我们已经在联合国的讲台上发出中国的声音，今后我们会发出更多中国的声音！"

父女俩都知道：2015年9月28日，中国国家主席习近平赴联合国总部，出席第七十届联合国大会，作题为《携手构建合作共赢新伙伴，同心打造人类命运共同体》的重要讲话，全面阐述人类命运共同体理念，提出一系列促和平、谋发展的倡议举措，在联合国史上留下深刻的中国印记。

6月12日，林占熺再次现身联合国总部发表演讲。

这次，他代表中国提交全球"消除饥饿"的"中国方案"。同时，"中国——联合国和平与发展基金菌草技术项目"在纽约启动，他和中国菌草团队肩负新使命：如何利用菌草项目在各国建立的模式和取得的经验，落实联合国2030年扶贫减困、生态保护的可持续发展目标，从而让菌草项目成为中国与各国共建"一带一路"中为国际社会提供的一个"公共产品"。

在此项目实施之前,他早已是先知先觉、胸怀天下之人。

从最初的不被理解、"不可能""胡闹",到联合国高度评价,林占熺这株"草"走了30多年。回溯过往,他有时也难以置信,一路走来亦幻亦真。

2017年的他,除了两次联合国之行,其余时间不是在贫穷国家推广技术种草,就是在黄河流域和边远山区研究并实践菌草生态治理。2017年的他,荣获"中国生态英雄"称号。

一路行走中,2019年3月,菌草技术列入《中国 — 太平洋岛国农业部长会议楠迪宣言》,林占熺父女向与会代表介绍有关中国菌草技术援外及其在发展中国家推广经验。4月18日,林冬梅挽着父亲的胳膊,再次走进联合国总部,一同出席联合国菌草技术高级别磋商会议。

第73届联大主席玛丽亚·费尔南达·埃斯皮诺萨·加西斯在题为《菌草技术使联合国和所有人民息息相关》的致辞中,开门见山热情奔放地说:"很高兴与这项技术的发明者林占熺教授会见,我们在联合国视你为学术卓越的典范,一个真正改变了游戏规则的人。"接着,她向与会者生动介绍菌草如何在世界各地对那些最可能落在后面的人 —— 农民、妇女、儿童和残疾人的生活产生影响,并说这"绝不是无缘无故被称为'神奇之草'",继而指出,"我赞扬中国为我们树立了'多边主义在行动中'的榜样。"

联大主席最后还说:"通过菌草技术,中国给我们讲了一个伟大的故事,这个故事现在已经分享到一百多个受益于这一创新的国家。在福建省点燃的火花已经显示了一个创新的潜力,只要将其善加培育和部署得当,就能改变世界各地人们的生活状况和改善他们的生计。让这个例子激励我们采取其他此类举措,促使我们为建立一个安全、包容和更可持续发展的世界而努力。"

"20多年来，菌草技术在各国服务的主要经验和应用实践表明，菌草技术可帮助各国发展菌草新型产业，可落实联合国2030年可持续发展议程17个目标中的13个可持续发展目标……"林占熺的主旨发言和建议，让一阵阵热烈的掌声在联合国会议厅此起彼伏地响起，为中国菌草加油，向"菌草之父"表达无限敬意。

这株穿越岁月风刀霜剑30多个年头的神秘菌草，被世界奉若为珍宝。

"箪食壶浆，以迎王师"国外版

2018年5月，林占熺二赴巴新。从下飞机到项目基地，一路接受献花、拥抱，让人感受到了"箪食壶浆，以迎王师"里受百姓由衷欢迎的魅力。菌草基地方圆五六十公里的人，都认得他，见了面总是高兴地喊"菌草爸爸""菌草·中国·布图巴"。当地的啤酒很贵呢，一般人喝不起，可为了这个中国专家的到来，大家倾囊而出。

在旱稻的收割地，一位队员应景地用手机放起了歌曲《外婆说》："轻轻地我踮起了脚尖，随稻香的风儿，一起舞动田间，傍晚的天空格外温柔，稻田的鱼儿也在享受……"

大家都觉得，昨天、今天、明天，这个国家的外婆们会给她们的子孙说"菌草爸爸"和中国草以及中国故事。这些故事，能代代相传，成为典故。

时光拨回到1997年，只怕是林占熺都想不到菌草项目会在巴新实施20多年，这20多年的深耕布局，让中国草的故事，在巴新如菌草、旱稻那般深扎。就是这个国家，为中国草罕见地八次奏响中国国歌、升起鲜艳的五星红旗，以之表达对中国政府和中国人民科技扶贫的感激之情。同升起的，还有眼神里已然无可颠覆的中国国际形象。

5月30日，又一重大项目在巴新落定：东高地省、西高地省提供6000多亩土地，由中铁国际、福建农林大学与巴新方面合建巴新农业产业园核心区。20年前曾为"福建省—东高地省缔结友好关系"奔走的东高地省原省长拉法纳玛，无比欣慰地说："菌草技术在巴新已然火力全开，我相信我还能等到最美好的时光！"

等待着，等待着，2018年11月16日，巴新迎来了中国国家主席习近平的到访。那天，连接巴新议会大厦和市政主干道的独立大道两侧，悬挂着中巴两国国旗和鲜红的中国结，洋溢着热情的节日气氛。习近平主席到访前，在巴新当地报纸发表了回顾中国菌草助力巴新发展佳话的署名文章。巴新人民因此更多地了解了中国草背后的故事，更加欢呼雀跃了！

所有的最好，都不及刚好。此时，林占熺恰好在巴新。半个多月前，他向前来视察菌草与旱稻技术合作项目的巴新总理奥尼尔介绍了情况。奥尼尔总理一路参观，一路笑脸盈盈地夸奖："你们为巴新农业发展做出了突出贡献。事实有力证明，你们带来的菌草技术与旱稻技术，一定能让渴望脱贫致富的东高地人民，走在充满希望的田野上！"

11月13日，东高地省戈罗卡菌草旱稻示范基地喜气洋洋，林占熺与专家组同百余名巴新各界代表人物欢聚一堂，共赴"福建—东高地菌草一家亲"盛大活动。东高地省省长彼得·努姆愉快地说："是习近平主席派来林占熺教授，带着菌草技术造福我们，这段历史我们将永远铭记。""巴新菌草第一人"瓦义带着妻子和以菌草命名的女儿一起来了，谈及当年认定菌草为自己的终生事业，百感交集："从认识菌草、认识林教授那天起，我的人生就与菌草技术紧紧相连，不管多么艰难，我从来没有放弃，我这辈子就跟定'菌草爸爸'了！"

这样的场合，又怎能没有当年带头在东高地推广菌草、旱稻技术，后来担任了旱稻种植协会会长的考比！年近古稀的他，开口第一句话就是："感谢习主席！感谢林教授！感谢中国！"他回忆了当年林占熺住在他家搞旱稻试验的过往，为自己能参与创造这段历史而感到自豪。他慷慨表示，要把25公顷的土地捐赠给项目组，希望中国专家能再次缔造旱稻种植的世界纪录。

"如今我虽然老了，但我相信我的女儿与林教授的女儿一样，会继承我们开创的事业，并再创辉煌，让稻米出口的那一天早日到来！"考比激动之中，几度哽咽。

考比的女儿普莉希拉一见林占熺就显得无比亲热，当年她和父亲曾在林占熺的指导下学种菌草和旱稻。她还说到自己从澳大利亚留学回来后，专门组织合作社推广菌草、旱稻技术，其间被西方人追问为何要和中国人合作。

一旁的林冬梅问道："你是怎么回答的？"

"我这样说，'菌草爸爸'和中国专家前前后后都在无私帮助我们，平等对待我们，就像一家人，希望我们过上幸福生活，希望我们的国家尽快发展好。他们不远万里来帮助我们，我有什么理由不与他们一起为我们的国家和人民工作呢？"

林冬梅脸上笑开了一朵花，边说边鼓掌："妹妹回答得真好，我们今后就一起携手合作！"

当地传统的仪式过后，林冬梅喜获新名"阿拉黄美"。这是东高地一个珍稀的植物品种，传说当它生长旺盛时，将带来一个地区的兴旺发达。寓意如此美好，林冬梅无比喜欢，也期待自己的名字能预示菌草、旱稻技术产业化在巴新大获成功。

这场动情的聚会，每一个细节、每一个声音，都充分体现了福建、东高地"菌草一家亲"的情缘。林冬梅在微信朋友圈里也晒出了父亲对援外事业的豪言壮语："唯其艰难，才更需勇毅笃行。"

这次在巴新，林占熺迎来了75岁生日。他收到了一份礼物——东高地人创作的画：高山绿树间，飞翔着一只色彩斑斓的鸟，那是巴新的象征"天堂鸟"，画下写着一行字："祝天堂鸟教授生日快乐！"东高地省省长彼得·努姆还到场贺寿，并带头唱起了中文版的《生日歌》。

林占熺的双眼湿润了，当众许下愿望："希望东高地省尽快提前实现联合国2030年可持续发展目标，成为全世界的样板！"

那天，他们一道品尝了米饭和菌草菇。东高地省省长意味深长地说："这是我们东高地省自己生产的旱稻，米粒白净饱满，米饭清香甘甜，再配上菌草菇，味道好极了！"

林占熺向世界宣布要把东高地省打造成世界样板时，他和团队在巴新艰苦创下的多个世界纪录，其实早已掀动南太平洋的波涛：巨菌草产量第一（最高达50吨/亩）、旱稻产量第一（农户旱稻产量达500多公斤/亩）、旱稻宿根法栽培收割次数第一（旱稻"金山一号"播种一次连续收割13次）。

总统和政要眼里的"桥梁"

"一年三百六十日，多是横戈马上行。"菌草团队跟着林占熺，不遗余力地在世界各地架设人类共命运体的桥梁。

2019年3月，菌草技术落地中非，林占熺特地前去开办培训班，一边还指导盖灵谷村农户生产菌菇。中非总统图瓦德拉亲临现场了解情况，并说："我也是教授出身，完全能理解林教授传授知识的艰辛，特向林教授和中国专家表示深深的钦佩与敬意。"之后，还邀请并陪同林占熺到距离首都班吉约70公里的私人农庄，一起种下首批巨菌草和菌草菇。

中国草可以说是瓦图德拉请去中非的。2018年9月他到北京参加中非合作论坛后，不满足于此前6月从其农业部长那里听来的汇报，百闻不如一见，就专程到福建农林大学菌草中心，真诚表示："考察让我很受启发，菌草技术可以帮助中非共和国提高农民收入，解决饥饿问题。"

首期培训班结束后，中非学员向林占熺赠送精心制作的蝴蝶画"VIVE JUNCAO"（菌草万岁）。左上方是高过菌草的五星红旗，右上方是中非国旗，中间是黄皮肤和黑皮肤的手相握。

一同献上的，还有培训班学员集体创作的诗歌《菌草技术》：

> 菌草，你驱赶了世界上的饥饿和贫困，
> 你打破了世界各国人民之间的界限，
> 你团结世界各国人民去抵制贫穷、饥饿、自私。
> 你保护了破碎的森林和环境，
> 你恢复了退化的土地，抑制了沙漠的推进，
> 生活在森林、草原和沙漠的所有人，说声"谢谢你"。
> 你让人们一年四季都能品味鲜菇，
> 你帮人们增收创富，
> 你是雄鹰，承载着福建的美誉翱翔，
> 飞越中国，抵达世界。
> 在东方巨龙的引领下，你把中国的知识和技能传播到了五洲四海，

你是地球上各大洲之间的纽带。
那些深陷于贫困和饥饿泥淖中的人啊,
拥抱菌草,重新燃起希望的火苗。

"中非菌草热"毋庸置疑,但这里的局势时紧时松不容乐观,有时夜空中倏然一道火光划过,让人分不清是流星还是流弹。夜深人静了,林冬梅感到胸闷气短,辗转难眠,却谛听到了隔壁传来的父亲鼾声。心里一番感慨,父亲行走岁月间早已练就了一颗大心脏,到一个陌生地方,不管身居原始的自然环境还是下榻警卫森严之地,无数个日日夜夜中能吃能睡,这是莫大的福分。林冬梅就这样屏声谛听父亲那熟悉而安然的鼾声,想着父亲这大半生的执着,她突生的心慌便也消解了,她还做起了梦,梦见自己跑着跑着就飞起来了。第二天她和其他队员分享这个梦时,也加上一句"以梦为马,不负韶华"来共勉。

所有的国家和地区,在引进和使用菌草技术之初,林占熺都躬身前往,谋篇布局,然后调兵遣将,派往最艰苦之地的,不是弟弟就是侄儿、女婿。他一年四季都在各国各处轮流"巡视"。每一次异国他乡来回,眼前的菌草,与上一次见面又有几分不同了,多一分葱郁,多一分精神,让人赏心悦目。

2019年,林占熺伴随着春天的脚步,在女儿的陪同下,又去了趟卢旺达,出席菌草技术海外培训班。10年前,中国援卢旺达农业技术示范中心奠基,如今的"等高线种植菌草""梯田菌草套种农作物"等与当地传统农业生产相结合的水土保持模式,投入少,见效快,深受农户欢迎。

父女俩在卢旺达行走时,林冬梅忽然旧话重提当年差点当"逃兵"

之事。多年前，因为某件事，她内心苦闷，少有地爆发了情绪，甚至产生了打退堂鼓的念头。这些年风也过雨也过，无论多困难，林占熺都保持惯有的冷静，常说心态是一个人的风水，一个人的格局和心胸常常是被委屈撑大的。林冬梅从父亲坚定的眼神里，也坚定了心志。最终，林占熺及团队得到领导明朗的支持。

"卢旺达样板"背后的委屈一言难尽，父亲那些年"异想天开"的发明、起起落落的技术推广，以及四面八方的冷嘲热讽、诬陷中伤，林冬梅"如数家珍"，今天因再次回到卢旺达而"忆苦思甜"："那次要是没有领导主持正义，就真是委屈死了，我可能当逃兵，也许就没有卢旺达的菌草示范基地，也就没有今天的上阵父女兵……"

林占熺打断了女儿的话，一脸蔼然："不，即使那年真的受挫，受尽委屈，你一时半刻缓不过气来而离开了，我都相信你还会回来，因为我们做的是造福全人类的事业！你该明白我为什么要把项南老书记题赠的'发展菌草业，造福全人类'刻在石头上！"

知女莫如父，"国际生态英雄"的称号之于父亲真是名实相符啊，林冬梅眼眶一热："是，一个人的心胸是委屈撑大的，菌草的梦想是您撑开的，卢旺达的样板也是撑出来的。"

想到菌草生态治理已被卢旺达列为国家水土流失治理的重点项目，"卢旺达样本"也成为菌草援外扶贫的一个缩影，林占熺抚今忆昔，也不胜感慨："说的是啊，要不是当年你五叔硬撑，巴新和卢旺达也许都很难成为样板；要不是你硬撑，菌草援外也许走不到今天……"

"哈哈，我要是没一点功劳，那可就白回来，成闲人了。"林冬梅自嘲。

"冬梅啊，谢谢你这些年来的并肩作战……"

正是林冬梅运用自己在国外学到的先进理念，并身体力行地协助，菌草事业才更快速地与"国际接轨"。

2019年下半年,林冬梅参加澳大利亚前总督的访问团拜会卢旺达总统卡加梅时,卡加梅总统再次盛赞菌草,还形象地说从中看到了架设人类命运共同体的"桥梁"。她回来告知父亲,父女俩相视之下,脸上同时绽开了如花一样的笑容。

此前此后,一届又一届国际菌草产业发展研讨会,联合国第13届防治荒漠化缔约方大会菌草技术边会,菌草技术能力建设区域研讨会,世界粮食计划署农村发展卓越中心菌草技术综合利用线上会议……不管在国内国外还是线上线下,与1992年第一次出现在国际场合时的拙言拙语不同,现在的林占熺是巧拙有素、能说会道。他以个性化的声音,与和平发展、合作共赢的人间正道及当今世界主题保持着高度的一致,让世界看在眼里。

国外已有巴新、卢旺达等样板基地,林占熺犹嫌不足,期待菌草能像酵母那样在世界各地发酵、复制、架设友谊。

世界样板走向希望的田野

2019年8月下旬,巴新举行项目启动仪式,宣布将把菌草、旱稻技术推广到巴新的8个省16个地区。林占熺迢迢万里以赴。

"人多了,车多了,草房子也多了,精神面貌改变了……"林占熺坦率地对巴新领导谈及眼下瓶颈,主要还在于当地的交通条件比较落后,物流不发达,运输成本太高,保鲜和销售成本较高,另外就是当地农户对技术要求所要达到的程度差距还比较大。

他针对有关障碍,也提出相关解决办法,比如在消费较大的城市周边建立生产基地,就近供应。他不仅给官员们上课,也还像往日那样到农村开展培训,并解决菇农在技术上遇到的问题。

再陌生的听众,听了他深入浅出的讲解,也会知道菌草栽培食用菌的主要过程:种草 — 收割 — 干燥 — 粉碎 — 装袋 — 灭菌 — 接种 — 菌丝培养 — 栽培 — 出菇管理 — 采收 — 包装 — 上市。通过一次次对技术推广经验的总结,他和团队把菌草种菇技术给简单化、标准化、本土化了,让农户接触之后有信心。而且,参加培训后的福利也相当诱人。因为是中国的援助项目,每位学员可以免费获得200个菌袋,拿回去种植,一周后就有收成,累计3个月,就能解决两三个中小学生的一年学费,这对于成天担忧小孩学费从哪来的农户无疑是个天大的福音。

东高地省的旱稻种植季节为9月到次年1月,林占熺的弦绷得很紧,一天也不浪费,项目启动仪式过后,便指挥专家组兵分数路,风风火火地深入农村指导推广旱稻种植。林冬梅像母亲一样,对父亲数十年如一日玩命式工作虽然屡屡发出黄牌警告,却也纵容着他的"屡教不改",转而宽慰各界关心者:"他若闲着,才容易生病。"

8月22日这天,林冬梅和项目组组长林应兴、博士队员胡应平在东高地省自然资源厅厅长弗兰克的陪同下,来到被世界遗忘的角落 —— 科塔罗托村庄,查看种植地块初次翻耕的情况以及附近两处水源。在商定播种日期后,带动整个家族种植5公顷旱稻的示范农户迈克伊,热情邀请中国专家一行去家里做客。

刚到村口,就听到妇女们的欢迎之声此起彼伏。她们在草屋前排着队,按照当地传统仪式,恭恭敬敬地把手中的"比篓"挂在客人的胸前。迈克伊的父亲是老酋长,代表家族欢迎来自中国的客人们。父子俩在屋子的凉棚里陪同,其他50多位家人则在树荫下席地而坐。在弗兰克用本地语介绍中国技术援助项目的背景情况后,林应兴说明了旱稻种植的下一步准备工作,并表示专家组届时会带来谷种进行播种的现场培训和指导。

林冬梅感谢迈克伊一家的热情款待,她以巴新名字"阿拉黄美"自称,说:"22年前,我的父亲来到东高地省,现在我也跟随他来这里工作。中国政府派我们来帮助大家种旱稻、种蘑菇、种草养畜。"

话音刚落,这个家族的大大小小马上热切地回应:"感谢菌草爸爸 —— 布图巴,欢迎你 —— 阿拉黄美!"

项目组在交流时得知,这个村庄周边有上千人,迈克伊家族虽然世袭土地多,但缺乏劳力,50多口人只有十余个劳动力。林应兴便建议:拿出部分土地给周边村民耕作,收成时留一部分稻谷作为土地租金,这样既解决了劳力不足的问题,又不会让土地闲置,还可带动周边村民种稻,实现家家有粮。

迈克伊和他的老酋长父亲低语数声,欣然赞同。

迈克伊的几位兄弟希望专家组能指导他们多种些巨菌草,给自己养的牛羊补充青饲料。他说,有的国家以前援助时曾把营草作为牧草引种,但一到旱季就枯掉,而中国草在旱季依然翠绿,产量至少是营草的3倍,因为营养丰富,牛羊也特别爱吃。

胡应平立马说:"没问题,没问题,一公顷巨菌草可以养活30头牛或300只羊。"他在刚才来的路上就注意到青翠欲滴的菌草随风摇曳,围栏里毛色光亮的牛羊欢快地享用着鲜嫩的饲料。

得知胡应平首次到巴新,担任司仪的迈克伊兄长马上提议为他起个当地名字,以表达对他的美好祝福。老酋长沉吟一会儿说叫"费菲科斯",这是旱稻示范村名。

整个欢迎仪式简单而温馨。临别之际,老酋长又一次代表全家族和部落感谢中国专家们的指导和帮助:"你们的到来,为我们带来了食物，有了食物，我们的村庄和国家就平安幸福了。"

这一幕让江西小伙胡应平蓦然想起出国路上林占熺的叮嘱:"岛国人把我们当亲人，我们把他们当成兄弟。"能给人带来幸福的人本身也是幸福的，他就此开启了援外生涯，他要努力地让渴望脱贫致富的巴新人民相信，"中国草"会让他们的家乡走在希望的田野上。

2019年11月，福建省又和东高地省签了5年的援助协议，从2021年开始到2025年。东高地省把菌草、旱稻产业作为继咖啡产业后的第二、第三大产业来发展，计划建立巴新菌草、旱稻发展合作中心，用以推进和服务巴新全国菌草、旱稻产业的发展。

12月，中国援助项目基地又迎来了巴新总理马拉佩一行。八九米高的巨菌草如伞，风中哗哗作响，如同菌草技术给当地带来的反响。菌草栽培出的9公斤一丛的大平菇，也让总理大饱眼福，特地手捧白花花的菌菇合影。

新总理已经知道中国专家组在巴新创造的多项世界纪录，知道农户们一看就懂、一学就会、一做就成的覆土栽培模式，为菌草和旱稻技术在他的国家大面积推广准备了坚实的技术条件。他还高兴地看到，菌草养鸡、养猪、养牛、养羊等新技术也已开始示范推广，菌草养禽畜，能大大节省商品饲料、降低成本，且提高肉类品质，因此深受当地养殖户的欢迎。

"菌草在东高地多年生，种一次可收割多年，割草养禽畜，禽畜的粪便又是促进菌草生长的很好的有机肥，是良性循环和可持续发展。"林应兴一口流利的英语，惊艳全场。总理频频点头。

自称曾沿着习近平主席的足迹到过福建菌草中心的马拉佩总理，一直都是中巴友谊的坚定维护者。在他的支持下，菌草、旱稻技术在巴新刮起的旋风经久不息。

巴新政府工作人员看到荒废的草地变成一片金灿灿的旱稻田，了解到满山遍野的皁能摇身变成可口鲜美的鲜菇，夸赞中国人厉害，说中国人实实在在地帮了他们，他们也实实在在从援助项目中得到实惠了，感激来自中国的帮助。2020年9月19日，巴新总理办公室官员兼巴新农业央企负责人在新媒体上推送了盛赞中国草发起"农业革命"改变巴新的视频和文字。

面对家门口的改变，巴新东高地省省长彼得·努姆的内心更不平静，也最清楚成功的背后蕴含着中国专家的不容易。2020年10月12日，他以巴新单一民族党领袖的身份，在线参加由中共中央对外联络部和中共福建省委共同主办的"摆脱贫困与政党责任"国际理论研讨会。他的发言引起世界的关注："中国发明了菌草技术和旱稻栽培技术，并把它们作为援助东部高地省的礼物，在解决粮食安全、减贫、创造财富、改善民生等方面产生了巨大的积极影响……"

中国草的神奇、中国援外的真情，由受援国政要们亲口道来，谁会怀疑呢！

伏枥老骥的扶贫援外节奏，为中国增色添彩

每个春天都值得期待，都是"一年之计"。在林冬梅眼里，春季是父亲最疯狂工作的季节。

2020年，林占熺追着春天的脚步，在女儿的陪同下，又去了趟内蒙古阿拉善。他习惯性地掏出手机，看看备忘录，上面写着今天距打赢脱贫攻坚战还有多少天、距建党100周年还有多少天、距某某国家的菌草示范基地建设还有多少天。时间很紧迫，备忘录里定下倒计时，为的是提醒自己加油干、抓紧干。他心中有几个重要的时间节点：希

望菌草产业帮助深度贫困地区脱贫，为2020年全国"脱贫攻坚战"取得最后胜利献礼；希望用菌草在黄河沿岸建起千里生态屏障，为2021年党的百年华诞献礼；希望分布在世界各地的菌草团队不辱使命，为国争光，为建党百年增彩。

2月11日，除夕之夜，他现身央视春晚，作为"时代楷模"代表人物向海内外中华儿女拜年。2月16日，北京育翔小学学生彭御哲的信，穿越大半个中国来到林占熺的手中，信中写道："我很高兴在春晚上看到了您。您发明的菌草让全世界很多人摆脱了贫困，走向幸福。您无愧于'时代楷模'，我很钦佩您。2018年占森爷爷带我参观了斐济菌草项目，让我记忆犹新。我要努力学习，长大以后成为像您一样的科学家！"信中的占森爷爷，乃林占熺胞弟，年过六旬还在斐济看守菌草基地。林占熺亲笔给祖国的花朵复信毕，忍不住又和弟弟越洋视频，一声"想家吗"刚出口，双方竟无语凝噎。

2月25日，全国脱贫攻坚总结表彰大会在人民大会堂隆重举行，在扶贫领域屡获殊荣的林占熺又一次披红戴花，成为人群中和镜头下的焦点。接受"全国脱贫攻坚先进个人"表彰后，他一脸平静地对记者说："今后我们将继续研究发展、推广应用菌草技术，把中国菌草技术科技减贫经验传播到更多的国家，帮助各国人民减贫，践行总书记提出的'人类命运共同体'理念。"他胸前鲜红的绶带微微起伏，那片深红把一双深邃的眼睛映衬得更为坚毅。走在漫漫脱贫攻坚路上，他忘不了那些历尽艰险的时光，那些跨越山海的守望，镂刻着他和队员的负重前行。他代表队友的发言，穿越时空而金声玉振。

菌草奔向群山万壑，他千万里追寻，从中国出发，披星戴月，风一样你追我赶，"天上有行云，人在行云里。高歌谁和余，空谷清音起"。

2021年，疫情未了，林占熺对菌草扶贫和援外近况却了如指掌：

巴新东高地盼来了中国医疗队打疫苗，专家组肖正润在国内接种了两针后去做志愿者；轮换卢旺达项目的专家到位，一个人坚守了整个疫情的祝粟终于可以回家了……

他边听汇报边点评，或提出些要求，他说："祝粟真是个好苗子，无畏无惧，敢闯敢拼，执着坚定，当年到新疆执行扶贫项目还是新兵蛋子，在人迹罕至、夜间还有野兽出没的戈壁滩上，他独自一人看护我们的基地，不愧是孤胆英雄。"

祝粟独自一人守着卢旺达中心等轮换。没承想，一守就是一年。林占熺时常牵挂他，担心他太孤单、不安全，不时算准时差，在大半夜打去电话，从没见他抱怨，也从不提任何要求。他的母亲因故意外去世时，他在疫情严控之下无法回国，只能关在房里痛哭了一宿。

谁不知道，这种痛无从安慰呢！林占熺叮嘱："今后写材料和宣传时，一定要体现祝粟及其贡献，每个人的身后都是一家人，承担忠孝和悲欢离合，普通人也是生活的英雄、事业的脊梁。"

疫情期间逆行援助中非的林辉和蔡杨星，也得到了林占熺的称赞。

他们5月24日抵达中非共和国首都班吉后，就开始工作。此时，中非疟疾高发，两人不约而同中招还坚持生产，为的是在8月11日中非独立日庆典时，能有菌草援助技术项目的"献礼"。

"菌草团队每一个人都在为菌草事业付出，都在为中国这两个字增色添彩。"林占熺在对他们好一通赞扬时，也无比关切他们要注意身体，有病必须及时医治。

菌草技术两年前一落地中非，就不同凡响。2019年12月，中非61周年国庆日，图瓦德拉总统亲自给19位为中非发展做出重大贡献的外国专家颁授"国家感谢勋章"，其中6位来自中国的福建农林大学菌草中心，林占熺被授予最高等的"指挥官勋章"。

菌草技术又一次为中国争了光,林占熺又一次成为国际舞台上人群和镜头中的焦点。他从总统手中接过最高规格的勋章时,眼含泪花地说:"今天的授勋活动,不仅是对我们工作小组的鼓励、肯定和促进,也是我们两国成为好朋友、好伙伴、好兄弟的有力见证。我们一定再接再厉,不懈努力,让菌草技术在中非结出更丰硕的果实,造福中非人民。菌草技术踏上中非土地的时间虽不长,但在双方共同的努力下,它已经取得初步成效,让我们看到了成功的曙光,其前景一片光明。"

每次在国外接受这些披红挂彩的荣誉,或者看到鲜艳的五星红旗为菌草而升,他就莫名地激动,这红与绿分明是他生命的颜色啊!这已是众口一词、实至名归了,但他还担心自己做得不够,有负信任和期待。而越是这样想,他越是不遗余力。

那晚,林占熺少有地辗转难眠,中非政府以如此重大的仪式来表彰和感谢中国专家、中国技术、中国方案为这个发展中国家所做贡献,岂能不让世界看在眼里!他眼中莫名浮现菌草援外之路,披荆斩棘、备尝艰辛中总算迎来了康庄大道。泪光闪烁中,他少有地在家庭微信群里发了一段文字:"今天我夜难眠,泪不止,脑海里70多年风风雨雨,宛如昨天才发生……"

他好像在巅峰,又好像不在巅峰,因为追求是无止境的。随着菌草大放异彩、写进联合国有关文件,其人其事已成传奇,在异国广受尊重与礼遇,但他仍然"俯首甘为孺子牛",用心贴近菌草用户。

那些天,林占熺又一如既往地奔跑在中非,所经之处,都能带起一股民众对菌草的热度来。

和衷共济中,菌草技术的"中国速度"跑到2021年5月,中国援助中非菌草技术项目开始实施,在安奇贝拉市乡村发展及农业应用研究站建立示范基地,计划三年内推广农户600户,培训1200人。

8月下旬,津巴布韦农业部和联合国经社部在北京召开菌草技术线上会议,林占熺和林冬梅提前一天到来。傍晚时分,林冬梅来父亲房间叫他吃饭时,忽见他垂首而立,眼含热泪,不由地一惊:"爸,您怎么了?"

"刚刚接到电话,你外婆过世了……"

林冬梅闻言伤心而泣,她对外婆感情极深,小时被忙于工作的父母"抛"回老家,是外婆一手带大她的,"我得回去送外婆一程。"

"按理你得回去,可现在这节骨眼上,来了这么多外国朋友,你不能走,还是我回连城一趟再回来。"

也真是天意,第二天刚好有一趟北京直飞连城机场的航班,载着他急急回家奔丧,再急急飞回北京。

第三天,强忍丧亲之痛的林占熺,如期现身这场国际会议,郑重表示:"非洲发展菌草业普遍存在的问题,我们能够提供成熟的解决方案。"此前,在很多国内外会议上,被联合国授予"国际生态安全科学院院士"的林占熺,也都这样掷地有声地表示:"社会存在什么样的问题,我的研究就要解决这个问题,我们研发的技术就要提供良好的解决方案,什么是未来发展的必然趋势,我就要朝着这个趋势开展工作。"

谁会怀疑中国方案呢?他心中有无限星光,要把梦想照进现实,照耀远方,照耀世界。

一些国家的政要也以诗一样的语言,表达对中国菌草的嘉许,称其为"全球反贫奇兵"……

菌草在奔跑,一如既往地医治着世界每一个贫困的伤口,让呻吟的土地长出欢歌,让迷茫的眼神看到希望的花园。渐渐地,世界上越来越多的人,不需翻译,就能知道菌草团队要做什么,就知道他们手中这把草，国际通用名叫"juncao"。

奔跑中的"中国草"，成了总统总理们百看不厌的"最炫民族风"。让他们大喜过望的是，中国草真是"神通广大"，长成时不仅能掩盖满目瓦砾，还能填饱人和动物的肚子，为生态纾困解忧。中国草一年年发展扩大，人类共同的敌人——贫困和失业等似乎日益萎缩。

联合国神圣的讲堂做证：中国草不仅有形，更有魂，为"中国"这个响亮的名字增色添彩。

菌草援外20周年，"草民"的快乐

菌草援外20周年，北京要召开一个世界论坛，还要举办一个大型的成果展览。联合国对此高度重视。世界看在眼里，中国菌草援助形成了一个有效的综合性解决方案，对落实联合国13个可持续发展目标能起积极作用。这也是联合国经社部、联合国粮农组织、世界粮食计划署等联合国机构一直在积极支持菌草技术推广及应用，推动南南合作及三方合作的初衷，以之帮助发展中国家破解发展难题。

十年能树木，20年种草当如何？一览成果展，世人始知道，菌草是"菌"与"草"交叉的、新的研究领域，是草品种的一个新类别，是一类新开发利用的农业资源，进而弄通了几个看似神秘的概念及其多方面的经济价值和生态价值。知其在世界舞台上书写的"小小一株草，情接万里长"佳话，必然还有更精彩的后续故事。菌草开发利用走向世界后，为全球扶贫事业、人类命运共同体构建提供的"中国方案""中国智慧"，正在许多地方闪耀。

在这舞台上，20年来，接二连三地传出"南非需要援助""卢旺达需要援助""斐济需要援助"等声音，林占熺纵有三头六臂，哪怕把一天当作几天用,也力有未逮。而在非洲、大洋洲这些环境艰苦、语言不通的地方,白手创业还得折冲樽俎,没数年下不来,谁又愿意长时间坚持?

如能像孙悟空拔根毫毛转眼就能变成数十个自己,林占熺愿意把自己拔得一毛不剩,哪里最艰苦就往哪里填空! 幸好分身乏术中他的至亲接二连三冲来顶上了。弟弟、侄儿、女儿甚至他们的对象,一个个和他站在了一起,任他调兵遣将。他有时真觉得自己的农民父母伟大,赐给自己这么多愿意风雨同舟的兄弟,继而又庆幸能有他们帮助自己在这一生里完成对这个世界的许诺。

一滴汗水摔八瓣儿,落地的是一期又一期国际菌草培训班,像七彩云朵飞向五大洲,再育出成千上万菌草队伍。这些学员来自世界五大洲数十个国家,不少是各国的知名专家学者,许多还是博士生导师、教授、博士。他们除了系统地学习菌草技术之外,还在培训期间与中国结下了深厚的感情和友谊,结业时,不论国籍、肤色,大家都依依不舍地照相留念,有人充满感情地写下:"我们在这里不仅学到了菌草技术,还学到了怎样为国家、为人类服务的精神。"

道不孤必有邻。全天下以菌草为友的人,不分种族、肤色、性别、信仰都是林占熺的"邻"。20年来的世界上的铁粉"芳邻",数不胜数:

第一期国际菌草培训班学员、巴西国家农业委员会的奥莱德博士学成回国后,大力推动当地菌草技术的传播,不仅翻译林占熺的菌草论著,自己也著书立说,成为南美洲葡萄牙语区首屈一指的菌草专家。迄今她已组织举办53期培训班,培训2000多人。在巴西召开的国际菇类研讨会上,不仅林占熺作为大会名誉主席出席,会标还专门写上中文。林占熺一下飞机,前往迎接的官员立即宣布"世界菌草之父来了",乐队随即演奏《中华人民共和国国歌》,以示敬重和崇拜。

联合国粮农组织植物生产与保护司国别农业专家哈德旺博士，也积极在伊拉克推广应用菌草技术，致力于伊拉克与中国的农业合作，是他率先提出在沙漠中发展菌草产业的思路。

坦桑尼亚索克因大学讲师里加特，带领学生到福建农林大学学习菌草技术，随后在菌草中心的推荐下，成为联合国和平发展基金菌草项目国别顾问，一直乐此不疲地协助组织相关培训和科研项目合作。

斯里兰卡企业家伽马吉，来中国培训两次，在菌草中心的指导下，成功创建了该国首个菌草菇工厂化生产企业，并为当地妇女提供就业。

……

海外基地像雪球一样越滚越大，开在福州的菌草国际培训班一年四季总在笑迎四面八方"草根信使"的到来。如同林占熺所说，"培训班就像一个和谐的国际大家庭，承载了国与国的友谊"。在培训中，林占熺亦师亦友，结业典礼上更是"最受欢迎的人"，各国学员们纷纷排队与他合影。有些学员不满足于一次培训，多次申请成了三届"回炉生"，林占熺有教无类，来者不拒。斐济的苏尼塔做梦也想不到，2016年和2017年，自己连着两年在北京和福州参加技术培训，回去时家乡已完全不同，菌菇多得让她都不敢置信！她和斐济每个农户的菌草栽菇棚，都由在斐济开展援助工作的中国菌草项目专家组成员亲自指导，他们拿着工具带着农户们一起干。试问世上无条件希望他国幸福富裕的国家，舍中国其谁？

当今世界技术千千万，能共享给全世界、拥有完全自主知识产权的原创技术，中国菌草完全是一个典范！这个道法自然的技术，从最初的"以草代木"，如中国古代哲学所昭示的"道生一，一生二，二生三，三生万物"那般不断发展，生生不息地向外扩展。它貌不惊人，但仙踪所至，耐旱、耐淹、耐冻；节水、节肥、不用打药；热带地区一次种植,寿命长达二三十年;用它可以种出55种食用、药用菌菇;可作家畜的饲料,可作燃料发电,可作板材、纸浆,可用于矿山植被和土壤修复……

林占熺绕"草"周旋,手中这把草,似观世音菩萨手执净瓶中的杨柳枝一般有魔力,只在轻轻一拂中,就让海内与海外无数农户雨露均沾。巴新卢旺达等13个国家相继有了菌草技术培训示范中心和基地,种着中国草,也收藏着翻译成本国文字的林占熺编著的指导手册《菌草技术》。

菌草计划成为国家行动之后,为世界进步、人类命运共同体构建做出更大贡献,成为越来越多的中国农业科技工作者的心愿。疾风知劲草,林占熺带着菌草团队,以草的顽强坚韧在世间一块块贫瘠的土壤上扎根,以风的速度在大洋与大洲之间传播,以菌的繁茂给不同肤色提供食用之材。

菌草技术架起了友谊桥梁,为国际减贫、精准扶贫、生态建设与绿色"一带一路"建设做出积极贡献,成为中国农业国际合作的金名片的同时,也为国家外交事业立下了非常之功,生动诠释了构建人类命运共同体的理念。

2021年9月2日,"菌草援外20周年暨助力可持续发展国际合作论坛"在北京盛大召开。中国国家主席习近平致贺信,指出要使菌草技术"成为造福广大发展中国家人民的'幸福草'"。

菌草人倍感荣光! 虽然6月24日新华社报道习近平总书记同斐济总理姆拜尼马拉马通电话时,已有"继续实施好菌草、农业技术合作等项目,助力斐济经济社会发展"等内容,此前有关总书记关心菌草的报道也屡上头条和热搜,但大家也没想到这次会议能获得总书记的贺信!

聆听中国国家领导人、联合国秘书长和各国政要的祝贺，世界没理由不向凝结风霜雨雪、披星戴月越过高山大海的中国草行注目礼。中国国际发展合作署署长罗照辉指出："正是在习近平主席的持续推动下，20年来菌草技术成为同杂交水稻比肩的中国援外扶贫金字招牌，受到热烈追捧……"

林占熺在论坛上的发言简单扼要，没有小我，只有我们，只有中国和世界。"发展菌草是全球食品安全和环境保护的必然趋势和最佳选择，是为人类提供优质菇类食品的最经济、最合理的途径，是增加就业、减贫的有效措施，是应对全球气候变化挑战的有力武器。"经久不息的掌声中，这不啻又是一次菌草的宣言。

这是扶贫之草，这是生态之草，这是宝草，这是中国菌草，这是中国风范！产量高、成本低、耐得住干旱、留得住水土、斗得过风沙！镁光灯下的明星，在不同颜色的眼睛里聚光聚焦，要把梦想照进现实，照耀这漫漫长路。为这样的"宣言"，为这样的梦想，林占熺没理由停下奔跑。是的，他又要回到草的身边了，编织一个绿色的世界，演绎新时代传奇。

面容相似的菌草，不同文字翻译的菌草技术，让世界记住了这个被岁月越擦越亮的名字——林占熺，这个在党已经50年的中国共产党员，和神奇的菌草一样，有着神奇的力量。

同年11月11日，迎来第26届联合国气候变化大会边会——菌草绿色屏障"云参观"，主题聚焦生态治理与菌草科技产业发展。菌草如何改变生态？林占熺从2013年起带领团队在大西北长年的固沙试验，证明这一株来自中国南方的菌草，能够在大西北的沙漠落地生根，也在全球绿色产业版图上烙下了深深的印记。

一个个示范地点视频，一个个案例，在一个半小时内异彩纷呈，由此及彼，极具说服力地告诉世界，菌草技术不仅是反贫困、反饥饿的武器，也是应对全球气候变化挑战的有力武器。线上线下，林占熺几乎要被鲜花和掌声淹没了。

几天后，2021年11月19日，在北京召开的第三次"一带一路"建设座谈会上，中共中央总书记、国家主席习近平出席并回忆起他在福建工作期间接待巴新东高地省省长拉法纳玛的情景："我向他介绍了菌草技术，这位省长一听就很感兴趣。我就派《山海情》里的那个林占熺去了。"

会后，"派林占熺去"在网络上刷屏，被人们热议。林占熺的名字上了热搜，刷屏微信朋友圈。

林冬梅忍不住也激动了。父亲带着总书记的嘱托，夙兴夜寐，奔走世界，也是科学报国的应有之义，引领她唯父亲马首是瞻，扛起扶贫减贫和生态治理的事业，绽放知识女性之美。央视为配合"一带一路"建设座谈会而出炉的时政微视频《桃李不言，下自成蹊》中有他们父女在巴新、南非、卢旺达援外的不少内容。林冬梅看后，发了个微信朋友圈："这些对菌草团队是莫大的鼓舞，我们只有更加努力，继续前行。一直以来，林老师要求我们：一切以国家民族利益为重、为先，我们在国外工作代表的是中国人、中国科技人员的形象。农业技术援外与基建、贸易、工厂不同，短期不容易看到标志性成果，没有集中亮眼的经济数据。田间地头，一块块土地；偏远山村，一户户农家；栽种收获，一季季生产。心里有农民，才能一辈子为农民服务。天底下的老百姓，都想把日子过好，这就是最深的共情。我们不去比拼援款多少，比的是更适用的技术，更好地解决百姓的生存、生活和发展需要。"

爱是一种信仰，她向洋学生们讲父亲的追求和情怀，让漂洋过海千万里来福州求学的洋学生们深受感动。非洲学生戴提就真挚地说:"'菌草爸爸'的事迹总能涤荡我的心灵,真是我一生的导师,我真切地感受到,你每天的工作都在践行构建人类命运共同体这一伟大使命!"

乌干达一位女学员学成回国后因为崇拜林占熺,特地请他为新生儿取名,并接受了"金山菌草"之名。"金山"既是福建农林大学所在地的称谓,又寓意中国菌草技术能为他这个家带来金山银山般的富足生活。

洋弟子以实际行动宣示对中国菌草技术的热忱欢迎。他们心里清楚,相比西方发达国家的援助,中国人推动全球贫困治理、帮助发展中国家摆脱温饱不足的困境,更真心诚意,也更脚踏实地。而"菌草爸爸"所添加的力量,树立这么一个中国形象,也帮他们加深了对此事的认识。

跨越时空,中国菌草和菌草中心、连着林占熺的家,一起架起了中国和世界的友谊桥。

对此谩嗟荣辱,和光同行

"丢掉一条生命,断了两根肋骨,遇上几次鬼门关,苦了一家四代,还好有后来人……"由菌草之路说到自己与家人,林占熺不免动情和伤感。

我知道其中所指:六弟以身殉职;他自己前后经历车祸、病痛和抢劫,也算九死一生;每次遇险,能不苦了家里人?这四代人中,除了被他"拉下水"的兄弟子侄,上还有父母、岳父岳母——他本应给上代至亲尽孝道,却常年奔波在外,下还有孙辈——他们的父母因菌草事业而无法像常人那样陪伴在孩子们的身边……

无论是主动作为还是被国家派遣，都有使命和担当，兼备本领和品格。人的一生，关键是不辱使命。林占熺每每就像接到冲锋令的战士一往无前，每每又得胜归来，久而久之就带出了一支"招之即来、来之能战、战之必胜"的队伍。

这支队伍中，被分派任务最多、最长、最远的，是他的胞弟林占森。他作为林占熺的左膀右臂，参加菌草援外项目并长驻多个发展中国家，横跨两个世纪——从1998年到2021年、飞越世界三大洲——亚洲、大洋洲、非洲，从刚入不惑到年逾花甲——41岁到65岁的漫长岁月都献给了菌草事业。

2021年8月9日，林占森从斐济回国复命，长达24年的漫长援外生涯算是徐徐落下帷幕。那些年，仅有的几次回家，总是在告别生命，为亲人、为好友，真可谓"今古恨，几千般，只应离合是悲欢"。他已经承受不了生离死别，不曾想，这次回来数天前，竟又逢哥哥的岳母过世！

妻子在问明不走之后的紧紧相拥，让林占森前所未有地感到亏欠家人实在太多，无以回报。岳父岳母年年都养鸡喂兔，一拨一拨地等他回来吃，可岳父走时，他在卢旺达，家里"好心"地为他封锁了消息；岳母走时，他在斐济，妻子和她的兄弟姐妹都"串通"好了，他还是浑然不知。"故国三千里，一别二十年"，及回来知晓，也只能"一双何满子，双泪落君前"！

这些年援外，家人中只有女儿出国一次，那也不是沾光，是她自己作为项目翻译，在斐济工作了一周，只去过菌草项目地和中国大使馆。

回归家庭的林占森，让大嫂罗昭君见了心疼不已："我记得占森出去那年,还是一头浓密的黑发,现在都掉得差不多了,都是占熺给害的!"

"没关系,我爸要是水土流失严重了,也可以用菌草治理。头上种菌草,保证青丝盖顶。"调侃者,占森女儿也。她也成了菌草队伍的一员。

那天,林占熺从北京参加国际合作论坛回来,情真意切地说:"这些年,我真是仰仗占森啊!"

"不,不,倒是应该感谢大哥给我为国家、为发展中国家服务的机会,"林占森话到这里,望着胞兄,无比真挚地说,"平时很少向您说谢谢,总觉得这样太过于官方。"

看到林占森脸上、手上的斑点近年来噌噌冒出,林占熺关切地说:"还得去查查原因,回国了就好好休息。"

林占森点头后,继而道:"以前没能陪伴孩子们成长,今后帮着照顾孙辈,也算是将功补过。"

女儿接过话:"真是隔代亲啊,小家伙总爱听外公讲'幸福草'的故事,当成了童话,润物细无声,第三代菌草人怕已被成功'拉下水'。"

大家就都笑起来。

林占森谈了退休后的一番打算后,认真地对大哥说:"今后如有需要,随时听命调遣。"虽对家庭感到亏欠,但想到自己能成为国家援外的一员,又感到欣慰,其言也真。

大嫂马上抢过了话:"你还不累,还想跟着你哥学啊,援外24年,只回来过三四个春节,让家里过年不像过年,你可能创了个纪录吧,起码福建没有第二个这样的人。"

哥哥却蔼然地笑了。其实不需要弟弟请命,他都已把菌草国际培训班的授课任务给弟弟排上了，今后，菌草中心又有了一个会用英语教学的"林老师"。

国家菌草中心的一片菌草地格外引人注目。从分别立于其前的铭石可知，这是亚洲、非洲、大洋洲和联合国的政要们在此手植之菌草，以此表达对这项中国发明的敬意和期待。他们因菌草而来，因林占熺而来。有的总统、国王来了还不止一次，只因为林占熺把"人类命运共同体"装在心里，在世界范围里一次次成功付诸实践，他的精神感召力犹如"火种"，吸引人们来此朝圣般地"接火"。

经常光顾这里的除了我国的党和国家领导人，还有其他多个国家总统、总理、亲王及国际组织要人，他们与青翠欲滴、如竹如蔗的菌草有了忘不掉的联系。

这个曾经"寂寞掩柴扉，苍茫对落晖""人访荜门稀"的孤岛，早成热闹盈门之地，国家科技部授予的"国际科技合作基地"实至名归。

此草是神草啊。除了以草代木、以草代粮，除了扶贫、减贫，除了治沙治河治盐碱，还能治理崩岗、石漠化、高寒地区的洪积扇，还能让千疮百孔的矿山恢复植被而青山如黛，一些菌草品种甚至可以完全替代木质材料制作高性能的人造板，可替代木浆应用于造纸呢！菌草还具有快速、大量固碳的优势，菌草工业化利用大有可为……

来自上百个发展中国家和地区的数据数字背后，是林占熺和菌草团队的血与泪，那些复刻在别国的业绩，足以证明中国人民对外友好协会授予林占熺的首届"人民友谊贡献奖"货真价实，他又有哪一个奖、哪一个荣誉不货真价实呢？

不知谁说过，知道自己在做什么的人，应该一直坚持到死。林占熺正是这样的人——一个永远不知疲倦的人，一个意志坚定的人，一个只知付出不懂享受的人!

他一直都在连轴转啊,深夜还不下班,他愿做构建"人类命运共同体"的一个螺丝钉,他要在世界的旋转舞台上,转出一个美丽的天地。

"我要再努力一些,与祖国同行,与世界联动,在构建人类命运共同体中实现新作为,让菌草技术实实在在地成为造福广大发展中国家的幸福草!"林占熺娓娓道来,眉宇间流现的勃发精神,让人联想到诗和远方。

哲学家尼采说:"如果你想走到高处,就要使用自己的两条腿,不要靠别人把你抬上去,不要坐在别人的背上和头上。"

尼采还说:"行动就是一切!"

林占熺在行动,菌草在行动。一切与菌草有关的事,都能拨动他的心弦,他绝不闪躲,仿佛这是他与生俱来的使命,一息尚存便不可推卸,行动就靠自己的两条腿。他好像就是一粒播撒幸福的种子,无论落到世界的哪个角落。

2022年,央视"美好中国年,建功新时代"迎春节目在万众注目中,璀璨开启。林占熺继"两弹一星功臣"孙家栋等人之后深情寄语:"2022,让中国草继续造福世界!"

春节也没让林占熺"闲住",令他比过年更快乐的是,中非的菌草顺利出菇了,绿叶成荫菇满枝,一派好收成。中国与中非时差7小时,那边8点了,这边才凌晨3点。为了这次能如期出菇,他每天都是这个点爬起来,通过电话或视频指导留守中非的队员。连续十几天如是,可谓"古今多少事,渔唱起三更"。

一簇长相清奇的大平菇,插上了绿叶,裹上红布,伴以灵芝(中非当地野生菌株驯化），在援中非菌草技术项目专家组细心装扮下，美名曰"好'菇'娘贺新春"，由驻中非大使陈栋作为贺礼送给中非总统图瓦德拉。图瓦德拉总统夫妇对味道鲜美、营养丰富的菌菇情有独钟，曾邀请中国驻中非大使和菌草技术援助专家组到他的家乡农庄，一同种植蘑菇。

林占熺从视频上见贺礼后乐不可支，林冬梅开起了玩笑："您这有点像送姑娘出嫁的心情啊！"

"我可不能夺人之美，这'姑娘'是人家小蔡养的，也难为他了！"

林占熺知道中非的旱季高温出菇难度大，也知道项目组长蔡杨星前一段时间做梦都在种菇，没日没夜地窝在驻地菇棚里。

2月4日，立春，北京冬奥会盛大开幕。巴新总理马拉佩应邀出席，其间与中国签署《援巴布亚新几内亚第二期菌草和旱稻技术援助项目立项换文》。跟随马拉佩总理来北京参加冬奥会的东高地省政要，还带来了"中国援巴新菌草旱稻技术在东高地省"图册，让人备感亲切。

菌草的节奏，终于也跑向了拉丁美洲和加勒比地区。

3月17日，继菌草援外20周年暨助力可持续发展国际合作论坛后，菌草技术的又一场国际推广活动——拉丁美洲和加勒比地区关于菌草技术及其支持实现可持续农业和2030可持续发展目标区域能力建设研讨会，在线上成功举办。

一株草改变了世界，来往如梭中，成了拓展中国和平外交的"植物大使"，从此与世界再也分拆不开，中国扶贫、生态保护经验也因此多了"国际范儿"。

中国菌草的神奇及全球投送能力、技术支撑的强大，已举世皆知，此前未逢败绩，此后更不会浪得虚名。一个个首尾相衔的四季，与菌草有关的一切，都将在大千世界徐徐展开，它还是过去那个生命力旺盛、随种随活的野草，也还是那个"伙伴遍及天涯海角"的小草，却有了更响亮的名字"幸福草""中国草"，属于它的"太阳草之歌"激发世界大合唱。

圭亚那菌草技术培训班在线上线下开启时，授课老师林冬梅和林辉不由想起2003年圭亚那总统贾格迪奥来访时的亲笔留言："一项令人难忘的成就。"也记得当年总统的期待："希望你们能像支持巴新一样支持圭亚那！"

林冬梅像史官一样记事："中旬的拉美加勒比海线上会议，我们早上，他们晚上；现在圭亚那会议，他们早上，我们夜里。疫情影响，控制人员入校和学生进实验室。雨夜里只有我们四人在会议室，不习惯，没有学生乘电梯上下的叮咚响，没有实验室的灯光陪伴，很寂寞啊！"

这寂寞，伴随林占熺已然一个甲子了，加上语言和时差的横沟，都没让他落荒而逃！在他心中这不叫寂寞呢，而是郑板桥所谓的"一种清孤不等闲"，他一直也乐在其中，真正的快乐是精神上的快乐。

啊，"幸福草"！

"他每天都在忙碌，带给我们奇迹和感动，让菌草之路越来越烂漫和辽阔。"

"致敬他带领整个菌草团队为世界增添一抹不一样的有魔力的草色，中国草的颜色最美！"

在采访中，我收集了不少赞语，菌草中心最年轻的"草民"鄢凡还特别给我发了短信："他用自己的事迹现身说法，用他的灵魂撼动了我的灵魂。"跟过林占熺的菌草队员，都认同这个最新说法。

2022年4月下旬,巴新项目组和党小组组长林应兴通过视频和微信方式接受我多次越洋采访之后,给我短信:"我已经在归国的行程中行前隔离,如果快的话,将于9天后抵达国内。"他1998年底援助巴新,其后几年转援卢旺达,2016年再回巴新。2019年8月中国援巴新菌草、旱稻技术援助项目正式启动,他第四次率队赴巴新执行任务,连待33个月,才经商务部批准回国休假。

我不时在这位同龄人的微信朋友圈里看到他在菌草、旱稻地里奔跑的身影,"福建省援外工作先进个人"等荣誉于他诚然名实相符。他发来的若干日志,更是让我身临其境般感受到了他四进四出巴新的奔跑速度。普通的一天,也是他漫长援外生涯的缩影。

在云南隔离期间,林应兴娓娓道来自己的菌草人生:"在林占熺老师的培养和耳濡目染下,我坚定了自己'做实事,帮助人'的理想信念,以掌握的菌草技术为工具,以帮助更多的人为己任,真心实意并踏踏实实地做好每一项工作。同时,因地制宜,根据具体实际情况,创造性开展工作,特别是在实施援外项目中,积极融入当地,与当地农民、官员打成一片,了解他们的习俗,说他们的语言,吃他们的饭菜,尊重他们的文化,设身处地为菇农考虑,赢得了当地百姓的高度认可。"

我好奇心上来:"可有具体例子?"

"比如,我非常喜欢与当地同事和农户们一起种草种菇、种植旱稻,当过当地友人的伴郎,参加过村民的婚礼和葬礼,与当地许多人结下了跨国友谊,并将这种友谊一代一代传承下去。"

我又心生好奇:"如何一代一代传承?"

"我们和当地友人的友谊,现在已经从第一代传承到第二代啦!"林应兴语气欢快地说,"巴新原警察部长卡拉尼的女儿伊丽莎白·卡拉尼,现在就在我们的菌草基地工作。东高地省卢法区原区长比特加利的女儿珍妮特·加利博士,在这次新冠肺炎疫情大暴发波及我们专家组时,她利用在巴新国家医药研究所工作之便,给了我们大量的帮助……"

器物之妙,总归是要落实于心的。也正因为有此心——一颗敏感且最能听从真善美召唤的心,让林应兴跟随林占熺"马拉松"式长跑,从大学毕业至今已有27个年头,他对此又有何感想呢?

"选对了路,跟对了人,做对了事,得到了认可,实现了自我,无悔自己的人生,有愧的是……"电话里他忽地有点哽咽。

我停止发问,我可以想到他要说什么。

"主要是亏欠家人……"

我知道,关于援外期间的艰苦与寂寞、个人的得与失,每个援外人大都有同质性。任务重、人员少、风险高,队员待遇和休假问题等,疫情肆虐、新冠感染,社会治安恶化,在多重不利因素影响、极其艰难的环境下,林应兴要带领团队高标准地完成两国领导人高度关注的项目,并要树起标杆,实施的难度和承受的压力可想而知。是故,三年来都抢时间奔赴巴新的千山万水。曾驻巴新大使馆经济参赞的房志民感动之中,特赋诗相赠:"前辈创伟业,接班有群伦""万众齐努力,全球《山海情》!"

我问焉能如此,他淡淡一笑:"这也是多年来林占熺老师的奉献、牺牲和大爱精神在感染着我们!"

"长大后我就成了你!"在许多人眼里,他确实又是一个"林老师"呢!

两个月后,林应兴又要返回那遥远的巴新,当好项目负责人林占熺的"高参"兼执行官,他的微信名就叫"高参"呢。而此时,他还在云南受着隔离,时间于他又成另一种煎熬。他4月25日离开巴新,经悉尼中转,4月27日飞昆明隔离21天,5月19日才能飞福州,回国之路太难了!

他和一群菌草人,是林占熺带出的有信仰之人,是能满怀理想通过幸福草给世界送幸福之人。

人生有起落,林占熺却总是一往无前,捏着一团火,撑着一把伞,记着一串话。日复一日,终年尘土满征衣,他挺直的背似乎弯了些,又弯了些,却依旧是向涛头而立的弄潮儿,和一株株四荒八极无所不达的菌草,不屈不挠地构成了这个时代的中国脊梁。

我曾像许多人那样问他:"林老师您都八十岁了,还到处东奔西跑,就不累吗?"

他的回答是:"忘记年龄,事业总年轻。"

其实,这些年的接触已让我清楚,他算岁数总喜欢给自己猛减一半,而把自己往体能极限那一档上推,又说即使只有40岁,也得赶紧做事,有生之年要做的事太多了,生命又太短暂。就在春节前的采访中,他心里还装着世界和未来:"我现在还惦记着到尼罗河、东非大裂谷种菌草,还想拓展菌草发电缓解全球能源危机,助推国家'双碳'(碳达峰、碳中和)战略目标……"菌草之于他,如呼吸之于生命,如风之于火,如爱情之于青春,没有他就没有今天的菌草,没有菌草就没有今天的他。

我不由想到林家父女曾有的一次冲突。林冬梅看到父亲七旬过后仍不停奔走、宵衣旰食,且屡教不改,一次少有地生气了:"您再这样下去我就不干了,我回国干活,为的就是让您轻松些,可您这样不爱护自己,还得寸进尺、变本加厉,只能恕我不奉陪!"面对女儿的威胁,父亲也重重地撂下话来:"你不干就不干,你不干我照样干,你随时都可以和办公室办理移交手续！"慌得女儿泪水涟涟，此后只能乖乖就范，偶尔也和国际人士开玩笑："林占熺教授有爱，有境界，生活有意义，这一辈子太有价值了，很不幸他是我爹，找上这样的爹，苦了我们一家人！"

也不由想到此前采访来的一个故事。读小学的外孙女每每找不到慈祥的外公，便多方打听，外公一天的工资到底有多少，她想用过年的压岁钱"买断"外公的一天时间，让他陪自己和全家人一起玩。后来她又想，还不如自己快快长大，陪外公一起去种草、扶贫、治沙……

啊，"幸福草"！

在本文结尾的今天——2022年10月25日，林占熺主持召开菌草开发工程协会年度第二次会议，传达如何学习贯彻二十大会议精神。近来几个国家和地区迫切希望"幸福草"尽快落地，疫情下"人类命运共同体"的构建情牵世界。他特别提到习近平总书记在会上发出的"赶考"号召，并再次以自己年轻时的自警自励与众共勉："你忘记了共产主义理想吗？"

他就是这一个信念不渝的赶考人，一生紧赶慢赶要在世界广种"幸福草""致富草"。梦想在心中燃烧，菌草之路在脚下伸展，他的征途是星辰大海，动机至善，私心了无。

我不由地还想到他在二十大首场"党代表通道"所言："我将以二十大为新起点，再接再厉，继续奋斗！"我也情不自禁地问自己："你忘记了共产主义理想吗？"

（原载《中国作家》2022年第12期）